Dos años, ocho meses y veintiocho noches

Seix Barral Biblioteca Formentor

Salman Rushdie
Dos años, ocho meses y veintiocho noches

Traducción del inglés
por Javier Calvo

Obra editada en colaboración con Editorial Planeta – España

Título original: *Two years, eight months and twenty-eight nights*

Diseño original de la colección: Josep Bagà Associats

© 2015, Salman Rushdie
© 2015, Javier Calvo, por la traducción
© 2015, Editorial Planeta, S.A. – Barcelona, España
Seix Barral, un sello editorial de Editorial Planeta, S.A.

Derechos reservados

© 2015, Editorial Planeta Mexicana, S.A. de C.V.
Bajo el sello editorial SEIX BARRAL M.R.
Avenida Presidente Masarik núm. 111, Piso 2
Colonia Polanco V Sección
Deleg. Miguel Hidalgo
C.P. 11560, México, D.F.
www.planetadelibros.com.mx

Primera edición impresa en España: octubre de 2015
ISBN: 978-84-322-2521-5

Primera edición impresa en México: noviembre de 2015
ISBN: 978-607-07-3149-5

Impreso en los talleres de Litográfica Ingramex, S.A. de C.V.
Centeno núm. 162-1, colonia Granjas Esmeralda, México, D.F.
Impreso en México – *Printed in Mexico*

A Caroline

El sueño de la razón produce monstruos

Francisco de Goya, Los Caprichos, n.º 43
La leyenda completa del grabado del Museo del Prado dice:
«La fantasia abandonada de la razon, produce monstruos
imposibles: unida con ella, es madre de las artes
y el origen de sus marabillas» [grafía original].

En los cuentos de hadas no se «cree». Carecen de teología, sistema de dogmas, ritual o institución, y tampoco demandan una forma determinada de comportamiento. Los cuentos de hadas tratan de la naturaleza inesperada y cambiante del mundo.

GEORGE SZIRTES

En vez de obligarme a escribir el libro que debería escribir, la novela que se esperaba de mí, invoqué el libro que a mí me habría gustado leer, el típico libro de un autor desconocido de otra época y otro país, descubierto en un desván.

ITALO CALVINO

Vio que el alba se acercaba y descendía en silencio, discreta.

Las mil y una noches

LOS HIJOS DE IBN RUSHD

Aunque se ha escrito mucho de ellos, se sabe muy poco de la verdadera naturaleza de los yinn, esas criaturas hechas de fuego sin humo. La cuestión de si son buenos o malos, diabólicos o benévolos, es objeto de acalorada disputa. Hay bastante consenso sobre las siguientes cualidades: que son caprichosos, extravagantes y juguetones, y que pueden moverse a gran velocidad, alterar su tamaño y forma y conceder gran número de deseos a los hombres y mujeres mortales si les place, o bien si se los obliga por la fuerza; y también que su noción del tiempo es radicalmente distinta a la de los seres humanos. No hay que confundirlos con ángeles, si bien hay historias antiguas que afirman erróneamente que el diablo en persona, el ángel caído Lucifer, hijo del alba, fue el más grande de los yinn. Durante mucho tiempo también hubo controversia acerca de dónde tenían sus moradas. Algunas historias antiguas decían, falsamente, que los yinn vivían entre nosotros, aquí en la Tierra, el llamado «mundo inferior», en los edificios en ruinas y en muchas otras zonas insalubres: vertederos, cementerios, letrinas al aire libre, cloacas y, allí donde era posible, en los muladares. De acuerdo con estos injuriosos relatos deberíamos lavarnos a conciencia después de tener cualquier contacto con un yinni; son malolientes y transmiten enfermedades. Sin embargo, los principales especialistas ya afirmaron hace mucho lo que hoy sabemos que es verdad: que los yinn viven en su propio mundo, separado del nuestro por un velo, y que ese mundo superior, a veces llamado Peristán o País de las Hadas, es muy extenso, aunque su naturaleza nos está oculta.

Decir que los yinn son inhumanos puede parecer una obviedad, pero lo cierto es que los seres humanos comparten al menos algunas características con sus homólogos fantásticos. En el terreno de la fe, por ejemplo, hay entre los yinn adeptos de todos los credos del mundo, y también hay yinn que no son creyentes y para quienes la noción misma de los dioses y los ángeles resulta extraña del mismo modo en que los yinn son extraños para los seres humanos. Y aunque muchos yinn son inmorales, algunos de estos poderosos seres conocen la diferencia entre el bien y el mal, entre el camino de la mano derecha y el de la mano izquierda.

Hay yinn que pueden volar, mientras que otros se deslizan por el suelo en forma de serpientes, o corren por ahí ladrando y enseñando los dientes bajo la apariencia de perros gigantes. En el mar, y a veces también en el aire, adoptan la forma externa de dragones. Algunos yinn menores, cuando están en la Tierra, son incapaces de mantener su forma durante periodos largos. En ocasiones estas criaturas amorfas se infiltran en los seres humanos por las orejas, la nariz o los ojos, y ocupan sus cuerpos durante una temporada y se deshacen de ellos cuando se cansan. Los seres humanos ocupados, por desgracia, no sobreviven.

Los yinn de sexo femenino, las yinnias o yiniri, resultan todavía más misteriosos, sutiles y difíciles de captar, puesto que son mujeres de sombras hechas de fuego sin humo. Hay yiniri salvajes y yiniri del amor, pero también es posible que en realidad estos dos tipos distintos de yinnias sean el mismo: que a un espíritu salvaje se lo pueda aplacar mediante el amor, o bien que los malos tratos lleven a una criatura amorosa a un salvajismo más allá de la comprensión de los hombres mortales.

Ésta es la historia de una yinnia, una gran princesa de los yinn, conocida como Princesa Centella por su dominio de los rayos, que amó a un mortal hace mucho tiempo, en el siglo XII según nuestro calendario, y de sus muchos descendientes, y de su regreso al mundo después de una larga ausencia para volverse a enamorar, al menos momentáneamente, y después ir a la guerra. También es la historia de muchos otros yinn, masculinos y femeninos, voladores y reptiles, buenos, malos e indiferentes a la moralidad; y de la época de crisis, ese tiempo desarticulado que llamamos la Era de la Extrañeza, que duró dos años, ocho meses y veintiocho días, es decir, mil noches y una más. Y sí, desde aquella época han pasado otros mil años, pero los cambios que nos trajo fueron para siempre. Si fueron para mejor o para peor, eso lo decidirá nuestro futuro.

En el año 1195, el gran filósofo Ibn Rushd, que había sido cadí de Sevilla y posteriormente médico personal del califa Abu Yusuf Yaqub en su ciudad natal de Córdoba, fue formalmente desacreditado y deshonrado por sus ideas liberales, unas ideas que resultaban inaceptables para los cada vez más poderosos fanáticos bereberes que se estaban propagando como la peste por la España árabe, y desterrado al interior, a la aldea de Lucena, en las afueras de su ciudad; una aldea llena de judíos que ya no podían decir que lo eran porque la dinastía que había gobernado antes al-Ándalus, los almorávides, los había obligado a convertirse al islam. Ibn Rushd, filósofo al que ya no se le permitía exponer su filosofía y cuyos escritos habían sido prohibidos y sus libros quemados, se sintió inmediatamente cómodo entre aquellos judíos que no podían decir que eran judíos. Antaño había sido el favorito del califa de la actual dinastía reinante, los almohades, pero los favoritos pasan de moda, y Abu Yusuf Yaqub había permitido que los fanáticos desterraran de la ciudad al gran comentarista de Aristóteles.

El filósofo que no podía hablar de su filosofía vivía en una casa humilde de ventanas diminutas situada en un callejón sin pavimentar y se sentía terriblemente oprimido por la ausencia de luz. Montó una consulta en Lucena y su estatus de exmédico del califa le proporcionó pacientes; además, usó los recursos de que disponía para introducirse modestamente en el negocio de la trata de caballos, y también invirtió dinero en la fabricación de las grandes tinajas de loza en las que los judíos que ya no eran judíos almacenaban y vendían aceite de oliva y vino.

Un día, poco después del inicio de su exilio, una chica de unas dieciséis primaveras apareció delante de su puerta, sonriendo gentilmente, sin llamar ni interrumpir sus pensamientos de ninguna otra forma, y se limitó a quedarse allí esperando con paciencia a que él reparara en su presencia y la invitara a entrar. Le dijo que acababa de quedarse huérfana; que no tenía fuente alguna de ingresos pero tampoco quería trabajar en el burdel; le dijo que se llamaba Dunia, que no sonaba a nombre judío porque no le permitían decir su nombre judío, y como era analfabeta no sabía escribirlo. También que el nombre se lo había puesto un viajero y que le había dicho que venía del griego y que significaba «el mundo». Ibn Rushd, traductor de Aristóteles, no puso objeción alguna a aquella explicación, consciente de que significaba «el mundo» en los bastantes idiomas como para hacer innecesaria la pedantería.

—¿Por qué te has puesto «el mundo» de nombre? —le preguntó, y ella le contestó, mirándolo a los ojos:

—Porque de mí fluirá un mundo, y quienes de mí fluyan se extenderán por el mundo.

Como era un hombre de razón, no adivinó que ella era una criatura sobrenatural, una yinnia, de la tribu de los yinn de sexo femenino, las yiniri: una gran princesa de aquella tribu en plena aventura en la Tierra, guiada por su fascinación por los hombres humanos en general y por los brillantes en particular. La acogió en su casa en calidad de gobernanta y amante, y en el silencio de la noche ella le susurró al oído su «verdadero» —es decir, falso— nombre judío, y eso se convirtió en su secreto. Dunia la yinnia fue tan espectacularmente fértil como su profecía había sugerido. En los dos años, ocho meses y veintiocho días que siguieron, se quedó embarazada tres veces y en cada uno de sus partos dio a luz a un gran número de criaturas, al menos siete cada vez, parece ser, y en alguna hasta once, o posiblemente diecinueve, aunque las crónicas son vagas e inexactas. Todos sus hijos e hijas heredaron su rasgo más distintivo: no tenían lóbulos en las orejas.

Si Ibn Rushd hubiera sido adepto de los misterios del ocultismo, se habría dado cuenta de que sus criaturas eran vástagos de una madre no humana, pero estaba demasiado absorto en sí mismo para advertirlo. (En ocasiones creemos que fue una suerte para él, y para toda nuestra Historia, que Dunia lo amara por tener una mente brillante, dado que su naturaleza era quizás demasiado egoísta para inspirar amor por sí misma.) El filósofo que no podía filosofar temía que sus hijos e hijas heredaran de él los tristes dones que constituían simultáneamente su tesoro y su maldición.

—Tener la piel fina, ser sagaz y deslenguado —decía— comporta sentir con demasiada intensidad, ver con demasiada claridad y hablar con demasiada libertad. Comporta ser vulnerable al mundo cuando el mundo se considera a sí mismo invulnerable, entender su mutabilidad cuando él se cree inmutable, sentir lo que se avecina antes de que lo sientan los demás, saber que la barbarie del futuro está derribando las puertas del presente mientras los demás se aferran al pasado hueco y decadente. Si nuestras criaturas tienen suerte, únicamente heredarán tus orejas, pero por desgracia, como sin duda son mías, probablemente pensarán demasiado y demasiado pronto, y oirán demasiado y demasiado deprisa, incluyendo cosas que no está permitido pensar ni oír.

—Cuéntame una historia —le pedía a menudo Dunia en la cama durante los primeros días de su vida en común.

Él descubrió enseguida que, a pesar de su aparente juventud, ella podía ser una persona exigente y de firmes opiniones. Él era un hombre corpulento y ella parecía un pajarillo o un insecto palo, pero a menudo daba la sensación de que la fuerte era ella. Era la alegría de su vejez, pero le exigía un nivel de energía que le costaba mantener. A su edad, a veces lo único que quería hacer en la cama era dormir, pero Dunia consideraba hostiles sus intentos de quedarse dormido.

—Si te quedas despierto toda la noche haciendo el amor —le decía—, en realidad descansas más que si te pasas las horas roncando como un buey. Es algo bien sabido.

A su edad, no siempre era fácil alcanzar el estado necesario para el acto sexual, sobre todo en noches consecutivas, pero ella veía sus dificultades de anciano para excitarse como pruebas de la frialdad de su naturaleza.

—Si una mujer te parece atractiva, nunca habrá problema —le decía—. No importa cuántas noches seguidas. Yo siempre estoy dispuesta, puedo durar lo que haga falta, no tengo límite.

Para él fue un alivio descubrir que su ardor físico se podía saciar con relatos.

—Cuéntame una historia —le pedía ella.

Y se acurrucaba bajo su brazo e Ibn Rushd le ponía la mano sobre la cabeza y pensaba: bien, esta noche me he librado; y le iba desgranando el relato de sus pensamientos. Usaba palabras que a muchos de sus contemporáneos les resultarían escandalosas, como *razón*, *lógica* y *ciencia*, los tres pilares de su pensamiento, las ideas que habían provocado que se quemaran sus libros. Dunia tenía miedo de aquellas palabras, pero aquel miedo la excitaba, de forma que se acurrucaba todavía más contra él y le decía:

—Cógeme la cabeza cuando me la estés llenando de tus mentiras.

Ibn Rushd tenía una herida profunda y triste, porque era un hombre derrotado: había perdido la gran batalla de su vida ante un persa muerto, Al-Ghazali de Tus, un adversario que llevaba muerto ochenta y cinco años. Cien años atrás, Al-Ghazali había escrito un libro titulado *La incoherencia de los filósofos*, en el que atacaba a los griegos como Aristóteles, a los neoplatónicos y a sus aliados, Ibn Sina y Al-Farabi, los grandes precursores de Ibn Rushd.

En un momento dado, Al-Ghazali había sufrido una crisis de fe, pero había salido de ella para convertirse en el mayor azote de la filosofía de la Historia mundial. La filosofía, decía en tono de burla, era incapaz de demostrar la existencia de Dios, ni siquiera la imposibilidad de que existieran dos dioses. La filosofía creía en la inevitabilidad de las causas y los efectos, lo cual disminuía el poder de Dios, que podía intervenir con facilidad para alterar los efectos y hacer que las causas fueran ineficaces si así lo quería.

—¿Qué pasa —le preguntó una vez Ibn Rushd a Dunia mientras la noche los envolvía en su manto de silencio y podían hablar de cosas prohibidas— cuando pones en contacto un palo en llamas y una bola de algodón?

—Que el algodón se incendia, claro —contestó ella.

—¿Y por qué se incendia?

—Pues porque es así —dijo ella—. El fuego lame el algodón y el algodón se vuelve parte del fuego, así son las cosas.

—La ley de la naturaleza —dijo él—. Las causas tienen efectos. —Y ella asintió, con la cabeza bajo su mano—. Pues él no estaba de acuerdo —continuó Ibn Rushd, y ella supo que se estaba refiriendo al enemigo, Al-Ghazali, el único que lo había derrotado—. Él decía que el algodón se incendiaba porque Dios lo hacía incendiarse, porque en el universo de Dios no hay más ley que la voluntad de Dios.

—Entonces, ¿si Dios quisiera que el algodón apagara el fuego, si quisiera que el fuego se volviera parte del algodón, lo podría hacer?

—Sí —dijo Ibn Rushd—. Según el libro de Al-Ghazali, Dios podría.

Ella lo pensó un momento.

—Menuda tontería —dijo por fin.

Incluso a oscuras sintió que a él se le extendía por la cara barbuda su sonrisa resignada y torcida, aquella sonrisa donde había cinismo pero también dolor.

—Pues él diría que ésa es la fe verdadera —contestó él— y que estar en desacuerdo es... inconveniente.

—O sea, que si a Dios le da la gana, puede pasar cualquier cosa —dijo ella—. Que a un hombre los pies no le toquen el suelo, por ejemplo, que eche a andar por el aire.

—Los milagros —dijo Ibn Rushd— se dan cuando Dios cambia las reglas con las que quiere jugar, y si nosotros no lo entendemos es porque en última instancia Dios es inefable, es decir, está más allá de nuestra comprensión.

Ella se volvió a quedar callada.

—Pongamos por caso —dijo por fin— que Dios no existiera. Pongamos por caso que tú me convences de que la «razón», la «lógica» y la «ciencia» poseen una magia que hace innecesario a Dios. ¿Puede uno suponer siquiera que sería posible suponer algo así?

Dunia sintió que al filósofo se le ponía rígido el cuerpo. Ahora era *él* quien tenía miedo de sus palabras, pensó ella, y le produjo un placer extraño.

—No —dijo él, en tono demasiado áspero—. Eso sería una suposición estúpida.

Él había escrito su propio libro, *La incoherencia de la incoherencia*, a modo de réplica a Al-Ghazali, desde una distancia de cien años y mil seiscientos kilómetros. Pero a pesar de lo huraño de su título, la influencia del persa no había remitido y era Ibn Rushd quien había acabado deshonrado y cuyos libros habían sido quemados y sus páginas consumidas, porque era lo que Dios había decidido que había que permitirle al fuego en aquel momento. En todos sus escritos había intentado reconciliar las palabras *razón*, *lógica* y *ciencia* con las palabras *Dios*, *fe* y *Corán*, pero no lo había logrado, por mucho que hubiera usado con gran sutileza el argumento de la bondad, demostrando por medio de citas coránicas que Dios tenía que existir por el hecho de haber regalado a la humanidad este jardín de las delicias terrenales, «¿y acaso no hemos hecho descender la lluvia de las nubes, agua derramándose en abundancia, para que podáis producir trigo, y hierbas, y jardines con árboles densamente plantados?». Él mismo era jardinero, aficionado pero entusiasta, y le parecía que el argumento de la bondad demostraba al mismo tiempo la existencia de Dios y su naturaleza esencialmente buena y liberal. Pero los defensores de un Dios más severo lo habían derrotado. Ahora yacía, o eso creía, con una judía conversa a la que había salvado del burdel y que parecía capaz de ver el interior de sus sueños, donde él discutía con Al-Ghazali en el idioma de los conceptos irreconciliables, en el idioma del entusiasmo, de llegar al final, un idioma que si él hubiera usado en sus horas de vigilia lo habría condenado al verdugo.

A medida que Dunia se iba llenando de criaturas y luego las expulsaba a la casita, iba quedando menos espacio para las «mentiras» excomulgadas de Ibn Rushd. Los momentos de intimidad de la pareja se vieron menguados y el dinero se convirtió en un problema.

—Un hombre de verdad afronta las consecuencias de sus actos —le decía ella—, sobre todo uno que cree en las causas y los efectos.

Pero ganar dinero nunca había sido el fuerte de Ibn Rushd. El negocio de la trata de caballos era traicionero, estaba lleno de desalmados y daba muy pocos beneficios. En el mercado de las tinajas había mucha competencia, de forma que los precios eran bajos.

—Cobra más a tus pacientes —le aconsejó ella, irritada—. Tienes que sacar rendimiento a tu prestigio de antaño, por manchado que esté. ¿Qué otra cosa tienes? No basta con ser una máquina de hacer bebés. Tú haces los bebés, los bebés vienen y tienen que comer. Eso es «lógico». Es «racional». —Sabía volver sus palabras contra él—. No hacerlo —exclamaba en tono triunfal— es «incoherente».

(A los yinn les gustan las cosas relucientes, el oro, las joyas y demás, y a menudo esconden sus tesoros en cuevas subterráneas. Entonces, ¿por qué aquella princesa yinnia no gritaba simplemente «ábrete» ante la puerta de una cueva del tesoro y solucionaba sus problemas de un plumazo? Pues porque había elegido una vida humana, asociarse humanamente en calidad de esposa «humana» de un ser humano, y estaba atada por esa elección. Revelarle su verdadera naturaleza a su amante después de tanto tiempo sería una especie de traición o mentira en el corazón de su relación. Así que se la siguió ocultando, por miedo a que él la abandonara. Al final, sin embargo, él la abandonó de todos modos, por sus propias razones humanas.)

Había un libro persa titulado *Hazar Afsané*, mil relatos, del que existía traducción al árabe. En la versión árabe había menos de mil relatos, pero la acción se prolongaba durante mil noches, o mejor dicho, como los números redondos eran feos, mil noches y una. Él no había visto nunca aquel libro, pero sí le habían contado varias de sus historias en la corte. El cuento del pescador y el yinni le gustaba, no tanto por sus elementos fantásticos (el yinni que salía de la lámpara, los peces mágicos que hablaban y el príncipe embrujado medio hombre y medio estatua de mármol), sino por su belleza técnica, por la forma en que los cuentos estaban encajados dentro de otros cuentos que contenían todavía más cuentos, de tal manera que el cuento se convertía en un verdadero espejo de la vida, pensaba Ibn Rushd, en el que todas nuestras historias contienen las historias de los demás y están contenidas dentro de narraciones mayores y más grandiosas, las historias de nuestras familias, nuestras patrias y nuestras creencias. Y más hermosa aún que todos aquellos cuentos dentro de otros cuentos era la historia de la narradora, una princesa llamada Shahrazad o Sherezade, que le contaba relatos a su marido asesino para evitar que la ejecutara. Unas historias contadas para eludir la muerte y civilizar a un bárbaro. Y al pie del lecho conyugal se sentaba la hermana de Shahrazad, su público perfecto, siempre pidiendo una historia más, y otra, y otra. Del nombre de aquella hermana sacó Ibn Rushd el que les otorgó a las hordas de bebés que salían del seno de Dunia, porque resultó que la hermana se llamaba Duniazar, «y lo que tenemos aquí, llenando esta casa oscura y obligándome a cobrar honorarios exorbitantes a mis pacientes, los enfermos y débiles de Lucena, es la llegada al mundo de la *Dunia-zada*, la tribu de Dunia, la raza de los dunianos, la gente de Dunia, que traducido quiere decir "la gente del mundo"».

Dunia se sintió profundamente ofendida.

—¿Quieres decir —preguntó— que como no estamos casados nuestros hijos no pueden llevar el apellido de su padre?

Él le dedicó su sonrisa torcida y triste.

—Es mejor que sean la Duniazada —dijo—, un nombre que contiene el mundo y no ha sido juzgado por él. Ser los Rushdis los mandaría al mundo con una marca en la frente.

Ella empezó a identificarse con la hermana de Shere-zade, siempre pidiendo historias, con la diferencia de que su Sherezade era un hombre y no era su hermano, sino su amante, y de que algunas de sus historias podían hacer que los mataran a ambos si llegaban a escapar accidental-mente de la oscuridad del dormitorio. De forma que él era una especie de anti-Sherezade, le dijo Dunia, exacta-mente lo contrario de la narradora de *Las mil y una no-ches*: a ella le salvaban la vida sus historias, mientras que él se dedicaba a poner su propia vida en peligro. Pero lue-go el califa Abu Yusuf Yaqub empezó a cosechar victorias en la guerra, y el mayor de sus triunfos militares lo obtuvo contra el rey cristiano de Castilla, Alfonso VIII, en Alarcos, junto al río Guadiana. Después de la batalla de Alarcos, en la que sus fuerzas mataron a ciento cincuenta mil solda-dos castellanos, la mitad de todo el ejército cristiano, el califa se puso a sí mismo el nombre de Al-Mansur, el Vic-torioso, y con la confianza del héroe conquistador acabó con el dominio de los fanáticos bereberes y volvió a con-vocar a su corte a Ibn Rushd.

Al viejo filósofo le fue borrada de la frente la marca de la vergüenza, le fue revocado su exilio, fue rehabilita-do, eximido de su deshonra y readmitido con honores en su cargo de médico de la corte de Córdoba, dos años, ocho meses y veintiocho días después del inicio de su exi-lio, en otras palabras, mil días y noches y un día y una noche más; y Dunia se quedó embarazada de nuevo, por su-puesto, pero él no dio su apellido a sus hijos e hijas, por supuesto, y tampoco se la llevó con él a la corte almohade, por supuesto, de manera que ella desapareció de la Histo-ria, él se llevó la Historia consigo al marcharse, junto con sus túnicas, sus respuestas a borbollones y sus manuscri-tos, algunos encuadernados y otros no, con sus manuscritos de libros ajenos, dado que los suyos habían sido quemados, aunque sobrevivían muchos ejemplares, tal como le había explicado a ella, en otras ciudades, en las bibliotecas de sus amistades y en lugares donde él los había escondido para protegerlos durante su caída en desgracia, puesto que un hombre sabio siempre se prepara contra la adversidad, pero si es lo suficientemente modesto, la buena suerte lo coge por sorpresa. Ibn Rushd se marchó sin terminarse el desayuno ni despedirse, pero ella no lo amenazó, ni tampoco le reveló su naturaleza verdadera, ni el poder que tenía oculto en su interior, no le dijo: sé lo que dices en voz alta en sueños, cuando supones eso que sería una estupidez suponer, cuando dejas de intentar reconciliar lo irreconciliable y hablas de la verdad terrible y fatídica. Ella se dejó abandonar por la Historia sin intentar retenerla, igual que los niños dejan que pase de largo un desfile majestuoso, guardándolo en la memoria, haciendo que sea inolvidable, haciéndolo suyo; y siguió amándolo, aunque él la hubiera abandonado sin pensárselo dos veces. Tú lo eras todo para mí, quiso decirle ella, tú eras mi sol y mi luna, y quién me abrazará la cabeza ahora, quién me besará en los labios, quién será el padre de mis criaturas; pero él era un gran hombre destinado a los salones de los inmortales, y aquellas criaturas lloronas no eran más que los desechos que había dejado en su estela.

Un día, le murmuró ella al filósofo ausente, mucho después de que hayas muerto, te llegará el momento en el que querrás reclamar a tu familia, y en ese momento yo, tu esposa espíritu, te concederé tu deseo, a pesar de que me has roto el corazón.

Se cree que ella se quedó una temporada más entre los humanos, tal vez confiando contra todos los indicios en que él volviera, y en que le siguiera mandando dinero, en que quizás la visitara alguna vez, y ella dejó la trata de caballos pero continuó con las tinajas, pero ahora que el sol y la luna de la Historia ya se habían puesto para siempre sobre su casa, la historia de Dunia se sumió en las sombras y en los misterios, así que tal vez sea cierto, tal como dijo la gente, que después de morir Ibn Rushd su espíritu regresó con ella y engendró todavía más hijos e hijas. La gente también dijo que Ibn Rushd le había llevado una lámpara con un yinni dentro, y que el yinni era el padre de las criaturas que habían nacido después de que se fuera; ¡con qué facilidad los rumores le dan la vuelta a todo! Y también dijeron, ya menos amables, que tras ser abandonada acogía a cualquier hombre que le pagara el alquiler, y que todos los hombres a los que acogía le dejaban una nueva camada de criaturas, de modo que la Duniazada, los vástagos de Dunia, dejaron de ser bastardos Rushdis, o bien algunos ya no lo fueron, o muchos ya no lo fueron, o la mayoría; porque a ojos de la mayoría de la gente, su historia se acabó convirtiendo en una línea discontinua cuyas letras se deshacían en formas sin sentido, incapaces de revelar cuánto tiempo había vivido, o cómo, o dónde, o con quién, o cuándo y cómo había muerto, si es que había muerto.

Nadie se fijó ni se interesó en si un día Dunia dio media vuelta y se coló por una ranura del mundo para regresar al Peristán, la otra realidad, el mundo de los sueños de donde emergían periódicamente los yinn para afligir y bendecir a la humanidad. Para los aldeanos de Lucena fue como si se hubiera esfumado, tal vez convirtiéndose en el humo sin fuego. Después de que se marchara de nuestro mundo, se redujo el número de viajeros del mundo de los yinn al nuestro, y luego, durante mucho tiempo, dejaron de venir del todo y las ranuras del mundo quedaron cubiertas por las hierbas sin imaginación de las convenciones y por las matas espinosas de lo tediosamente material, hasta que por fin se cerraron por completo y a nuestros antepasados no les quedó más remedio que salir adelante sin los beneficios ni las maldiciones de la magia.

Pero los vástagos de Dunia prosperaron. De eso no hay duda. Y casi trescientos años más tarde, cuando los judíos fueron expulsados de España, hasta los judíos que no podían decir que eran judíos, los descendientes de los hijos e hijas de Dunia se embarcaron en Cádiz y en Palos de Moguer, o bien cruzaron a pie los Pirineos, o volaron a bordo de alfombras mágicas o de urnas gigantes como familiares de una yinnia que eran, atravesaron continentes y navegaron por los siete mares y escalaron altas montañas y nadaron por ríos torrenciales y encontraron cobijo y seguridad allí donde pudieron, y se olvidaron deprisa los unos de los otros, o bien se acordaron mientras les fue posible y luego se olvidaron, o no se olvidaron nunca, convirtiéndose en una familia que ya no era exactamente una familia, en una tribu que ya no era exactamente una tribu; y adoptaron todas las religiones y las no religiones, muchos de ellos, después de tantos siglos de conversos, sin conocer sus orígenes sobrenaturales, olvidando la historia de la conversión forzosa de los judíos, y algunos se volvieron enloquecidamente devotos y otros despectivamente escépticos; una familia sin lugar pero con parientes en todas partes, una aldea sin ubicación pero que recorría sinuosamente todas las ubicaciones del planeta, igual que plantas sin raíces, musgos o líquenes u orquídeas trepadoras, obligados a posarse sobre los demás, incapaces de sostenerse por sí solos.

La Historia nunca es amable con aquellos a quienes abandona, pero puede tratar igual de mal a quienes la escriben. Ibn Rushd murió (convencionalmente, a la vejez, o eso creemos) durante un viaje a Marrakech apenas un año después de que lo rehabilitaran, y nunca vio crecer su fama, nunca la vio propagarse más allá de las fronteras de su mundo hasta llegar al mundo de los infieles que había más allá, donde sus comentarios a Aristóteles se convertirían en los cimientos de la popularidad de su magnífico precursor, en las piedras angulares de la filosofía sin dios de los infieles, llamada *saecularis*, que quiere decir la clase de idea que sólo aparecía una vez en cada *saeculum* o era del mundo, o tal vez una idea para las eras; la imagen misma o eco de las ideas que él únicamente había pronunciado en sueños. De haber sido creyente, tal vez no le habría entusiasmado precisamente el lugar que le acabó concediendo la Historia, puesto que para un creyente es un destino extraño convertirse en inspiración de ideas que no necesitan de fe, y es un destino todavía más extraño para la filosofía de un hombre triunfar más allá de las fronteras de su mundo pero caer derrotada dentro de esas fronteras, porque en el mundo que él conocía fueron los hijos de su adversario muerto, Al-Ghazali, quienes se multiplicaron y heredaron el reino, mientras sus propios vástagos bastardos se desperdigaban, abandonando tras de sí su apellido prohibido, para poblar la Tierra. Un gran número de los que sobrevivieron terminaron en el enorme continente de América del Norte, y otros muchos en el enorme subcontinente de Asia del Sur, gracias al fenómeno de la «agrupación», que forma parte de la misteriosa falta de lógica de la distribución al azar; y muchos de ellos se propagaron después hacia el oeste y hacia el sur de las Américas, y hacia el norte y el oeste desde aquel diamante enorme que había a los pies de Asia, y así llegaron a todos los países del mundo, porque se puede decir con justicia de la Duniazada que, además de tener unas orejas peculiares, todos sentían un hormigueo en los pies. E Ibn Rushd estaba muerto, pero tal como se verá, su adversario y él mantuvieron su disputa más allá de la tumba, porque las controversias de los grandes pensadores no tienen fin, y la idea misma de la disputa es una herramienta para mejorar la mente; la más afilada de todas las herramientas, nacida del amor al conocimiento, es decir, de la filosofía.

EL SEÑOR GERONIMO

Más de ochocientos años después, a más de cinco mil kilómetros de distancia, y hace ya más de mil años, una tormenta se cernió como una bomba sobre la ciudad de nuestros antepasados. Sus infancias cayeron al agua y se perdieron, junto con los muelles construidos a base de recuerdos en los que antaño habían comido algodón de azúcar y pizza, o las pasarelas costaneras bajo las cuales se habían escondido del sol estival y habían besado sus primeros labios. Los tejados de sus casas se alejaron volando por el cielo nocturno como si fueran murciélagos desorientados y los desvanes donde habían almacenado sus pasados quedaron expuestos a los elementos, hasta que pareció que todo lo que habían sido quedaba devorado por el cielo depredador. Sus secretos se ahogaron en los sótanos inundados y ya no pudieron ser recordados. La electricidad los abandonó. Cayó la oscuridad.

Antes de que la electricidad fallara, la televisión mostró imágenes de una inmensa espiral blanca que giraba en el cielo como una nave espacial alienígena invasora. Luego el río se cernió sobre las centrales eléctricas y los árboles se desplomaron sobre los cables eléctricos y aplastaron las casetas que albergaban los generadores de emergencia y empezó el apocalipsis. La cuerda que amarraba a nuestros antepasados a la realidad se rompió, y mientras los elementos les bramaban en los oídos les resultó fácil creer que las ranuras del mundo se habían vuelto a abrir, que se habían roto los sellos y que había hechiceros riendo en el cielo, jinetes satánicos cabalgando las nubes al galope. Durante tres días y noches nadie habló, porque solamente existía el lenguaje de la tormenta y nuestros antepasados no sabían hablar aquel idioma espantoso. Luego por fin amainó, y como criaturas negándose a creer en el fin de la infancia quisieron que todo volviera a ser como antes. Pero al volver la luz todo parecía distinto. Ahora reinaba una luz blanca que no habían visto nunca, tan molesta como la lámpara de un interrogador, que no proyectaba sombras, una luz despiadada que no dejaba sitios donde esconderse. Cuidado, parecía decirles aquella luz, porque vengo a quemar y a juzgar.

Luego empezaron las cosas extrañas. Y continuaron durante dos años, ocho meses y veintiocho noches.

Y así es como nos ha llegado la historia a nosotros un milenio más tarde: como una crónica de los hechos empapada y tal vez dominada por la leyenda. Así es como la vemos ahora, como si fuera un recuerdo falible, o un sueño del pasado remoto. Si se trata de una historia falsa, o en parte falsa, si en los registros se han introducido relatos inventados, ya es demasiado tarde para hacer nada al respecto. Ésta es la historia de nuestros antepasados tal como nosotros hemos decidido contarla, de manera que, por supuesto, también es nuestra historia.

Fue el primer miércoles después de la gran tormenta cuando el señor Geronimo se fijó por primera vez en que los pies ya no le tocaban el suelo. Se había despertado una hora antes del amanecer como de costumbre, recordando a medias un extraño sueño en el que tenía pegados al pecho los labios de una mujer que murmuraba cosas inaudibles. Tenía la nariz tapada y la boca seca porque había dormido respirando por ella, el cuello dolorido gracias a su costumbre de ponerse demasiadas almohadas debajo y el eczema del tobillo izquierdo pidiéndole que lo rascara. El cuerpo en general le fastidiaba igual que todas las mañanas: nada de que quejarse, en otras palabras. Los pies, de hecho, no le molestaban. Al señor Geronimo, los pies le habían dado problemas durante gran parte de su vida, pero hoy lo estaban tratando bien. De cuando en cuando sufría el dolor propio de los pies planos, aunque llevaba a cabo con meticulosidad sus ejercicios, que consistían en encoger los dedos de los pies todas las noches antes de irse a dormir y justo después de despertarse por la mañana. Además estaba la batalla con la gota, y la medicación que le producía diarrea. El dolor le venía periódicamente y él lo aceptaba, consolándose con lo que había aprendido de joven: que gracias a los pies planos te escapabas de ser reclutado por el ejército. Al señor Geronimo ya se le había pasado hacía mucho tiempo la edad de hacer de soldado, pero el dato lo seguía reconfortando. Y a fin de cuentas, la gota era la enfermedad de los reyes.

Últimamente se le habían formado en los talones unos callos gruesos y agrietados que necesitaban atención, pero había estado demasiado ocupado para ir al podólogo. Necesitaba los pies, los usaba a diario. Además, habían tenido un par de días de descanso, la jardinería había sido impracticable durante una tormenta como aquélla, así que tal vez esa mañana sus pies estuvieran decidiendo no importunarlo a modo de recompensa. Descolgó las piernas por un costado de la cama y se puso de pie. Y en aquel momento notó algo distinto. Estaba familiarizado con la textura de los tablones barnizados del suelo de su dormitorio, pero por alguna razón aquella mañana de miércoles no los sintió. Notaba una suavidad nueva bajo los pies, una especie de vacío reconfortante. Puede que se le hubieran adormecido los pies, entumecidos por los callos cada vez más gruesos. Un hombre como él, de edad avanzada y con un día de trabajo físico duro por delante, no prestaba atención a aquellas nimiedades. Un hombre como él, fuerte, corpulento y en forma, se dejaba de fruslerías y se limitaba a encarar la jornada.

Seguía sin haber electricidad y había muy poca agua, aunque les habían prometido que ambas cosas regresarían al día siguiente. El señor Geronimo era una persona muy meticulosa y le molestaba no cepillarse bien los dientes ni darse una ducha. Echó por el retrete un poco del agua que le quedaba en la bañera. (La había llenado a modo de precaución antes de que empezara la tormenta.) Se enfundó en su mono de trabajo y sus botas y, evitando el ascensor encallado, bajó a las calles en ruinas. A los sesenta y pico años, se dijo a sí mismo, a una edad en la que la mayoría de los hombres se dedican a descansar, él seguía igual de activo y en forma que siempre. La vida que había elegido hacía mucho tiempo se había encargado de ello. Lo había apartado de la iglesia de su padre, con sus curas milagrosas y sus mujeres que se levantaban entre gritos de sus sillas de ruedas porque estaban poseídas por el poder de Cristo, y también del bufete de arquitectos de su tío, donde podría haber pasado largos años sedentarios e invisibles dibujando las vagas visiones de aquel amable caballero, los planos de sus decepciones y frustraciones y cosas que podrían haber sido. El señor Geronimo había dejado atrás a Jesucristo y las mesas de dibujo y había salido al aire libre.

Una vez en la camioneta verde, en cuyos costados había perfiladas en amarillo y con efecto de sombra en escarlata las palabras SEÑOR GERONIMO JARDINERO, seguidas de un número de teléfono y la dirección de una página web, tampoco notó el asiento que tenía debajo, y el cuero verde agrietado que normalmente se le clavaba agradablemente en la nalga derecha hoy no le causó el mismo efecto. Estaba claro que no era el de siempre. Experimentaba una atenuación generalizada de las sensaciones. Esto era preocupante. A su edad, y teniendo en cuenta la profesión que había elegido, le preocupaban las pequeñas traiciones del cuerpo, debía lidiar con ellas a fin de mantener a raya las traiciones mayores que le esperaban. Iba a tener que hacérselo mirar, pero todavía no, al menos no ahora mismo, en las postrimerías de la tormenta, cuando los médicos y los hospitales tenían problemas más graves que tratar. Notaba el acelerador y el freno extrañamente acolchados bajo su bota, como si aquella mañana le exigieran una presión ligeramente mayor. Estaba claro que la tormenta no sólo había trasteado con la psique de los seres humanos, sino también con la de los vehículos motorizados. Los coches yacían abandonados y abatidos, en ángulos extraños y con las ventanillas rotas, y hasta había un melancólico autobús amarillo tumbado de costado. Las calles principales estaban despejadas, sin embargo, y el puente de George Washington había sido reabierto al tráfico. Había escasez de gasolina, pero él se había aprovisionado y creía que no le faltaría. El señor Geronimo era dado a aprovisionarse de gasolina, máscaras antigás, linternas, mantas, material médico, comida enlatada y agua en envases ligeros; era un hombre que se anticipaba a las emergencias, que ya contaba con que el tejido social se rasgara y se desintegrara, que sabía que se podía usar el pegamento de impacto para cerrar cortes y que no confiaba en que la naturaleza humana construyera las cosas bien ni con solidez. Era un hombre que se esperaba lo peor. También era un hombre supersticioso, que siempre estaba cruzando los dedos, y que sabía, por ejemplo, que en los árboles de América vivían espíritus malvados, de forma que para expulsarlos había que tocar madera, mientras que los espíritus de los árboles británicos (él era un admirador de la campiña británica) eran criaturas amistosas, de modo que cuando tocabas madera allí era para beneficiarte de su benevolencia. Era importante saber aquellas cosas. Cualquier precaución era poca. Si te alejas de Dios, conviene al menos intentar estar a buenas con la suerte.

Así que se adaptó a las necesidades de la camioneta y condujo por el lado este de la manzana hasta coger el puente George Washington recién reabierto. Como era obvio, tenía sintonizada en la radio la emisora de los viejos éxitos. El pasado se fue, el pasado se fue, cantaban las voces de otro tiempo. Una idea acertada, pensó. El pasado ya se había ido. Y el futuro no llega nunca, lo cual deja solamente el presente. El río había regresado a su curso natural, pero por todo su margen el señor Geronimo vio destrucción y lodo negro, y en aquel lodo negro yacía exhumado el pasado ahogado de la ciudad, las chimeneas de las barcazas hundidas asomando del barro como periscopios, los Oldsmobile encantados y de dentaduras melladas incrustados en el lodo de la orilla, y secretos todavía más oscuros, el esqueleto del legendario monstruo del Hudson, Kipsy, y los cráneos de los estibadores irlandeses asesinados flotando en el cieno negro, y también se oían noticias extrañas por la radio: el lodo negro había hecho emerger las murallas del fuerte indio de Nipinichsen, así como las pieles raídas de los comerciantes holandeses de antaño, y el ataúd original que contenía las baratijas por valor de sesenta florines con las que un tal Peter Minuit les había comprado a los indios lenape una isla cubierta de colinas había quedado depositado en la punta norte de Mannahatta, como si la tormenta les estuviera diciendo a nuestros antepasados: idos a la mierda, os vuelvo a comprar la isla.

Condujo por carreteras ruinosas y llenas de desechos de la tormenta en dirección a La Incoerenza, la propiedad de los Bliss. En las afueras de la ciudad, la tormenta había sido todavía más salvaje. Unos relámpagos como inmensas columnas torcidas habían unido La Incoerenza con el cielo, y el orden, que Henry James ya advirtió que solamente era la forma que tenía el hombre de soñar el universo, se había desintegrado bajo el poder del caos, que era la ley de la naturaleza. Por encima de las cancelas de la propiedad, un cable roto conectado a la red se mecía peligrosamente, con la muerte en su punta. Cada vez que tocaba la verja, crepitaban descargas eléctricas azules por los barrotes. La vieja casa permanecía firme, pero el río había desbordado sus márgenes y se había elevado como una lamprea gigante, todo barro y dientes, para tragarse los terrenos de una sola bocanada. Ahora se había retirado, pero dejando tras de sí nada más que destrucción. Mirando la devastación, el señor Geronimo tuvo la sensación de estar presenciando la muerte de su imaginación, plantado en la escena del crimen de su asesinato a manos del lodo negro y de la mierda indestructible del pasado. Es posible que llorara. Y allí, en lo que habían sido suaves lomas cubiertas de hierba, escondidas ahora bajo el lodo negro de la crecida del Hudson, el espeso lodo negro lleno de mierda indestructible del pasado, allí, mientras escrutaba llorando un poco las ruinas de más de una década de su mejor trabajo de jardinería: las espirales de piedra que imitaban las de los celtas de la Edad de Hierro, el jardín botánico que hacía palidecer a su primo de Florida, el reloj de sol analemático, réplica del que había en el meridiano de Greenwich, el bosque de rododendros, el laberinto minoico con el gordo minotauro de piedra en su centro y los recovecos secretos escondidos entre los setos, todo ello perdido y roto bajo el barro negro de la Historia, con las raíces de los árboles sobresaliendo del lodo negro como brazos de hombres ahogados en medio de la mierda indestructible del pasado, allí, el señor Geronimo entendió que sus pies presentaban un nuevo e importante problema. Se adentró en el barro y sus botas ni se pegaron ni chapotearon. Dio un par o tres de pasos perplejos por la negrura, a continuación miró atrás y vio que no había dejado huellas.

—Mierda —exclamó en voz alta, consternado.

¿A qué clase de mundo lo había arrojado la tormenta? El señor Geronimo no se consideraba un hombre miedoso, pero el hecho de no dejar pisadas lo había asustado. Pisoteó fuerte contra el suelo: bota izquierda, bota derecha y bota izquierda. El barro siguió intacto. ¿Acaso había estado bebiendo? No, aunque a veces se pasaba un poco con el tema, como hacen en ocasiones los hombres mayores que viven solos, pero esta vez el alcohol no tenía nada que ver. ¿Acaso seguía dormido, soñando con los terrenos de La Incoerenza perdidos bajo un mar de lodo? Quizás, pero no tenía la sensación de estar en un sueño. ¿Acaso aquél era un lodo de río sobrenatural, una especie de lodo fluvial monstruoso del que los científicos del lodo no habían oído hablar nunca, cuyas misteriosas profundidades acuáticas le conferían el poder de resistir el peso de un hombre que saltaba? ¿O bien —y esto le parecía la posibilidad más verosímil, aunque también la más alarmante— era en él donde se había producido el cambio? Una mitigación inexplicable de la gravedad personal... Dios, pensó, y al instante pensó también en cómo su padre fruncíría el ceño si lo oyera usar el nombre de Dios en vano, en su padre reprendiendo a su yo infantil a medio metro de distancia, como si estuviera amenazando a su congregación desde el púlpito con su dosis semanal de fuego y azufre; ¡Dios! Ahora sí que iba a tener que hacerse mirar los pies.

El señor Geronimo era un hombre centrado, de forma que no se le ocurrió que pudiera haber empezado una nueva era de fenómenos irracionales, en la que la aberración gravitatoria de la que estaba siendo víctima solamente fuera una de muchas manifestaciones extravagantes. En la composición de lugar que se estaba haciendo no le cabían más cosas grotescas. No le entraba en la cabeza, por ejemplo, que en el futuro cercano pudiera hacer el amor con una princesa de las hadas. Ni tampoco se esperaba para nada la transformación de la realidad global. No extrajo más conclusiones de su extraña situación. No se imaginó la reaparición inminente en los océanos de monstruos marinos lo bastante grandes como para engullir barcos enteros de un solo trago, ni tampoco el surgimiento de hombres lo bastante fuertes como para levantar a elefantes adultos, ni la aparición en los cielos de magos viajando por el aire a supervelocidad y a bordo de urnas voladoras impulsadas por la magia. No se le ocurrió que pudiera haber caído víctima del hechizo de un yinni malévolo y poderoso.

Sin embargo, sí que era metódico por naturaleza, de modo que, como innegablemente le preocupaba su nueva

43

dolencia, buscó en el bolsillo de su raída chaqueta de jardinero y encontró un papel doblado, una factura de su empresa de servicios eléctricos. La electricidad estaba cortada pero las facturas seguían insistiendo en que se abonara lo antes posible. Era el orden natural de las cosas. Desplegó la factura y la extendió sobre el barro. Luego se puso de pie encima, la pisoteó y dio un par de saltos, intentando restregar el documento con los pies. Permaneció intacto. Estiró el brazo, dio un tirón del papel y se lo sacó sin problemas de debajo de los pies. Ni rastro de la huella de sus botas. Lo intentó por segunda vez y no tuvo problema alguno para pasarse la factura de servicios limpiamente por debajo de las botas. Entre sí mismo y el suelo quedaba un espacio minúsculo pero indiscutible. Ahora estaba permanentemente separado de la superficie del planeta por una distancia equivalente al menos al grosor de una hoja de papel. El señor Geronimo se incorporó con el papel en la mano. A su alrededor había árboles gigantes muertos y hundidos en el barro. La Dama Filósofa, su patrona y heredera del imperio de los piensos, la señorita Alexandra Bliss Fariña, lo estaba mirando a través de las cristaleras de la planta baja de la casa, con las lágrimas cayéndole por el rostro joven y hermoso, o al menos con algo manándole de los ojos que él no alcanzaba a distinguir. Puede que fueran de miedo o de *shock*. Puede incluso que fueran de deseo.

Hasta aquel momento, la vida del señor Geronimo había sido un periplo de un tipo bastante habitual en el mundo peripatético de nuestros antepasados, en el que la gente se desprendía con suma facilidad de sus lugares, creencias, comunidades e idiomas, y también de cosas todavía más importantes, como el honor, la moralidad, el discernimiento y la verdad; en el que podríamos decir que se deshacían de las versiones auténticas de sus biografías y se pasaban el resto de la vida intentando descubrir, o bien forjar, nuevas narrativas sintéticas creadas por sí mismos. El señor Geronimo había sido bautizado Raphael Hieronymus Manezes, en Bandra, Bombay, hijo ilegítimo de un incendiario sacerdote católico, más de sesenta primaveras antes de los acontecimientos que nos conciernen ahora, en otro continente y en otra época del mundo y a manos de un hombre (muerto largo tiempo atrás) que llegaría a resultarle igual de ajeno que los marcianos o los reptiles, pero que también era todo lo próximo que podía serle alguien de acuerdo con la sangre. Su santo padre, el Padre Jerry, o Muy Reverendo Padre Jeremiah D'Niza, era, en sus propias palabras, un «pedazo de Orson», «un moby-ballenato», que carecía de lóbulos en las orejas pero para compensar poseía el bramido de Esténtor, el heraldo del ejército griego durante la guerra de Troya, cuya voz era tan poderosa como la de cincuenta hombres. Era el casamentero principal del vecindario y también su benévolo tirano, un conservador de la mejor clase, a decir de todos. *Aut Caesar aut nullus* era su lema personal, igual que había sido el de César Borgia, «o César o nada», y como estaba claro que el Padre Jerry era todo menos nada, se deducía que debía de ser César, y de hecho su autoridad era tan completa que nadie se quejó cuando se emparejó subrepticiamente (lo cual significa que se enteró todo el mundo) con una taquígrafa de cara severa, una mujercilla minúscula llamada Magda Manezes que parecía una frágil ramita al lado de la enorme higuera de Bengala que era el cuerpo del Padre. Pronto el Muy Reverendo Padre Jeremiah D'Niza abandonó el celibato perfecto y engendró un apuesto hijo, reconocible al instante como hijo suyo por sus distintivas orejas.

—Ni los Habsburgo ni los D'Niza tienen lóbulos —le gustaba decir al Padre Jerry—. Por desgracia, acabaron siendo emperadores los que no debían.

(Los granujillas de las calles de Bandra no habían oído hablar nunca de los Habsburgo. Decían que el hecho de que Raphael no tuviera lóbulos era señal de que no era de fiar, señal de locura, de que era un *psicópata*, palabra larga y emocionante. Pero esto era una superstición ignorante, obviamente. Él iba al cine como todo el mundo y allí veía que los psicópatas —asesinos locos, científicos locos y príncipes mogoles locos— tenían las orejas perfectamente normales.)

El hijo del Padre Jerry no podía recibir el apellido de su padre, por supuesto, había que observar cierta decencia, de forma que recibió el de su madre. El buen pastor le puso los nombres propios de Raphael, por el santo patrón de Córdoba, España, y de Hieronymus, por Eusebius Sophronius Hieronymus de la ciudad de Estridón, alias san Jerónimo. «Raffy-Rónimus el hijo del pastrónimus» era como se lo conocía entre los granujillas que jugaban al críquet en las santificadas calles católicas de Bandra —San León, San Alejo, San José, San Andrés, San Juan, San Roque, San Sebastián y San Martín—, hasta que fue demasiado alto y fuerte para que se burlaran de él; para su padre, sin embargo, siempre sería el joven Raphael Hieronymus Manezes, a lo grande y con el nombre completo. Vivía con su madre en el este de Bandra, pero los domingos le dejaban visitar el más pudiente lado oeste de la ciudad para cantar en la coral de la iglesia de su padre y para escuchar cómo el Padre Jerry predicaba sin conciencia aparente de su propia hipocresía acerca del fuego eterno, que era la consecuencia inevitable del pecado.

La verdad es que en la edad madura al señor Geronimo le falló bastante la memoria, de forma que olvidó gran parte de su infancia. Aun así, recordaba cosas sueltas de su padre. Recordaba el hecho de cantar en la iglesia. De niño, el señor Geronimo había sabido algo de latín, y al cantar en Navidad por ejemplo solicitaba que se acercaran los fieles en la antigua lengua de Roma, pronunciando las uves como uves dobles, tal como le ordenaba su padre. *Wenite, wenite in Bethlehem. Natum widete regem angelorum.* Pero fue el Génesis lo que lo cautivó, en la Vulgata que había escrito su tocayo san Jerónimo. El Génesis y sobre todo el capítulo uno versículo tres. *Dixitque Deus: fiat lux. Et facta est lux.* Que él mismo tradujo a su «wulgata» personal de Bombay: «Y Dios dijo: coche italiano barato, jabón cosmético para estrellas de cine. Y le llegó el Lux». Papá, por favor, ¿por qué Dios pidió un Fiat pequeño y una pastilla de jabón? Y también, por favor, ¿cómo es que solamente consiguió el jabón? ¿Por qué no podía crear él el coche? ¿Y por qué no pidió un coche mejor, papá? Podría haberse pedido un Jesuchrysler, ¿no? Lo cual provocaba que le cayera encima la inevitable jeremiada de Jeremiah D'Niza, además de un estruendoso recordatorio de que él era un fruto del pecado. No me llames papá, llámame Padre como todo el mundo, y él esquivaba con una risita la mano vengativa del pastor, cantando «coche italiano barato, jabón cosmético para estrellas de cine».

Y su infancia no tuvo más. Siempre supo que la iglesia no era para él, pero le gustaban las canciones. Y los domingos venían a la iglesia todas las Sandras del barrio, y a él le gustaban sus peinados ahuecados y sus contoneos

47

descarados. «Oíd cantar a los ángeles heraldos —les enseñaba él en Navidad—. Tomad pastillas Beecham con caldo. Si queréis salvar el alma, tragáoslas con calma. Si os queréis condenar al fuego, dejad cuatro para luego.» A las Sandras les gustaba aquello, y le dejaban que las besara en secreto detrás de las gradas del coro. Su padre, pese a ser tan apocalíptico en el púlpito, casi nunca le pegaba, y básicamente dejaba que su hijo se desahogara soltando blasfemias, consciente de que los bastardos tienen sus resentimientos y hay que permitirles que los ventilen como les salga, y después de la muerte de Magda, que cayó víctima de la polio en la época en que no todo el mundo tenía acceso a la vacuna de Salk, mandó a Hieronymus a aprender un oficio con su tío arquitecto Charles en la capital del mundo, pero tampoco esto salió bien. Más adelante, cuando el joven cerró el gabinete de arquitectos de Greenwich Avenue y montó el negocio de jardinería, su padre le escribió una carta: «Si no persistes en las cosas, nunca llegarás a nada». Malogrado en los terrenos de La Incoerenza, el señor Geronimo recordó la advertencia de su padre. El viejo sabía lo que decía.

En boca de los americanos, Hieronymus no tardó en convertirse en Geronimo, y él tuvo que admitir que le gustaba la alusión al jefe indio. Era un hombre corpulento igual que su padre, de manos grandes y hábiles, cuello robusto y perfil aguileño, y con aquella tez medio india y medio india, a los americanos no les costó mucho imaginar que tenía sangre del Salvaje Oeste y tratarlo con el respeto que reservaban a los despojos de un pueblo exterminado por los blancos, lo cual él aceptó sin aclarar que era indio de la India, y por tanto conocía una versión distinta de la opresión imperialista, pero bueno, daba igual. El tío Charles Duniza (que había cambiado la or-

48

tografía de su apellido para adaptarse a los gustos italianizantes de los americanos) tampoco tenía lóbulos y era tan alto como el resto de la familia. Tenía el pelo blanco, unas cejas blancas y pobladas y los labios carnosos habitualmente curvados en una sonrisa amable y decepcionada, y en su modesto gabinete de arquitectura no permitía que se discutiera de política. Cuando se llevó a Geronimo, que entonces tenía veintidós años, a beber a una taberna propiedad de la familia Genovese y frecuentada por *drag queens*, chaperos y transexuales, solamente quiso hablarle de sexo, del amor entre hombres, lo cual horrorizó y encantó a la vez a su sobrino de Bombay, que nunca había hablado de aquellos temas y para quien hasta ese instante habían sido un misterio. El Padre Jerry, que era un conservador de la mejor clase, consideraba la homosexualidad totalmente inaceptable, algo a tratar como si no existiera. Pero ahora el joven Geronimo estaba viviendo en la casa de ladrillo destartalada que su tío homosexual tenía en Saint Mark's Place, y la casa estaba llena de los protegidos de Tío Charles, media docena de refugiados cubanos gais a quienes Charles Duniza, con un gesto despreocupado y despectivo de la mano, se refería de forma colectiva como los Raúles. A los Raúles se los podía encontrar a cualquier hora del día en los cuartos de baño, depilándose las cejas o afeitándose el vello del pecho y de las piernas antes de salir en busca de amor. Geronimo Manezes no tenía ni idea de cómo hablar con ellos, pero no era problema porque ellos tampoco tenían interés alguno en hablar con él. Él siempre había exudado unas poderosas feromonas heterosexuales que inducían en los Raúles pequeños mohínes de indiferencia que decían: puedes coexistir en este espacio con nosotros si no hay más remedio, pero ten claro que, en todos los sentidos que importan, para nosotros no existes.

Mientras los veía adentrarse contoneándose en la noche, Geronimo Manezes descubrió que les envidiaba su despreocupación, la facilidad con la que se quitaban de encima La Habana como si fuera una piel de serpiente que no querían y se abrían paso por aquella ciudad con las diez palabras que chapurreaban en inglés, sumergiéndose en el mar urbano políglota y sintiéndose al instante como en casa, o por lo menos sumando su inadaptación natural, crispada, enfadada y traumatizada a todos los demás peces fuera del agua que los rodeaban, usando su promiscuidad propia de casa de baños para crear la sensación de que aquél era su lugar. Y él se dio cuenta de que también quería ser así. Sentía lo mismo que los Raúles; ahora que estaba allí, en aquella metrópolis rota, sucia, inagotable, peligrosa e irresistible, ya no pensaba volver nunca a casa.

Igual que muchos escépticos, Geronimo Manezes buscaba el paraíso, pero por entonces la isla de Manhattan era cualquier cosa menos paradisíaca. Después de los disturbios de aquel verano, Tío Charles dejó de ir a la taberna de la mafia. Un año más tarde salió a manifestarse junto con los demás manifestantes del orgullo, pero sin sentirse muy cómodo. Lo de manifestarse no le salía con naturalidad. Después de leer el *Cándido* de Voltaire, se había mostrado de acuerdo con el tan denostado héroe del libro: *Il faut cultiver son jardin*.

—Quédate en casa, ve a trabajar y atiende a tus negocios —le aconsejó a su sobrino Geronimo—. Todo esto de la solidaridad y el activismo..., no sé yo.

Era un hombre cauteloso por naturaleza, miembro de una asociación de empresarios gais a la que, tal como le enorgullecería decir durante los años venideros, Ed Koch se había dirigido oficialmente cuando estaba en el ayuntamiento; había sido la primera organización abiertamente gay con la que había hablado, y todo el mundo había sido demasiado cortés para preguntarle al futuro alcalde por los rumores que corrían sobre su orientación sexual. Charles asistía con regularidad a las reuniones de traje y corbata que celebraba la asociación en el Village, y a su manera era conservador, igual que lo era en la India su hermano, el Padre Jerry. Pero cuando lo convocaron a manifestarse, se puso el traje de los domingos y se unió al descabellado desfile, convirtiéndose en una de las pocas personas que llevaban ropa formal en aquel desafiante carnaval de autorreivindicación. Y Geronimo, pese a ser hetero, lo acompañó. A aquellas alturas ya se habían hecho muy amigos y no habría sido correcto dejar a Tío Charles ir solo a la batalla.

Pasaron los años y el gabinete de arquitectura empezó a atravesar dificultades. Las paredes del despacho de Greenwich Avenue estaban cubiertas de sueños: edificios que Charles Duniza no había construido y no construiría nunca. A finales de los años ochenta, un amigo suyo, el célebre promotor inmobiliario Bento V. Elfenbein, compró cien hectáreas de terrenos de alto *standing* en Big Groundnut, en la bifurcación sur de Long Island —el nombre estaba sacado de la palabra de los indios pequot que más adelante se traduciría más habitualmente por *patata*—, y quiso que un centenar de «arquitectos estrella» construyeran edificios de autor ocupando una hectárea cada uno. Y una de aquellas hectáreas se la prometió a Charles.

—Tú también, claro, Charles, ¿no? ¿Qué crees, que no me acuerdo de mis amigos? —lo instigó Bento.

Pero el proyecto se estancó por problemas financieros complejos. A Tío Charles se le diluyó un poco la sonrisa a raíz de aquello, se le puso un poco más triste.

Bento, un dandi con el pelo castaño lacio y peinado de lado y una pintoresca afinidad con los pañuelos de cuello, tenía un *glamour* absurdo y un encanto casi escandaloso, no en vano era el retoño de una gran dinastía de Hollywood. Tenía un aire ostentosamente intelectual y una tendencia acusada a citar la *Teoría de la clase ociosa* de Thorstein Veblen, con ironía amarga algo aligerada por su infatigable sonrisa de Hollywood, una sonrisa deslumbrante a lo Joe E. Brown llena de dientes blancos, grandes y resplandecientes, heredada de una madre que había compartido pantalla con Chaplin.

—La clase ociosa, también conocida como alta burguesía terrateniente, de la que depende mi negocio —le dijo a Geronimo Manezes—, no son recolectores, sino cazadores; se abren camino por medio de la explotación inmoral, no por la virtuosa vía del esfuerzo. En cambio yo, para abrirme camino, tengo que tratar a los ricos como si fueran la buena gente, los leones, los creadores de la riqueza y guardianes de la libertad, lo cual como es natural no me importa porque yo también soy un explotador y también quiero considerarme virtuoso.

Bento estaba orgulloso de llevar una versión del nombre propio del filósofo Spinoza:

—Si tradujera mi nombre —le gustaba decir—, sería Baruch Marfil. Si me hubiera quedado en el negocio del cine tal vez habría sido un apodo mejor. Pero las cosas son como son. Aquí en Nueva Ámsterdam estoy orgulloso de llevar el nombre de Benedito de Espinosa, judío portugués de la Ámsterdam original. De él saco mi famoso racionalismo y también mi idea de que mente y cuerpo son una sola cosa y de que Descartes se equivocó al separarlos. Olvídate del alma. No existe ese fantasma en la máquina. Lo que le pasa a nuestra mente le pasa también a nuestro cuerpo. La condición del cuerpo es también el estado mental. Recuerda esto: Spinoza dijo que también Dios tenía cuerpo, que el cuerpo y la mente de Dios eran una sola cosa, igual que los nuestros. Por esta clase de pensamiento iconoclasta lo expulsaron de la sociedad judía. En Ámsterdam pronunciaron contra él un *jerem* de excomunión. Los católicos se dieron por aludidos e incluyeron su inmortal *Ética* en su *Index Librorum Prohibitorum*. Lo cual no quiere decir que no tuviera razón. A su vez él se había inspirado en el árabe andalusí Averroes, a quien también trataron bastante mal, lo cual tampoco quiere decir que estuviera equivocado. En mi opinión, por cierto, la teoría de Spinoza del cuerpo y la mente se aplica también a los Estados nación. El cuerpo político y los que están en la sala de control no son distintos entre sí. Acuérdate de aquella película de Woody Allen donde había operarios en el cerebro mandando a los espermas con sus uniformes blancos a trabajar cuando el cuerpo estaba a punto de acostarse con alguien. Pues es lo mismo.

Bento era dueño de un edificio en Park Avenue South y almorzaba casi todos los días en el restaurante con las paredes revestidas de madera que había en su planta baja. Y allí invitaba a veces a Geronimo Manezes a hablar de la vida sin ambages:

—Una persona como tú —le dijo un día—, desarraigada y que todavía no ha vuelto a echar raíces, es lo que mi autor favorito, Thorstein V., llamaba *un extranjero de pies inquietos.* «Alguien que trastorna la paz intelectual, pero al precio de convertirse en expedicionario intelectual, en vagabundo de la Tierra de Nadie del intelecto, siempre en busca de otro lugar donde aposentarse, de un punto más avanzado, en algún lugar del horizonte.» ¿Te recuerda esto a ti mismo? ¿O bien estás, como yo imagino, buscando ese sitio donde aposentarte más cerca de casa? ¿Es Ella lo que estás buscando para que te obligue a dejar de deambular? ¿Acaso quieres que sea tu ancla, que les dé reposo a tus pies? Es una niña, cumplió veintiún años el marzo pasado. Tú eres casi catorce años mayor que ella. No estoy diciendo que eso sea malo. Soy un hombre de mundo. Y además, mi princesa suele conseguir siempre lo que quiere, de forma que dejemos que sea ella quien decida, ¿vale?

Geronimo Manezes asintió con la cabeza, pues no sabía qué otra cosa hacer.

—Venga, *genug* —le dijo Elfenbein, con su sonrisa de Beverly Hills—. Prueba el lenguado de Dover.

Aquel invierno, Tío Charles anunció de improviso que quería hacer un viaje a la India y se llevó con él a Geronimo. Después de tantos años viviendo lejos, su ciudad natal les resultó un *shock* a la vista, como si una ciudad extraterrestre, «Mumbai», hubiera descendido del espacio y se hubiera asentado sobre la Bombay que ellos recordaban. Pero algo de Bandra había sobrevivido, no solamente sus edificios, sino también su espíritu, y también el Padre Jerry, todavía vigoroso a los ochenta años y todavía rodeado por mujeres de su congregación que lo adoraban, aunque probablemente incapaz ahora de hacer gran cosa al respecto. El paso de los años había ensombrecido el ánimo del viejo sacerdote. Había perdido mucho peso y se le había debilitado la voz. En muchos sentidos se había vuelto un hombre más pequeño.

—Me alegro, Raphael, de haber vivido en mi época y no en ésta —le dijo a su hijo mientras comían comida china—. En mi época nadie se habría atrevido a decirme que yo no era realmente de Bombay ni tampoco un indio *pukka*. Ahora sí me lo dicen.

Al oír su nombre verdadero después de tanto tiempo, Geronimo Manezes sintió una punzada de algo que reconoció como alienación, la sensación de no pertenecer ya a una parte de sí mismo, y entendió también que el Padre Jerry, mientras engullía tallarines con pollo como si aquello fuera la Última Cena, se sentía igual de alienado, tan despojado de nombre como él. En el nuevo Mumbai, después de una vida entera al servicio de la gente, le negaban su autenticidad; se veía excluido por el ascenso de la ideología extremista Hindutva de la ciudadanía plena del país, de su ciudad y de sí mismo.

—Ahora te contaré una historia familiar que no te he contado nunca —dijo el Padre Jerry—. No te la he contado nunca porque pensaba, equivocadamente, que tú no formabas parte verdadera de la familia, y te pido perdón por esto. —El hecho de que el Padre Jerry pidiera perdón era una bomba, una señal más de que el lugar al que Geronimo Manezes había regresado ya no era el lugar del que el joven Raphael Manezes se había marchado muchos años atrás, aunque la historia familiar hasta entonces inédita les resultó a sus oídos americanizados bastante embrollada e irrelevante, un cuento basado en rumores vetustos que situaba sus orígenes en la España del siglo XII, lleno de conversiones, expulsiones, matrimonios mixtos, individuos errantes, hijos ilegítimos, yinn, una matriarca mítica llamada Dunia: una fábrica de bebés que podría haber sido la hermana de Sherezade o tal vez «una genio sin botella que destapar o sin lámpara que frotar», y un filósofo-patriarca, Averroes (el Padre Jerry usó la versión occidentalizada del nombre de Ibn Rushd y sin saberlo invocó en la mente de Geronimo la cara de Bento Elfenbein citando a Spinoza).

—Tengo poca afinidad con el averroísmo, una escuela de pensamiento desviada y descendiente del priápico médico cordobés —gruñó el Padre Jerry, dando un golpe en la mesa con un poco de su fervor de antaño—. Hasta en la Edad Media se consideraba sinónimo de ateísmo. Pero si es cierta la historia de Dunia, la fértil posible genio de pelo castaño, si es cierto que el cordobés plantó su semilla en aquel jardín, entonces nosotros somos su descendencia bastarda, la Duniazada, de la que tal vez con el paso de los siglos emergió nuestro confuso apellido D'Niza, y la maldición que él nos impuso a todos es nuestro destino y nuestra condenación: la maldición de estar desfasados respecto a Dios, siempre adelantados o atrasados respecto a nuestra época, quién sabe; de ser veletas y mostrar cómo sopla el viento, canarios de mina, que morimos para demostrar que el aire es venenoso, o bien pararrayos, a quienes la tormenta golpea primero; de ser el pueblo elegido al que Dios aplasta con su puño para convertirnos en ejemplo cada vez que quiere mandar algún mensaje.

De forma que en este momento de mi vida me entero de que no pasa nada si soy hijo ilegítimo porque somos todos una tribu de bastardos nacidos de la promiscuidad, pensó Geronimo Manezes, y se preguntó si también esto formaría parte de la manera de disculparse que tenía su padre. Le costaba tomarse en serio la historia, o conseguir que le importara mucho.

—Si es cierta esa historia —dijo, siguiendo la conversación por pura cortesía, para esconder su falta de interés en aquella jácara de otros tiempos—, entonces somos un poco de todo, ¿verdad? Cristianos musul-judíos. Hechos de retazos.

Al Padre Jerry se le arrugó mucho el ceño.

—Ser un poco de todo solía ser lo normal en Bombay

—murmuró—. Pero ha pasado de moda. La mente estrecha reemplaza a la falda ancha. La mayoría se impone y la minoría ha de andarse con cuidado. Así que nos hemos convertido en forasteros en nuestra ciudad, y cuando llegan los problemas, y está claro que llegan, siempre son las cabezas de los forasteros las primeras en volar.

—Por cierto —le dijo Tío Charles—, la auténtica razón de que él jamás te contara el cuento de hadas familiar es que no quería admitir sus orígenes judíos. O tal vez sus orígenes de genio, porque los genios no existen, ¿verdad?, y si existieran vendrían del diablo, ¿verdad? Y la razón de que yo no te la contara es que me olvidé de ella hace años. Mi orientación sexual ya me proporcionaba toda la exclusión que necesitaba.

El Padre Jerry miró a su hermano con expresión irritada.

—Siempre he pensado —dijo con furia— que te tendrían que haber pegado más fuerte de niño, para quitarte la sodomía a palos.

Charles Duniza señaló al sacerdote con un tenedor envuelto en fideos.

—Antes fingía para mí mismo que cuando mi hermano me soltaba estas cosas lo hacía en broma —le dijo a Geronimo—. Ahora ya no puedo fingir más.

El almuerzo terminó con un silencio tenso y malhumorado.

Pueblo elegido, pensó Geronimo. Ese término lo he oído antes.

Geronimo Manezes recorrió aquellas calles que antaño había amado consciente de que algo se había roto. Cuando se marchó de «Mumbai» al cabo de unos días, ya sabía que no volvería nunca. Recorrió el país en compañía de

Tío Charles, admirando los edificios. Visitaron juntos la casa que había construido Le Corbusier en Gujarat para la matriarca de una dinastía textil. Era una casa fresca y espaciosa, protegida del exceso de sol por estructuras de *brise-soleil*. Pero fue el jardín el que llamó a Geronimo. Parecía estar arañando la casa, colándose en ella como una serpiente, intentando destruir las barreras que separaban el espacio exterior del interior. En las zonas superiores de la casa, las flores y la hierba coronaban con éxito los muros y el suelo estaba cubierto de césped. Salió de aquel lugar sabiendo que ya no quería ser arquitecto. Tío Charles se fue al sur, a Goa, pero Geronimo Manezes llegó hasta Kioto, Japón, y se sentó a los pies del gran horticultor Ryonosuke Shimura, que le enseñó que el jardín era la expresión exterior de una verdad interior, el lugar donde los sueños de nuestras infancias colisionaban con los arquetipos de nuestras culturas y creaban belleza. Puede que la tierra perteneciera al terrateniente, pero el jardín pertenecía al jardinero. Tal era el poder del arte hortícola. *Il faut cultiver son jardin* ya no parecía una afirmación tan quietista cuando uno la contemplaba a través de la visión de Shimura. Pero a él le habían puesto de nombre Hierony-mus, y gracias al gran pintor que era su tocayo más magnífico sabía que el jardín también puede ser metáfora de lo infernal. Al final, tanto las aterradoras «delicias terrenales» del Bosco como el misticismo susurrante de Shimura lo ayudaron a formular sus propios pensamientos y llegó a ver el jardín, y su trabajo en él, como algo blakeano, un matrimonio del cielo y el infierno.

Después del viaje a la India, Tío Charles anunció su decisión de trasladar su pequeño nido a Goa y jubilarse. Acababa de comprarse allí una casita humilde y a continuación puso en venta la adosada de ladrillo de Saint

Mark's (ya hacía tiempo que se habían marchado los Raúles de los años setenta). Los beneficios servirían para mantenerlo en su vejez. En cuanto al gabinete, «es tuyo si lo quieres», le dijo a Geronimo, que quizás por primera vez en su vida sabía exactamente lo que quería. Se quedó con el despacho de Greenwich Avenue y, con un poco de ayuda financiera de Bento Elfenbein, lo remodeló como servicio de jardinería y paisajismo, GERONIMO JARDINERO, un nombre al que la adorada hija de Bento, Ella, añadió poco después el «Señor» que le daba la música, que le confería la plenitud de su nueva identidad americana. Y a partir de entonces ya todo el mundo lo llamó «señor Geronimo».

Por supuesto, lo que él quería en realidad era a la joven Ella Elfenbein, y por alguna razón inexplicable ella también lo quería a él: la huérfana Ella, que no tenía recuerdo alguno de Rakel Elfenbein, muerta de cáncer a los dos años de nacer su hija, pero que era, para su padre, la viva imagen y reencarnación de su madre. Fue el amor misteriosamente inquebrantable que Ella le tenía al señor Geronimo —a quien a fin de cuentas ella había inventado en parte, tal como le gustaba decir— lo que llevó a Bento a invertir en el hombre con el que su hija se iba a casar. Ella era una belleza de tez olivácea, con el mentón un poco demasiado prominente, unas orejas extrañamente parecidas a las de él, casi sin lóbulos, y unos incisivos maxilares centrales algo vampíricamente largos, pero el señor Geronimo no tenía queja, se sabía un hombre afortunado. Si creyera en las almas habría dicho que su prometida tenía un alma buena, y además sabía, por las historias que ella no podía evitar contarle, cuántos hombres le tiraban los tejos a diario. Pero la lealtad que ella le tenía era tan indefectible como misteriosa. Además, era el espí-

59

ritu más positivo que el señor Geronimo se había encontrado nunca. No le gustaban los libros con finales tristes, afrontaba cada día de su vida con alegría y estaba convencida de que a todos los reveses se les podía encontrar su lado bueno. Aceptaba la idea de que el pensamiento positivo podía curar enfermedades, mientras que la rabia te ponía enfermo, y un día, cambiando de canal ociosamente por la tele matinal del domingo, oyó que un telepredicador decía: «Dios hace prosperar a los fieles, os va a dar todo lo que queráis, lo único que tenéis que hacer es desearlo de verdad», y el señor Geronimo la oyó murmurar por lo bajo: «Es verdad». Ella creía en Dios con la misma firmeza con que odiaba las albóndigas de pescado de la Pascua judía, no se creía que los hombres descendieran de los monos, y sabía —le contó a su marido— que existía el paraíso, adonde ella iría algún día, y también el infierno, donde por desgracia acabaría seguramente el señor Geronimo, pero ella lo iba a salvar, para que él también pudiera tener un final feliz. Él decidió que todo esto no iba a resultarle extraño, sino delicioso, y su matrimonio fue bien. Los años pasaron volando. No tuvieron hijos. Ella era estéril. Tal vez por eso le encantaba la idea de que él fuera jardinero. Por lo menos había algunas semillas que su marido sí podía plantar y ver florecer.

En su típico tono de comedia negra, él le contó un día que había hombres solitarios en localidades remotas que se follaban la tierra, que hacían un agujero en el suelo y plantaban allí su semilla con la esperanza de que crecieran hombres-planta, mitad humanos y mitad vegetales, pero ella le hizo detenerse; no le gustaban aquella clase de historias y siempre le reñía: ¿por qué no me cuentas historias felices? Ésta no es nada bonita. Él bajaba la cabeza a modo de disculpa burlona y ella le perdonaba, y sin burla alguna en su disculpa, le perdonaba en serio, igual que lo hacía y lo decía todo en serio.

Pasaron más años volando. Los problemas que el Padre Jerry había predicho llegaron a Mumbai, y hubo unos meses de diciembre y de enero llenos de disturbios entre comunidades durante los cuales murieron novecientas personas, la mayoría musulmanes e hindúes, pero también, según el recuento oficial, cuarenta y cinco «desconocidos» y cinco «otros». Charles Duniza viajó a Mumbai desde Goa para visitar el barrio rojo de Kamathipura en busca de Majula, su «trabajador sexual» *hijra* favorito, para usar el nuevo término moralmente neutro; pero en vez de trabajo sexual encontró la muerte. Una multitud enfurecida por la destrucción en Ayodhya de la mezquita del emperador mogol Babar se dedicó a recorrer las calles, y posiblemente las primeras víctimas de los disturbios entre musulmanes e hindúes fueron un «otro» cristiano y su puto transexual, que era un «otro» de otra clase. A nadie le importó. El Padre Jerry estaba fuera de su territorio, en la mezquita de Minara del distrito de Pydhonie, intentando, en calidad de «parte no interesada», ni musulmán ni hindú, usar su dilatada eminencia en la ciudad para calmar las pasiones de los fieles, pero le dijeron que se marchara, y tal vez alguien lo siguió, alguien con planes de asesinato, y el Padre Jerry nunca regresó a Bandra. Después se produjeron dos oleadas de asesinatos, y tanto Charles como el Padre Jerry se convirtieron en estadísticas insignificantes. La misma ciudad que antaño se había enorgullecido de estar por encima de los problemas entre comunidades dejó de estarlo. Bombay ya no existía, se había muerto junto con el Muy Reverendo Padre Jeremiah D'Niza. Lo único que quedó fue el nuevo y mucho más feo Mumbai.

—Ahora ya solamente te tengo a ti —le dijo Geronimo Manezes a Ella cuando le llegó noticia de las muertes de su tío y de su padre.

Luego murió Bento Elfenbein, alcanzado por un relámpago caído de un cielo nocturno despejado mientras se fumaba un puro después de una jovial cena con unos buenos amigos en su amada finca de cien hectáreas de Big Groundnut, y tras su muerte salió a la luz que sus negocios empresariales lo habían llevado al borde de la ruina y que había estado implicado en muchos chanchullos, no exactamente estafas piramidales, pero sí fraudes parecidos, relacionados con las reformas inmobiliarias, los materiales de oficina y la venta de humo, timos cinematográficos a lo Max Bialystock que al parecer le habían reportado un intenso placer. «¿Quién habría pensado —había escrito en un cuaderno incriminatorio que encontraron escondido en su dormitorio tras su muerte— que la idea de "Los productores" funcionaría en la vida real?» Hubo al menos una estafa piramidal gigante en el interior del país, y su operación estaba tan tremendamente apalancada que inmediatamente después de su muerte el castillo de naipes de Elfenbein se desplomó en forma de espectáculo humillante de embargos y ventas judiciales. Los terrenos de Groundnut fueron incautados y no se pudo construir ni una sola de las casas con que Bento había soñado. El señor Geronimo era consciente de que, de no haber muerto, Elfenbein se habría pasado una temporada en la cárcel. Las autoridades seguían el rastro de Bento por fraude fiscal y una docena más de infracciones y se le estaban acercando. La centella caída de la nada le dio un final digno, o al menos uno tan ostentoso como su vida.

—Ahora tú también eres lo único que tengo —le dijo Ella, cuya herencia ascendía, en sus propias palabras, a *prácticamente nada*.

Mientras él la abrazaba, sintió que le recorría el cuerpo un escalofrío supersticioso. Se acordó de que, durante aquella tensa comida china en la India, el Padre Jerry le había contado que Dios había condenado a la casa de Ibn Rushd a ser pararrayos o ejemplos. ¿Acaso era posible, se preguntó, que la maldición también afectara a las familias que se unían a la de él por matrimonio? *Basta*, se advirtió a sí mismo. *Tú no crees en maldiciones medievales, ni tampoco en Dios.*

Todo esto pasó cuando ella tenía treinta años y él cuarenta y cuatro. Ella lo había hecho feliz. Los días de vejez del señor Geronimo, el jardinero satisfecho, yacían desplegados a la vista de todos como si fueran misterios revelados, con sus tijeras de podar, pala, espátula y guantes hablando el idioma de las cosas vivas con tanta elocuencia como la pluma de un escritor, salpicando la tierra de flores rosas en primavera o bien combatiendo el hielo del invierno. Tal vez formara parte de la naturaleza de los trabajadores traducirse a sí mismos a la cosa en la que trabajaban, igual que los amantes de los perros llegaban a parecerse a sus perros, de modo que tal vez la pequeña debilidad del señor Geronimo no fuera tan peculiar a fin de cuentas; aunque a menudo, para ser sinceros, prefería pensar en sí mismo como una planta, tal vez incluso como uno de aquellos hombres-planta nacidos del acto sexual entre un ser humano y la tierra; y en consecuencia, prefería considerarse el objeto de la jardinería en vez del jardinero. Se imaginaba en la tierra del tiempo y se preguntaba impíamente quién sería su jardinero. En aquellas fantasías siempre se incluía a sí mismo entre las plantas sin raíces, las epifitas y las briofitas, que necesitan posarse sobre las demás, ya que no se sostienen por sí mismas. De forma que en su fantasía él era una especie de musgo, liquen u orquídea trepadora, y la persona en la que posaba, la jardinera de su alma inexistente, era Ella Manezes. Su amante y muy amada esposa.

A veces, cuando hacían el amor, ella le decía que olía a humo. A veces le decía que cuando estaba en pleno arrebato de pasión, se le reblandecían y se le desdibujaban los contornos del cuerpo, de tal manera que el cuerpo de ella se podía fundir con el de él. Él le contestaba que quemaba desechos de jardín a diario. Que eran todo imaginaciones suyas. Ninguno de los dos sospechaba la verdad.

Y luego, siete años después de la muerte de Bento, volvió a caer el rayo.

Las mil y una hectáreas de la finca La Incoerenza habían sido bautizadas por un hombre dedicado a los números que creía que el mundo era una cuenta que no cuadraba, el señor Sanford Bliss, rey del pienso para animales, productor del famoso Piensos Bliss para cerdos, conejos, gatos, perros, caballos, ganado y monos. De Sanford Bliss se decía que en su cabeza no había ni una sola línea de poesía, pero que archivaba con eficiencia y en lugar accesible hasta la última cifra de dólar con que se encontraba. Creía en el dinero en metálico, y en la enorme bóveda que tenía en la biblioteca, escondida detrás de un retrato estilo florentino que lo representaba como un noble toscano, siempre almacenaba una cantidad casi cómica de dinero en metálico, más de un millón de dólares en gruesos fajos de billetes de distintos valores, puesto que, según decía, *nunca se sabe*. También creía en las supersticiones numéricas, como por ejemplo en la idea de que los números redondos traen mala suerte, y nunca cobraba diez dólares por un saco de forraje, cobraba 9,99 dólares, y tampoco había que dar a nadie propinas de cien dólares, siempre de ciento uno.

Cuando aún estaba en la universidad, había pasado un verano en Florencia como invitado de los Acton de La Pietra, y a la mesa de su cena, en compañía de artistas y pensadores para quienes los números carecían de significado o en el mejor de los casos eran vulgares y por tanto indignos de consideración, se encontró con la idea extraordinariamente antiamericana de que la realidad no era algo que te venía dado, no era un absoluto, sino algo que los hombres se inventaban, y que también los valores cambiaban dependiendo de quién hiciera la valoración. Un mundo que no cuadraba, en el que la verdad no existía y era reemplazada por versiones en conflicto que intentaban imponerse a sus rivales o incluso erradicarlas, lo horrorizaba, y además, como era algo malo para los negocios, le parecía que tenía que cambiarlo. Le puso de nombre a su casa La Incoerenza, en italiano, que significa «la incoherencia», para que le recordara a diario lo que había aprendido en Italia, y se gastaba una parte considerable de su fortuna en promocionar a los políticos que defendían, normalmente debido a convicciones religiosas genuinas o falsas, la idea de que había que proteger las certidumbres eternas y de que los monopolios, fueran de bienes, de información o de ideas, no solamente eran beneficiosos, sino también esenciales para la preservación de la libertad americana. A pesar de sus esfuerzos, los niveles de incompatibilidad del mundo, lo que Sanford Bliss a su estilo numérico llegó a llamar su *índice de incoherencia*, siguieron ascendiendo de forma inexorable. «Si *cero* es el punto de cordura en el que dos más dos siempre es igual a cuatro, y *uno* es ese lugar jodido en el que dos y dos pueden sumar cualquier mierda que tú quieres que sumen —le dijo una vez a su hija Alexandra, la adorada criatura que había tenido a edad avanzada, nacida de su última y mucho más joven esposa siberiana años después de que él ya hubiera renunciado a su sueño de tener herederos—, entonces, Sandy, siento decirte que en la actualidad nos situamos más o menos en el cero coma nueve siete tres.»

Al morir de repente sus padres, cayéndose del cielo al East River, un final cuya arbitrariedad demostró de forma definitiva a la hija de Sanford Bliss que el universo no solamente era incoherente y absurdo, sino también cruel y despiadado, la joven huérfana lo heredó todo; y como no tenía ni visión empresarial ni interés por los negocios, inmediatamente negoció la venta de Piensos Bliss a la cooperativa agrícola de Minnesota Land O'Lakes, convirtiéndose a los diecinueve años en la multimillonaria más joven de América. Terminó sus estudios en Harvard, donde reveló un don excepcional para el aprendizaje de los idiomas, hasta el punto de que para cuando se graduó de la universidad ya hablaba con fluidez francés, alemán, italiano, español, holandés, portugués, portugués brasileño, sueco, finlandés, húngaro, cantonés, mandarín, ruso, pastún, farsi, árabe y tagalo; *los ha aprendido en un pispás,* decía la gente con asombro, *los aprende como quien coge piedrecitas en la playa.* Y también se hizo con un hombre, el típico jugador de polo argentino sin blanca, un saludable filete de la pampa llamado Manuel Fariña; se hizo con él y se deshizo de él al cabo de poco, se casó y se divorció en un pispás. Se quedó con su apellido, se volvió vegetariana y lo mandó a tomar viento fresco. Después de su divorcio se retiró para siempre del mundo y se recluyó en La Incoerenza. Allí empezó su larga exploración del pesimismo, inspirada al mismo tiempo por Schopenhauer y por Nietzsche, y, convencida de la absurdidad de la vida humana, y de que felicidad y libertad eran incompatibles, se sumió todavía en plena flor de la vida en una existencia de soledad y pesadumbre, enclaustrada en la abstracción y vestida con ropa ajustada de encaje blanco. Ella Elfenbein Manezes se refería a ella, con sorna considerable, como la Dama Filósofa, y el apodo se le quedó, al menos en la mente del señor Geronimo.

La Dama Filósofa tenía una vena de estoicismo masoquista, y cuando hacía mal tiempo se la encontraba a menudo a la intemperie, sin hacer caso de la lluvia ni de la llovizna, o mejor dicho, aceptándolas como las representantes genuinas de la hostilidad creciente de la Tierra hacia sus ocupantes, sentada bajo algún roble viejo y enorme leyendo un libro mojado de Unamuno o de Camus. La gente rica nos resulta difícil de comprender, y es que siempre están encontrando formas nuevas de ser infelices cuando les han privado de todas las formas normales de tristeza. Pero la infelicidad había calado en la Dama Filósofa. Sus padres habían muerto a bordo de su helicóptero privado. Una muerte elitista, aunque en el momento de morir todos estamos sin un céntimo. Ella nunca hablaba del episodio. Sería generoso entender su conducta, empecinada, distante y abstracta, como manera de expresar su dolor.

Al final de su curso, el Hudson es un «río sumergido» cuyas aguas dulces se ven empujadas bajo las corrientes salinas que entran del mar.

—Ni siquiera ese río de los cojones tiene ni pies ni cabeza —le dijo Sanford Bliss a su hija—. Mira cuántas veces va al revés, carajo.

Los indios lo habían llamado el Shatemuc, el río que

fluye en ambos sentidos. A orillas del río sumergido, también La Incoerenza se resistía al orden. Tuvieron que llamar al señor Geronimo en busca de ayuda. Su reputación como jardinero y paisajista había crecido, y sus servicios le fueron recomendados al encargado de mantenimiento de Alexandra, un vejestorio británico cascarrabias y paternal llamado Oliver Oldcastle, que tenía la barba de Karl Marx, un problema con la bebida y voz de fagot y cuya educación católica estilo Padre Jerry le había dejado en herencia el amor a la Biblia y el odio a la Iglesia. Oldcastle le enseñó al señor Geronimo los terrenos de la casa, como si fuera Dios enseñando el Jardín del Edén a Adán y Eva, y le encomendó la tarea de aplicar coherencia hortícola al lugar. Cuando el señor Geronimo se puso a trabajar para la Dama Filósofa, la escarpa del final del jardín estaba llena de ramas de espino enredadas como las que rodeaban el castillo de la Bella Durmiente. Los ratoncillos se obstinaban en cavar túneles y emerger a la superficie por todas partes, estropeando la hierba. Los zorros hacían incursiones en los corrales de los pollos. Si el señor Geronimo se hubiera topado con una serpiente enrollada en una rama del árbol de la ciencia del bien y del mal, no se habría sorprendido. La Dama Filósofa se encogía delicadamente de hombros ante el estado de las cosas. Apenas tenía veinte años, pero ya hablaba con la formalidad implacable de una viuda.

—Para meter en vereda una propiedad campestre —decía en tono envarado la señora de La Incoerenza—, hay que matar, matar y matar, hay que destruir y destruir. Solamente después de años de tumulto se puede alcanzar cierta medida de belleza estable. Éste es el significado de la civilización. La mirada de usted, sin embargo, es blanda. Me temo que no sea usted el asesino que yo necesito. Pero seguramente cualquier otro sería igual de malo.

Debido a su convicción en la debilidad creciente y la incompetencia en aumento de la especie humana en general, aceptó tolerar al señor Geronimo, y sufrir con un suspiro las consiguientes imperfecciones de la tierra. Se retiró a sus pensamientos y dejó en manos del señor Geronimo la guerra a los espinos y los ratones de campo. Sus fracasos pasaron inadvertidos, sus éxitos no le valieron alabanza alguna. Una plaga mortal que afectaba a los robles asoló la región, amenazando a los amados árboles de Alexandra; él siguió el ejemplo de los científicos de la lejana costa oeste del país, que estaban cubriendo los árboles o inyectándoles un fungicida comercial que mantenía a raya al letal patógeno, el *Phytophthora ramorum*. Cuando le dijo a su patrona que el tratamiento había surtido efecto y que todos sus robles se habían salvado, ella se limitó a encogerse de hombros y darle la espalda, como diciendo: otra cosa los matará pronto.

Ella Manezes y la Dama Filósofa, las dos jóvenes, listas y guapas, se podrían haber hecho amigas, pero no fue así: las separaba lo que Ella llamaba la «negatividad» de Alexandra, su insistencia, cada vez que la siempre positiva Ella la cuestionaba, en que era «imposible, en este punto de la Historia, albergar una visión esperanzada de la humanidad». En ocasiones, Ella acompañaba al señor Geronimo a La Incoerenza y paseaba por los terrenos mientras él trabajaba o bien se plantaba encima de la única colina verde de la finca para ver el río discurrir en el sentido equivocado; y fue en aquella colina, siete años después de la muerte de su padre, donde también a ella la alcanzó un relámpago caído de un cielo despejado, matándola en el acto. Entre los muchos aspectos de su muerte que al señor Geronimo le resultaron insoportables estaba el siguiente: que de las dos bellezas que había aquel día en La Incoerenza, el relámpago había elegido matar a la optimista y había dejado con vida a la pesimista.

El fenómeno conocido coloquialmente como «relámpago salido de la nada» funciona así: la centella brota de la parte trasera de una nube de tormenta y puede alejarse hasta cuarenta kilómetros de la zona tormentosa, a continuación dobla hacia abajo e impacta en el suelo, en un edificio alto, en un árbol solitario de una zona elevada o en una mujer que está plantada en la cima de una colina viendo correr el río. La tormenta de la que procede está demasiado lejos para verse, pero a la mujer que está en la colina sí que se la puede ver caer despacio al suelo, como si fuera una pluma que acepta a regañadientes la ley de la gravedad.

El señor Geronimo pensaba ahora en los ojos oscuros de su mujer, en aquel ojo derecho con sus motas que le dificultaban la visión. Evocaba su locuacidad, el hecho de que ella siempre tuviera una opinión sobre todo, y se preguntó qué iba a hacer ahora sin sus opiniones. Se acordaba de que ella odiaba que la fotografiaran e hizo una lista mental de todas las comidas que se negaba a comer: carne, pescado, huevos, lácteos, tomate, cebolla, ajo, gluten y casi todo lo demás. Y volvió a preguntarse si los relámpagos estarían persiguiendo a su familia; y si, al casarse con aquella familia, Ella había atraído la maldición sobre sí misma; y también si él sería el siguiente de la lista. Cuando se enteró de que nueve de cada diez personas a quienes les caía un relámpago sobrevivían, a veces desarrollando enfermedades misteriosas pero apañándoselas para sobrevivir, entendió que realmente los relámpagos habían ido a matar a Bento y a su hija. Los relámpagos habían sido implacables con ellos. Y quizás por culpa de que se había convencido a sí mismo de que si el relámpago iba alguna vez a por él no tenía posibilidad alguna de salir con vida, y aun después de verse atrapado por el huracán aquel primer día, y de descubrir que sus pies sufrían la misteriosa dolencia de negarse a tocar el suelo, tardó mucho en pensar lo obvio: «Tal vez me haya alcanzado un relámpago durante el huracán y me ha dejado con vida, pero me ha borrado la memoria para que no recuerde que me cayó encima. Y tal vez ahora transporto alguna clase de carga eléctrica demente y por eso me he elevado de la superficie de la Tierra».

Pero no lo pensó hasta un tiempo después, cuando se lo sugirió Alexandra Fariña.

Le preguntó a la Dama Filósofa si podía enterrar a su mujer en su amada colina verde con vistas al río sumergido y Alexandra le dijo que sí, claro. De forma que cavó la tumba de su mujer y la enterró allí y por un momento sintió furia. Luego la furia se acabó y él se echó su pala al hombro y se fue a casa solo. El día de la muerte de su mujer llevaba trabajando en La Incoerenza dos años, ocho meses y veintiocho días. Mil días y un día más. Era imposible escapar de la maldición de los números.

Pasaron diez años más. El señor Geronimo cavó, plantó, regó y podó. Se dedicó a dar vida y a salvarla. En su mente todas las flores eran ella, todos los setos y todos los árboles. Con su trabajo la mantenía viva y no dejaba sitio para nadie más. Pero se fue desvaneciendo lentamente. Sus plantas y árboles volvieron a ser miembros del reino vegetal y dejaron de ser avatares de ella. Fue como si lo abandonara otra vez. Después de su segunda marcha, solamente quedó vacío, un vacío que él estaba seguro de que no se podría llenar nunca. Durante diez años vivió una vida desdibujada. La Dama Filósofa, envuelta como estaba en teorías, entregada al triunfo de la peor de las situaciones posibles mientras comía pasta con trufas y ternera empanada, con la cabeza llena de las fórmulas matemáticas que constituían la base científica de su pesimismo, se convirtió también en una especie de abstracción, en la principal fuente de ingresos de él y poco más. Seguía siendo difícil no culparla por ser ella la que había sobrevivido, y por el hecho de que su supervivencia, al precio de la vida de su mujer, no la había convencido de dar gracias por su buena suerte ni le había otorgado una actitud más animada ante la vida. Miraba la tierra y lo que crecía en ella y era incapaz de levantar la vista para absorber al ser humano que era su dueña. Durante los diez años que siguieron a la muerte de su mujer mantuvo las distancias con la Dama Filósofa, guardándose su rabia en secreto.

Al cabo de un tiempo, si le hubieras preguntado qué aspecto tenía Alexandra Bliss Fariña, ya no habría sido capaz de contestar con exactitud. Tenía el pelo oscuro igual que su mujer muerta. Era alta igual que su mujer muerta. No le gustaba sentarse al sol. Tampoco a Ella. Se decía que paseaba por su propiedad de noche por culpa de la batalla contra el insomnio que llevaba librando toda la vida. Sus otros empleados, el encargado de mantenimiento Oldcastle y los demás, se referían a los persistentes problemas de salud que tal vez causaran su aire de profunda tristeza, o por lo menos contribuían a él.

—Tan joven y casi siempre enferma —decía Oldcastle.

Y usaba la antigua palabra *tisis*: tuberculosis, la enfermedad de los pequeños tubérculos. La patata es un tubérculo, y hay flores como las dalias cuyas carnosas raíces, que con precisión se denominan rizomas, también se conocen como tubérculos. El señor Geronimo no tenía experiencia con los tubérculos que se formaban en los pulmones humanos. Aquéllas eran cuestiones que debían tratarse dentro de la casa. Él estaba al aire libre. Las plantas que cuidaba contenían el espíritu de su mujer muerta. La Dama Filósofa era un fantasma, por mucho que fuera ella, y no Ella, la que seguía viva.

Alexandra nunca publicaba nada con su nombre, ni tampoco en inglés. El seudónimo que más le gustaba era «El Criticón», en castellano, sacado del título de la novela alegórica escrita en el siglo XVII por Baltasar Gracián que tanto había influido en su ídolo Schopenhauer, el más grande de todos los pensadores pesimistas. La novela trataba sobre la imposibilidad de la felicidad humana. En un ensayo en español que fue objeto de muchas burlas, *El peor de los mundos posibles*, «El Criticón» presentaba la teoría, ampliamente ridiculizada por su sentimentalismo, de que la desavenencia entre la especie humana y el planeta se estaba aproximando a un momento crítico, a una crisis ecológica que estaba metamorfoseándose en otra existencial. Sus colegas de la universidad le daban golpecitos en la cabeza y la felicitaban por su dominio del castellano, pero la consideraban una simple aficionada y no le daban crédito alguno. Después de los años de la Extrañeza, sin embargo, pasarían a considerarla una especie de profetisa.

(El señor Geronimo opinaba que el uso de seudónimos e idiomas extranjeros por parte de Alexandra Fariña era señal de incertidumbre acerca del yo. También el señor Geronimo sufría su propia modalidad de inseguridad ontológica. Por las noches, cuando estaba solo, se miraba la cara en el espejo e intentaba ver en ella al joven corista «Raffy-Rónimus el hijo del pastrónimus». Pugnaba por ver el camino que no había elegido, la vida que no había llevado, el otro ramal del camino bifurcado de la vida. Ya no era capaz de imaginárselo. A veces se llenaba de una especie de rabia, la furia del desarraigado, del que no tiene tribu. Pero la mayor parte del tiempo ya no pensaba en términos tribales.)

La indolencia de la vida cotidiana de la Dama, la delicadeza de su porcelana, la elegancia de sus vestidos de encaje de cuello alto, la amplitud de su finca y la forma en que ella descuidaba su estado, su amor por los *marrons glacés* y las delicias turcas, la aristocracia encuadernada en cuero de su biblioteca y los bonitos patrones florales de los diarios en los que libraba su asalto casi militar a la posibilidad de la alegría deberían haberle dado una idea de por qué nadie la tomaba en serio más allá de los muros de La Incoerenza. Pero a ella le bastaba con su pequeño mundo. Le daban igual las opiniones de los desconocidos. La razón no podía triunfar y jamás triunfaría sobre la sinrazón salvaje y sin paliativos. La muerte por calor del universo era inevitable. Su vaso de agua siempre estaba medio vacío. Las cosas se desplomaban. La única reacción adecuada al fracaso del optimismo era recluirse entre muros altos, unos muros que no solamente estaban en el mundo, sino también en el propio yo, y allí esperar la inevitabilidad de la muerte. A fin de cuentas, el optimista ficticio de Voltaire, el doctor Pangloss, era un tonto, y su mentor en la vida real, Gottfried Wilhelm Leibniz, había sido ante todo un alquimista fracasado (en Núremberg no había conseguido transmutar metal común en oro), y en segundo lugar un plagiario (véase la muy perjudicial acusación que llevaron a cabo contra Leibniz los socios de Isaac Newton: que él, G. W. Leibniz, inventor del cálculo infinitesimal, le había echado un vistazo al trabajo de Newton sobre el tema y le había afanado las ideas al inglés). «Si el mejor de los mundos posibles es uno en que se pueden apropiar las ideas ajenas —escribió ella—, entonces quizás sea mejor a fin de cuentas aceptar el consejo de Cándido y retirarnos a cultivar nuestro jardín.»

No era ella quien trabajaba en su jardín. Lo que hacía era contratar a un jardinero.

Hacía mucho tiempo que el señor Geronimo no pensaba en sexo, pero ahora tenía que confesar que recientemente el tema le había vuelto a rondar por la cabeza. A su edad, sus pensamientos al respecto iban por derroteros teóricos, puesto que la cuestión práctica de encontrar una pareja real con la que unirse ya era, por culpa de la ley ineludible del *tempus fugit*, cosa del pasado. Él tenía la hipótesis de que existían más de dos sexos, de que de hecho todo ser humano era un género único en sí mismo o en sí misma, de modo que tal vez hacían falta pronombres personales nuevos, palabras mejores que *él* o *ella*. Obviamente *ello* resultaba del todo inapropiado. Entre la infinidad de sexos existían unos pocos con los que uno podía tener relaciones sexuales, que querían unirse con uno en el acto sexual, y con algunos de aquellos sexos uno era brevemente compatible, o bien compatible durante un periodo de tiempo razonable antes de que empezara el mismo proceso de rechazo que actúa hacia los corazones o los hígados trasplantados. En muy pocos casos uno encontraba el otro sexo con el que era compatible para el resto de la vida, compatible de forma permanente, como si los dos sexos fueran el mismo, lo cual tal vez fuera cierto según aquella nueva definición. Una vez en la vida él había encontrado el género perfecto, y las probabilidades de que no volviera a pasarle nunca eran abrumadoras, aunque él tampoco lo buscaba, ni lo buscaría jamás. Pero aquí y ahora, después del huracán, plantado en el mar de barro lleno de la mierda indestructible del pasado, o para ser más exactos, mientras intentaba sin éxito estar plantado en él, flotando solamente una pizca encima del barro, lo justo para pasarse un papel sin dificultad bajo las botas, ahora, mientras lloraba la muerte de su imaginación y permanecía lleno de miedos y dudas causados por la debacle de la gravedad en su entorno inmediato, vio a su patrona, la Dama Filósofa, la heredera de los piensos Alexandra Bliss Fariña, haciéndole señales desde sus puertas de cristal.

El señor Geronimo llegó a las puertas de cristal y reparó en el encargado de mantenimiento, Oliver Oldcastle, situado detrás del hombro izquierdo de Alexandra. Si hubiera sido un halcón, pensó el señor Geronimo, habría estado posado en aquel hombro, listo para atacar a los enemigos de su señora y arrancarles los corazones del pecho. Allí estaban juntos ama y sirviente, escrutando la devastación de La Incoerenza, Oliver Oldcastle con cara de Marx observando la caída del comunismo y Alexandra con su identidad enigmática de siempre, a pesar de las lágrimas a medio secar que tenía en las mejillas.

—No me puedo quejar —dijo, sin dirigirse ni al señor Geronimo ni al encargado Oldcastle, reprendiéndose a sí misma como si fuera su propia ama de llaves—. La gente ha perdido sus casas y no tiene comida ni sitio para dormir. Lo único que yo he perdido es un jardín. —El señor Geronimo el jardinero comprendió que ella lo estaba poniendo en su sitio—. Es un milagro —dijo ella—. Mira, Oldcastle, un milagro de verdad. El señor Geronimo ha abandonado la tierra firme y está ascendiendo a, digamos, un terreno más especulativo.

El señor Geronimo tuvo ganas de decirle que su levitación no era cosa de él ni tampoco su decisión, dejar claro que él estaría encantado de descender una vez más al suelo y ensuciarse las botas. Pero a Alexandra le resplandecían los ojos.

—¿Le ha caído encima un rayo? —preguntó—. Sí, eso es. Le ha caído encima un rayo durante el huracán y le ha dejado vivir, pero le ha borrado la memoria para que no se acuerde usted del incidente. Y ahora está usted lleno de una enorme e inefable carga eléctrica, y es por eso por lo que se ha elevado de la superficie de la Tierra.

Aquello hizo callar a Geronimo, que consideró la cuestión con gravedad. Sí, quizás fuera cierto. Aunque en ausencia de cualquier evidencia, no era más que una conjetura. Le resultaba difícil saber qué decir, pero tampoco necesitaba decir nada.

—He aquí otro milagro —dijo Alexandra, y ahora su voz era distinta, ya no sonaba imperiosa, sino confidencial—. Durante la mayor parte de mi vida he descartado la posibilidad del amor y ahora de pronto me doy cuenta de que el amor estaba esperándome aquí mismo, en casa, al otro lado de mis puertas de cristal, pisoteando el barro con las botas pero intacto de esa porquería maligna.

A continuación se dio la vuelta y desapareció en las sombras de la casa.

Él se temía una trampa. Aquella clase de citas ya no estaban en su agenda, y de hecho nunca lo habían estado en realidad. El encargado de mantenimiento Oldcastle le hizo un gesto con la cabeza, mandándole que siguiera a la dueña de la casa. De modo que el señor Geronimo entendió que aquéllas eran sus órdenes y se adentró en la casa, sin saber adónde había ido su dueña. Pero se dedicó a seguir el rastro de la ropa que había ido dejando por el suelo y no tuvo problemas para encontrarla.

Su noche con Alexandra Bliss Fariña empezó de forma extraña. La misma fuerza que estaba impidiéndole tocar el suelo también funcionaba en la cama de ella, y cuando ella se le puso debajo, su cuerpo flotó sobre el suyo, solamente unos milímetros, pero aun así había una separación clara que hizo que todo fuera raro. Él intentó ponerle las manos debajo de las nalgas y atraerla hacia sí, pero aquello resultó incómodo para los dos. Solucionaron pronto el problema, sin embargo; si él se ponía debajo, entonces la cosa funcionaba bastante bien, por mucho que su espalda no llegara a tocar la cama. Su nueva *condición* parecía excitarla, y a su vez eso lo excitaba a él, pero en el momento mismo en que acabaron de hacer el amor ella pareció perder todo interés y se quedó dormida enseguida, dejándolo a él mirando el techo a oscuras. Y cuando él salió de la cama para vestirse y marcharse, el espacio que separaba sus pies del suelo ya había crecido claramente. Después de pasar la noche con la dueña de La Incoerenza, ya casi se había elevado dos dedos del suelo.

Abandonó su alcoba y se encontró a Oldcastle fuera con cara asesina.

—No te imagines que eres el primero —le dijo el encargado a Geronimo—. No te imagines que a tu edad ridícula eres el único amor que ella ha encontrado esperándola al otro lado de sus ventanas. Viejo hongo patético. Parásito asqueroso. Mala hierba, espina desgastada, semilla enferma. Sal de aquí y no vuelvas.

El señor Geronimo entendió al instante que Oliver Oldcastle había enloquecido por culpa del amor no correspondido.

—Mi mujer está enterrada en esa colina —dijo con firmeza—, y la visitaré siempre que me plazca. Para impedírmelo vas a tener que matarme, si no te mato yo primero.

—Tu matrimonio se terminó anoche en la alcoba de mi señora —replicó Oliver Oldcastle—. Y en cuanto a cuál de nosotros va a matar al otro, eso está por ver, joder.

Había habido incendios, y entre ellos ahora yacían calcinados edificios que nuestros antepasados habían conocido toda su vida, contemplando el resplandor implacable con las cuencas vacías de sus ojos ennegrecidos, igual que los muertos vivientes de la tele. Mientras emergían de sus refugios y echaban a andar tambaleándose por las calles huérfanas, nuestros antepasados empezaron a tener la sensación de que el huracán había sido culpa de ellos. Por la televisión había predicadores que decían que era el castigo de Dios por sus conductas licenciosas. Pero aquélla no era la cuestión. La sensación que les daba ahora, al menos a algunos, era que algo que ellos habían hecho había escapado de su control, se había liberado y se había pasado varios días desatando su furia a su alrededor. Pero durante un tiempo se mantuvieron ocupados con las reparaciones, alimentando a los hambrientos, cuidando de los viejos y llorando a los árboles caídos, y no tuvieron tiempo de pensar en el futuro. A nuestros antepasados los tranquilizaron voces sabias que les decían que no consideraran el clima una metáfora. Que no era ni una advertencia ni una maldición. No era más que el clima. Era justamente la información tranquilizadora que ellos querían. Y la aceptaron. De forma que la mayoría estaba mirando en la dirección equivocada y no captó el momento en que la Extrañeza llegó para ponerlo todo patas arriba.

LA INCOHERENCIA
DE LOS FILÓSOFOS

Ciento un días después de la gran tormenta, parece ser que Ibn Rushd, que yacía olvidado en su mausoleo familiar de Córdoba, empezó a comunicarse de alguna forma con su igualmente difunto oponente, Al-Ghazali, que estaba en una humilde tumba de las afueras de la ciudad de Tus, en la provincia de Jorasán; al principio en unos términos de lo más cordial y después ya con menos jovialidad. Aceptamos que este dato, pese a ser bastante difícil de verificar, puede generar cierto escepticismo. Sus cuerpos se habían descompuesto hacía mucho tiempo, de modo que la noción misma de «yacer olvidado» ya tenía algo de falsedad, y la idea de que en las ubicaciones de sus sepulturas pudiera quedar una especie de conciencia inteligente es manifiestamente absurda. Y, sin embargo, al contemplar ahora aquella era extraña, la era de los dos años, ocho meses y veintiocho noches que es el objeto del presente relato, estamos obligados a admitir que el mundo se volvió absurdo, y que las mismas leyes que tanto tiempo llevaban siendo aceptadas como principios rectores de la realidad se desplomaron, dejando a nuestros antepasados perplejos e incapaces de imaginarse cuáles podían ser las nuevas leyes. Es en el contexto de la Era de la Extrañeza donde hay que entender el diálogo entre los filósofos muertos.

En la oscuridad de su tumba, Ibn Rushd oyó una voz femenina familiar que le susurraba al oído: *Habla.* Con una dulce nostalgia salpicada de culpa amarga, se acordó de Dunia, la flaca madre de sus bastardos. Era una mujer diminuta, y ahora se le ocurría que nunca la había visto comer. Sufría dolores de cabeza de forma habitual, y según le decía a él, era porque no le gustaba el agua. Le gustaba el vino tinto, pero no le sentaba bien, y al cabo de dos copas se convertía en una persona distinta, que reía, gesticulaba, hablaba sin parar, interrumpía a los demás y siempre quería bailar. Se subía a la mesa de la cocina, y cuando él se negaba a subirse también se marcaba una rabieta zapateada que contenía partes iguales de petulancia y liberación. Por las noches se aferraba a él como si se fuera a ahogar en la cama si su marido la soltaba. Ella lo había amado entregándose por completo y él la había dejado, había abandonado su hogar sin una sola mirada atrás. Y ahora, en el vacío húmedo de su tumba ruinosa, ella había regresado para rondarlo.

¿Estoy muerto?, le preguntó al fantasma de su mujer. No le hizo falta usar palabras. Tampoco había labios para formarlas. Sí, le dijo ella, llevas siglos muerto. Te he despertado para ver si estás arrepentido. Te he despertado para ver si eres capaz de derrotar a tu enemigo después de casi un milenio de descanso. Te he despertado para ver si estás dispuesto a darles tu apellido a los hijos de tus hijos. En la tumba te puedo decir la verdad. Soy tu esposa Dunia, princesa de las yinnias o yiniri. Las ranuras del mundo se están volviendo a abrir, de modo que ya puedo regresar para visitarte. Y así él descubrió por fin el origen inhumano de ella, y la razón de que a veces se le vieran los contornos un poco desdibujados, como si estuviera dibujada a carboncillo. O con humo. Él siempre había atribuido sus contornos borrosos a su mala vista y no les había dado más importancia. Pero si ahora le estaba hablando en susurros en su tumba y tenía el poder de despertarlo de la muerte, debía de ser porque pertenecía al mundo de los espíritus y era un ser de humo y magia. No una judía que no podía decir que era judía, sino una yinn de sexo femenino, una yinnia, que no le había querido decir nunca que su linaje no era de la Tierra. De forma que, aunque él la había traicionado, ella le había mentido. Se dio cuenta de que no estaba enfadado, aunque esta información no le pareció muy importante. Ya era tarde para la furia humana. Ella, en cambio, sí que tenía razones para estar furiosa. Y la furia de las yiniri era algo que temer.

¿Qué quieres?, le preguntó él. Te equivocas de pregunta, contestó ella. La cuestión es: ¿qué deseas *tú*? Tú no puedes concederme mis deseos, pero yo sí que puedo concederte quizás los tuyos, si quiero. Así funciona esto. Pero podemos hablar del tema más tarde. Ahora mismo, tu enemigo está despierto. Su antiguo yinni lo ha encontrado, igual que yo te he encontrado a ti. ¿Quién es el yinni de Al-Ghazali?, le preguntó él. El más poderoso de todos los yinn, contestó ella. Un tonto sin imaginación y a quien nadie ha acusado tampoco nunca de tener inteligencia; pero dotado de unos poderes brutales. Ni siquiera quiero pronunciar su nombre. Y tu amigo Al-Ghazali me parece un hombre despiadado y estrecho de miras, dijo ella. Un puritano, que tiene al placer como enemigo y quiere convertir su alegría en cenizas.

Las palabras de ella le resultaron escalofriantes, incluso en la tumba. Él sintió que algo se agitaba en una oscuridad paralela, lejana pero muy cercana.

—Al-Ghazali —murmuró en silencio—, ¿es posible que seáis vos?

—No tuviste bastante con intentar sin éxito demoler mi obra cuando estabas vivo —le contestó el otro—. Ahora parece que piensas que lo puedes conseguir después de muerto.

Ibn Rushd juntó como pudo las esquirlas de su ser.

—Las barreras de la distancia y el tiempo ya no suponen ningún problema —le dijo a su rival a modo de saludo—, así que podemos ponernos a discutir como es debido, mostrando cortesía hacia la persona y ferocidad hacia las ideas.

—He descubierto —le contestó Al-Ghazali, con voz de tener la boca llena de tierra y gusanos— que aplicarle cierto grado de ferocidad a la persona suele hacer que sus ideas se alineen con las mías.

—En cualquier caso —dijo Ibn Rushd—, los dos estamos más allá del alcance de los actos físicos, o si lo preferís, de las fechorías.

—Eso es cierto —contestó Al-Ghazali—, aunque lamentable, hay que añadir. Muy bien, pues: procedamos.

—Pensemos en la especie humana como si fuera un solo individuo —propuso Ibn Rushd—. Un niño no entiende nada y se aferra a la fe porque carece de conocimiento. La batalla entre razón y superstición puede considerarse la larga adolescencia de la humanidad, y el triunfo de la razón su entrada a la vida adulta. No es que Dios no exista, sino que, igual que cualquier padre orgulloso, aguarda el día en que su hijo pueda sostenerse de pie, abrirse paso en el mundo y liberarse de su dependencia.

—Mientras sigas alejándote de Dios con tus argumentos —replicó Al-Ghazali—, mientras sigas intentando reconciliar lo racional con lo sagrado, jamás me derrotarás. ¿Por qué no admites sin más que eres un ateo y usamos eso como punto de partida? Observa quiénes son tus descendientes, la escoria sin Dios de Occidente y de Oriente. Tus palabras solamente resuenan en las mentes de los *kafir*. Los seguidores de la verdad te han olvidado. Los seguidores de la verdad saben que en realidad la razón y la ciencia son el infantilismo de la mente humana. La fe es nuestro don de Dios y la razón es nuestra rebelión adolescente contra ella. Cuando somos adultos nos entregamos del todo a la fe, que es para lo que nacimos.

—Ya veréis, con el paso del tiempo —dijo Ibn Rushd—, que al final será la religión lo que haga apartarse a los hombres de Dios. Los religiosos son los peores defensores de Dios. Puede que tarde mil y un años, pero al final la religión se marchitará y empezaremos a vivir en la verdad de Dios.

—Ahí está —dijo Al-Ghazali—. Bien. Por fin, padre de muchos bastardos, empiezas a hablar como el blasfemo que eres.

Y a continuación se entregó a una disquisición sobre escatología, que según dijo era ahora su tema favorito, y se pasó mucho tiempo hablando del fin de los días, con una especie de placer que desconcertó e inquietó a Ibn Rushd. Al fin el más joven de los dos interrumpió al más veterano, contraviniendo los requerimientos de la etiqueta.

—Señor, da la sensación de que, ahora que también vos sois poco más que polvo extrañamente consciente, estáis impaciente por que el resto de la creación se arroje también a su tumba.

—Todos los verdaderos creyentes deberían hacerlo —replicó Al-Ghazali—, puesto que eso que los vivos llaman vida es una trivialidad sin valor cuando se la compara con la vida en el más allá.

Al-Ghazali cree que el mundo se está acabando, le dijo Ibn Rushd a Dunia en la oscuridad. Cree que Dios se ha puesto a destruir su creación, despacio, enigmáticamente, sin explicación; a confundir al hombre para que se destruya a sí mismo. Y afronta esa perspectiva con ecuanimidad, pero únicamente porque él ya está muerto. Para él, la vida en la Tierra no es más que una antesala, o bien un umbral. La eternidad es el mundo verdadero. Y yo le he preguntado: en ese caso, ¿cómo es que vuestra vida eterna no ha empezado? ¿O acaso no existe más que esto, esta consciencia que perdura en un vacío indiferente, y que en su mayor parte consiste en aburrimiento? Y él me ha dicho: Dios actúa de forma misteriosa, y si Él me pide paciencia, yo le daré tanta como me pida. Ya no tiene deseos propios, le dijo Ibn Rushd a su mujer. Solamente quiere servir a Dios. Sospecho que es un idiota. ¿Estoy siendo demasiado duro? Es un gran hombre, pero también un idiota. ¿Y tú?, le preguntó ella en voz baja. ¿A ti todavía te quedan deseos, o quizás tienes algunos nuevos que no tenías antes? Él se acordó de cómo ella le ponía la cabeza sobre el hombro y él le cogía suavemente la nuca con la palma de la mano. Ahora ya habían dejado atrás las cabezas y las manos y los hombros y el yacer juntos. La vida sin cuerpo, dijo él, no merece la pena.

Si mi enemigo está en lo cierto, le dijo a su mujer, entonces este Dios es un Dios malicioso, para quien la vida de los vivos carece de valor; y yo querría que los hijos de mis hijos lo supieran, y que conocieran mi enemistad hacia ese Dios, y que me secundaran en mi enfrentamiento a ese Dios y en el desafío a sus propósitos. Entonces reconoces a tu descendencia, le susurró ella. La reconozco, dijo él, y te pido perdón por no haberlo hecho antes. La Duniazada es mi raza y yo soy su patriarca.

¿Y éste es tu deseo?, le insistió ella en voz baja. ¿Que ellos sepan de ti, y de tu deseo y tu voluntad? Y de mi amor por ti, dijo él. Armados con ese conocimiento, todavía es posible que salven el mundo.

Duerme, le dijo ella, besando el aire donde él había tenido la mejilla. Ahora me voy. Normalmente no me importa el paso del tiempo, pero ahora mismo no queda mucho.

La existencia de los yinn planteó problemas a los filósofos morales desde el principio. Si las acciones de los hombres estaban motivadas por espíritus benévolos o malignos, si el bien y el mal no eran internos al hombre sino externos, entonces era imposible definir a un hombre ético. Las cuestiones de qué estaba bien y qué estaba mal se volvían horriblemente confusas. A los ojos de algunos filósofos esto era bueno y reflejaba la confusión moral de la época, y además, a modo de efecto secundario feliz, les planteaba a los estudiosos de la moral una tarea sin fin.

En cualquier caso, en los viejos tiempos previos a la separación de ambos mundos, se decía que todas las personas tenían su yinni o su yinnia susurrándoles al oído; promoviendo sus buenas o malas acciones. Nunca estuvo claro cómo elegían a sus simbiontes humanos, ni por qué tenían tanto interés en nosotros. Tal vez no tuvieran gran cosa más que hacer. La mayor parte del tiempo los yinn parecen ser unos individualistas, incluso unos anarquistas, que actúan siguiendo puramente sus impulsos personales y no sienten interés alguno por la organización social o la actividad colectiva. Pero también circulan historias de guerras entre ejércitos rivales de yinn, conflictos espantosos que sacudieron el mundo de los yinn hasta los mismos cimientos, y, de ser ciertas, esas historias podrían explicar el descenso del número de estas criaturas y su larga retirada de nuestra dulce morada. Abundan las historias de los hechiceros-yinn, los Grandes Ifrits, que surcaban los cielos en sus urnas gigantes voladoras para asestar golpes colosales, quizás incluso mortales, a los espíritus menores, aunque a veces circula el rumor contrario, que los yinn son inmortales. Esto no es verdad, aunque sí son difíciles de matar. Solamente un yinni o yinnia puede matar a otros yinn. Tal como se verá. Tal como contaremos. Lo que sí se puede decir es que los yinn, cuando intervenían en los asuntos humanos, eran partisanos entusiastas, felices de enfrentar a este humano con aquél, de hacer que éste fuera rico, de convertir a otro en burro, de poseer a gente y hacerla enloquecer desde dentro de sus cabezas, contribuyendo al camino del amor verdadero o bien obstaculizándolo, pero siempre manteniéndose a sí mismos por encima de la compañía humana, salvo cuando se veían atrapados dentro de una lámpara mágica; y en esos casos, obviamente, contra su voluntad.

Dunia era una excepción entre las yinnias. Había bajado a la Tierra y se había enamorado, y además tanto que no dejaba a su amado descansar en paz ni siquiera después de más de ocho siglos y medio. Para enamorarse, una criatura debe poseer corazón, y también eso a lo que nos referimos como alma, y ciertamente ese grupo de rasgos que los humanos denominamos *carácter*. Pero los yinn, o al menos la mayoría —tal como cabe esperar de unos seres hechos de fuego y humo—, carecen de corazón, de alma e incluso de simple carácter, o quizás es que están más allá de todo eso. Existen las esencias: bueno, malo, dulce, perverso, tiránico, recatado, poderoso, caprichoso, taimado y grandioso. Dunia la amante de Ibn Rushd debió de haber vivido mucho tiempo entre seres humanos, disfrazada, está claro, para absorber la idea misma de *carácter* y empezar a dar señales de él. Se podría decir que se le contagió el *carácter* de la especie humana igual que los niños se contagian de varicela o paperas. Después empezó a amar el amor en sí, a amar su propia capacidad de amar, a amar el desprendimiento del amor, su sacrificio, su erotismo y su felicidad. Empezó a amar a su amado en ella y ella en él, pero además de eso empezó a amar a la especie humana por su capacidad para amar; y luego también por el resto de sus emociones, amaba a hombres y mujeres porque eran capaces de tener miedo y rabia, de estar acobardados y exultantes. Si hubiera podido dejar de ser una yinnia habría elegido ser humana, pero su naturaleza era la que era y ella no podía negarla. Después de que Ibn Rushd la dejara y la pusiera, sí, *triste*, *languideció* y *sufrió dolor*, y la asombró cuán profundamente humana se había vuelto. Y luego, un día, antes de que se cerraran las ranuras del mundo, se marchó. Pero ni siquiera los siglos que pasó en su palacio del mundo de los yinn, ni siquiera esa promiscuidad infinita que es la norma cotidiana de la vida en el País de las Hadas, pudieron curarla; así pues, cuando las ranuras se abrieron regresó para renovar sus votos. Su amado le pidió desde la tumba que reuniera a su familia dispersa y la ayudara a combatir el cataclismo que estaba a punto de caer sobre el mundo. Ella le dijo que sí, que lo haría, y partió a toda prisa en pos de su misión.

Por desgracia, no era la única habitante del mundo de los yinn que había vuelto a entrar en los niveles humanos, y no todos ellos tenían buenas obras en mente.

LA EXTRAÑEZA

Héroe Natraj baja danzando el naach *por la avenida como si fuera el dios bailarín Shiva, el señor de la danza, creando el mundo con sus cabriolas. Natraj joven y hermoso se burla de los viejos, se ríe de todos los cojos pies-doloridos con sus tipos corporales gruesos/*bhaari. *Las chicas, sin embargo, no se fijan para nada en él. No conocen sus superpoderes de Creador y Destructor del Universo, son ignorantes. No pasa nada:* theek thaak. *Va disfrazado. Ahora mismo es el contable fiscal Jinendra de camino a comprar comestibles a la tienda Subzi Mandi, en Jackson Heights Quveens. Jinendra Kapoor, alias el Clark Kent moreno. Espera a que se arranque la ropa de calle, ssssíiii. Entonces sí que lo mirarán,* dheko, *no se perderán detalle. Hasta entonces, sin desvelar sus poderes secretos, baja contoneándose por la avenida Treinta y siete como si fuera el rey de Desh, la tierra de los ancestros, el* sha *supremo, el marajá o lo que sea. Natraj baila al son del* bulbul. *Así es el tío. Es el Dil-ka-Shehzada. Alias la sota de corazones.*

Héroe Natraj no existía. Era el álter ego ficticio de un joven aspirante a novelista gráfico, Jimmy Kapoor. El superpoder de Natraj era bailar. Cuando se arrancaba la ropa de calle, los dos brazos se le convertían en cuatro, y también le salían cuatro caras, delante, en la nuca y en los costados de la cabeza, y un tercer ojo en medio de la frente, y cuando se ponía a bailar bhangra, o bien se marcaba sus mejores movimientos estilo disco —a fin de cuentas, era de Queens— podía literalmente transformar la realidad, crear o destruir. Podía hacer que brotara un árbol en la calle, o materializar un Mercedes descapotable, o dar de comer a los hambrientos, pero también era capaz de derribar casas y hacer estallar en pedazos a los malos. A Jimmy le parecía un misterio que Natraj no hubiera dado el salto ya al panteón de las divinidades, junto con Sandman y los Watchmen y el Caballero Oscuro y Tank Girl y el Castigador y los Invisibles y Dredd y todos los demás grandes de Marvel, Titan y DC. Por desgracia, Natraj se había negado obstinadamente a ascender con ellos, y el trabajo de contable fiscal en la gestoría que tenía el primo de Jimmy en la Roosevelt Avenue estaba empezando, en sus peores momentos, a parecer el destino del joven artista.

Había empezado a colgar en internet episodios de la carrera de Héroe Natraj, pero las llamadas de los peces gordos habían brillado notablemente por su ausencia. Luego, una noche calurosa —ciento una noches después de la tormenta, aunque él no era consciente de esto—, en su dormitorio de una tercera planta, con una luna roja brillando al otro lado de su ventana, se despertó con un sobresalto de terror. Había alguien en la habitación. Alguien... *grande*. A medida que los ojos se le acostumbraban a la oscuridad, observó que la pared del otro lado de su habitación había desaparecido por completo y había sido reemplazada por un remolino de humo negro en cuyo corazón había algo que parecía un túnel negro que comunicaba con los abismos de lo desconocido. Costaba ver con claridad el túnel porque se lo tapaba un individuo gigante, provisto de muchas cabezas y muchos brazos y piernas, que justamente estaba intentando encajar aquellos brazos y piernas en la habitación diminuta de Jimmy, amenazando con derribar las demás paredes del dormitorio y quejándose ruidosamente.

El individuo no tenía pinta de estar hecho de carne y sangre. Parecía... *dibujado, ilustrado*, y Jimmy Kapoor reconoció, estupefacto, su propio estilo gráfico, frankmilleriano (esperaba), universo sub stan lee (lo admitía), poslichtensteiniano (cuando estaba en compañía de esnobs, él incluido).

—¿Has cobrado vida? —le preguntó, incapaz en aquel momento de decir nada profundo o ingenioso.

La voz de Héroe Natraj, cuando habló, le sonó familiar, una voz que había oído antes, una voz bronca que salía de muchas bocas, como en una cámara de eco, llena de autoridad divina, de implacabilidad y de cólera, la antítesis misma de la voz de Jimmy, un pobre diablo lleno de miedos, inseguridades e incertidumbres. La reacción correcta a aquella voz era acobardarse. Y Jimmy Kapoor adoptó la reacción correcta.

Jodeeer qué pequeño es esto me voy a tener que encoger, hacerme chhota *como una puta hormiga o me cargo el techo de tu patético* ghar. *Vale, mejor. ¿Me ves? ¿Me captas? Uno dos tres cuatro brazos, cuatro tres dos una cara, tercer ojo mirando directamente tu alma ridícula. No, no, perdona, por favor, hay que mostrar respeto, porque eres mi creador, ¿verdad? JAJAJAJAJAJA. Como si el gran Natraj fuera el sueño de un contable fiscal de Quveens y no hubiera existido y estado danzando desde el Principio del Tiempo. O para ser exactos, como si el Tiempo y el Espacio no los hubiera creado con mi danza. JAJAJAJAJA. Debes de creer* que me has invocado. Debes de creer que eres un mago. JAJAJAJAJA. ¿O piensas que estás soñando? No, baba. Te acabas de despertar, joder. Yo también. Estoy regresando después de una ausencia de ochocientos o novecientos años, llena de ronquidos a tutiplén.

Jimmy Kapoor estaba temblando de terror.

—¿Co-cómo has entra-trado aquí? —tartamudeó—. ¿En mi-mi do-dormitorio?

¿Has visto la peli de Los cazafantasmas?, le contestó Héroe Natraj. Pues esto es más o menos igual. Claro; Jimmy lo entendió. Era una de sus películas favoritas, y la voz de Natraj era igual que la voz del dios sumerio de la destrucción, Gozer el Gozeriano, cuando hablaba por boca de Sigourney Weaver. Era Gozer pero con un poco de acento indio. El portal se ha abierto. Ahora la frontera entre lo que los imaginadores imaginan y lo que los imaginadores desean tiene más filtraciones que la frontera Méxi- co-Estados Unidos, y nosotros, los que antes estábamos en- cerrados en la Zona Fantasma, podemos cruzar a toda pastilla por los agujeros de gusano y aterrizar aquí como el general Zod con superpoderes. Y hay muchos que quieren venir. Pronto os conquistaremos. Ciento un por ciento se- guro. No lo dudes.

Natraj empezó a parpadear y a atenuarse. Aquello no le gustó. Ahora el portal no está funcionando a pleno ren- dimiento. Vale. Chau chau de momento. Pero no te quepa duda de que volveré. A continuación desapareció y Jimmy Kapoor se quedó en la cama con los ojos como platos, mirando cómo las nubes negras se retraían en espiral hasta que el túnel negro desapareció. Por fin reapareció la pared de su dormitorio, con las fotos de Don Van Vliet, alias Captain Beefheart, Scott Pilgrim, Lou Reed, el extin- to grupo de hip-hop de Brooklyn Das Racist y el héroe fáustico de tebeo Spawn sujetas con chinchetas al tablón de corcho como si nada, como si no acabaran de viajar a la quinta dimensión y luego de vuelta, y solamente Rebecca Romijn, en su enorme póster estilo *pin-up* de la metamorfa de piel azul Raven Darkhölme, alias Mística, parecía un poco molesta, como diciendo: ¿quién es ese tipo que me ha cambiado la forma y me ha hecho esfumarme?, vaya jeta tienen algunos, aquí la única que decide cuándo cambio de forma soy yo.

—Ahora va a cambiar *sabkuch*, Mística —le dijo Jimmy a la criatura azul del póster—. Que quiere decir *todo*. Ahora parece que el mundo entero está cambiando de forma. Uau.

Jimmy Kapoor fue el primero en descubrir el agujero de gusano, y después, tal como él había intuido correctamente, todo cambió de forma. Pero en aquellos últimos días del viejo mundo, del mundo tal como lo habíamos conocido todos antes de la Extrañeza, la gente se negó a admitir que los nuevos fenómenos estuvieran sucediendo de verdad. La madre de Jimmy no dio ningún crédito a su hijo cuando éste le contó la noche de la transformación. La señora Kapoor padecía lupus, y solamente se levantaba para dar de comer a las aves exóticas, las hembras de pavo real, los tucanes y los patos. Los criaba obstinadamente para venderlos y ganar dinero en el solar de cemento y tierra que había detrás de su edificio, un descampado donde algo se había desplomado hacía mucho tiempo sin que se levantara nada en su lugar. Llevaba haciéndolo catorce años y nadie le había puesto objeción alguna, pero se producían robos, y en invierno había pájaros que morían de frío. A veces le mangaban especies raras de pájaros que terminaban comvirtiéndose en la cena de alguien. Un emú dio en tierra, temblando, y se largó. La señora Kapoor aceptaba aquellas cosas sin queja, como manifestaciones de la falta de amabilidad del mundo y de su propio karma personal. Con un huevo de avestruz recién puesto en la mano, riñó a su hijo por confundir sus sueños con la realidad, como siempre.

—Las cosas inusuales nunca son reales —le dijo mientras un tucán que tenía en el hombro le picoteaba el cuello—. Esos platillos volantes siempre resultan ser falsos, ¿na?, o luces normales, ¿verdad? Y si de veras hubiera gente viniendo de otro planeta, ¿por qué solamente se dejan ver por *hippies* locos en el desierto? ¿Por qué no están aterrizando en el JFK como todo el mundo? ¿Tú te crees que un dios con tantos brazos, piernas y qué sé yo iría a visitarte a ti en tu dormitorio en vez de al presidente en su Despacho Oval? No seas chiflado.

Para cuando su madre terminó su perorata, Jimmy ya había empezado a cuestionar su propia memoria. Tal vez fuera cierto que había sido una pesadilla. Tal vez él era un pringado tan grande que había empezado a tragarse sus propias chaladuras. Por la mañana no había ni rastro de Héroe Natraj, ¿verdad que no? No había muebles fuera de sitio ni tazones de café por el suelo. No había fotografías rotas. La pared del dormitorio se veía sólida y real. Como siempre, su madre enferma tenía razón.

El padre de Jimmy se había ido aleteando del nido familiar con una pájara de secretaria hacía años, y Jimmy todavía no poseía fondos para establecerse por su cuenta. Tampoco tenía novia. Su madre quería casarlo con una chica superflaca que siempre tenía la narizota metida en algún libro, una universitaria, buenos modales en la superficie y mala leche por debajo, así eran aquellas chicas, pues no, gracias, pensaba él, estoy mejor solo hasta que me llegue el momento de petarlo y de que me lluevan las chatis. Las chicas guapas y altas vivían en Nueva York y las chicas guapas y bajitas vivían en Los Ángeles. Jimmy se alegraba de vivir en la costa de las glamazonas. Aspiraba a hacerse digno de una glamazona personal. Pero ahora mismo no tenía novia. Mierda. Daba igual. Ahora mismo estaba en la oficina peleándose como siempre con su primo Normal, el jefe de la gestoría.

Odiaba el hecho de que su primo Nirmal tuviera tantas ganas de ser normal que se hubiera cambiado el nombre a Normal. Y odiaba todavía más el hecho de que Nirmal —Normal— hablara un *amreekan* normal tan pésimo que creyera que la palabra para decir «nombre» era Monica. Jimmy le había dicho a su primo que la palabra americana *moniker* se refería a los dibujos de los grafiteros en los trenes de carga. Normal no le hacía ningún caso. Mira a Gautama Chopra, el hijo del famoso Deepak, le dijo Normal: se cambió el Monica a Gotham de tantas ganas que tenía de ser neoyorquino. Lo mismo los jugadores de baloncesto: el señor Johnson quiso ser Magic, ¿verdad?, y el señor Ron o Wrong Artist, no me corrijas, ¿vale? El señor Ar*test* prefirió llamarse señor World Peace. Y no te olvides de aquellas actrices tan famosas de tiempos viejos, Dimple y su hermana Simple, si esos Monicas no son aceptables, ¿entonces de qué me hablas? Yo solamente quiero ser Normal, ¿y qué problema hay con eso? Normal de nombre y normal de naturaleza. Gotham Chopra. Simple Kapadia. Magic Johnson. Normal Kapoor. Lo mismo puñeteramente mismo. Lo que tienes que hacer tú es concentrarte en las cifras y quitarte esos sueños de la cabeza, ¿de acuerdo? Tu buena madre me ha contado tu sueño. Shiva Natraj en tu dormitorio dibujado por Jinendra K. Tú sigue por ese camino, ¿por qué no? Tú sigue así y acabarás llorando. ¿Quieres una vida, una mujer, y no problemas? Concéntrate en las cifras. Cuida a tu madre. Para de soñar. Despierta a la realidad. Eso es conducta Normal. Te conviene seguir mi ejemplo.

Cuando salió del trabajo se encontró con que era Halloween. Niños, orquestas callejeras, etcétera. Siempre había sido un aguafiestas en Halloween, nunca le había gustado aquel rollo de disfrazarse de Barón Samedi, y estaba dispuesto a admitir a medias ante sí mismo que aquella actitud de cenizo estaba relacionada con la ausencia de novia; era al mismo tiempo efecto de aquella ausencia y una de sus causas. Pero hoy, con la manifestación de la noche anterior todavía fresca en la mente, se había olvidado por completo de que era Halloween. Echó a andar por las calles llenas de gente muerta y de prostitutas con las tetas al aire, preparándose para tratar con la enfermedad de su madre, con sus monólogos destinados a hacerle sentirse culpable y con sus atenciones tambaleantes a los pájaros. Ya lo hago yo, mamá, le decía él, pero ella negaba débilmente con la cabeza, no, hijo, para qué sirvo ya si no es para mantener con vida a mis pájaros y esperar la muerte, su discurso de siempre, un poco más macabro hoy teniendo en cuenta el contexto, los muertos que se levantaban de sus tumbas para ejecutar sus danzas macabras, la noche de las figuras con máscaras de esqueletos y hábitos de monjes encapuchados cargando con guadañas de la Muerte y bebiendo vodka por las bocas siempre abiertas de sus calaveras. Se cruzó con una mujer que llevaba un maquillaje asombroso, una cremallera que le bajaba por la mitad de la cara, abierta a la altura de la boca para dejar al descubierto una carne sanguinolenta y sin piel hasta la barbilla y el cuello. Te lo has currado cantidad, chata, pensó, es espectacular, pero no creo que nadie te quiera besar esta noche. Tampoco a él lo quería besar nadie, pero él tenía una cita con un superhéroe/dios. Esta noche, se dijo a sí mismo, lleno de miedo y de excitación a partes iguales. Esta noche veremos quién está soñando y quién está despierto.

Y cómo no, a medianoche, las fotos de Captain Beefheart, Rebecca/Mística y los demás volvieron a ser tragadas por el remolino de la nube negra, que se abrió lentamente en espiral para mostrar el túnel a un lugar infinitamente extraño. Por alguna razón —Jimmy supuso que a los seres sobrenaturales no se les requería que siguieran las leyes de la razón, que la razón era una de las cosas que desafiaban, que despreciaban y querían derrocar—, esta vez Héroe Natraj no se dignó visitar el dormitorio de Queens. Y por alguna razón también, aunque el propio Jimmy admitiría más tarde que el pensamiento racional había tenido muy poco que ver con su decisión, el joven aspirante a novelista gráfico avanzó lentamente hacia la espiral de nubes y, con cautela, como si estuviera probando la temperatura del agua del baño, metió el brazo por el agujero negro que había en el centro.

Ahora que conocemos la Guerra de los Mundos, el acontecimiento principal del que la Extrañeza fue el prólogo, el grotesco cataclismo al que muchos de nuestros antepasados no sobrevivieron, solamente podemos maravillarnos ante el valor que mostró el joven Jinendra Kapoor frente al terror de lo desconocido. Cuando Alicia se cayó por la madriguera del conejo fue un accidente, pero cuando atravesó el espejo fue por voluntad propia, y una hazaña mucho más valerosa. Pues lo mismo se puede decir de Jimmy K. No había tenido control alguno sobre la primera aparición del agujero de gusano, ni sobre la entrada en su dormitorio del ifrit gigante, el yinni oscuro, disfrazado de Héroe Natraj. Pero aquella segunda noche sí que tomó una decisión. Los hombres como Jimmy serían necesarios en la guerra que vendría a continuación.

Cuando Jimmy Kapoor sumergió el brazo en el agujero de gusano, tal como les contaría después a su madre y a su primo Normal, pasaron una serie de cosas a una *velocidad apabullante*. En primer lugar, Jimmy se vio absorbido al instante por aquel espacio donde dejaban de operar las leyes del universo, y en segundo lugar, perdió automáticamente su noción de dónde estaba el primer lugar. De hecho, en el sitio donde se encontró, la idea misma de *lugar* dejaba de tener significado para ser reemplazada por la de *velocidad*. El universo de velocidad pura y extrema no requería punto de origen ni big bang ni mito de la creación. La única fuerza que operaba allí era eso que llamamos la gravedad, bajo cuyo influjo la aceleración se experimenta en forma de peso. De haber existido el tiempo allí, Jimmy habría sido aplastado hasta desaparecer en un milisegundo. Y en aquel tiempo sin tiempo, tuvo tiempo de percibir que acababa de entrar en el sistema de transporte del mundo que había detrás del velo de lo real, en la red de metro subcutáneo que operaba por debajo de la piel del mundo que él conocía, y que permitía que el yinni oscuro, y quién sabía qué otros individuos o cosas, se moviera a velocidades superlumínicas —superiores a la de la luz— por aquella tierra suya sin leyes para la cual la palabra *tierra* parecía inapropiada. Tuvo tiempo de establecer la hipótesis de que, por la razón irracional que fuera, el sistema de metro del País de las Hadas había permanecido extirpado de la *terra firma* durante mucho tiempo, pero ahora acababa de irrumpir en la dimensión de lo real para causar milagros o bien devastación entre los seres humanos.

O es posible que no tuviera tiempo para aquellos pensamientos y que en realidad se le formaran en la mente después de ser rescatado, porque lo que sintió allí dentro, en el túnel de humo negro, fue que se precipitaba hacia él algo o alguien que no pudo ni ver ni oír ni mucho menos identificar, y a continuación se desplomó hacia atrás de vuelta a su dormitorio, con el pijama arrancado del cuerpo, de modo que se vio obligado a taparse con las manos para que no lo viera desnudo la mujer que tenía de pie delante, una joven hermosa vestida con el uniforme informal de las chicas de su edad, vaqueros negros estrechos, camiseta negra sin mangas y botas altas de cordones, todavía más superflaca que la chica con que su madre quería casarlo pero con una nariz mucho más atractiva, la clase de chica con la que obviamente a él le gustaría salir, y eso que no tenía cuerpo de glamazona, pero él descubrió que no le importaba demasiado, aunque a pesar de su belleza escuálida, o mejor dicho debido a ella, supo que él no podía aspirar a conseguirla, olvídalo, Jimmy, no hagas el ridículo, muéstrate despreocupado, hazte el duro. Se trataba de la chica que lo había salvado del vórtice de velocidad, y que al parecer era un ser del otro mundo, un hada o peri del Peristán, y ahora estaba hablando con él. Todo aquello que le estaba pasando lo tenía completamente alucinado: Uau, *yaar*. Sin palabras. Sólo uaaau.

Los yinn no son conocidos precisamente por su vida familiar. (Aunque tienen relaciones sexuales, eso sí. Las tienen todo el tiempo.) Hay yinn que son madres o padres, pero las generaciones de los yinn son tan largas que a menudo los vínculos entre generaciones se erosionan. Los yinn padres e hijas, tal como se verá, casi nunca se llevan bien. El amor es muy infrecuente en el mundo de los yinn. (Aunque el sexo es incesante.) Creemos que los yinn son capaces de las emociones más bajas —la furia, el resentimiento, el deseo de venganza, los celos, la lujuria (sobre todo la lujuria)— e incluso, quizás, algunas formas de afecto; pero los sentimientos nobles y elevados, la generosidad, la devoción y demás, los eluden. En esto, igual que en muchas otras cosas, Dunia resultó ser excepcional.

Los yinn tampoco cambian mucho con el paso de los años. Para ellos, la existencia es una pura cuestión de ser, nunca de llegar a ser. Por esta razón, la vida en el mundo de los yinn puede ser tediosa. (A excepción hecha del sexo.) La mera existencia, por su misma naturaleza, es un estado inactivo, inmutable, intemporal y eterno. (Salvo por el sexo incesante.) Por eso el mundo de los humanos siempre les ha resultado tan atractivo. Los humanos se dedican a *hacer*, la realidad humana es la *alteración*, los seres humanos siempre están creciendo y encogiéndose y pugnando y fracasando y ansiando y envidiando, adquiriendo y perdiendo y amando y odiando, y siendo, en resumen, interesantes; así pues, siempre que los yinn podían atravesar las ranuras que comunicaban los mundos y entrometerse en toda esta actividad humana, siempre que podían enredar o desenredar el entramado humano y acelerar o bien refrenar las interminables metamorfosis de las vidas humanas, las relaciones humanas y las sociedades humanas, se sentían, paradójicamente, más ellos mismos que durante todo el tiempo que pasaban en el mundo estático del País de las Hadas. Eran los seres humanos los que permitían a los yinn expresarse, crear fortunas inmensas para los pescadores afortunados, encarcelar a los héroes en telarañas mágicas, frustrar la Historia o bien hacerla posible, tomar partido en las guerras, entre los kuru y los pándava, por ejemplo, o entre los griegos y los troyanos, hacer de Cupido o conseguir que a un amante le fuera imposible alcanzar nunca a su amada, de tal forma que ésta envejeciera y languideciera sola en su ventana esperando a que él llegara.

Ahora creemos que el largo periodo durante el cual los yinn permanecieron incapaces de interferir en los asuntos humanos contribuyó a la ferocidad con que volvieron a entrar al romperse los sellos que separaban los mundos. Toda aquella energía creativa y destructiva contenida, todas aquellas travesuras buenas y malas, nos cayeron encima como una tormenta. Y durante su exilio en el Peristán se había forjado una gran enemistad entre los yinn de la magia blanca y los yinn de la magia negra, entre los yinn de la luz y los oscuros, y los seres humanos se convirtieron en las cabezas de turco sobre las que dieron rienda suelta a su hostilidad. Con el regreso de los yinn cambiaron las reglas de la vida en la Tierra, se volvieron caprichosas cuando deberían haber sido estables, entrometidas en los asuntos que deberían haberse mantenido en privado, maliciosas en exceso, imparciales donde hacía falta ecuanimidad, secretas como correspondía a sus orígenes ocultos, amorales porque ésa era la naturaleza de los yinn oscuros, opacas en detrimento de la transparencia y carentes de consideración por cualquier ciudadanía del planeta. Y los yinn, como eran yinn, no tenían intención alguna de enseñar a los seres humanos cuáles iban a ser las nuevas reglas.

En lo que respecta al sexo, sí que es cierto que en ocasiones los yinn tenían relaciones sexuales con los seres humanos, adoptando la forma que les placía, haciéndose agradables a sus parejas, incluso cambiando de género a veces, y sin demasiado respeto al decoro. Sin embargo, existen muy pocos casos en que una yinnia le haya dado hijos a un humano. Viene a ser como si la brisa se quedara embarazada del pelo que alborota y diera a luz a más pelo. Como si una historia se apareara con su lector para producir otro lector. Las yinnias casi siempre han sido infértiles y han carecido de interés en los problemas humanos como la maternidad y la responsabilidad familiar. Salta a la vista, pues, que Dunia, la matriarca de la Duniazada, era, o bien se volvió, muy distinta a la gran mayoría de su raza. No solamente produjo descendencia como Henry Ford aprendió a producir automóviles o como Georges Simenon escribía novelas, es decir, como si fuera una fábrica, o al modo industrial; también siguió ocupándose de todos sus descendientes, transfiriéndoles el amor que sentía por Ibn Rushd de forma natural, *maternal*. Tal vez fuera la única madre verdadera de entre todas las yinnias que existieron, y tras embarcarse ahora en aquella tarea que el gran filósofo le había encomendado, también desarrolló un fuerte instinto de protección hacia los retoños que le quedaban dispersos después de la crueldad de los siglos, no en vano los había echado terriblemente de menos durante la larga separación de los dos mundos y ansiaba volver a tenerlos bajo su ala.

¿Entiendes por qué sigues vivo?, le preguntó a Jimmy Kapoor, mientras él, ruborizándose, se envolvía en una sábana.

—Sí —contestó él, con ojos maravillados—. Porque tú me has salvado la vida.

Eso mismo, le ratificó ella, inclinando la cabeza. Pero si no fuera por la otra razón, habrías estado muerto antes de que yo llegara a ti, habrías acabado hecho pedacitos en la Gran Urna.

Ella vio su miedo, su desorientación y su incapacidad para asimilar lo que le estaba pasando. Pero no lo pudo evitar. Estaba a punto de hacer que su vida le resultara todavía más incomprensible. Voy a contarte una serie de cosas que te va a costar creer. Eres prácticamente el único humano que has entrado en la Urna, el camino que comunica los mundos, y has sobrevivido, así que ya sabes que existe otro mundo. Yo soy una persona de ese mundo, una yinnia, una princesa de la tribu de los yinn de la luz. También soy tu tátara tátara tátara tátara tátara tátara tátara tatarabuela, aunque tal vez me haya saltado un par de tátaras. Da igual. En el siglo XII amé a tu tátara tátara etcétera abuelo, tu ilustre antepasado el filósofo Ibn Rushd, y tú, Jinendra Kapoor, que no conoces la historia de tu familia más allá de las tres últimas generaciones, eres un producto de ese gran amor, tal vez el amor más grande que hubo nunca entre las tribus de los hombres y los yinn. Esto quiere decir que tú, igual que todos los descendientes de Ibn Rushd, musulmanes, cristianos, ateos o judíos, también eres en parte yinni. La parte yinni, que es mucho más poderosa que la humana, tiene mucha fuerza en todos vosotros, y es eso lo que ha hecho posible que sobrevivieras en la otredad de *ahí*; porque tú también eres un Otro.

—Uau —exclamó él, impresionado—. O sea que no tengo bastante con tener la piel oscura en América, ahora me estás diciendo que también soy medio duende, joder.

Qué joven era, pensó ella, y más fuerte de lo que él mismo sabía. Muchos hombres, después de ver lo que él había visto en las dos últimas noches, habrían perdido la cabeza, y, sin embargo, él, a pesar de su pánico, mantenía la compostura. Era la resistencia de los seres humanos lo que les daba más posibilidades de sobrevivir, su capacidad para mirar lo imaginable, lo imposible de racionalizar, lo que sus ojos no habían contemplado jamás. Éstas eran la clase de cosas que Jinendra afrontaba habitualmente en su arte, por medio de su no demasiado original (y por tanto carente de éxito) deidad hindú trasplantada al mundo de los superhéroes de Queens: el monstruo que se elevaba del abismo, la destrucción de la propia aldea natal y la violación de las madres, la llegada de un segundo sol al cielo y la consiguiente abolición de la noche, y con la voz de su Héroe Natraj él había respondido al horror con burla: ¿eso es todo? ¿No puedes hacer nada mejor? Porque, ¿sabes qué? Podemos contigo, hijoputa, te podemos derrotar. Y ahora, después de practicar la valentía en su tebeo, la estaba descubriendo también en la vida real. Y su creación de tebeo era el primer monstruo al que había tenido que hacer frente.

Ella se dirigió a aquel joven valeroso con gentileza, en tono maternal. Tranquilo, tu mundo está cambiando, le dijo. En los momentos de gran turbulencia en los que sopla el viento y la marejada de la Historia se encrespa hacen falta cabezas serenas para trazar un itinerario hasta aguas más tranquilas. Yo estaré aquí contigo. Encuentra al yinni que llevas dentro y puede que te conviertas en un héroe más grande que tu Natraj. Está ahí dentro. Lo vas a encontrar.

El agujero de gusano se cerró. Él se quedó sentado en su cama con la cabeza apoyada en las manos.

—O sea que esto es lo que me está pasando —murmuró—. Que han construido una estación de trenes transdimensionales a metro y medio de *mi* cama. ¿Sin permiso de obras, colega? ¿No hay leyes de urbanismo en el hiperespacio? Voy a poner una *queja*. Voy a llamar al 311 *ahora mismo*.

Era su histeria la que estaba hablando. Ella dejó que se desahogara. Era su forma de hacer frente a la situación. Ella esperó. Él se desplomó en la cama y sus hombros se estremecieron. Estaba intentando esconderle sus lágrimas. Ella fingió que no las veía. Había venido a decirle que no estaba solo, a presentarle a sus primos. En silencio, le implantó la información en la mente. La parte yinni de él la absorbió, la entendió, la conoció. Ahora ya sabes dónde están, le dijo. Durante lo que pronto vendrá os podréis ayudar los unos a los otros.

Él se incorporó hasta sentarse y se volvió a coger la cabeza con las manos.

—Ahora mismo no necesito toda esta información —dijo—. Lo que necesito es Vicodin.

Ella esperó. El chico no tardaría en volver con ella. Por fin Jimmy levantó la vista para mirarla y trató de sonreír.

—Es mucho —dijo él—. Fuera lo que fuera eso... Seas quien seas... O lo que digas que soy yo. Voy a necesitar un poco de tiempo.

No tienes tiempo, le dijo ella. No sé por qué el portal se ha abierto en tu habitación. Sé que lo que apareció anoche no era tu Héroe Natraj. Alguien adoptó esa forma, quizás para asustarte, o simplemente porque era gracioso. Alguien a quien te conviene no volver a ver. Múdate de aquí. Llévate a tu madre a un lugar seguro. Ella no lo va a entender. Ella no verá el remolino de humo negro porque no pertenece a la Duniazada. A ti te viene del lado de tu padre.

—El muy cabrón —dijo Jimmy—. Está claro que desapareció como un yinni, carajo. No nos concedió deseos, eso no. Simplemente desapareció en una explosión de humo con Bird la secretaria.

Llévatela, le dijo Dunia. Aquí ya no estáis a salvo ninguno de los dos.

—Uau —se maravilló Jimmy Kapoor—. El peor Halloween de todos los tiempos.

En líneas generales, nuestra supersticiosa y sentimental ciudadanía consideró que el descubrimiento de un bebé en el despacho de la alcaldesa recién electa, Rosa Fast, envuelta en la bandera nacional de la India y balbuceando feliz en un moisés dejado sobre la mesa de la alcaldesa, era un acontecimiento positivo, sobre todo cuando se anunció que el bebé tenía casi cuatro meses de edad, es decir, que debía de haber nacido en la época de la gran tormenta y había sobrevivido a ella. Los medios de comunicación la llamaron el Bebé Tormenta, y el nombre se le quedó. Se convirtió en la Expósita Tormenta, evocando la imagen de una cervatilla estilo Bambi que hacía frente valerosamente a la tempestad con sus patitas temblorosas: una heroína instantánea y efímera para nuestra época instantánea y olvidadiza. Teniendo en cuenta que parece ser de etnia surasiática, supusieron muchos, no tardará en tener edad para ganar el campeonato nacional de ortografía. Apareció en la portada de *India Abroad* y fue el tema de una exposición de «retratos imaginarios» de ella en el futuro, ya adulta, encargados por una organización cultural indoamericana a una serie de prominentes artistas neoyorquinos y subastados para recaudar fondos. Sin embargo, el misterio de su llegada encolerizó a quienes ya estaban coléricos por la elección de una segunda alcaldesa de tendencias progresistas. En los tiempos de los tipos duros, se lamentaban aquellos nostálgicos, esto no habría pasado. Sin importar que el resto de nuestros antepasados estuvieran o no de acuerdo, era cierto que en plena época de la máxima seguridad su aparición en la mesa de la alcaldesa Fast parecía un pequeño milagro.

¿De dónde había salido la Expósita Tormenta y cómo había entrado en el ayuntamiento? Las imágenes de la batería de cámaras de seguridad que barrían constantemente el ayuntamiento mostraban a una mujer con pasamontañas violeta que pasaba por todos los controles de seguridad de madrugada con el moisés a cuestas, sin llamar la atención de nadie, como si tuviera el poder de hacerse invisible, si no a las cámaras, sí al menos a la gente que había en sus inmediaciones; pero también, obviamente, a los agentes de servicio cuya responsabilidad era vigilar las pantallas de seguridad. La mujer se limitó a entrar en el despacho de la alcaldesa, depositar al bebé y marcharse. Nuestros antepasados especularon bastante sobre aquella mujer. ¿Acaso había pillado el sistema de seguridad en un momento de inactividad o bien poseía alguna clase de manto de invisibilidad? Y en caso de tener ese manto, ¿no habría sido también invisible para las cámaras? Mucha gente que normalmente tenía los pies en el suelo empezó a entablar graves conversaciones de sobremesa sobre superpoderes. Pero ¿por qué iba una mujer con superpoderes a abandonar a su bebé? Y si era la madre de la niña, ¿acaso la Expósita Tormenta tendría también alguna cualidad mágica? ¿Acaso era posible —porque en plena época de la guerra contra el terrorismo era importante no eludir las posibilidades desagradables— que fuera peligrosa? Cuando apareció un artículo con el titular «¿Es el Bebé Tormenta una bomba de relojería humana?», nuestros antepasados se dieron cuenta de que gran parte de ellos ya había abandonado hacía mucho tiempo las leyes del realismo y se sentían como en casa en las dimensiones más sofisticadas de lo fantástico. Y resultó que la pequeña Tormenta sí era una visitante del país de las cosas improbables. Pero al principio todo el mundo estaba más preocupado por encontrarle un hogar.

Rosa Fast venía de una próspera familia judía ucraniana afincada en Brighton Beach y vestía elegantes trajes de ejecutiva de Ralph Lauren, «porque su gente eran vecinos nuestros —le gustaba decir—, aunque no en Sheepshead Bay», con lo cual quería decir que Ralph Lifshitz del Bronx tenía antepasados en Bielorrusia, que lindaba con la Ucrania «de ella». La estrella de Fast ascendió a medida que descendía la de la alcaldesa Flora Hill, y la verdad es que la alcaldesa saliente y ella nunca fueron amigas. El mandato de la alcaldesa Hill se había visto asediado por las alegaciones de malas prácticas financieras, de dinero desviado a cajas B secretas, y dos de sus colaboradores más cercanos habían sido imputados, aunque la mierda no había llegado a salpicar el despacho de la alcaldesa, por mucho que una parte de su mal olor hubiera entrado en él. La exitosa campaña electoral de Rosa Fast, que se basó en su promesa de limpiar el ayuntamiento, no le sentó muy bien a su predecesora, mientras que la sugerencia que hizo Flora Hill tras abandonar el cargo de que su sucesora era una «atea de tapadillo» irritó a Rosa Fast, que de hecho sí que había perdido la fe de sus ancestros, pero tenía la impresión de que lo que ella hiciera en su intimidad vacía de divinidades era cosa suya y de nadie más. Divorciada, sin pareja, con cincuenta y tres años y sin hijos, Fast se confesó profundamente conmovida por la situación del Bebé Tormenta y se encargó en persona de que la niña pudiera emprender una vida nueva y a salvo, a ser posible fuera del alcance de la prensa sensacionalista. Tormenta fue dada en adopción saltándose los trámites habituales y transferida con éxito a unos padres nuevos para empezar de cero en la vida con un nombre nuevo y lejos de la atención pública, o al menos ésa era la idea, pero al cabo de unas semanas los padres nuevos se pusieron en contacto con una productora de telerrealidad y le vendieron una serie titulada *Mirad la tormenta*, que seguiría a la estrella infantil mientras crecía. Cuando Rosa Fast se enteró, tuvo un estallido de furia y les gritó a los servicios de adopción que acababan de poner a una criatura inocente en manos de unos pornógrafos exhibicionistas que con toda probabilidad estarían dispuestos a cagarse ante las cámaras si encontraran patrocinador.

—Quitádsela a esos bravos —exclamó, usando el término en jerga que se había popularizado para referirse a los aspirantes a estrellas de la telerrealidad, por mucho que el canal Bravo en el que tenía su origen el término hubiera dejado de emitir debido a que la programación de embustes artificiosos que se presentaban como realidad ya había invadido una parte tan grande de la cablesfera que había provocado que el proveedor original de aquella programación tuviera que cerrar sus puertas. Todo el mundo se había dado cuenta de que valía la pena renunciar a la intimidad a cambio de la mera promesa de la fama, y la idea de que solamente un yo privado era verdaderamente autónomo y libre se había perdido en medio de la estática de las ondas hertzianas. De forma que el Bebé Tormenta corría peligro de ser bravizada y la alcaldesa Fast estaba furiosa; resultó, sin embargo, que justo al día siguiente el padre adoptivo de la criatura y aspirante a estrella de la telerrealidad devolvió al bebé a los servicios de adopción diciendo que estaba enferma, y se largó corriendo literalmente de la sala, pero no antes de que todo el mundo le viera la llaga que tenía en medio de la cara, la zona putrescente y descompuesta que daba la impresión de que una parte de la mejilla se le había muerto y estaba empezando a pudrirse. Se llevaron al Bebé Tormenta al hospital para hacerle un chequeo, pero la declararon perfectamente sana. Al día siguiente, sin embargo, una de las enfermeras que la habían tenido en brazos empezó también a pudrirse, le salieron manchas de carne putrefacta y maloliente en los dos brazos, y mientras se la llevaban a toda prisa y llorando histéricamente a urgencias, la enfermera confesó que había estado robando fármacos con receta y revendiéndoselos a un traficante de Bushwick para sacarse un pequeño sobresueldo.

La alcaldesa Rosa Fast fue la primera en entender lo que estaba pasando, fue ella quien llevó la Extrañeza al terreno de las cosas de las que se puede hablar con decoro, de las *noticias*.

—Este bebé milagroso puede identificar la corrupción —les dijo a sus ayudantes más cercanos—, y en cuanto les pone el dedo encima, los corruptos literalmente empiezan a mostrar en sus cuerpos las señales de la podredumbre moral.

Sus ayudantes la avisaron de que hablar de aquellas cosas, que pertenecían al mundo arcaico de la Vieja Europa, lleno de dibbuks y gólems, no quedaba demasiado bien en labios de una política moderna, pero Rosa Fast no se inmutó.

—Vinimos a la alcaldía a limpiar este lugar —declaró—, y el azar nos ha dado la escoba humana con la que podemos barrerlo.

La alcaldesa era una de esas personas ateas capaces de creer en los milagros sin admitir su procedencia divina.

Al día siguiente, la criatura encontrada, ahora a cargo de la agencia de acogida, regresó de visita al despacho de la alcaldesa.

El Bebé Tormenta volvió a entrar en el ayuntamiento como si fuera un diminuto detector de minas humano o bien un alsaciano entrenado para oler drogas. La alcaldesa le dio un enorme abrazo ucraniano-brooklyniano y le susurró:

—Manos a la obra, bebé de la verdad.

Lo que siguió a continuación se convertiría al instante en objeto de leyenda, a medida que, sala tras sala y departamento tras departamento, las marcas de corrupción y podredumbre fueron apareciendo en las caras de los corruptos y los podridos, de quienes estafaban con los gastos, de quienes recibían sobornos a cambio de contratos, de quienes aceptaban relojes Rolex y vuelos en aviones privados y bolsos de Hermès atiborrados de billetes, así como de todos quienes sacaban provecho de su poder burocrático. Los deshonestos empezaron a confesar antes de que se les acercara el bebé milagroso, o bien huyeron del edificio y fueron perseguidos por las autoridades.

La alcaldesa Fast permaneció impoluta, lo cual era significativo. Su predecesora salió en la tele burlándose de las «paparruchas ocultistas» de la alcaldesa, y Rosa Fast emitió un breve comunicado invitando a Flora Hill a «acercarse al ayuntamiento a conocer a esta pequeña monada», invitación que Hill no aceptó. La entrada del Bebé Tormenta en la sala de plenos municipal provocó el pánico entre los individuos que estaban sentados en ella y una espantada desesperada en pos de las salidas.

—Supongo que por fin estamos averiguando —dijo la alcaldesa Fast— quién es quién por aquí.

Nuestros antepasados tuvieron suerte de contar en aquellos momentos con una líder como Rosa Fast.

—Cualquier comunidad incapaz de ponerse de acuerdo en una descripción de sí misma, en cómo van las cosas en la comunidad, en *cuál es la situación*, es una comunidad que tiene un problema. Está claro que han empezado a tener lugar, de forma demostrable y objetiva, una serie de acontecimientos nuevos, de una clase que hasta hace muy poco habríamos tachado de fantásticos e improbables. Necesitamos saber qué significa esto y afrontar los cambios que puedan producirse con valor e inteligencia.

—Las líneas telefónicas del 311, declaró, pasarían de momento a estar disponibles para cualquiera que quisiera informar de sucesos inusuales de cualquier índole—. Recopilemos los datos —dijo—, y trabajemos a partir de ellos. —En cuanto al Bebé Tormenta, la alcaldesa en persona la acabó adoptando—. No solamente es la niña de mis ojos, también es mi arma secreta —nos dijo—. No intentéis engañarme o mi bebé os dejará las caras medievales.

Ser la madre adoptiva del bebé de la verdad tenía una sola desventaja, les contó a sus conciudadanos en un programa de la televisión matinal.

—Si digo la más pequeña mentirijilla piadosa delante de ella, ¡caray! La cara entera me empieza a picar como un demonio.

Doscientos un días después de la gran tormenta, el compositor británico Hugo Casterbridge publicó un artículo en *The New York Times* que anunciaba la formación de un nuevo grupo intelectual cuyo propósito era entender los cambios radicales experimentados en el mundo y diseñar estrategias para combatirlos. Aquel grupo, que fue objeto de grandes burlas durante los días posteriores a la publicación del artículo, y a quienes se consideró una panda de semieminentes aunque innegablemente telegénicos biólogos, climatólogos chiflados, novelistas de la escuela del realismo mágico, actores de cine idiotas y teólogos renegados, fue el que —a pesar de todas las mofas— popularizó el término *extrañeza*, que caló enseguida entre el público y pasó a ser de uso común. Casterbridge era desde hacía tiempo una figura cultural controvertida por su incendiaria hostilidad a la política exterior americana, su simpatía hacia ciertas dictaduras latinoamericanas y su aversión agresiva a todas las religiones. También circulaba un rumor jamás demostrado acerca del final de su primer matrimonio, un rumor tan persistente y dañino como la leyenda del jerbo que acompañó a cierto actor de los años ochenta. Cuando era un joven que intentaba salir adelante como violonchelista —al mismo tiempo que sufría una grave dependencia de una serie de peligrosos narcóticos—, Casterbridge se había casado muy poco después de conocerla con una colega del mundo de la música, una violinista con potencial de estrella, que, al cabo de poco, también encandiló a cierto magnate industrial, que empezó a perseguirla sin consideración alguna por su estatus marital y, de acuerdo con el rumor, plantó cara a Casterbridge en el pequeño apartamento que éste tenía en Kennington Oval haciéndole la brutal pregunta: «¿Cuánto dinero hace falta para que desaparezcas de su vida?». A lo que Casterbridge, que estaba bajo la potente influencia del opio o de algo peor, contestó «Un millón de libras» y perdió el conocimiento. Cuando se despertó, su mujer se había marchado sin dejarle ni una nota, y cuando él lo comprobó, se encontró con que le habían depositado un millón de libras en su cuenta bancaria.

Después de aquello su mujer ya no quiso tener nada que ver con él, se divorció a toda prisa y se casó con el magnate industrial. Él dejó las drogas para siempre y su carrera eclosionó, aunque jamás volvió a casarse.

—Vendió a su mujer como si fuera un Stradivarius y vivió de los beneficios —decía la gente a sus espaldas. Casterbridge era buen boxeador y se lo conocía por su temperamento explosivo, de forma que nadie le repetía aquella calumnia a la cara.

«Los fenómenos extraños se están multiplicando —escribió en su artículo—, aunque antes de que empezaran el mundo ya era extraño de por sí, así que a menudo cuesta saber si un acontecimiento entra en la categoría de los fenómenos extraños de toda la vida o en la de las nuevas y extraordinarias variedades. Fiyi y Malasia han sido arrasados por supertormentas, y mientras escribo estas líneas incendios gigantes se propagan por Australia y California. Tal vez este clima extremo sea únicamente la nueva normalidad, dando pie a las discusiones de siempre entre los defensores y los opositores del cambio climático. O tal vez sea la prueba de algo mucho peor. Nuestro grupo asume la postura que yo denomino "posatea". Nuestra postura es que Dios es una creación de los seres humanos, y solamente existe en virtud del principio de "da una palmada si crees en las hadas". Si hubiera la bastante gente lo bastante sensata como para no dar la palmada, entonces ese Dios estilo Campanilla moriría. Sin embargo, por desgracia, todavía hay miles de millones de seres humanos dispuestos a defender su creencia en una especie de dios-hada, y en consecuencia, Dios existe. Y lo peor es que ahora anda fuera de control.

»El mismo día en que Adán y Eva inventaron a Dios —continuaba el artículo—, perdieron al instante el control sobre él. Ahí empieza la historia secreta del mundo. El hombre y la mujer inventaron a un dios que al instante escapó a su comprensión y se volvió más poderoso que sus creadores, y también más malévolo. Igual que la supercomputadora de la película *Terminator*: "Skynet", el dios del cielo, lo mismo. Adán y Eva se quedaron aterrados, porque estaba claro que Dios los perseguiría durante el resto de sus vidas para castigarlos por el crimen de haberlo creado. Ellos habían cobrado vida de forma simultánea en un jardín, Adán y Eva, ya adultos y desnudos y disfrutando del que se podría denominar el primer big bang, y no tenían ni idea de cómo habían llegado allí hasta que una serpiente los llevó al árbol de la ciencia del bien y del mal, y cuando se comieron su fruto se les ocurrió a los dos al mismo tiempo la idea de un dios-creador, de un juez del bien y del mal, de un dios-jardinero artífice del jardín —si no, ¿de dónde había salido el jardín?— que a continuación los había plantado allí como si fueran plantas sin raíces.

»Y oh, maravilla, de repente ahí estaba Dios, y estaba furioso: ¿cómo se os ha ocurrido la idea de crearme?, les preguntó en tono imperioso, ¿quién os ha pedido que me crearais? Y los expulsó del paraíso para mandarlos nada menos que a Iraq. "No hay buena acción que no reciba su castigo", le dijo Adán a Eva, y ése debería ser el lema de toda la especie humana.»

El apellido Casterbridge era inventado. El gran compositor procedía de una familia de inmigrantes judíos ibéricos, y era un hombre impresionantemente apuesto, de voz majestuosa y potente y porte regio. También compartía el rasgo físico más peculiar de su familia: no tenía lóbulos en las orejas. No convenía buscarle las cosquillas, aunque sus lealtades eran igual de feroces que sus enemistades, y era capaz de mostrar una lealtad y una amistad profundas. Su sonrisa transmitía una dulzura amenazante, casi feroz; una sonrisa capaz de arrancarte la cabeza de un mordisco. Su cortesía resultaba aterradora. Sus dos cualidades más atrayentes eran su obstinación de rottweiler y una coraza de rinoceronte donde rebotaban todas las críticas. En cuanto se le metía una idea entre dientes, nada podía conseguir que la soltara, mientras que las burlas con que fue recibido el nuevo posateísmo no lo afectaron en lo más mínimo. En un magacín nocturno de la televisión americana le preguntaron si realmente estaba diciendo que el Ser Supremo era una ficción y que ahora aquella divinidad ficticia había decidido, por razones desconocidas, atormentar a la especie humana.

—Exacto —dijo él con gran firmeza—. Es exactamente así. El triunfo de la irracionalidad destructiva se manifiesta en forma de un dios irracionalmente destructivo.

El presentador del magacín soltó un silbido por el famoso hueco que le quedaba entre los incisivos centrales superiores.

—Uau —dijo—. Y yo que pensaba que los británicos tenían más cultura que nosotros.

—Supongamos —dijo Hugo Casterbridge— que un día Dios nos manda una tormenta capaz de sacudir los cimientos mismos del mundo, una tormenta que nos avisa de que no tenemos que dar nada por sentado, ni nuestro poder, ni nuestra civilización, ni nuestras leyes, porque si la naturaleza es capaz de reescribir sus leyes, romper sus ataduras, cambiar de atributos, entonces nuestros constructos, tan frágiles en comparación, no tienen posibilidad alguna de sobrevivir. Y ésta es la gran prueba a la que nos enfrentamos: nuestro mundo, sus ideas, su cultura, sus conocimientos y sus leyes, está siendo atacado por la ilusión que hemos creado colectivamente, por el monstruo sobrenatural que nosotros mismos hemos desatado. Se cernirán plagas sobre nosotros, como se cernieron sobre Egipto. Pero esta vez nadie pedirá: *deja ir a mi pueblo*. Este dios no es un liberador, sino un destructor. No tiene mandamientos. Ya dejó atrás todo eso. Está harto de nosotros, igual que lo estaba en la época de Noé. Quiere convertirnos en un ejemplo. Quiere acabar con nosotros.

—Y volvemos enseguida con ustedes —dijo el presentador del magacín—, después de los anuncios.

En ciertos ambientes ya había empezado la búsqueda de chivos expiatorios. Era importante saber de quién era la culpa de todo lo que estaba pasando. Tal vez hubiera personas identificables, personas desestabilizadoras, responsables de algún modo de la desestabilización del mundo. Tal vez fueran personas que llevaban alguna clase de mutación genética que les daba el poder de causar sucesos paranormales, personas que suponían una amenaza a la humanidad normal. Resultaba interesante que el llamado Bebé Tormenta hubiera aparecido envuelto en una bandera india. Puede que fuera necesario examinar a la comunidad inmigrante surasiática en busca de posibles respuestas. Tal vez la *enfermedad* —al parecer ahora la Extrañeza era una enfermedad social— hubiera sido llevada a América por algunas de aquellas personas, indios, pakistaníes o bangladesíes, igual que la devastadora epidemia del sida se había originado en algún punto de África Central y había llegado a Estados Unidos a principios de los ochenta. Empezó a circular aquel rumor entre el público, y los americanos de origen surasiático temieron por su seguridad. Muchos taxistas pusieron adhesivos en sus taxis que decían: NO SOY TAN EXTRAÑO o bien EL ESTILO AMERICANO ES LA NORMALIDAD, NO LA EXTRAÑEZA. Hubo unas cuantas noticias preocupantes de violencia física. Luego se identificó a otro grupo de chivos expiatorios y el haz láser de la atención pública se apartó de la gente de piel oscura. El nuevo grupo costaba más de identificar. Era la gente que había sobrevivido a un rayo.

Durante la gran tormenta, los relámpagos multiplicaron su frecuencia y su ferocidad, y cuando los ordenadores informaron a nuestros antepasados de que habían caído más de cuatro mil por kilómetro cuadrado empezaron a entender el peligro que habían corrido y el peligro que todavía podían correr. En un año normal caían menos de cuatro rayos por kilómetro cuadrado y prácticamente todos eran absorbidos por los pararrayos y las antenas de radio de los edificios más altos. Más de cuatro mil rayos por kilómetro cuadrado significaba que habían caído casi noventa y cinco mil solamente en la isla de Manhattan. Era imposible entender cuáles podían ser las consecuencias a largo plazo de una tromba de aquella magnitud. Entre las ruinas de las calles se encontraron unos tres mil cadáveres. Nadie tenía ni idea de cuántos supervivientes a un rayo seguían caminando por ahí, ni de cómo el voltaje podía haberlos cambiado por dentro. Parecían gente normal, eran indistinguibles del resto de la población, pero ya no eran como los demás, o eso temía el resto de la población. Tal vez fueran el enemigo del resto de la población. Tal vez, si se enfadaban, podían estirar los brazos y desatar aquellos relámpagos que habían absorbido, mandando decenas de miles de amperios a nuestros antepasados, friéndolos como a sardinas. Podían asesinar a los hijos de nuestros antepasados, o al presidente. ¿Quiénes eran? ¿Por qué seguían con vida?

La gente estaba al borde del pánico. Pero por entonces nadie andaba buscando a hombres y mujeres de orejas raras. Todo el mundo estaba escuchando cuentos sobre relámpagos.

La noticia de que el pez gordo de los fondos de inversión y autodenominado «activista de las acciones» Seth Oldville se había emparejado con una conocida libertina y cazadora de hombres ricos llamada Teresa Saca Cuartos fue un *shock* y una decepción para su amplio círculo de amistades. Alguien como Oldville, un tipo corpulento y sociable que sabía lo que quería, lo que esperaba que el mundo pusiera en sus manos, y cómo esperaba que el universo se adaptara a la forma que él decidiera imponerle, jugaba con ventaja respecto a la mayoría de sus coetáneos, e incluso después de que varias elecciones presidenciales sucesivas rechazaran la lista conservadora de su preferencia, lo cual le resultaba incomprensible e iba en contra de su noción misma del país que amaba, Oldville mantuvo sin cambios de rumbo su agresiva persecución de sus objetivos políticos y económicos. En el mundo de los negocios, podías preguntar por sus métodos a la gente de Time Warner, de Clorox, de Sony, de Yahoo o de Dell, y ellos te soltaban una diatriba, de contenido parcialmente impublicable. En cuanto a la política, igual que su difunto amigo y mentor el gran —aunque un poco corrupto— Bento Elfenbein, consideraba que la serie de derrotas presidenciales que había sufrido eran errores del electorado, «pavos que votan a favor de Acción de Gracias», y siguió dedicándose a elegir candidatos para el futuro, un gobernador al que apoyar por aquí, una carrera para la alcaldía que financiar por allí, un joven congresista en pleno ascenso en el que invertir, preparando sus caballos para la batalla final. Se presentaba a sí mismo como un judío ateo que habría preferido ser cantante de ópera o un gran surfista, y a los cincuenta y pocos años seguía estando lo bastante en forma como para ir todos los veranos en busca de la gran ola. Asimismo, después de las cenas que organizaba en su casa de la ciudad, amenizaba la velada de sus invitados cantándoles un aria con su hermosa voz de tenor joyceano, *E lucevan le stelle*, tal vez, o *Ecco ridente in cielo*, y todos se mostraban de acuerdo en que le hacía un gran honor a la música.

¡Pero Teresa Saca! Hacía años que nadie se acercaba a aquella chica, desde que le había tendido la trampa al icónico presidente de AdVenture Capital, Elián Cuartos. Ella se le agarró cuando él ya era anciano y solamente quería dejarles AVC a sus protegidos y divertirse un poco, que ya le tocaba; consiguió el anillo de bodas; tuvo un hijo suyo gracias al milagro de la tecnología in vitro; y esperó a que se muriera. Ahora el viejo Elián estaba muerto y ella se había quedado con su dinero, sí, pero también le había quedado la mala reputación. Durante un breve periodo, el titán financiero italiano Daniel «Mac» Aroni la probó con el único propósito de «ver de qué habla todo el mundo», pero solamente tardó dos semanas en escaparse corriendo de ella, quejándose de que era la cabrona más deslenguada y con más mala leche a la que había puesto nunca las manos encima.

—Me dedicó insultos que yo no había oído nunca, y mira que en ese terreno tengo un buen vocabulario —le contó a todo el mundo—. Es una tía que intenta arrancarte el corazón y comérselo crudo en medio de la calle, y a mí me educaron como es debido, o sea, que no hablo con mujeres así por mucho que me provoquen, pero es que esa mujer, al cabo de cinco minutos te vuelven loco su cuerpo y el sexo, que son fabulosos, es innegable, pero es que nada compensa su mal carácter, te dan ganas de tirarla del coche en marcha en la autopista y volverte a casa a comer pastel de carne con tu mujer.

Y resultaba que Oldville tenía una mujer maravillosa en casa, Cindy Sachs, una esposa ampliamente admirada por su belleza, su buen gusto, su trabajo benéfico y su espléndido corazón. Podría haber sido bailarina, tenía el don, pero cuando Seth le pidió la mano, ella hizo de él su carrera.

—Igual que Esther Williams —contaba Cindy a sus amigas—, que renunció a su carrera en Hollywood por el latino al que amaba y que la quería en casa.

Craso error, solía bromear Seth, *elegirme a mí*, pero últimamente ya no quedaba humor en la sonrisita con que ella le contestaba. Se habían casado jóvenes, habían tenido enseguida una sarta de hijos y habían seguido siendo, hay que decirlo, amigos íntimos. Pero él era un hombre de una clase y un *standing* en los cuales tener una amante era lo normal. Teresa Saca debía de parecer una amante ideal, y ahora además tenía dinero, o sea que no iría detrás del suyo, llevaba el suficiente tiempo viviendo con discreción como para entender las consecuencias de airear las intimidades de la gente, y además se sentía sola, de forma que un poco de compañía de un hombretón como él le reportaría placer y la motivaría a dar también mucho placer a cambio. Pero Oldville descubrió enseguida lo que su amigo Aroni ya sabía. Teresa era pura dinamita de Florida con el pelo azabache, llena de una rabia hacia los hombres cuyo origen era mejor no examinar y provista de un don para el insulto que resultaba agotador. Además, tal como le dijo él en su conversación de ruptura, había demasiadas cosas que no le gustaban. Ella solamente estaba dispuesta a comer en cinco restaurantes. No le gustaba la ropa de ningún color que no fuera el negro. Tampoco le caían demasiado bien los amigos de él. Aborrecía el arte moderno, la danza moderna, las películas con subtítulos, la literatura contemporánea y todos los tipos de filosofía, y en cambio sentía una gran admiración por las mediocres pinturas neoclásicas americanas del siglo xix que había en el Met. Le encantaba Disney World, pero cuando él intentó llevarla a México para una escapada romántica a Las Alamandas, ella le dijo:

—No es mi tipo de sitio. Además, México es peligroso, sería como irse de vacaciones a Iraq. —Y esto lo dijo con cero ironía, siendo como era una hija de inmigrantes hispanos que vivían a un tiro de piedra del poblado de caravanas de Aventura, Florida.

Seis semanas después de liarse con ella le dio un beso de despedida en el jardín de su casa de Meadow Lane, Southampton (Cindy Oldville detestaba la playa y jamás movía un pie de la ciudad). Había un tipo cortando el césped a bordo de un tractor de jardín, ataviado con un anorak que tenía en la espalda las palabras SEÑOR GERONIMO, pero para la pareja en plena ruptura aquel tipo no existía.

—¿Te crees que lo siento? Tengo opciones —le dijo Teresa—. No pienso derramar ni una lágrima por ti. Si supieras quién quiere salir conmigo ahora mismo te morirías.

Seth Oldville se puso a temblar de la risa que se estaba aguantando.

—¿Qué pasa, que volvemos a tener catorce años? —le preguntó, pero ella estaba inflamada de orgullo herido.

—La semana que viene me hago una liposucción —dijo ella—. Mi médico dice que soy una candidata magnífica, que no tiene que hacer gran cosa, y que en cuanto acabe tendré un cuerpo *de locura*. Me lo iba a hacer para ti, para ser más perfecta, pero mi nuevo novio dice que no-pue-de-esperar.

Oldville empezó a alejarse.

—Te mandaré fotos de lo que ya no podrás tener —le gritó ella—. Y te *morirás*.

Y eso no fue todo. En las semanas siguientes, una vengativa Teresa no paró de llamar a la mujer de Seth, y a pesar de que Cindy Oldville le colgaba el teléfono de inmediato, ella se dedicó a dejarle unos mensajes en el buzón de voz tan sexualmente gráficos y detallados que acabaron empujando a los Oldville al divorcio. Los equipos de superabogados se prepararon para la batalla. Se rumoreaba que la cifra económica del acuerdo de divorcio llegaría a los niveles de los Wildenstein. La gente se sentó a mirar. Para aquel combate convenía un asiento a pie de ring. Por aquella época a Seth Oldville se lo veía devastado. No era un problema de dinero. Estaba genuinamente arrepentido de haber herido a su mujer, que no había hecho más que cosas buenas por él. Él no quería librar aquella guerra, pero ahora ella sí. Ella se había pasado la vida entera haciendo la vista gorda, pero ahora tenía gafas nuevas y lo veía todo con nitidez, y ya estaba harta, en serio, de las mierdas de supuesto macho alfa de su marido.

—Ve a por él —le cantaba el coro de sus amigas.

El fin de semana de antes de la tormenta, Seth estaba solo en la casa de la playa y se quedó dormido en una tumbona del jardín. Mientras estaba dormido alguien se le acercó y le dibujó una diana roja en la frente. Fue el jardinero, el tal señor Geronimo, quien se lo hizo saber cuando se despertó. Al mirarse en el espejo le dio la impresión de que alguien había intentado simular una picadura de garrapata con la enfermedad de Lyme, pero no, no era eso, estaba claro que era una amenaza. El personal de seguridad se mostró avergonzado. Sí, la señora Teresa los había convencido para que la dejaran pasar. Era una dama muy persuasiva. Había recaído en ellos tomar la decisión y la habían cagado. No volvería a pasar.

Entonces llegó el huracán, trayendo consigo los árboles caídos, la sobrecarga de rayos, los apagones y todo lo demás.

—En aquellos días, nuestros problemas personales nos tenían distraídos a todos —dijo Daniel Aroni durante el funeral, que se celebró en la Society for Ethical Culture—, y a ninguno se nos ocurrió que ella pudiera ser capaz de cumplir con su amenaza, y menos en mitad de la tormenta, cuando la ciudad entera estaba intentando sobrevivir; fue, lo confieso, inesperado. En calidad de amigo suyo me avergüenzo de no haber estado más alerta ante el peligro, de no haberle advertido de que mantuviera la guardia alta.

Después de los panegíricos, todos teníamos la misma imagen en mente mientras nos dispersábamos por Central Park West: la mujer chorreando agua de lluvia ante la puerta de la casa, el primer guardia de seguridad volando por los aires, el segundo acercándose a ella y saliendo despedido hacia atrás, la mujer atravesando la casa, subiendo las escaleras hacia el santuario de él, gritando *¿dónde estás, hijoputa?*, hasta que él se plantó delante de ella, sacrificándose para salvar a su mujer e hijos, y ella lo asesinó allí mismo y él cayó rodando como un tronco por las escaleras cubiertas de moqueta roja. Teresa se quedó un momento de rodillas junto a su cuerpo, completamente empapada y llorando de forma incontrolable, y a continuación abandonó la casa corriendo sin que nadie la detuviera ni se atreviera a acercarse a ella.

Pero la pregunta que nadie pudo contestar, al menos no entonces, en el funeral, se refería a la naturaleza del arma. En ninguno de los tres cadáveres se había encontrado ningún orificio de bala. Cuando llegaron la policía y los equipos médicos de emergencia, todos los cuerpos apestaban a carne quemada y tenían la ropa chamuscada. El testimonio de Cindy Oldville no era creíble, y mucha gente lo consideró simplemente el error perdonable de una mujer en estado de terror extremo; y, sin embargo, era la única testigo, y lo que ella dijo que habían presenciado sus ojos fue justamente lo que el sector con peor reputación de los medios informativos eligió resaltar y magnificar en forma de titulares de cinco centímetros: las centellas que le salieron a Teresa Saca de las yemas de los dedos, las descargas blancas y ramificadas que emanaron de ella y ejecutaron su trabajo asesino. Un periódico sensacionalista la llamó Madame Magneto. Otro prefirió hacer referencia a *Star Wars*: La emperatriz contraataca. Las cosas habían llegado a un punto tal que solamente la ciencia ficción nos ofrecía una manera de interpretar lo que la antigua cotidianidad exenta de efectos especiales del mundo real ya parecía incapaz de hacer comprensible.

Y enseguida hubo más noticias relacionadas con electricidad: en la estación terminal de la línea 6 del metro, en Pelham Bay Park, una niña de ocho años se cayó a las vías y el acero se derritió como si fuera helado, permitiendo que la rescataran ilesa. En un complejo de cajas fuertes situado cerca de Wall Street, los ladrones consiguieron usar un arma no identificada para «calcinar» las puertas de las cajas fuertes y las cámaras acorazadas y llevarse una suma no especificada de «múltiples millones de dólares». La alcaldesa Rosa Fast, bajo presión política para que tomara medidas, convocó una rueda de prensa conjunta con el jefe de la policía y en tono lúgubre declaró que todos los supervivientes de rayos eran «personas de interés», lo cual constituía, en su opinión avergonzada, que llevaba claramente escrita en la cara, una traición a su liberalismo progresista. Como era predecible, su declaración fue condenada por los grupos de libertades civiles y por muchos columnistas de la prensa. Pero la vieja oposición entre liberales y conservadores perdió todo su sentido cuando la realidad dejó de ser racional, o por lo menos dialéctica, para volverse obstinada, inconsistente y absurda. Si un niño hubiera invocado a un genio frotando una lámpara para que cumpliera sus deseos, habría sido una noticia creíble en el nuevo mundo en el que nuestros antepasados habían empezado a vivir. Pero los sentidos de la gente estaban embotados por la larga exposición a la cotidianidad de la vida cotidiana, de forma que les costaba aceptar el mero hecho de haber entrado en una era de prodigios, ya no digamos saber cómo vivir en esa época.

Tenían mucho que aprender. Tenían que aprender a dejar de decir *genio* y asociar la palabra con la pantomima o con Barbara Eden en el papel televisivo de la rubia «Jeannie», vestida con bombachos rosa de harén y enamorada de Larry Hagman, el astronauta que se convertía en su «amo». Era extremadamente poco inteligente pensar que unos seres tan poderosos y escurridizos pudieran tener amos. El nombre de aquella fuerza inmensa que había entrado en el mundo era *yinn*.

Ella, Dunia, también había amado a un hombre mortal —para nada su «amo»— y la consecuencia de aquel amor había sido muchas criaturas sin lóbulos. Ahora Dunia buscaba a aquellos descendientes de orejas marcadas allí donde estuvieran. Teresa Saca, Jinendra Kapoor, Bebé Tormenta, Hugo Casterbridge y muchos más. Lo único que podía hacer era plantar en sus mentes el conocimiento de quiénes eran y de su tribu dispersa. Lo único que podía hacer era despertar a los yinn luminosos que llevaban dentro y guiarlos hacia la luz. No todos eran buena gente. En muchos de ellos, la debilidad humana resultaba más poderosa que la fuerza yinni. Esto era un problema. A medida que las ranuras entre mundos se abrían, las travesuras de los yinn oscuros empezaban a propagarse. Al principio, antes de empezar a soñar con la conquista, los yinn carecían de grandes planes. Provocaban el caos porque ésa era su naturaleza. Desataban sin reparos sobre el mundo travesuras y su hermana mayor, la maldad real; porque igual que para la mayoría de los seres humanos los yinn no eran reales, tampoco lo eran los humanos para los yinn, a quienes no les importaba en absoluto su dolor, no más de lo que a una niña le importa el dolor de un animal de peluche cuando se dedica a aporrearlo contra la pared.

La influencia de los yinn estaba por todas partes, pero en aquellos primeros días, antes de que se revelaran del todo, muchos de nuestros antepasados no veían su mano negra detrás de cosas como el colapso de un reactor nuclear, la violación colectiva de una joven o un alud. En una aldea de Rumanía, una mujer empezó a poner huevos. En un pueblo francés, la ciudadanía empezó a convertirse en rinocerontes. Los viejos irlandeses empezaron a vivir en cubos de basura. Un hombre belga se miró en el espejo y vio reflejada su propia nuca. Un oficial ruso perdió la nariz y más tarde la vio caminando sola por San Petersburgo. Una nube afilada hendió la luna llena y una mujer española que la estaba mirando sintió un dolor punzante cuando una navaja le seccionó el globo ocular por la mitad, causando que se le derramara el humor vítreo, esa materia gelatinosa que llena el espacio entre la lente y la retina. A un hombre le salieron hormigas de un agujero en la palma de la mano.

¿Cómo podían entenderse aquellas cosas? Resultaba más fácil creer que el Azar, el eterno principio oculto del universo, estaba uniendo fuerzas con la alegoría, el simbolismo, el surrealismo y el caos y haciéndose cargo de los asuntos humanos, que aceptar la verdad, que era que los yinn estaban interfiriendo cada vez más en la vida diaria del planeta.

Cuando el calavera, restaurador y hombre de mundo Giacomo Donizetti salió por primera vez de su ciudad natal de Venecia, Italia, a los trece años, para emprender sus viajes, su madre, una judía negra de Cochín que se había casado con su sacerdote católico italiano en el áshram de Sri Aurobindo, en Pondicherry, cuando ambos eran jóvenes y espirituales —¡en ceremonia oficiada por la Madre en persona, Mirra Alfassa, de noventa y tres años!— le dio un regalo de despedida: un trozo cuadrado de gamuza doblado en forma de sobre y atado con un lazo escarlata.

—Ésta es tu ciudad —le dijo—. Nunca abras este paquete. Tu hogar irá siempre contigo, a salvo aquí dentro, allá donde te conduzcan tus pasos.

De modo que él llevó Venecia encima por todo el mundo hasta que le llegó la noticia de la muerte de su madre. Aquella noche bajó la gamuza doblada del lugar donde la tenía guardada y deshizo el lazo escarlata, que se le desmenuzó entre los dedos. Abrió el sobre de gamuza y se encontró con que no había nada dentro, porque el amor no tiene forma visible. En aquel momento, el amor, esa cosa sin forma e invisible, se escapó revoloteando a las alturas y ya no pudo sentirlo jamás. También la idea de hogar, de sentirse como en casa en el mundo, estuviera donde estuviera, también aquella ilusión se esfumó. Después de eso pareció que vivía igual que los demás hombres, pero no pudo ni enamorarse ni asentarse y al final empezó a considerar aquellas pérdidas como ventajas, porque en su ausencia vino la conquista de muchas mujeres en muchos lugares.

Desarrolló una especialidad: el amor de las mujeres infelizmente casadas. Casi todas las mujeres casadas a las que conocía eran en alguna medida infelices en sus matrimonios, aunque la mayoría no estaban preparadas para ponerles fin. Por su parte, él estaba decidido a no dejarse atrapar por la red matrimonial de ninguna mujer. De forma que tenían en común las cosas adecuadas, el *signor* Donizetti y las *malmaritate*, tal como él las llamaba en privado, la nación sin fronteras de las lúgubremente esposadas. Las mujeres se sentían agradecidas por sus atenciones y él a su vez les mostraba una gratitud infalible. «La gratitud es el secreto del éxito con las mujeres», escribió en su diario secreto. Llevaba un registro de sus conquistas en aquel cuaderno extrañamente parecido a un libro de contabilidad, y si hay que creer sus afirmaciones, las conquistas se contaban por millares. Un día, sin embargo, le cambió la suerte.

Después de una noche de hacer el amor sin escatimar esfuerzos, Donizetti sintió el deseo de encontrar una casa de baños turcos o *hammam* que estuviera bien, y dejarse calentar, vaporizar y restregar. Es probable que fuera en uno de esos establecimientos de Nolita donde un yinni le habló en susurros. Los yinn oscuros son dados a susurrar. Se vuelven invisibles, pegan los labios a los pechos de los seres humanos y allí les murmuran por lo bajo a los corazones, venciendo la voluntad de sus víctimas. En ocasiones, el acto de posesión era tan profundo que el yo individual se disolvía y los yinn llegaban a habitar en el cuerpo de su víctima. Pero incluso en los casos de posesión no plena, la buena gente que oía el susurro se volvía capaz de obrar maldades, y la mala gente de cosas peores. Los yinn de la luz también susurraban, dirigiendo a la humanidad hacia actos de nobleza, generosidad, humildad, amabilidad y gracia, pero sus susurros eran menos eficaces, lo cual podría indicar que la especie humana se orienta de forma más natural hacia la oscuridad, o bien que los yinn oscuros, sobre todo los pocos Grandes Ifrits, son los más poderosos de todos los miembros de la comunidad yinni. Eso ya es una cuestión para que la debatan los filósofos. Nosotros únicamente podemos contar lo que pasó cuando los yinn regresaron después de una larga ausencia al inferior de los dos mundos —el nuestro— y le declararon la guerra, y además *desde dentro*. La llamada Guerra de los Mundos que tanta destrucción trajo no fue únicamente una batalla entre el mundo de los yinn y el nuestro, sino también una guerra civil entre los yinn que se libró en nuestro territorio, no en el suyo. La especie humana se convirtió en terreno de batalla de la lucha entre la luz y la oscuridad. Y hay que decirlo, debido a la naturaleza esencialmente anárquica de los yinn, entre la luz y la luz y la oscuridad y la oscuridad.

Nuestros antepasados aprendieron, durante aquellos dos años, ocho meses y veintiocho noches, a estar constantemente en guardia contra los peligros de los yinn. La seguridad de sus criaturas se convirtió en una de sus mayores preocupaciones. Empezaron a dejarles encendidas las luces de los dormitorios y a cerrarles las ventanas con pestillo, por mucho que los niños y niñas se quejaran de que en sus habitaciones hacía bochorno y faltaba el aire. Algunos yinn se dedicaban a raptar criaturas, y nadie sabía qué suerte corrían sus víctimas. Además: era buena idea, cuando entrabas en una habitación vacía, entrar con el pie derecho por delante mientras murmurabas *perdón* por lo bajo. Y por encima de todo: no convenía bañarse a oscuras porque a los yinn les atraían la oscuridad y la humedad. Los *hammam*, con sus luces mortecinas y su humedad elevada, eran lugares considerablemente peligrosos. De todo esto nuestros antepasados se fueron enterando de forma gradual durante aquellos días. Pero cuando Giacomo Donizetti entró en los bien equipados baños turcos de la calle Elizabeth, no sabía el riesgo que estaba corriendo. Lo debía de estar esperando allí un yinni malicioso, porque cuando salió del *hammam* era un hombre cambiado.

Resumiendo: las mujeres ya no se enamoraban de él, por muy agradecidamente que él las cortejara; en cambio, a él le bastaba con echar un simple vistazo a una mujer para caer perdida y desamparadamente enamorado como un cachorrillo. Allá donde fuera, al trabajo o al teatro o por la calle, iba vestido con su elegancia de siempre, con trajes a medida de tres mil dólares, camisa de Charvet y corbata de Hermès, pero ninguna mujer caía rendida, mientras que hasta la última fémina que se cruzaba con él le ponía el corazón a cien, hacía que le fallaran las piernas y le inspiraba un deseo abrumador de mandarle un ramo enorme de rosas rojas. Lloraba por las calles siempre que pasaban a su lado pedicuristas de ciento cincuenta kilos y anoréxicas de cuarenta, todas haciendo caso omiso de sus protestas, como si fuera un borracho o un mendigo en vez de uno de los solteros más codiciados en al menos cuatro continentes. Sus colegas empresarios le pidieron que no fuera a trabajar porque estaba avergonzando a las chicas de los guardarropas, las camareras y las jefas de camareras de sus distintos clubes nocturnos. En cuestión de días, la vida se le hizo una tortura. Buscó ayuda médica, dispuesto a que lo declararan adicto al sexo si hacía falta, por mucho miedo que le tuviera a la cura. Sin embargo, en la sala de espera del médico sintió la obligación de apoyarse en una rodilla y pedirle a la poco atractiva recepcionista coreano-americana que le hiciera el honor de convertirse en su esposa. Ella le enseñó su anillo de boda y la fotografía enmarcada de sus hijos que tenía sobre la mesa, y él rompió a llorar de tal forma que tuvieron que pedirle que se marchara.

Empezó a tener miedo tanto de los encuentros al azar en las aceras como del tamborileo erótico de los espacios cerrados. Era tan enorme la sobreabundancia de mujeres de las que enamorarse por las calles de la ciudad que tenía verdadero miedo a que le diera un ataque al corazón. Todos los interiores eran peligrosos porque había muy pocos que no fueran mixtos. Los ascensores resultaban particularmente humillantes porque en ellos se veía atrapado en compañía de mujeres que lo desdeñaban con expresiones de ligero —o no tan ligero— asco. Buscaba los clubes sólo para hombres donde pudiera echarse alguna cabezada en un sofá de cuero, y hasta se planteó en serio la vida monástica. El alcohol y los narcóticos le ofrecían una escapatoria más fácil y menos ardua, de forma que inició una espiral descendente de autodestrucción.

Una noche, mientras caminaba dando tumbos hacia su Ferrari, entendió con esa lucidez verdadera que otorga la borrachera que no tenía amigos, que nadie lo quería, y que todo aquello en lo que había basado su vida era igual de chabacano y carente de valor que el oro de los tontos, y también que estaba bastante claro que no debería conducir un vehículo a motor. Se acordó de que una de sus amantes, durante la época en que era él quien estaba al volante, lo había llevado a ver la única película de Bollywood que había visto en su vida, en la que un hombre y una mujer que iban al puente de Brooklyn para suicidarse se veían entre ellos, se gustaban, decidían no saltar y viajaban a Las Vegas juntos. Se preguntó si él también debería ir con el coche hasta el puente, disponerse a arrojarse al vacío y esperar que lo rescatara una hermosa estrella de cine que lo amaría para siempre tanto como él la amaría a ella. Pero luego se acordó de que, gracias a las consecuencias sobrenaturales de la nueva Extrañeza que lo afectaban, seguiría enamorándose de todas y cada una de las mujeres con las que se cruzara en el puente o en Las Vegas o donde fuera que terminara, con lo cual estaba claro que la diva del cine lo abandonaría y él acabaría todavía más triste que antes.

Ya no era un hombre. Se había convertido en una bestia subyugada por el monstruo Amor, la *belle dame sans merci* en persona, que ahora se multiplicaba y habitaba los cuerpos de todas las *dames* del mundo, daba igual que fueran *belles* o no; lo que necesitaba era irse a casa, encerrarse con llave y confiar en que la enfermedad que padecía fuera curable, que terminara por pasársele y le permitiera reanudar su vida normal, aunque en aquel momento la palabra *normal* pareciera haber perdido todo su significado. Sí, a casa, se apremió a sí mismo, pero en un momento dado y en cierto cruce de calles de la parte menos sofisticada de la isla apareció una camioneta que tenía en los costados las palabras SEÑOR GERONIMO JARDINERO seguidas de un número de teléfono y la dirección de una página web, todo perfilado en amarillo y con efecto de sombra en escarlata, y el Ferrari que se saltó el semáforo estaba cometiendo una infracción clara, y hubo giros frenéticos de volantes y chirridos de frenos y no pasó nada, no murió nadie, el Ferrari recibió daños graves en un lateral de la carrocería y quedó toda la calle llena de herramientas de jardinería caídas de la parte de atrás de la camioneta, pero los dos conductores salieron por su propio pie y sin ayuda de nadie para examinar los daños, y fue entonces cuando Giacomo Donizetti, mareado y tembloroso, se dio cuenta por fin de que había perdido el juicio y se desmayó allí mismo en medio de la calle, porque el hombre mayor y físicamente imponente que se le acercó estaba caminando sobre el aire, a varios centímetros del suelo.

Había pasado más de un año desde que el señor Geronimo perdiera contacto con la Tierra. Durante aquel año, el espacio entre las suelas de sus zapatos y las superficies horizontales sólidas había aumentado y ahora era de unos tres dedos, tirando a cuatro. A pesar de los aspectos obviamente alarmantes de su estado, como él había empezado a llamarlo, le resultaba imposible considerarlo permanente. Se imaginaba su estado como una enfermedad, el producto de un virus hasta ahora desconocido: el microbio gravitatorio. La infección podía curarse, se decía a sí mismo. Le había pasado algo inexplicable cuyos efectos seguramente se irían pasando. La normalidad se volvería a imponer. Nada podía desafiar durante mucho tiempo las leyes de la naturaleza, ni siquiera una enfermedad desconocida por el Centro para el Control de Enfermedades. Estaba claro que acabaría bajando. Así era como intentaba tranquilizarse todos los días. En consecuencia, los signos ineludibles del empeoramiento de su estado lo afectaron mucho y le despojaron de gran parte de la voluntad que le quedaba de reprimir sus sentimientos de pánico. A menudo, y sin advertencia previa, los pensamientos se le empezaban a descontrolar, aunque él se enorgullecía de ser un individuo mayormente estoico. Lo que le estaba pasando era imposible, pero le estaba pasando, o sea, que era posible. Los significados mismos de las palabras —posible, imposible— estaban cambiando. ¿Acaso la ciencia le podía dar una explicación? ¿O la religión? La idea de que tal vez no existiera ni explicación ni cura era algo que no estaba dispuesto a contemplar. Empezó a consultar la literatura especializada. Los gravitones eran partículas elementales sin masa que de alguna forma transmitían la atracción gravitatoria. Tal vez se pudieran crear o destruir, y en caso de que sí, eso explicaría un aumento o disminución de la fuerza gravitatoria. Así funcionaba la cosa de acuerdo con la física cuántica. Y, sin embargo, P. D.: no había pruebas de que los gravitones existieran en realidad. Muchas gracias, física cuántica, pensó él. Me has ayudado un montón.

Como muchas otras personas de edad avanzada, el señor Geronimo llevaba una vida relativamente aislada. No tenía ni hijos ni nietos que se angustiaran por su estado. Esto le suponía un alivio. También le aliviaba el hecho de que, como no se había vuelto a casar, tampoco tenía mujer a quien causar dolor o preocupación. Durante los largos años de su viudedad, los pocos amigos que tenía habían reaccionado a sus modales taciturnos distanciándose de él y convirtiéndose en meros conocidos. Después de la muerte de su mujer, había vendido la casa y se había mudado a una modesta vivienda de alquiler en Kips Bay, el último vecindario olvidado que quedaba en Manhattan, cuyo anonimato le venía de perlas. Antaño había tenido una relación amigable con su barbero de la Segunda Avenida, pero ahora se cortaba el pelo él mismo, o tal como él prefería decirlo, era el jardinero de su propia cabeza.

Los coreanos de la tienda de la esquina eran cordiales con él de forma profesional, aunque últimamente, a medida que la generación más joven tomaba el relevo de sus padres, en ocasiones lo recibían con miradas inexpresivas que revelaban la ignorancia de la juventud, en vez de las tenues sonrisas y los pequeños saludos con la cabeza con que los ancianos con gafas solían saludar a aquel cliente de toda la vida. Las muchas instituciones médicas que había en la Primera Avenida habían infectado el barrio de una plaga de facultativos, pero él solamente sentía desprecio por la profesión médica. Ya no visitaba nunca a su doctor, y habían dejado de llegarle los mensajes admonitorios que le solía mandar la asistente del caballero en cuestión: «Necesitamos hacerle al menos una revisión al año si quiere usted continuar la relación con el doctor...». ¿De qué le servían a él los médicos? ¿Podía una pastilla curar su estado? No, no podía. La atención médica en América dejaba invariablemente en la estacada a quienes más la necesitaban. Él no quería saber nada de ella. La salud era algo que tenías hasta el día que dejabas de tenerla, y después de ese día estabas jodido, y era mejor no dejar que los médicos te jodieran antes de que llegara el día.

En las pocas ocasiones en que le sonaba el teléfono era siempre por asuntos de jardinería, pero cuanto más tiempo se prolongaba su estado, más le costaba trabajar. Les había cedido su clientela a otros jardineros y ahora vivía de sus ahorros. Tenía el rinconcito que había ido ahorrando a lo largo de los años, que no era moco de pavo, gracias a su estilo de vida austero y a lo que había sacado al venderse el hogar conyugal, aunque, por otro lado, nadie se metía en el negocio de la jardinería para amasar una fortuna. Tenía también la herencia de Ella, que ella había descrito como «prácticamente nada», aunque sólo porque se había criado rica. De hecho, era una suma bastante respetable, que había pasado a sus manos cuando murió y que no había tocado nunca. De forma que ahora tenía tiempo, pero era inevitable que llegara el momento, si las cosas seguían igual, en que el dinero desaparecería y él quedaría a merced de la fortuna: la Fortuna, esa bruja despiadada. De forma que sí, le preocupaba el dinero, pero nuevamente se alegraba de no estar infligiendo aquellas preocupaciones a nadie más.

Ya no le era posible esconder lo que le estaba pasando, ni de sus vecinos ni de la gente con que se cruzaba por la calle o en las tiendas en las que debía entrar de cuando en cuando para comprar víveres, a pesar de que tenía sus provisiones acumuladas de sopas y cereales y se abastecía tanto como podía de aquella despensa para minimizar sus excursiones. Cuando necesitaba reabastecerse compraba por internet; si tenía hambre solía pedir la comida por teléfono, y en general cada vez salía menos, salvo muy de vez en cuando y a resguardo de la oscuridad.

A pesar de sus precauciones, sin embargo, su vecindario estaba al corriente de su estado. Tenía suerte de vivir entre personas con un umbral de aburrimiento bajo, famosos por su desinterés hacia las excentricidades de sus conciudadanos, típico de gente que lo ha visto todo. Cuando se enteraron de que levitaba, sus vecinos no se mostraron demasiado impresionados, y dieron por sentado, sin apenas discusión, que debía de ser alguna clase de truco. El hecho de que siguiera haciendo el mismo truco todos los días lo convertía en un ser tedioso, un zancudo que no se quitaba nunca los zancos, un exhibicionista cuyo factor de asombro se había evaporado ya hacía tiempo. O bien, si era verdad que le pasaba algo, si estaba afectado por algo, probablemente sería culpa suya. Lo más seguro era que hubiera estado mangoneando con cosas con las que era mejor no mangonear. O bien el mundo se había hartado de él y lo estaba echando. Daba igual. La conclusión era que su truco se había gastado, igual que él.

Así durante un tiempo no le hicieron ningún caso, lo cual facilitó un poco las cosas, porque no tenía ganas de dar explicaciones a desconocidos. Se quedaba en casa y hacía sus cálculos. Casi cuatro dedos en un año significaba que, dentro de tres años más, si seguía vivo, estaría a un palmo y medio del suelo. A aquel ritmo, se decía para tranquilizarse, debería ser capaz de inventar técnicas de supervivencia que le proporcionaran una vida practicable, no una existencia convencional ni fácil, pero sí vivible. Había que solventar problemas prácticos, sin embargo, algunos de ellos bastante engorrosos. Bañarse resultaba impensable. Por suerte en el cuarto de baño tenía una ducha. Llevar a cabo sus funciones naturales era más complicado. Cuando intentaba sentarse en la taza del retrete, su trasero se obstinaba en flotar por encima del asiento, manteniendo exactamente la misma distancia de éste que sus pies insistían en mantener respecto al suelo. Cuanto más ascendiera, más difícil le resultaría cagar. Esto había que solucionarlo.

Viajar ya le suponía un problema, que crecería con el tiempo. Ya había descartado el viaje por aire. Algún agente de la Administración para la Seguridad del Transporte podría juzgar que constituía una amenaza. Solamente se permitía despegar de los aeropuertos a los aviones. Era bastante probable que las autoridades consideraran que un pasajero que intentara despegar sin subirse a ningún avión estaba actuando de forma indebida y que había que contenerlo. Los demás tipos de transporte público también eran problemáticos. En el metro, su levitación se podría considerar un intento ilegal de saltar sobre los tornos. Tampoco podía ya conducir de manera segura. El accidente se lo había dejado claro. Todavía podía caminar, sí, pero incluso de noche resultaba demasiado visible y vulnerable, por mucha indiferencia que fingiera la gente. Quizás sería mejor no moverse de su apartamento. Un retiro forzoso hasta que su estado mejorara y pudiera retomar lo que le quedaba de vida cotidiana. Pero le costaba plantearse esto. A fin de cuentas, era un hombre acostumbrado a la vida al aire libre, a realizar trabajos físicos duros durante muchas horas al día, al sol o bajo la lluvia, hiciera frío o calor, añadiendo su pequeña noción de belleza a la belleza natural de la Tierra. Quizás no pudiera trabajar, pero aun así tenía que hacer ejercicio. Caminar. Sí. Caminar de noche.

El señor Geronimo vivía en los dos niveles inferiores del Bagdad, un estrecho edificio de apartamentos situado en una manzana estrecha que tal vez fuera el edificio menos popular del menos popular de los barrios, con su estrecha sala de estar al nivel de la estrecha calle y su estrecho dormitorio en el estrecho sótano de debajo. Durante la gran tormenta, el Bagdad había estado dentro de la zona de evacuación, pero la inundación no había alcanzado su sótano. Se había escapado por los pelos: las calles adyacentes, que eran más anchas y abrían los brazos a los elementos, habían quedado destruidas. Tal vez de aquello se podía extraer una lección, pensó el señor Geronimo. Tal vez la estrechez sobrevivía a los ataques mejor que la anchura. Pero se trataba de una lección poco atractiva, de forma que no la quiso aprender. La amplitud, la tendencia a incluir, el afán de totalidad, la anchura, la profundidad y la *magnitud*: éstos eran los valores a los que debía aferrarse un tipo alto de espaldas anchas y zancada larga como él. Y si el mundo quería preservar lo estrecho y destruir lo expansivo, si quería favorecer la boquita de piñón en perjuicio de la boca grande de labios carnosos, el cuerpo demacrado en perjuicio del robusto, lo estrecho sobre lo holgado, el gimoteo sobre el rugido, entonces él prefería hundirse junto con el barco de lo grande.

Puede que su estrecho hogar hubiera resistido a la tormenta, pero no lo había protegido a él. Por razones desconocidas, la tormenta lo había afectado de un modo único —si es que la tormenta había sido realmente la responsable—, separándolo para su alarma creciente del suelo natal de su especie. Le costaba no preguntarse «¿por qué a mí?», pero había empezado a asumir esa difícil verdad que es que las cosas podían tener causa y aun así no tener propósito. Por mucho que pudieras dilucidar cómo había sucedido algo, por mucho que contestaras a la pregunta de *cómo*, no te estabas acercando a averiguar *por qué*. Las anomalías de la naturaleza, igual que las enfermedades, no contestaban cuando les preguntabas por su motivación. Aun así, pensó, el *cómo* le preocupaba. Intentaba poner una cara valiente delante del espejo —se veía obligado a encorvarse incómodamente para verse mientras se afeitaba—, pero su miedo aumentaba a diario.

El apartamento del Bagdad en sí mismo ya era una especie de ausencia, no solamente por su estrechez, sino también por la escasez de mobiliario. El señor Geronimo siempre había sido un hombre austero, y tras la muerte de su mujer ya no necesitó nada salvo lo único que no podía tener: la presencia de ella en su vida. Se había deshecho de las posesiones, había soltado lastre, no se había quedado más que lo esencial, una carga ligera. No se le ocurrió para nada que aquel proceso de despojarse de los aspectos físicos de su pasado, de soltar amarras, pudiera estar relacionado con su estado. Ahora, a medida que ascendía, empezó a aferrarse a los fragmentos de recuerdos, como si el peso acumulado de todos ellos pudiera devolverlo al suelo. Se acordaba de sí mismo en compañía de Ella, con un cuenco de palomitas para microondas y una manta sobre el regazo de ambos, viendo una película en la tele, una epopeya en la que un niño rey chino era criado en la Ciudad Prohibida de Pekín, convencido de ser Dios, pero después de producirse muchos cambios terminaba de jardinero en el mismo palacio en el que antaño había sido una deidad. El dios/jardinero decía estar muy contento con su nueva vida, y tal vez fuera verdad. Tal vez, pensó el señor Geronimo, a mí me esté pasando lo contrario. Tal vez esté ascendiendo lentamente hacia la divinidad. O tal vez esta ciudad, igual que todas las demás, pronto me estará prohibida.

De niño soñaba a menudo con que podía volar. En

sus sueños estaba acostado en la cama de su dormitorio y descubría que podía elevarse un poco hacia el techo y dejaba que la sábana se le escurriera de encima. Luego se dedicaba a flotar por la habitación en pijama, evitando con cuidado la lenta rotación de las aspas del ventilador del techo. Podía incluso poner la habitación patas arriba y sentarse en el techo, riéndose de los muebles que quedaban del revés en el suelo invertido y preguntándose por qué no se caían, es decir, por qué no salían disparados hacia arriba, hacia el techo, que ahora era el suelo. Siempre y cuando se quedara en su habitación, podía volar sin esfuerzo. Pero su habitación tenía unas ventanas altas y alargadas que él dejaba abiertas por la noche para que entrara la brisa, y si era lo bastante tonto como para salir volando por ellas descubría que su casa estaba en lo alto de una colina (no lo estaba en sus horas de vigilia) y que él empezaba a perder altura de inmediato —despacio, no de forma alarmante pero sí inexorable—, y entonces se daba cuenta de que si no regresaba volando a su dormitorio llegaría un momento en que ya no podría encontrarlo, sino que descendería lentamente hasta el pie de la colina, donde había lo que su madre llamaba «extraños y cosas peligrosas». Al final siempre conseguía volver a entrar por las ventanas del apartamento, aunque en ocasiones le iba por los pelos. Ahora empezó a darle la vuelta también al recuerdo de aquel sueño. Tal vez ahora para regresar al suelo necesitara quedarse en su habitación, mientras que cada nueva incursión al exterior lo separaba más de la Tierra.

Encendió la televisión. El bebé mágico salía en las noticias. Se fijó en que tanto el bebé mágico como él tenían las mismas orejas. Y ahora los dos vivían en el universo de la magia, los dos se habían despegado del viejo continuo familiar y terrenal. La existencia del bebé mágico lo reconfortaba. Significaba que ya no se encontraba solo en su alejamiento de una normalidad que estaba empezando a entender que había desaparecido.

El accidente de coche no había sido culpa suya, pero ahora conducir le resultaba una experiencia incómoda y complicada, y sus reflejos ya no eran lo que debían ser. Había tenido suerte de haber salido sin ninguna herida grave. Después del accidente, el otro conductor, un tipo con pinta de *playboy* llamado Giacomo Donizetti, había recobrado la conciencia presa del delirio y se había puesto a gritarle como un poseso.

—¿Qué estás haciendo ahí arriba? ¿Te crees que eres mejor que el resto de nosotros? ¿Es por eso por lo que marcas las distancias? ¿Qué pasa, que la Tierra ya no es lo bastante buena para ti y tienes que estar por encima de todo el mundo? ¿Qué eres, una especie de *radical* de los cojones? Mira lo que le has hecho a mi precioso coche con tu patética camioneta. Odio a la gente como tú. Puto *elitista*.

Después de soltarle aquella diatriba, el *signor* Donizetti se volvió a desmayar, a continuación llegó la ambulancia y se ocupó de él.

La impresión hacía que la gente se comportara de forma extraña, el señor Geronimo lo sabía, pero también estaba empezando a ser consciente de cierta hostilidad incipiente en los ojos de al menos una parte de la gente que observaba su estado. Tal vez de noche resultara más alarmante. Tal vez lo que debería hacer era agarrar el toro por los cuernos y salir a la calle a plena luz del día. Pero entonces se multiplicarían los reparos a su estado. Sí, de momento la familiar indiferencia de la ciudadanía lo había protegido, pero tal vez no lo defendiera de la acusación de ser una modalidad grotesca de esnob, y además, cuanto más se elevara, más crecería este antagonismo. Aquella idea, la idea de que estaba marcando las distancias, de que su levitación era un juicio a quienes permanecían en el suelo, estaba empezando a hacerse visible en las miradas de los desconocidos, o bien él estaba empezando a creer que la veía en ellas. ¿Qué os hace pensar que yo considero mi estado actual una mejora?, tenía ganas de gritarles. ¿Qué os lo hace pensar, si me ha arruinado la vida y me temo que pueda traerme la muerte?

Ansiaba una vía de «descenso». ¿Acaso ninguna rama de la ciencia lo podía ayudar? Si no era la teoría cuántica, pues alguna otra. Había leído que existían unas botas gravitatorias que permitían a quien las llevaba colgar boca abajo del techo. ¿No se podrían ajustar para permitir a su usuario aferrarse al suelo? ¿Acaso se podía hacer algo, o bien su caso ya estaba fuera del alcance de la medicina y de la ciencia? ¿Acaso la vida real se había vuelto simplemente irrelevante? ¿Acaso lo surreal lo había capturado y estaba a punto de devorarlo? ¿Existía alguna forma de plantearse su situación que tuviera algún sentido ordinario? ¿Y era su estado algo que él pudiera contagiar como una infección o transmitir a los demás?

¿Cuánto tiempo le quedaba?

La levitación no era un fenómeno del todo desconocido. En entornos de laboratorio, por ejemplo, se había hecho levitar a ranas por medio de electroimanes que usaban superconductores y producían algo que él no entendía, la repulsión diamagnética del agua corporal. Los seres humanos eran en su mayor parte agua, así que tal vez esto le diera una pista de lo que le estaba pasando. Pero en ese caso, ¿dónde estaban los electroimanes gigantes, los enormes superconductores que estaban generando aquel efecto? ¿Acaso la Tierra misma se había convertido en un gigantesco electroimán/superconductor? Y en caso de que sí, ¿por qué él era la única criatura viva que se veía afectada? ¿O bien, por alguna razón bioquímica o sobrenatural, él era preternaturalmente sensible a los cambios del planeta, en cuyo caso todo el mundo se vería muy pronto a bordo del mismo barco que él? ¿Acaso él era el conejillo de Indias de lo que pronto iba a ser la repulsión terrestre de toda la especie humana?

Ahora tenía en la pantalla de su ordenador otra cosa que no entendía. Los científicos habían logrado hacer levitar objetos ultrapequeños por medio de la manipulación del efecto Casimir. Tras explorar como pudo el mundo subatómico de esta fuerza, entendió que en los niveles más profundos de la esencia de la materia el idioma inglés se desintegraba bajo la inmensa presión de las fuerzas fundacionales del universo para ser reemplazado por el lenguaje de la creación misma: *doblete de isospín, teorema de Noether, rotación transformación, quarks arriba y abajo, principio de exclusión de Pauli, densidad topológica de número sinuoso, cohomología de De Rham, espacio erizo, unión discriminada, asimetría espectral, principio del Gato de Cheshire*, todo lo cual excedía su comprensión. Tal vez Lewis Carroll, creador del Gato de Cheshire, supiera que su principio estaba próximo a las raíces de la materia. Tal vez en sus circunstancias personales hubiera operado un efecto casimírico, aunque tal vez no. Si se planteaba a sí mismo desde los ojos del cosmos, resultaba verosímil que él fuera un objeto ultrapequeño sobre el que podía operar aquel efecto.

El señor Geronimo era consciente de que no solamente su cuerpo se estaba despegando del suelo, sino también su mente. Aquello tenía que parar. Tenía que concentrarse en los hechos simples. Y el hecho simple en el que más tenía que concentrarse era que estaba flotando a varios centímetros de todas las superficies planas sólidas: la tierra, el suelo de su apartamento, las camas, los asientos de los coches y los retretes. Una vez, solamente una, probó a hacer el pino, pero descubrió que cuando intentaba un truco así sus manos desarrollaban al instante el mismo *estado* que sus pies. Al cabo de un momento se cayó pesadamente y se quedó tumbado de espaldas, jadeante, flotando dos dedos por encima de la alfombra. El espacio vacío apenas había amortiguado la caída. Después de aquel trompazo empezó a andarse con más cuidado. Era un hombre gravemente enfermo y tenía que tratarse a sí mismo como tal. Estaba notando su edad, sí, pero también afrontaba algo peor. Su estado no solamente estaba afectándole la salud y debilitándole los músculos, haciéndolo envejecer: también estaba borrando su carácter y reemplazándolo por una nueva identidad. Ya no era él mismo, ya no era Raffy-Rónimus el hijo del pastrónimus, ya no era el sobrino de Tío Charles ni el yerno de Bento Elfenbein ni el marido desconsolado de su amada Ella. Ya no era el señor Geronimo de la empresa de paisajismo Señor Geronimo Jardinero, ni siquiera su yo más reciente, el amante de la Dama Filósofa y enemigo de su encargado de mantenimiento, Oldcastle. Su propia historia se le estaba escapando, y a sus propios ojos, y a los de los demás, se estaba convirtiendo simplemente, o ya se había convertido, en el hombre que estaba a casi cuatro dedos del suelo. Casi cuatro dedos que seguían creciendo.

Él pagaba con puntualidad su alquiler, pero le preocupaba que Sister encontrara un pretexto para echarlo del edificio. Sister C. C. Allbee, la superintendenta o —como ella prefería denominarse— «casera» del Bagdad, era, al menos en opinión de sí misma, una mujer de mente abierta, pero no le gustaba nada lo que estaba pasando en las noticias. La Expósita Tormenta, el Bebé de la Verdad, por ejemplo, aquella niñita le ponía los pelos de punta, igual que todas las demás criaturas de película de terror, Carrie White, Damien Thorn y todas esas semillas del diablo. Y lo que vino después del Bebé Tormenta ya era una pura locura. Una mujer a la que estaba persiguiendo un tipo con la intención de violarla se convirtió en pájaro y se zafó de él. El vídeo estaba enlazado en la clase de páginas web informativas que seguía Sister y también se encontraba en YouTube. Un mirón que estaba espiando a una de las beldades más admiradas de la ciudad, la diosa de la lencería brasileña Marpessa Sägebrecht, fue mágicamente transformado en ciervo astado y perseguido por la avenida A por una manada de voraces sabuesos fantasma. Y luego las cosas empeoraron en el mismo Times Square, donde, durante un lapso de tiempo que los distintos testigos estimaron entre «unos segundos» y «varios minutos», desapareció la ropa que llevaban todos los hombres presentes en la plaza, dejándolos escandalosamente desnudos y haciendo caer al suelo los contenidos de sus bolsillos: teléfonos móviles, bolígrafos, llaves, tarjetas de crédito, dinero en metálico, condones, inseguridades sexuales, egos inflables, ropa interior femenina, pistolas, cuchillos, números de teléfono de mujeres descontentas con sus matrimonios, petacas, máscaras, colonia, fotografías de hijas enfadadas, fotografías de chicos adolescentes huraños, aerosoles para el mal aliento, bolsitas de plástico llenas de polvo blanco, porros, mentiras, armónicas, gafas, balas y esperanzas rotas y olvidadas. Al cabo de unos segundos (o tal vez minutos) la ropa reapareció, pero las posesiones, debilidades e indiscreciones reveladas por la desnudez de los hombres desencadenaron una tormenta de emociones contradictorias, entre ellas vergüenza, rabia y miedo. Las mujeres salieron corriendo y gritando mientras los hombres buscaban desesperadamente todos los secretos que pudieran guardar otra vez en sus bolsillos hambrientos, pero que, tras quedar revelados, ya no se podrían volver a esconder nunca.

Sister no era monja ni lo había sido nunca, pero la gente la llamaba Sister por su temperamento religioso y también por su supuesto parecido a la actriz Whoopi Goldberg. Nadie la había llamado C. C. desde que su difunto esposo había abandonado el mundo en compañía de una voluptuosa persona más joven de etnia latina y había terminado en el infierno, o en Albuquerque, dos nombres que de acuerdo con Sister designaban el mismo sitio. Y parecía que, desde el «descenso» de aquel pringado a Nuevo México, el mundo entero se estaba yendo al infierno para hacerle compañía. Sister Allbee ya estaba harta. Y estaba familiarizada con ciertos tipos de locura americana. Los locos armados le parecían normales, los que disparaban a los niños en las escuelas o se ponían una máscara del Joker y acribillaban a la gente en los centros comerciales, o bien los locos que simplemente mataban a tu madre en pleno desayuno. Los locos tipo Segunda Enmienda eran los locos normales y corrientes, que salían en las noticias todo el tiempo y si amabas la libertad reconocías que no se podía hacer nada al respecto; Sister entendía también la existencia de los locos con navajas de su juventud en el Bronx, y de los locos que jugaban a asaltar a puñetazos a víctimas al azar y convencían a los chavales negros de que molaba arrearles puñetazos en la cara a los judíos. Entendía a los locos drogadictos y a los políticos locos y a los locos de la Iglesia Baptista de Westboro y a los locos tipo Trump porque todos ellos constituían el estilo americano; en cambio, esta nueva locura era distinta. Le parecía una locura tipo 11-S: extranjera y maligna. El diablo andaba suelto, decía Sister, a menudo y en voz bien alta. El diablo andaba ocupado. Cuando uno de sus inquilinos empezó a flotar a un palmo del suelo veinticuatro horas al día, le quedó claro que el diablo había entrado en su edificio, y se preguntó dónde estaba Jesucristo cuando hacía falta.

—Jesucristo —dijo en voz alta, plantada en medio del pequeño vestíbulo del Bagdad—. Tienes que bajar a la Tierra una vez más, tengo un trabajo divino para ti aquí mismo.

Y fue entonces cuando entró en escena Blue Yasmeen, la artista (*performance*, instalaciones, grafitis) que vivía en el piso de arriba del Bagdad. El señor Geronimo no la conocía, nunca se había molestado en conocerla, pero de pronto tenía una aliada, una amiga que hablaba en su favor y que tenía a Sister bajo su influjo sobrenatural, o eso parecía. «Déjalo en paz», dijo Blue Yasmeen, y Sister hizo una mueca y obedeció. El aprecio que le tenía Sister a Yasmeen era tan sorprendente como profundo, una de las muchas relaciones inverosímiles que se dan en la gran ciudad, uno de esos amores que cogen por sorpresa a los amantes, y tal vez tuviera sus raíces en el habla: Yasmeen tenía un pico de oro y sus palabras hipnotizaban a Sister. La Bagdad de Iraq es una tragedia, le gustaba decir a Yasmeen, pero el Bagdad de Manhattan es una ubicación mágica, es la ciudad de Aladino, llena de historias que envuelven a las ciudades reales como hiedras, enredándose por entre las calles reales, susurrándonos en el oído, y en esa ciudad parásita las historias son los frutos que cuelgan de todos los árboles, historias largas y cortas, finas y gruesas, y todo el que tiene hambre de anécdotas queda saciado. Los ricos frutos caen de las ramas y se quedan magullados en el suelo, donde cualquiera puede cogerlos. Yo me dedico a construir esa ciudad de alfombras voladoras siempre que puedo, decía; la hago crecer en los patios adoquinados de los edificios de pisos de lujo del centro y en los grafitis de las escaleras de los bloques de protección oficial. El Bagdad es mi ciudad y yo soy al mismo tiempo su monarca y su ciudadana, su compradora y su tendera, su bebedora y su vino. Y tú, le decía a Sister Allbee, eres su cuidadora. La casera del Bagdad, superintendenta de la tierra de los cuentos. Aquí estás tú, en su mismo corazón. Y aquellos discursos le ablandaban el corazón a Sister. El señor Geronimo se está convirtiendo en una historia magnífica, le dijo Blue Yasmeen. Dejémosle que lo sea, a ver cómo termina.

Blue Yasmeen no tenía el pelo azul, sino naranja, y tampoco se llamaba Yasmeen. Daba igual. Si ella decía que el azul era naranja, estaba en su derecho y Yasmeen era su nombre de batalla, y sí, vivía en la ciudad como si fuera una zona de guerra, porque aunque había nacido en la calle Ciento dieciséis, hija de un profesor de literatura de Columbia y de su mujer, lo que ella quería reconocer era que *originalmente, antes de aquello*, es decir, *antes del puto nacimiento*, ella venía de Beirut. Llevaba las cejas afeitadas y en su lugar se había tatuado otras en forma de centellas quebradas. Su cuerpo también era un campo de tatuajes. Salvo las cejas, todos los tatuajes eran palabras, las de costumbre —Amor, Imagine, Jesús, Occupy—, y a ella le gustaba decir de sí misma, demostrando sin querer que tenía más de Riverside Drive que de

Hamra Street, que no solamente era intrasexual, sino también intratextual, que vivía en medio de los sexos pero también de las palabras. Blue Yasmeen había causado sensación en el mundo del arte con su instalación sobre la bahía de Guantánamo, que resultaba impresionante aunque solamente fuera por el poder de persuasión necesario para hacerla posible; de algún modo había conseguido con aquella facilidad impenetrable suya poner una silla dentro de una habitación con una cámara de vídeo delante y conectarla con un maniquí sentado en una galería de arte de Chelsea, de tal forma que cuando los reclusos de Guantánamo se sentaban en la silla y contaban sus historias, sus caras eran proyectadas sobre la cabeza del maniquí de Chelsea y daba la impresión de que ella los había liberado y les había devuelto sus voces, y sí, el tema de la obra era la libertad, cabrones, la libertad, ella odiaba el terrorismo tanto como cualquiera, pero también odiaba los abortos espontáneos y la justicia, y para vuestra información, en caso de que os lo estuvierais preguntando, en caso de que os pasara por la cabeza que Yasmeen pudiera ser una terrorista fanática religiosa en potencia, ella no tenía tiempo para Dios, y además era pacifista y vegana, o sea que a la mierda todos.

Blue Yasmeen también era una especie de celebridad en el sur de Manhattan, *mundialmente famosa en veinte manzanas*, decía ella, gracias a las sesiones de relatos en vivo organizadas por El Día de las Langostas, que no tomaban su nombre de la novela de Nathanael West (cuyo título decía *langosta*, en singular), sino de la canción de Dylan (*langostas*, en plural): *the locusts sang, and they were singing for me* [cantaban las langostas y cantaban para mí]. Las sesiones de relatos de las Langostas eran fiestas itinerantes, que iban cambiando de ubicación por la ciudad, y aunque se llamaban «días», los eventos tenían lugar, obviamente, de noche, y Blue Yasmeen se convertía en una estrella cada vez que cogía el micrófono para contar sus relatos del Bagdad de Manhattan.

Había una vez en el antiguo Bagdad —contaba Blue Yasmeen— *un mercader a quien debía dinero un noble local, bastante dinero además, y de pronto el noble se murió inesperadamente, y el mercader pensó: qué mal, ahora nadie me va a pagar. Pero un dios le había otorgado el don de la transmigración, ya que esto pasaba en una parte del mundo donde no había un solo dios, sino muchos, de forma que al mercader se le ocurrió hacer migrar su espíritu al cuerpo del noble muerto para que éste pudiera levantarse de su lecho de muerte y pagarle lo que le debía. El mercader dejó su propio cuerpo en un sitio seguro, o eso pensaba, y su espíritu saltó al pellejo del muerto, pero cuando estaba haciendo caminar el cuerpo del muerto hacia el banco, tuvo que pasar por el mercado de pescado, y un bacalao enorme y muerto que estaba sobre una tabla lo vio pasar y se echó a reír. Cuando los presentes oyeron reírse al pescado muerto, supieron que había algo raro en aquel fiambre que andaba, y lo atacaron por estar poseído por un demonio. El cuerpo del noble muerto no tardó en quedar inhabitable, y el espíritu del mercader tuvo que salir de él y emprender el camino de regreso a su propia carcasa abandonada. Pero entretanto otra gente había encontrado el cuerpo abandonado del mercader y, tomándolo por un cadáver, le habían pegado fuego de acuerdo con las costumbres de aquella parte del mundo. De forma que el mercader se quedó sin cuerpo y tampoco cobró el dinero que le debían, y lo más seguro es que su espíritu siga deambulando por el mercado. O tal vez acabó migrando al interior de un pescado muerto y se largó nadando al océano al que van a parar las corrientes de los relatos. Y la moraleja de esta historia es: no tientes a la puta suerte.*

Y también:

Había una vez, en el antiguo Bagdad —dijo Blue Yasmeen frente al micrófono—, una casa muy muy alta, una casa que parecía un bulevar vertical, rematada por el observatorio de cristal desde el que su dueño, un hombre muy muy rico, contemplaba los diminutos y abarrotados hormigueros humanos de la gigantesca ciudad que se extendía muy por debajo de él. Era la casa más alta de la ciudad, construida sobre la colina más alta, y no estaba hecha de ladrillo, de acero ni de piedra, sino del orgullo más puro. Los suelos eran de baldosas de orgullo reluciente que jamás perdían su pátina, las paredes estaban hechas de la altivez más noble y de las lámparas de cuentas pendía arrogancia de cristal. Por todos lados había majestuosos espejos bañados en oro, que no reflejaban a su dueño en plata ni en mercurio, sino en el más adulador de los materiales reflectantes, que es el amor propio. Tan grande era el orgullo que sentía el dueño por su nuevo hogar que se lo contagiaba misteriosamente a todos los que tenían el privilegio de visitarlo allí, de tal manera que nadie criticaba jamás la idea de haber construido una casa tan alta en una ciudad tan baja.

Pero después de que el hombre rico y su familia se mudaran allí, empezaron a sufrir el acoso de la mala fortuna. Se rompían el pie por accidente, se les caían jarrones valiosos y siempre había alguien enfermo. Nadie dormía bien. Los negocios del hombre rico no llegaron a verse afectados, porque nunca los llevaba a cabo allí, pero el gafe que sufrían los ocupantes de la casa llevó a la esposa del hombre rico a llamar a un experto en los aspectos espirituales del hogar, y cuando se enteró de que alguien había lanzado una maldi-

ción permanente de mala fortuna sobre la casa, probablemente un yinni amigo de la población de los hormigueros, la mujer hizo que el hombre rico y su familia, junto con sus mil y un subalternos y sus ciento sesenta automóviles, abandonaran la casa alta y se mudaran a una de sus muchas residencias bajas, construidas con materiales normales y corrientes, y allí vivieron felices para siempre, incluso el hombre rico, aunque el orgullo herido es la herida de la que más cuesta recuperarse; una fractura en la dignidad y la autoestima de un hombre es mucho peor que un pie roto y tarda mucho más en curarse.

Después de que la familia del hombre rico se marchara de la casa alta, las hormigas de la ciudad empezaron a trepar por sus paredes, las hormigas, los lagartos y las serpientes; la naturaleza salvaje de la ciudad invadió los espacios habitables de la casa, las enredaderas se enrollaron en torno a las camas con dosel y a través de las alfombras de Bujara de valor incalculable comenzaron a crecer las hierbas pinchudas. Hormigas por todas partes, adueñándose del lugar, hasta que el tejido mismo del lugar empezó a verse desgastado por el avance, la codicia y la presencia en sí de las hormigas, mil millones de hormigas, más de mil millones, y la arrogancia de las lámparas de cristal se hizo añicos bajo su peso colectivo, y los pedacitos de arrogancia se desplomaron sobre los suelos cuyo orgullo ahora estaba sucio y deslustrado, ya que el tejido mismo del orgullo del que estaban hechos las alfombras y los tapices había sido erosionado por aquel millar de millones de patitas, desfilando, desfilando, robando y robando, y simplemente estando presentes, existiendo, estropeando el sentido mismo del orgullo del edificio alto, que ya era incapaz de negar su existencia y se estaba viniendo abajo bajo el hecho de aquella existencia, de sus mil millones de patitas diminutas, de *su hormiguidad. La altivez de las paredes se vino abajo, se desprendió como si fuera yeso barato, dejando al descubierto lo endeble que era la estructura del edificio; y los espejos de amor propio se resquebrajaron de lado a lado, y todo quedó en ruinas, el glorioso edificio de antaño se convirtió en agujero de gusano, en insectario, en hormiguería. Y, por supuesto, se acabó derrumbando, se deshizo como si estuviera hecho de tierra y fue barrido por el viento, y, sin embargo, las hormigas siguieron viviendo, igual que los lagartos, los mosquitos y las serpientes, y también siguió con su vida la familia rica, todo el mundo siguió con sus vidas, todo el mundo siguió igual, y muy pronto todo el mundo se olvidó de la casa, hasta el mismo hombre que la había construido, y fue como si no hubiera existido nunca, y nada cambió, nada había cambiado, nada podía cambiar, nada cambiaría nunca.*

Su padre el profesor, tan guapo él y tan listo, y también un poco vanidoso, ya se había muerto, pero todos los días ella intentaba dar vida a sus ideas. Todos vivimos atrapados en las historias, decía ella, igual que acostumbraba a decir su padre, con su pelo ondulado, su sonrisa traviesa y su mente hermosa; cada uno de nosotros es prisionero de su propia narración solipsista, no hay familia que no sea cautiva de su historia familiar, no hay comunidad que no esté encerrada en la historia que cuenta de sí misma, no hay persona que no sea víctima de su propia versión de la Historia, y había partes del mundo donde las narraciones colisionaban y por eso iban a la guerra, donde había dos o más historias incompatibles luchando por conquistar el espacio de la misma página, para decirlo de alguna manera. Ella venía de uno de aquellos lugares, del lugar donde su padre había nacido y del que se había visto desterrado para siempre; bueno, habían podido mandar su cuerpo al exilio, pero no su mente. Y tal vez ahora todos los lugares se estaban volviendo como aquél, tal vez ahora el Líbano estaba en todas partes y en ninguna, de tal forma que todos éramos exiliados, por mucho que no tuviéramos ni el pelo tan ondulado ni la sonrisa tan traviesa ni una mente tan hermosa, tal vez ni siquiera fuera necesario ya el nombre *Líbano*, tal vez cualquier nombre sirviera igual, y tal vez por eso ella sentía que no tenía nombre, que estaba sin nombrar, que era innombrable, Libanónima. Éste era el nombre inédito del espectáculo en solitario que estaba preparando, y que tal vez (eso esperaba ella) sería también un libro, y (ella lo deseaba de verdad) una película e incluso (si todo iba muy muy bien) un musical (aunque en este último caso seguramente le tocaría escribir papeles para otra gente). Lo que yo creo es que todas las historias son ficciones, decía ella, hasta las que insisten en ser hechos reales, como por ejemplo quién estuvo aquí primero y qué Dios estaba antes que los demás, todas son fábulas, tanto las fantasías realistas como las fantasías fantásticas son *inventadas*, y lo primero que hay que saber de las historias inventadas es que son todas falsas de la misma manera, que Madame Bovary y las historias Libanónimas en pugna son ficticias «del mismo modo que las alfombras voladoras y los genios», y en esto ella estaba citando a su padre, nadie sabía decir las cosas mejor que él, y ella era su hija, así que ahora las palabras de él le pertenecían a ella, ésta es nuestra tragedia, decía ella usando las palabras de su padre: que nuestras ficciones nos están matando, pero que si no las tuviéramos, seguramente eso también nos mataría.

De acuerdo con el pueblo de los unyaza de la cordillera de las montañas Lâm, que rodean casi por completo el antiguo Bagdad —contó Blue Yasmeen en una sesión de las

Langostas—, *el parásito de los relatos entraba en los bebés humanos por el oído a pocas horas de su nacimiento, y provocaba que las criaturas, al crecer, exigieran muchas cosas dañinas para ellas: cuentos de hadas, sueños imposibles, quimeras, engaños y mentiras. La necesidad de presentar cosas inexistentes como si existieran era muy peligrosa para un pueblo en constante lucha por la supervivencia, una lucha que requería concentrarse en lo real sin titubear. Y, sin embargo, el parásito de los relatos resultó ser difícil de erradicar. Se adaptaba perfectamente a su huésped, a los contornos de la biología humana y al código genético humano, hasta convertirse en una segunda piel que recubría la piel humana, una naturaleza secundaria a la naturaleza humana. Parecía imposible de destruir sin destruir también al huésped. A menudo, quienes sufrían sus efectos en exceso y se obsesionaban con la fabricación y diseminación de cosas inexistentes acababan ejecutados, una sabia medida de precaución, y, sin embargo, el parásito de los relatos seguía asolando la tribu.*

Los unyaza eran un pueblo montañoso pequeño y en declive. Su entorno era hostil, el terreno que habitaban en las montañas era rocoso e infértil y sus enemigos brutales y abundantes, y además eran propensos a enfermedades que los consumían y les pulverizaban los huesos, y a fiebres que les pudrían el cerebro. No adoraban a ningún dios, a pesar de que el parásito de las historias les inoculaba sueños de deidades de la lluvia que les traían el agua, deidades cárnicas que les traían las vacas y deidades de la guerra que infligían a sus enemigos diarreas y los hacían más fáciles de matar. Este engaño, el hecho de que sus triunfos, como por ejemplo encontrar agua, criar ganado y envenenar la comida de sus enemigos, no eran obra de ellos, sino regalos de una serie de entidades supernaturales invisibles, ya fue la gota que colmó el vaso. El líder de los unyaza ordenó que taponaran los oídos de los bebés con barro para impedir que les entraran los parásitos de los relatos.

A partir de entonces, la enfermedad de las historias empezó a remitir y los jóvenes unyaza empezaron a descubrir con tristeza al crecer que en el mundo no había nada más que realidad. Entre ellos empezó a propagarse una sensación de profundo pesimismo, a medida que la nueva generación entendía que bienestar, comodidad, gentileza y felicidad *eran palabras que carecían de significado en el mundo real. Y tras reflexionar sobre el profundo horror que era la realidad, llegaron a la conclusión de que en sus vidas tampoco había sitio para debilidades tan perjudiciales como la emoción, el amor, la amistad, la lealtad, el compañerismo o la confianza. Y entonces empezó la locura final de la tribu. Se cree que, después de un periodo de amargas rencillas y violentas disidencias, los jóvenes unyaza, sometidos por el motín pesimista que había reemplazado a la infección de los relatos, asesinaron a sus mayores y luego la emprendieron los unos con los otros hasta que la tribu entera desapareció de la faz de la Tierra.*

Por falta de datos de campo suficientes, no es posible saber con seguridad si el parásito de los relatos existió alguna vez, o bien si no fue más que una historia, una invención parásita que se adhirió al inconsciente de los unyaza, una cosa inexistente que, por culpa de su insidioso poder de persuasión, creó las mismas consecuencias que habría creado un parásito ficticio de sus características en caso de haber existido en realidad; en cuyo caso es posible que los unyaza, que odiaban las paradojas casi tanto como las ficciones, acabaran exterminados paradójicamente por su propia certidumbre de que una ilusión que ellos mismos habían creado de forma colectiva era verdad.

¿Y por qué se preocupaba ella por el misterioso señor Geronimo, por aquel viejo silencioso que no hacía intento alguno de mostrarse cordial?, se preguntó aquella noche Yasmeen delante del espejo. ¿Acaso se debía a que era alto y apuesto y tenía la espalda igual de recta que su padre y tenía la edad que habría tenido su padre de seguir vivo? Sí, seguramente, admitió: su obsesión con el padre le volvía a jugar una mala pasada, y se habría sentido molesta consigo misma por incurrir en aquella forma de nostalgia transferida de no ser porque en aquel momento la distrajo considerablemente la aparición detrás de ella, claramente reflejada en el espejo de su dormitorio, de una joven flaca y hermosa vestida de negro y sentada con las piernas cruzadas en una alfombra voladora, que flotaba, igual que el jardinero del piso de abajo, a cuatro dedos del suelo.

Aunque la normalidad de la ciudad se había visto trastornada, tal vez para siempre, por el inicio de la gran guerra, la mayoría de la gente todavía no había sido capaz de asimilarla, y seguían pasmados por la irrupción de lo fantástico en lo cotidiano, incluso la gente como Blue Yasmeen, que a fin de cuentas había animado a Sister Allbee a ser tolerante con aquel fenómeno de levitación que crecía mes a mes en el sótano. Yasmeen soltó un gañido casi canino y se dio la vuelta para contemplar a Dunia, que, hay que decirlo, parecía igual de sobresaltada que la humana de cabello naranja que tenía delante.

—En primer lugar —dijo Dunia en tono malhumorado—, tú deberías ser una persona con la que tengo asuntos importantes que hablar, el señor Raphael Manezes, conocido como Geronimo, y está claro que no lo eres. Y, en segundo lugar, tienes unas orejas completamente normales.

Blue Yasmeen abrió la boca pero fue incapaz de emitir ni un sonido.

—¿Geronimo Manezes? —repitió la mujer de la alfombra voladora, todavía en tono irritado. Había tenido un día bastante fatigoso—. ¿Cuál es su apartamento?

Yasmeen señaló el suelo con el dedo.

—El uno —consiguió decir.

La mujer de la alfombra voladora pareció disgustada.

—Por eso no me gusta usar alfombras voladoras —dijo—. Nunca les funciona bien el puñetero sistema de posicionamiento.

Mamá, tenemos que mudarnos, tenemos que irnos de esta casa inmediatamente, si es posible esta misma noche.

¿Por qué, hijo mío, porque hay un monstruo en tu dormitorio? Normal, dile que se comporte de forma normal.

¿Cómo? ¿Hasta tú le llamas Normal ahora?

¿Por qué no, Jinendra? Esto es América, aquí todo el mundo se cambia el nombre. Tú también te lo has cambiado por Jimmy, o sea que bájate del pedestal.

Bueno, da igual. Nirmal, dile a mamá que tenemos que irnos de aquí, que no es seguro quedarse.

Llámame Normal, en serio.

Te llamaré Normal En Serio.

Jinendra, deja de molestar a tu primo, que te da buen trabajo y buen dinero. ¿Por qué no le das tú respeto?

Mamá. Tenemos que irnos de aquí antes de que sea demasiado tarde.

¿Y qué hago con los pájaros, los dejo? ¿Qué pasa con los pájaros?

Olvídate de los pájaros, mamá. Él va a volver a lo grande y si nos encuentra aquí estamos listos.

He mirado en tu dormitorio. Tu madre me ha dicho que mirara, así que he mirado. No hay nada raro. Todo es normal. No hay agujero en la pared ni bhoot, *todo está perfecto de rechupete.*

Mamá, por favor.

Hijo mío. ¿Ir adónde? No hay adónde. Tu madre está enferma. Olvídate de ponernos a callejear a Dios sabe dónde.

Pues a casa de Nirmal.

¿Cómo? ¿Ahora quieres venirte a vivir conmigo? ¿Y cuánto tiempo? ¿Una noche? ¿Diez años? ¿Y qué pasa con esta casa?

Esta casa es una zona de peligro.

Basta. Demasiada bakwas. *Nos quedaremos aquí. Tema zanjado.*

Y así siguió la cosa durante muchos meses, hasta que él empezó a creer que su madre tenía razón, que su miedo nunca se materializaría, que tanto el agujero de gusano como Dunia y Héroe Natraj habían sido simples alucinaciones de aquellas que en la Antigüedad provocaban el vino psicotrópico, las setas o el moho del pan, y que tal vez él necesitara ayuda psiquiátrica, o medicación, que quizás estuviera loco. Hasta que por fin llegó la noche, en pleno invierno, bajo la nieve, las nevadas enormes y antinaturales, unas nevadas más grandes de lo que recordaba nadie con vida, unas nevadas que la gente había empezado a considerar un juicio o una maldición, porque últimamente todo el mundo pensaba en el clima en aquellos términos; si llovía en California todo el mundo empezaba a construir arcas, si caía una tormenta de hielo en Georgia la gente abandonaba sus coches en la autopista interestatal y huía como si la persiguiera un monstruo de hielo gigante, y en Queens, donde todo el mundo tenía sus orígenes y sus sueños en países calurosos, donde todo el mundo seguía viendo la nieve como una fantasía, por muchos años que hubieran vivido allí, por muy a menudo y muy fuerte que les hubiera nevado, la nieve les seguía pareciendo surrealista, les parecía magia negra disfrazada de blanca, de tal manera que sí: la noche en que la magia negra se volvió real, la noche en que el monstruo apareció por fin, había nevado mucho, y eso hizo que correr resultara más difícil.

Aquélla fue la noche en que le tocó correr, volver corriendo a casa desde la oficina de Normal tan deprisa como pudo, resbalando, cayendo y volviéndose a levantar y corriendo y corriendo tan deprisa como pudo, con Normal jadeando, resoplando y agarrándose las costillas bastante por detrás de él, y todo por el fuego: allí estaba, fuego en lugar de la casa, llamas donde había estado la casa, y los pájaros que no habían huido asados, y en una silla dura en la acera de enfrente, con las plumas de sus pájaros incinerados flotando en el aire de encima de su cabeza, contemplando las llamas que consumían su antigua vida, las llamas que fundían la nieve de tal forma que su silla ya estaba en medio de un charco de agua, estaba su madre, chamuscada y sucia de hollín pero viva, rodeada de un puñado de sus posesiones, una lámpara de pie al lado de la silla, un abanico de plumas de pavo real, tres fotografías enmarcadas y mojadas por la nieve a medio derretir, su madre inmóvil y en silencio, con las llamas rojas detrás, unas llamas rojas que por alguna razón no producían humo, *¿por qué no hay humo?*, se preguntó él, y mientras corría hacia ella vio a unos bomberos que decían: pobre mujer, dadle la vuelta a la silla para que no tenga que verlo, pobre señora, parece helada, acercadla un poco al fuego.

Y se acabó el misterio de qué había provocado aquello: todo el mundo pudo ver al yinni gigante que emergía de la bola de fuego, nacido como todos los yinn machos del fuego sin humo, con sus dientes largos, sus marcas de viruela y su camisa larga de batalla de color rojo llama y decorada con sus propios motivos dorados, una barba enorme y negra atada en torno a la cintura como si fuera un cinturón y la espada en su vaina verde y dorada metida por debajo de aquella faja de pelo, en el lado izquierdo; Zumurrud Shah ya no se molestaba en adoptar la forma del Héroe Natraj para atormentar a Jimmy, sino que se aparecía en toda su gloria terrible: Zumurrud el Grande, el más grande de los Grandes Ifrits, a lomos de su urna gigante, la explosión de cuya entrada al mundo, seguido de tres de los miembros más cercanos de su séquito, marcó el final de la época de los fenómenos extraños arbitrarios. Ahora empezaba la Guerra propiamente dicha.

ZUMURRUD EL GRANDE Y SUS TRES COMPAÑEROS

El Gran Ifrit Zumurrud Shah, que llevaba puesta una corona de oro arrebatada de la cabeza de un príncipe al que había decapitado de manera accidental, o bueno, no del todo, se había convertido en un momento de la Historia en el yinni personal del filósofo Al-Ghazali. Hasta la yinnia Dunia había tenido miedo de pronunciar el nombre de aquella entidad aterradora. Sin embargo, Al-Ghazali no era el amo del yinni. Las palabras *amo* y *sirviente* no describen de forma adecuada la relación que se crea entre los seres humanos y los yinn, puesto que los servicios que les prestan los yinn a los seres humanos nunca son evidencia de esclavitud, sino favores, actos de generosidad, o bien, en el caso de los yinn liberados de alguna trampa, como por ejemplo una lámpara, gestos de agradecimiento. Cuenta la historia que Al-Ghazali liberó a Zumurrud Shah de una de esas trampas, una botella azul dentro de la cual lo había atrapado un hechicero olvidado. En tiempos muy remotos, mientras paseaba por las calles de su ciudad natal de Tus, Al-Ghazali avistó la botella opaca abandonada entre los montones de basura que por desgracia afeaban aquella vieja ciudad de minaretes de color salmón y murallas enigmáticas, e intuyó de inmediato, tal como pueden intuir todos los filósofos con la formación adecuada, la presencia de un espíritu cautivo en su interior. Recogió la botella como quien no quiere la cosa, aunque con expresión culpable de ladrón novato, pegó los labios al cristal de color azul Francia y susurró en voz un poco demasiado alta el encantamiento esotérico que constituye la apertura de rigor de todos los diálogos con yinn capturados:

Yinni grandioso y anciano,
ahora te tengo en mis manos.
Dime qué premio me espera
si te dejo salir fuera.

Cuando los yinn en miniatura hablan a través de cristal, parece que estés oyendo a uno de esos ratones de los dibujos animados. Muchos seres humanos se han dejado engañar por esas débiles vocecillas chillonas y se han tragado las píldoras envenenadas que los yinn cautivos les ofrecen invariablemente. Al-Ghazali estaba hecho de una pasta más dura. Oyó lo que decía el yinni:

Suéltame sin porfiar más.
Si eres listo bien sabrás
que es la dicha lo que aguarda
a quien esta prisión abra.

Al-Ghazali conocía la réplica adecuada a este engaño pueril:

¡Yo conozco a tu ralea!
¡Hazme ahora tu promesa!
Sin tu voto que cumplir
sólo el necio te deja salir.

Zumurrud Shah, sabiendo que no tenía elección, ofreció la habitual fórmula de los tres deseos. Al-Ghazali le contestó sellando el contrato pero aceptándolo con palabras que se desviaban un poco de la fórmula habitual.

Cualquier día que yo elija
me darás lo que te diga.
Cuando sea, mis deseos
has de cumplir al momento.

Tras ser liberado, y expandirse de inmediato hasta alcanzar toda su inmensidad, al yinni lo sorprendieron dos cosas que señalaban a Al-Ghazali como un mortal de lo más inusual. En primer lugar, no se acobardó. Acobardarse —tal como descubriría siglos más tarde el joven Jimmy Kapoor— no solamente era de rigor, sino también, en muchos casos, la reacción instintiva al hecho de ver a Zumurrud en toda su gloria oscura. Sin embargo, «aquel mortal», tal como descubrió con perplejidad el Gran Ifrit, «no se acobardare». Eso en primer lugar. Y, en segundo, ¡tampoco le pidió nada en aquel mismo momento! Era un caso sin precedentes. Riqueza infinita, un órgano sexual más grande, poder sin límites... eran los deseos que ocupaban los primeros puestos de la lista de demandas más populares que hacían los humanos del sexo masculino. La mente del humano de sexo masculino era sorprendentemente poco imaginativa cuando se trataba de desear cosas. ¿Pero *ningún deseo*? ¿Dejar *los tres* deseos para más adelante? Era casi indecente.

—¿No pides *nada*? —bramó Zumurrud Shah—. Lo único que no puedo darte es nada.

Al-Ghazali inclinó su cabeza de filósofo y se acarició la barbilla con la mano.

—Veo que le das a la nada la naturaleza de cosa. Nada es la cosa que no se puede dar precisamente porque no es una cosa, y, sin embargo, bajo tu punto de vista la no-cosidad es también una forma de cosidad. Tal vez podamos debatir esto. Entiende, yinni, que soy un hombre con pocas necesidades personales. No necesito ni riqueza infinita ni un órgano sexual más grande ni poder sin límites. Sin embargo, puede que llegue el día en que te pida un servicio mayor. Ya te lo haré saber. Entretanto, vete. Eres libre de marcharte.

—¿Y cuándo llegará ese día? —le preguntó Zumurrud Shah en tono imperioso—. Voy a estar muy ocupado, ¿sabes? Después de tanto tiempo atrapado en esa botella, ahora hay mucho que hacer.

—El día llegará cuando llegue. —Ésas fueron las palabras exasperantes que dijo Al-Ghazali antes de devolver la atención a su libro.

—Escupo a todos los filósofos —le dijo Zumurrud Shah—, y a los artistas, y también al resto de la humanidad.

Se puso a girar sobre sí mismo hasta formar un torbellino de furia y desapareció.

Después pasó el tiempo, pasaron los años y las décadas, Al-Ghazali murió y con él murió el contrato, o eso creía el yinni. Y las ranuras que separaban los mundos se fueron obstruyendo hasta cerrarse, y en Peristán, que es el País de las Hadas, Zumurrud se olvidó por completo durante un tiempo del mundo de los humanos y también del hombre que no le había querido pedir ningún deseo. Pasaron los siglos, empezó un milenio nuevo, los sellos que separaban los mundos se empezaron a romper de nuevo y de repente ¡bum! Aquí estaba él otra vez, en el mundo de aquellos seres débiles, de pronto oyó una voz en su mente que exigía su presencia, la voz de un hombre muerto, la voz del polvo, de algo menos que el polvo, la voz del vacío donde había estado el polvo del muerto, un vacío que de alguna forma estaba animado, poseído por la sensibilidad del muerto, un vacío que ahora le ordenaba comparecer para comunicarle su primer gran deseo. Y él, que no tenía elección porque lo vinculaba su contrato —aunque tenía intención de quejarse de que el contrato no se aplicaba de forma póstuma—, recordó la fórmula inusual que había usado Al-Ghazali —«Cualquier día que yo elija, cuando sea, mis deseos has de cumplir al momento»—, y se dio cuenta de que, como se le había olvidado introducir una cláusula en caso de muerte (¡un detalle del que no podía olvidarse en el futuro si tenía que volver a conceder el contrato de los tres deseos!), la obligación seguía pendiendo sobre él como un palio y ahora le tocaba satisfacer los deseos de aquel vacío.

Recordó e invocó sin demora toda su cólera sin aplacar, la furia de un Gran Ifrit que se ha pasado media vida metido en una botella azul, y concibió el deseo de vengarse contra la especie entera a la que pertenecía su captor. Se libraría de aquella obligación insignificante hacia un hombre muerto y entonces llegaría la hora de la venganza. Lo juraba.

En relación con la furia de Zumurrud Shah: en el siglo XVI un grupo de brillantes artistas de la corte india a sueldo del Gran Mogol Akbar el Grande lo habían menospreciado y ofendido. Hacía unos cuatrocientos cuarenta años más o menos, aquellos artistas lo habían incluido como personaje en la serie de pinturas del Hamzanama, centradas en las aventuras del héroe Hamza. En ellas aparecía Zumurrud —¡en aquellas imágenes!— en compañía de sus amigotes Ra'im Bebesangre y Rubí Resplandeciente, urdiendo su siguiente maniobra maligna. Susurro, susurro, risilla, bufido. Con un dosel naranja y blanco encima y una montaña detrás hecha de rocas mullidas que parecían nubes de piedra. Había hombres de rodillas con toros de largos pitones, jurándole lealtad, o tal vez soltando palabrotas, porque en persona Zumurrud Shah es una imagen lo bastante aterradora como para provocar que hasta los buenos hombres usen un lenguaje malsonante. Es un monstruo, es un horror, es un gigante, diez veces más grande que nadie y veinte veces más cruel. Piel de color claro, barba larga y negra, sonrisa de oreja a oreja. La boca llena de dientes que comen hombres, tan afilados como los del Saturno de Goya. Y, sin embargo, la pintura lo degradaba. ¿Por qué? Pues porque lo representaba como si fuera un mortal. Un gigante, ciertamente, pero no un yinni. De sangre y carne en vez de fuego sin humo. Todo un insulto para un Gran Ifrit.

(Y tal como demostrarían los acontecimientos, no era él el Gran Ifrit al que le gustaba comer carne humana.)

Entre las pinturas realizadas por los brillantes artistas reunidos en la enjoyada corte de Akbar, había varias imágenes del horrible Zumurrud Shah, pero pocas que lo mostraran triunfante. Casi siempre era el oponente derrotado de Hamza, el héroe semimítico. Aparecía, por ejemplo, huyendo del ejército de Hamza junto con sus soldados, a bordo de sus famosas urnas voladoras. O bien después de caer ignominiosamente en el agujero cavado por unos jardineros para atrapar a los ladrones de sus frutales, y recibiendo una brutal paliza de los furiosos horticultores. Movidos por su ansia de glorificar a Hamza el Guerrero —y a través de su figura ficticia al héroe emperador de la vida real que había encargado las pinturas—, los artistas habían tratado bastante mal a Zumurrud Shah. Era grande, sí, pero un memo. Ni siquiera la magia de las urnas voladoras era suya; se las mandaba para ponerlo a salvo de los ataques de Hamza su amigo el hechicero Zabardast. Aquel Zabardast, que quiere decir «Tremendo», era y es, igual que Zumurrud Shah, uno de los miembros más poderosos de la tribu de los yinn oscuros; hechicero, sí, pero provisto de poderes especiales relacionados con la levitación (y con las serpientes). Pero de haber revelado los artistas de la corte del Mogol la naturaleza verdadera de aquellos yinn, éstos le habrían presentado a Hamza una batalla mucho más dura de la que aparecía en sus pinturas.

Esto para empezar. Pero es que, incluso en el caso de que los pintores mogoles no lo hubieran representado inadecuadamente, aun así Zumurrud habría sido enemigo de la especie humana por el desprecio que le tenía al carácter de los humanos. Parecía que se tomara como una afrenta personal la complejidad de los seres humanos, su enloquecedora incoherencia, aquellas contradicciones que ellos no intentaban para nada deshacer ni reconciliar, su mezcla de idealismo y concupiscencia, de grandeza y pequeñez, de verdad y mentiras. No había que tomárselos más en serio que a las cucarachas. En el mejor de los casos, eran juguetes; y él era lo más parecido que ninguno de ellos iba a encontrar a un dios juguetón, y si le venía en gana, elegiría matarlos para divertirse. En otras palabras, aunque el filósofo Al-Ghazali no lo hubiera desatado sobre nuestro mundo desprevenido, él se habría desatado a sí mismo. Su deseo coincidía con sus instrucciones. Aun así, las instrucciones del filósofo muerto eran claras:

—Infunde el miedo —le había dicho Al-Ghazali—. El miedo es lo único que lleva a los pecadores hacia Dios. El miedo es una parte de Dios, en el sentido de que es la respuesta apropiada de esa débil criatura que es el Hombre al poder infinito y la capacidad punitiva del Todopoderoso. Se puede decir que el miedo es el eco de Dios, y que siempre que se oye ese eco los hombres caen de rodillas e imploran piedad. En ciertas partes de la Tierra todavía temen a Dios. Tú no pierdas el tiempo con esas regiones. Ve adonde el orgullo del hombre está inflado, allí donde el hombre se cree a sí mismo un dios, arrasa sus arsenales y sus antros de perdición, sus templos a la tecnología, el conocimiento y la riqueza. Ve también a esos lugares sentimentales donde se dice que Dios es amor. Ve y enséñales la verdad.

—No tengo por qué estar de acuerdo contigo sobre Dios —respondió Zumurrud Shah—, ni sobre su naturaleza ni sobre su existencia. No es asunto mío y no lo será nunca. En el País de las Hadas no hablamos de religión y nuestra vida cotidiana allí es completamente ajena a la vida en la Tierra, y, si se me permite, muy superior. Me doy cuenta de que aun muerto eres un mojigato censurador, de forma que no entraré en detalles, aunque son jugosos. En cualquier caso, la filosofía es un tema que no interesa a nadie más que a los pelmazos, y la teología es la prima todavía más tediosa de la filosofía. Todos esos asuntos soporíferos te los dejo a ti en tu tumba polvorienta. En cuanto a tu deseo, sin embargo, no solamente lo acepto como mis órdenes. Además lo obedeceré con placer. A condición de que, como de hecho estás pidiendo una serie de acciones, esto redima mi obligación a conceder el resto de los tres deseos.

—De acuerdo —respondió el vacío que era Al-Ghazali.

Si los muertos pudieran soltar risitas de placer, el filósofo muerto habría dejado escapar una bien grande. El yinni percibió esto (a veces los yinn pueden ser sagaces).

—¿A qué viene tanta alegría? —preguntó—. Desatar el caos sobre el mundo desprevenido no es ninguna broma, ¿o sí lo es?

Al-Ghazali estaba pensando en Ibn Rushd.

—Mi adversario en el terreno de las ideas —le dijo a Zumurrud Shah— es un pobre tonto que está convencido de que con el paso del tiempo los seres humanos abandonarán la fe en pos de la razón, a pesar de todas las incapacidades de la mente racional. Yo, obviamente, pienso de otra forma. Me he impuesto sobre él muchas veces, y, sin embargo, nuestra pugna continúa. Y en una batalla de ingenios, conviene estar en posesión de un arma secreta, de un as en la manga, de una carta ganadora que usar en el momento oportuno. En este caso en concreto, poderoso Zumurrud, tú eres esa carta. Ardo en deseos de ver la inminente turbación de ese idiota y su inevitable derrota.

—Los filósofos son niños —dijo el yinni—. Y personalmente, nunca me han gustado los niños.

Y se marchó con cara de mofa. Pero con el tiempo regresaría a Al-Ghazali, volvería para escuchar las palabras del polvo del hombre muerto. Con el tiempo dejaría de despreciar tanto la religión y a Dios.

Un apunte relacionado con Zabardast. A él también lo había capturado una vez una mortal hechicera, lo cual le resultaba todavía más humillante que si lo hubiera aprisionado un mago de sexo masculino. Dicen quienes estudian estos asuntos que es posible que fuera la misma bruja de la que se hablaba en el Ciclo Artúrico, la vil Morgana le Fay, que se había acostado con su propio hermano bajo sábanas incestuosas y también había hecho prisionero al mago Merlín, encerrándolo en una cueva de cristal. La historia nos ha llegado a través de unos cuantos escritores. No podemos saber si es cierta. Tampoco nos consta cómo escapó. Lo que sí se sabe, sin embargo, es que Zabardast llevaba en el corazón una furia hacia la especie humana al menos tan grande como la de Zumurrud. Pero la de Zumurrud era una furia abrasadora. La ira de Zabardast era fría como el hielo polar.

En aquella época, la Era de la Extrañeza y de la Guerra de los Mundos que vino después, el presidente de Estados Unidos era un hombre desacostumbradamente inteligente, elocuente, reflexivo, sutil, de palabras y acciones mesuradas, buen bailarín (aunque no tan bueno como su mujer), difícil de enfadar, de sonrisa fácil, un hombre religioso que también se consideraba un hombre de acciones razonadas, atractivo (aunque con las orejas un poco de soplillo), tan cómodo con su propio cuerpo como un Sinatra renacido (aunque reticente a entonar canciones románticas) y daltónico. Era un tipo práctico y pragmático y tenía los pies plantados con firmeza en el suelo. En consecuencia, fue completamente incapaz de reaccionar de forma apropiada al desafío que le lanzó Zumurrud el Grande, que era un desafío surrealista, caprichoso y monstruoso. Y tal como se ha mencionado ya, Zumurrud no atacó solo, sino que vino en bloque, en compañía de Zabardast el Hechicero, Rubí Resplandeciente el Poseedor de Almas y Ra'im Bebesangre, con su afilada lengua de sierra.

Ra'im participó de forma prominente en los primeros ataques. Era un metamorfo nocturno, que en su estado diurno normal no pasaba de ser un yinni pequeño y corriente de tez oscura y trasero grande, pero que, cuando se lo podía convencer para que saliera de su habitual sopor inducido por el aguardiente de palma, era capaz de transformarse a resguardo de la oscuridad en una bestia de largos colmillos, terrestre, aérea y acuática, de sexo femenino y masculino a la vez, sedienta de sangre humana y animal. Es probable que este yinni estilo Jekyll y Hyde —uno de los primeros espíritus de ese tipo que figuran en los registros históricos, y causa de gran terror allí donde aparecía— fuera la entidad responsable de todos los relatos de vampiros del mundo, desde la leyenda de los gaki japoneses, cadáveres que bebían sangre y que podían adoptar la forma de hombres y mujeres y también de animales, hasta el aswang filipino, con su larga lengua en forma de tubo, que a menudo asumía la forma femenina y prefería chupar sangre de niños, pasando por la deargdue irlandesa, el alp alemán, el upier polaco con su lengua de púas, una criatura vil que duerme dentro de una bañera de sangre, y por supuesto el vampiro transilvano Vlad Dracul, que quiere decir «dragón», sobre el que la mayoría de los lectores y espectadores de cine ya están bastante informados (aunque esa información sea en su mayoría imprecisa). Al principio de la Guerra de los Mundos, Ra'im se zambulló en el mar, y una tarde sin luz emergió de la bahía invernal en forma de monstruo marino gigante y se tragó el *ferry* de Staten Island. Una marea de horror se extendió por la ciudad y más allá de ella, y el presidente salió por la tele para aplacar los miedos del país. Aquella noche hasta el más locuaz de los jefes del ejecutivo se veía lívido y perdido; sus panaceas de costumbre —*no dormiremos hasta que los responsables sean, quien haga daño a Estados Unidos lo hace bajo su propia responsabilidad, no os engañéis, compatriotas míos, este crimen será vengado*— sonaron vacías e impotentes. El presidente no tenía armas para defenderlos de aquel atacante. Se había convertido en un presidente de palabras vacías. Igual que lo habían sido muchos otros, igual que lo habían sido todos, de hecho, durante muchísimo tiempo. Pero de él habíamos esperado algo mejor.

Por su parte, Rubí Resplandeciente, el segundo de los tres poderosos secuaces de Zumurrud, se consideraba a sí mismo el más poderoso de los yinn susurrantes (aunque hay que decir que el hechicero Zabardast se creía muy superior; no se puede hacer demasiado hincapié en la competitividad y el egocentrismo de los grandes yinn). El punto fuerte de Rubí Resplandeciente era causar problemas a base de susurrar primero junto al corazón de un hombre y después entrar en su cuerpo, sometiendo su voluntad y obligándolo a emprender actos o bien espantosos o humillantes o reveladores, o las tres cosas a la vez. Al principio, cuando Daniel Aroni, el jefe de jefes de la institución financiera no gubernamental más poderosa del mundo, empezó a hablar como si estuviera loco, la gente no adivinó que tenía dentro a Rubí Resplandeciente, no entendió que se estaba comportando literalmente como un poseído. No lo entendió hasta que Rubí soltó finalmente el cuerpo de «Mac» Aroni, después de cuatro días de posesión, dejando una carcasa maltrecha de hombre tirada como una marioneta rota en el suelo lujosamente alfombrado del gran vestíbulo de la cúspide de su sede corporativa. El yinni, un tipo alargado y tan flaco que cuando se ponía de lado desaparecía, se puso a brincar y a hacer cabriolas alrededor del titán caído de las finanzas y exclamó:

Toda vuestra calderilla,
todo el oro en vuestras arras,
no os librará de mi ira
ni os salvará de mis garras.

Los inversores que tenía la organización financiera no gubernamental más poderosa del mundo en los seis principales mercados de valores lloraron copiosamente y temblaron de miedo al ver la imagen de su líder inconsciente reverberando como un augurio de fatalidad en centenares de pantallas planas gigantes de alta definición. Rubí Resplandeciente estaba cumpliendo a la perfección con su encargo de ayudar a Zumurrud Shah a satisfacer los deseos del filósofo muerto.

Desde la muerte de su amigo Seth Oldville a manos de la todavía en paradero desconocido Teresa Saca Cuartos, Daniel «Mac» Aroni estaba sumido en las tinieblas. La vida era dura y asestaba a los hombres muchos golpes, pero había contingencias que un hombre fuerte era capaz de encajar y salir adelante. Él se consideraba un hombre fuerte, un hombre de puños hábiles, capaz de vencer a un oponente de su envergadura, y ahora, en una torre de cristal, había siete mil quinientas personas que necesitaban que él fuera aquel hombre, el brazo ejecutor, el creador y defensor del mundo que sus empleados querían que fuera. Él se imaginaba el mundo y el mundo se convertía en aquella imagen. Aquél era su trabajo. El camino que llevaba allí estaba lleno de baches. La infidelidad de las mujeres buscavidas, la promiscuidad de los poderosos expuesta en los medios impresos, las revelaciones de los negocios corruptos cerrados por sus colaboradores estrechos, el cáncer, los coches que se estrellaban a toda velocidad, las muertes resultado de esquiar en pistas negras, los infartos, los suicidios, las agresiones de los rivales y de los subordinados ambiciosos, las manipulaciones excesivas de los funcionarios públicos en pos de su beneficio personal. Nada de todo esto le afectaba. Eran gajes del oficio. Si alguien tenía que caer, pues alguien tenía que caer. Hasta caerse podía ser un fraude. Kim Novak en *Vértigo* caía dos veces, pero solamente la segunda era verdad. Eran cosas que pasaban. Pasaban todo el tiempo.

Era consciente de que las cosas funcionaban de forma muy distinta a como la mayoría de la gente creía. El mundo era un entorno bastante más salvaje, asilvestrado y anormal de lo que los ciudadanos de a pie eran capaces de aceptar. Los ciudadanos normales y corrientes vivían inocentes, tapándose los ojos para no ver la verdad. El mundo tal como era los aterraría, destruiría sus certidumbres morales, les haría perder los nervios, recurrir a la religión o darse a la bebida. Y no solamente el mundo tal como era, sino tal como él lo había hecho ser. Él vivía en aquella estampa del mundo y podía soportarlo, conocía sus palancas y mecanismos, sus claves e hilos, los botones que pulsar y los botones que evitar. El mundo real que él creaba y controlaba. No pasaba nada porque fuera un camino lleno de baches. Él era un especialista en baches entre otros siete mil quinientos especialistas, y por encima de ellos. Muchos de aquellos kamikazes que trabajaban para él eran dados a vivir a lo grande: les gustaban el tequila Casa Dragones, las chicas caras y la ostentación. Él no llevaba aquel estilo de vida, pero sí que se mantenía en forma, era igual de temido en el tatami de judo que en la sala de consejos de administración, y podía levantar tumbado en la banca más peso que los tipos que tenían la mitad de su edad, los tipos que todavía no tenían ventanas, que trabajaban en los espacios interiores

de la torre como si fueran mecanógrafas altamente cuali-
ficadas, los tipos que trabajaban en el vientre de la bestia.
La juventud ya no era un coto reservado a los jóvenes.
«Mac» Aroni practicaba el golf y el tenis, las cosas de viejos, sí, pero también, a fin de tomar al mundo por sorpresa, se había convertido en un rey de las playas, en un
maestro del surf, había ido en busca de los Yodas de la
gran ola y había aprendido su oficio y ahora se lo pasaba
en grande haciendo piruetas sobre la tabla. No le hacía falta aporrearse el pecho como si fuera el Tarzán de Weiss-
muller. Él podía con todo. Era el gran simio. Era el rey de
los simios.

Pero lo que le había ocurrido a Seth Oldville era distinto. Aquella contingencia se había pasado de la raya.
¿Rayos saliendo de los dedos de una mujer? Aquello no
se ajustaba a las reglas de su universo; era como si otra
persona estuviera remodelando la imagen de cómo eran
las cosas; así pues, él necesitaba tener una pequeña charla
con aquella otra persona, razonar con ella, hacerla entender que alterar las leyes de lo posible no competía a
nadie más que a él. Al principio lo sucedido le pareció ofen-
sivo, exasperante, pero luego, a medida que se multiplicaban los fenómenos extraños, se sumió en un silencio
atronador y el cuello se le hundió por dentro de la camisa, de tal modo que la cabeza le nacía directamente de los
hombros, como a los sapos. En su torre con vistas al río,
sus empleados contemplaban la estatua de la Libertad y
la bahía desierta, la bahía de la que habían huido todas
las embarcaciones desde que el monstruo se comiera el
ferry con todos sus pasajeros, y mientras escuchaban
el silencio antinatural de las aguas entendieron que aquel
silencio era un eco del mutismo igualmente desacos-
tumbrado de Aroni. Algo maligno estaba subiendo entre

burbujas a la superficie, y de pronto Aroni se puso a hablar, y aquella maldad apareció a la vista de todos, y era bastante peor de lo que los siete mil quinientos se habían imaginado.

Esto es lo que Daniel «Mac» Aroni hizo y dijo bajo el influjo del yinni oscuro. El primer día de su posesión informó a *The Wall Street Journal* de que tanto él como su corporación estaban involucrados en una conspiración global en la que también participaban el Fondo Monetario Internacional, el Banco Mundial, la Hacienda de Estados Unidos y la Reserva Federal. El segundo día, con el furor de los medios bullendo a su alrededor, apareció en el canal Bloomberg para dar detalles de la primera fase de la estrategia de los conspiradores, «la destrucción de la economía doméstica americana a base de introducir deuda derivativa por valor de dieciséis veces el producto interior bruto mundial. Esto ya lo hemos conseguido —dijo con orgullo—, tal como demuestra el hecho de que América ya tiene más trabajadores cobrando prestaciones sociales, ciento un millones, que gente que trabaja realmente a tiempo completo, noventa y siete millones». El tercer día, mientras llovían desde todos los lados las exigencias de que dimitiera o fuera despedido fulminantemente, apareció en la cadena de tendencias progresistas MSNBC defendiendo la idea de «posicionar las piezas sobre el tablero de juego para asegurarnos al cien por cien de que la Tercera Guerra Mundial esté al caer». Y en el estudio de televisión se oyeron gritos ahogados cuando añadió: «Esto ya casi lo tenemos: ya tenemos a Estados Unidos e Israel preparándose para ir a la guerra con China y Rusia por dos razones, la aparente y la real: la número uno, la causa aparente, es Siria e Irán, y la número dos, la real, es la preservación del valor del petrodólar». El cuarto día, se

dirigió a su propia plantilla, sin afeitar, con el pelo alborotado y pinta de llevar bastantes noches sin dormir en
una cama, y con los ojos meciéndosele perezosamente de
un lado al otro, les pidió su apoyo, susurrando en tono
demente por su micrófono de mano:

—Pronto iniciaremos una operación de bandera falsa
que culminará con la abolición de la presidencia, la im-
posición de la ley marcial y la eliminación de toda oposición al apocalipsis que se avecina. Lo que habrá en los
últimos días del mundo será un gobierno mundial autori-
tario combinado con una economía mundial única. Éste es
el objetivo que todos queremos, ¿verdad? ¿Tengo este derecho o no lo tengo?

Estaba espantando a su público. Sus empleados empezaron a alejarse lentamente de él, con hongos nucleares en
los ojos, llorando la destrucción de sus esperanzas de in-
gresar en clubes de campo y casarse con buenos partidos.
Estaban visualizando las muertes de sus hijos y la aniquilación de sus hogares, y antes incluso de que nada de eso
sucediera, el desplome de la gran institución financiera
cuando se cerniera sobre ella el inevitable huracán del resentimiento, acompañado de la ruina de sus patrimonios
personales. Pero antes de que pudieran abandonar el escenario del colapso de Aroni vieron al yinni oscuro Rubí
Resplandeciente emerger triunfante del cuerpo maltrecho
del magnate mientras éste se desplomaba. La visión de
aquel ser sobrenatural dejó a muchos de ellos petrificados,
mientras otros salían corriendo entre gritos hacia las escaleras. Rubí Resplandeciente se rio en sus caras, causando
convulsiones a algunos inversores y hasta dos ataques al
corazón mortales, pero para los supervivientes aquello fue
una señal —igual que lo había sido la muerte de Seth Oldville para su amigo «Mac» Aroni— de que todo para lo

que habían trabajado se había terminado, y ahora estaban viviendo según los términos horripilantes e inefables que dictaban otros. ¿Y acaso todas las cosas diabólicas que Aroni había estado diciendo las había puesto en su boca el diablo que lo tenía poseído, o bien la maldad real de la criatura estribaba en hacer que el gran hombre revelara sus secretos dementes? En cuyo caso... ¿realmente se acercaba el fin del mundo? Lo que estaba claro era que Rubí Resplandeciente quería que lo pensaran.

—¡Patapuum Patapoooom! —gritó el yinni con regocijo, poniéndose de lado para desaparecer—. ¡Decid hola a vuestra aniquilacióooon!

Durante mucho tiempo, el hechicero Zabardast tuvo el aspecto que han de tener los hechiceros: barba larga, sombrero puntiagudo y bastón. El brujo del que el ratón Mickey fue aprendiz, Gandalf el Gris y Zabardast se habrían reconocido como espíritus afines. Sin embargo, Zabardast se preocupaba por su imagen, y, ahora que los sellos se habían roto y las ranuras entre mundos se habían reabierto, ahora que en Jackson Heights estaba activo día y noche el portal de entrada a un agujero de gusano al Peristán, se dedicó a estudiar películas y revistas con la intención de seguir teniendo un aspecto actual. Por encima de todos los demás, le gustaba la sofisticación de Jet Li en la película aquella en que se enamoraba de una serpiente blanca de mil años. Albergó brevemente el deseo de parecerse a Jet Li, y hasta llegó a plantearse una modernización radical de su aspecto, adoptando la túnica blanca y el collar de cuentas de monje budista y afeitándose la cabeza como si fuera un héroe de peli de artes marciales. Al final, sin embargo, rechazó aquel cambio. *Madu-*

ra de una vez, se dijo. A fin de cuentas no quería tener pinta de estrella del kung-fu. Quería tener aspecto de dios.

La especialidad de Zabardast era la levitación o antigravedad. No solamente había sido el inventor de las famosas urnas voladoras que ahora muchos yinn usaban a modo de *jet* privado personal, sino que también había sido proveedor de escobas encantadas, babuchas mágicas y hasta sombreros autopropulsores para todos aquellos brujos y brujas que quisieran volar, y había amasado una fortuna considerable en oro y joyas a cambio de esos servicios. La conocida y bien documentada fascinación que sentían los yinn por los metales raros y las piedras preciosas tenía su origen, de acuerdo con los grandes eruditos, en las salvajes e incesantes orgías que se llevaban a cabo en el País de las Hadas, y en el amor que le tenían las yinnias a todo lo que brillaba y relucía. Acostadas en lechos de oro profusamente ornamentados, con el pelo, los tobillos, los cuellos y las cinturas engalanados con gemas, las voluptuosas yinnias no veían necesidad de más ropajes, y gratificaban a sus yinni del sexo opuesto con una voluntad inagotable. Zabardast, que era uno de los yinn más ricos, también era uno de los más sexualmente activos. Su magia voladora sufragaba sus necesidades a menudo extremas.

Durante aquella primera fase de la Guerra de los Mundos, Zabardast se dedicó a propagar el miedo por medio de una avalancha de actividad tipo *poltergeist*, poniendo a volar sofás por los frágiles recintos chic de los salones de exposición de interiorismo de altos vuelos, animando a los taxis amarillos a que salieran volando por encima de los techos de los demás vehículos en vez de virar para cruzarse peligrosamente en sus trayectorias, alzando las tapas de las alcantarillas y lanzándolas en vuelo rasante por las aceras de la ciudad a la altura de las cabezas de los transeúntes, convirtiéndolas en discos voladores gigantes destinados a decapitar a los impíos. El objetivo que les habían especificado eran los impíos, pero tal como Zabardast se quejó a Zumurrud, aquel lugar no era nada impío. De hecho, era excesivamente piadoso. Los ateos eran cuatro gatos entre la población, y en cada rincón se adoraban y se veneraban sin parar toda clase de dioses.

—Da igual —le replicó Zumurrud—. Proceden de este lugar sumido en la ignorancia, o bien han decidido vivir aquí. Con eso basta.

Cuando no estaba haciendo levitar cosas, y por puro placer, al hechicero Zabardast le gustaba también presenciar los efectos que tenía soltar grandes cantidades de serpientes venenosas sobre el público desprevenido. Las serpientes también eran yinn, pero de un orden inferior; más bien eran como sus sirvientes, o incluso sus mascotas. El amor que les profesaba el hechicero Zabardast a las serpientes que soltaba era genuino, aunque superficial. No era un yinni de emociones profundas. Las emociones profundas no interesan a los yinn. En esto, como en muchas otras cosas, la yinnia Dunia era una excepción.

Una de las serpientes de Zabardast se enrolló en torno al edificio Chrysler de arriba abajo, como si fuera un tobogán en espiral de parque de atracciones. Poco después se pudo ver a un oficinista angustiado o quizás confundido por las drogas, pero en cualquier caso provisto de gafas, saltando por una ventana de la planta sesenta y siete, la de en medio de las tres plantas que ahora ocupaba el renacido restaurante Cloud Club. A continuación resbaló por el lomo de la serpiente, dando vueltas y más vueltas, hasta que chocó con su nuca y cayó a la acera, en excelente estado físico, con las gafas intactas, aunque no la dignidad. Por fin echó a correr en dirección a la estación de trenes y nunca más se supo de él. Su descenso fue filmado por al menos siete cámaras de teléfono distintas, pero resultó imposible identificarlo. No nos importa respetar su deseo de intimidad. Ya tenemos lo que queríamos de él, las imágenes digitales, muy mejoradas después, en las cuales se dedica a repetir de aquí a la eternidad, mil y una veces, cada vez que a nosotros se nos antoja, su descenso por el enorme tobogán helicoidal.

La lengua temblorosa de la serpiente medía seis metros de largo y azotaba los tobillos de los transeúntes que intentaban huir, causando caídas y lesiones. Otro gran gusano, con la piel a rombos diamantinos de colores amarillo, verde y negro, como si la bandera jamaicana hubiera cobrado vida, fue visto al mismo tiempo en Union Square, bailando sobre su cola, dispersando a los jugadores de ajedrez y a los patinadores, a los camellos y a los manifestantes, a los adolescentes con zapatillas deportivas nuevas y a las madres que acompañaban a sus hijos a la tienda de chocolate. Tres vejestorios huyeron lentamente en dirección a los barrios altos a bordo de sendos Segways, pasando por las ubicaciones segunda y tercera de la Factory de Warhol y preguntándose con voces temblorosas qué habría hecho Andy con aquella serpiente danzarina: una serigrafía plateada titulada *Uróboros doble*, tal vez, o una película de doce horas. Había sido un invierno inclemente y todavía quedaban montones de nieve en los márgenes de la plaza, pero cuando la serpiente danzaba, la gente se olvidaba del frío y echaba a correr. Aquel invierno los habitantes de la ciudad corrieron mucho, pero daba igual de qué horror intentaran escapar, siempre corrían en dirección a un horror distinto, se escapaban del fuego para caer en las brasas.

Se estaban agotando los suministros de emergencia.

Aquella temporada se habían puesto muy en boga las mochilas de supervivencia, también conocidas como mochilas AMB o mochilas MLP, siglas de «Adiós muy buenas» y de «Me las piro». Había bastante debate acerca de qué necesitaba incluir una mochila de supervivencia. Por ejemplo, ¿había que meter una pistola para repeler a los yonquis que no tenían mochilas de supervivencia? Las salidas de la ciudad estaban llenas de vehículos parados haciendo sonar las bocinas, llenos de adultos y niños con mochilas de supervivencia, rumbo a las montañas. Nadie hacía caso de los carriles cortados y esto provocaba accidentes y atascos todavía más largos. El pánico estaba a la orden del día.

En cuanto al propio Zumurrud el Grande, tenía la ligera sensación de que sus ilustres compañeros le estaban robando un poco de protagonismo. Él hizo lo que buenamente pudo, apareciéndose en todo su esplendor en la plaza del Lincoln Center y vociferando «¡Sois todos mis esclavos!», pero incluso en aquellos días de histeria no faltaron los inocentes que creyeron que estaba promocionando alguna ópera nueva en el Met. Una noche subió volando hasta la cúspide de la Torre Uno del World Trade Center, se apoyó con una pata en su alto pináculo, y soltó su mejor alarido ensordecedor; sin embargo, y a pesar del horror que llenaba los corazones de muchos neoyorquinos, siguió habiendo ciudadanos perplejos en las calles de abajo, junto a las tristes cascadas rectangulares, que supusieron que su presencia en las alturas era el montaje publicitario de algún *remake* de mal gusto de aquella famosa película antigua del gorila. También abrió un boquete en medio de la célebre fachada del antiguo edificio de Correos, pero era un tipo de destrucción que se podía ver todos los veranos en el cine, y que había perdido su efecto a base de verla tantas veces. Lo mismo pasaba con las condiciones meteorológicas extremas: la nieve, el hielo y demás. La especie humana tenía una capacidad excepcional para no darse por enterada de su aniquilación inminente. Esto resultaba un poco frustrante para alguien que intentaba ser la encarnación de la destrucción que se avecinaba. Más todavía cuando los yinn a los que se había traído consigo para hacer de secundarios parecían haberse instaurado a sí mismos y de forma bastante ingrata como protagonistas. Aquello bastó para que el gran Zumurrud se preguntara si no estaría perdiendo facultades.

Si algún defecto tienen los yinn oscuros, es... —pero no, para ser más precisos y menos descuidados habría que decir: «Entre los muchos defectos de los yinn oscuros se cuenta»— en fin, cierta falta de objetivos en su comportamiento. Viven en el momento presente, nunca tienen grandes planes y se distraen con facilidad. No le pidas estrategia a un yinni, no existen entre sus filas ni los yinn Clausewitz ni los yinn Sun Tzu. Gengis Kan, que conquistaba todo lo que veía, basaba su estrategia en mantener manadas de caballos que acompañaban a su ejército. Sus arqueros montados eran una caballería temida en el mundo entero. Sus soldados se alimentaban a base de leche, sangre y carne de caballo, de modo que hasta los caballos muertos resultaban útiles. Los yinn no piensan de esta manera, son archiindividualistas que no están acostumbrados a las acciones colectivas. Zumurrud Shah, a quien le gustaba el caos tanto como a cualquier otro yinni, estaba, para ser completamente francos, desencantado. ¿Cuántos coches podía transformar uno en puercoespines gigantes que bajaran pinchándolo todo por la West

Side Highway? ¿Cuántas propiedades podía uno cargarse con un golpe del brazo antes de que a uno se le fuera la mente a los placeres muy superiores de la actividad sexual infinitamente extendida que lo esperaba a uno en abundancia en el País de las Hadas? A falta de un adversario digno, ¿acaso el juego merecía el esfuerzo? La humanidad jamás había sido un enemigo contra el que valiera la pena luchar demasiado, se dijo a sí mismo en tono huraño Zumurrud Shah. Resultaba gratificante meterse un poco con aquellas insignificantes entidades, ¡con lo pomposas que eran! ¡Y pretenciosas! ¡Y reacias a admitir su propia irrelevancia en el universo! Estaba bien volcarles sus preciados carros de manzanas, pero al cabo de un rato, por mucho que uno le hubiera prometido tres deseos a un filósofo muerto, la guerra prolongada contra ellos perdía su atractivo. La abertura del agujero de gusano que conectaba el mundo de Zumurrud al de ellos había sido su hazaña más impresionante, y para recalcar su importancia se apareció en el *jumbotron* de Times Square y se reveló como líder de la poderosa invasión que pronto sometería a la especie humana entera: «¡Sois todos mis esclavos! —repitió—. ¡Olvidaos de vuestra Historia, hoy empieza una nueva era!». Pero alguien que conociera bien a los yinn se habría dado cuenta enseguida de que, por mucho que el agujero de gusano de Queens permaneciera temiblemente abierto, por él no estaba entrando ningún ejército invasor. Los yinn del Peristán estaban demasiado ocupados teniendo relaciones sexuales.

Es necesario hablar brevemente de la extrema pereza de los grandes yinn. Si uno quiere entender cómo es posible que tantos de estos espíritus extremadamente poderosos acaben capturados tan a menudo en botellas, lámparas y objetos similares, la respuesta es la inmensa indolencia que invade a un yinni después de que haya realizado más o menos todos los actos posibles. Sus periodos de sueño exceden ampliamente sus horas de vigilia, y durante estos periodos duermen tan profundamente que se los puede meter y embutir dentro de cualquier receptáculo sin despertarlos. Así pues, por ejemplo, después de la gran hazaña de tragarse el *ferry* y digerirlo, Ra'im Bebesangre, todavía bajo la forma de poderoso dragón marino, se quedó dormido en el lecho de la bahía y pasó varias semanas sin despertarse; asimismo, poseer y manipular al titán de las finanzas Daniel Aroni dejó igualmente agotado a Rubí Resplandeciente durante un par de meses. Zabardast y Zumurrud se cansaban menos, pero al cabo de un tiempo ellos también estaban pensando ya en echarse una siestecita. Un yinni con sueño es un yinni malhumorado, y así estaban Zumurrud y Zabardast cuando, sentados en las nubes del cielo de Manhattan, se pelearon por quién había hecho qué a quiénes, quién había sido el actor más destacado y quién el segundón, cuál de ellos le debía por tanto deferencia a cuál, y quién se había acercado más a cumplir la promesa que le había hecho siglos atrás Zumurrud el Grande al filósofo Al-Ghazali. Cuando Zumurrud se declaró pomposamente responsable del cruel invierno que había asolado la ciudad, Zabardast soltó una risotada maliciosa.

—El hecho de que te atribuyas el mérito del mal tiempo —dijo— solamente demuestra lo desesperado que estás por demostrar tu potencia. Yo no hablo más que a partir de las causas y los efectos. Yo he hecho esto y el resultado es aquello. Tal vez mañana te atribuyas el mérito de la puesta de sol y afirmes que has sumido el mundo en las tinieblas.

Hay que insistir en esto: la competitividad que a menudo muestran incluso los yinn más poderosos es mezquina y pueril y provoca rencillas infantiles. Suelen ser breves, como pasa con las broncas infantiles, pero cuando se prolongan pueden llegar a ser amargas y llenas de resentimiento. Cuando los yinn se pelean, los resultados suelen ser espectaculares a ojos de los humanos. Se dedican a lanzarse objetos, que no son objetos tal como nosotros los entendemos, sino productos de sus encantamientos. Cuando levantan la vista hacia el cielo, los seres humanos normalmente interpretan esos no-objetos encantados como cometas, meteoritos y estrellas fugaces. Cuanto más poderoso es el yinni, más abrasadores y temibles son sus «meteoritos». Zabardast y Zumurrud eran los más fuertes de todos los yinn oscuros, de modo que su fuego mágico era peligroso, incluso para el otro. Y los asesinatos de unos yinn a manos de otros yinn forman una parte crucial de nuestra historia.

En lo peor de la pelea, allí arriba entre las nubes blancas del cielo de la ciudad, Zabardast golpeó a su viejo amigo Zumurrud en su punto débil: su inmenso amor propio, su orgullo.

—Si me diera la gana —le gritó Zabardast—, podría ser un gigante más grande que tú, pero a mí el tamaño no me impresiona. Si me diera la gana, podría ser un metamorfo más espectacular que Ra'im Bebesangre, pero prefiero conservar mi forma real. Cuando quiero soy un susurrador más potente que Rubí Resplandeciente, y mis susurros tienen unos resultados más duraderos y dramáticos.

Zumurrud, que nunca había destacado por su labia, soltó un rugido de furia y lanzó una bola de fuego enorme, que Zabardast convirtió en una bola de nieve inofensiva y la devolvió a su rival como si fuera un niño en el parque en invierno.

—Y lo que es más —gritó Zabardast—, déjame que te diga, a ti que tanto te vanaglorias de haber creado tu agujero de gusano, que después de que los mundos pasaran tanto tiempo separados, cuando se rompieron los primeros sellos y se reabrieron las primeras ranuras, yo vine a la Tierra mucho antes de que tú soñaras ni siquiera con venir. Y lo que hice entonces plantó una semilla que pronto dará frutos y le infligirá a la humanidad una herida más profunda que cualquiera que tú puedas causar. Tú odias a la especie humana porque no es como nosotros. Yo la odio porque posee la Tierra, la hermosa y maltrecha Tierra. Yo he ido mucho más allá de la diminuta venganza fanática de tu filósofo muerto. Hay un jardinero del que crecerá todo un jardín de los horrores. Lo que yo empecé con un susurro se convertirá en un bramido que expulsará a la especie humana del planeta para siempre. Y entonces el País de las Hadas parecerá aburrido y feo en comparación, y toda la bendita Tierra, purificada de los hombres, será el territorio de los yinn. Esto es lo que yo puedo hacer. Porque soy *fabuloso*. Soy *Zabardast*.

—La sinrazón se derrota a sí misma —le dijo Ibn Rushd a Al-Ghazali, de polvo a polvo—, por su misma falta de raciocinio. La razón puede echarse una siestecita, pero lo irracional se queda aletargado más a menudo. Al final será lo irracional lo que acabe atrapado para siempre en los sueños mientras la razón se adueña de los días.

—El mundo que los hombres sueñan —le respondió Al-Ghazali— es el mundo que intentan construir.

A continuación vino un periodo de calma, durante el cual Zabardast, Rubí Resplandeciente y Ra'im Bebesangre regresaron al País de las Hadas. El portal al agujero de gusano de Queens se cerró y solamente quedó la casa en ruinas. Nuestros antepasados se permitieron pensar que lo peor había pasado. Los relojes siguieron avanzando. Llegó la primavera. Allí donde iban los hombres pisaban las sombras de las muchachas en flor, y se regocijaban en ello. En aquellos tiempos éramos un pueblo sin memoria, sobre todo los jóvenes, y los jóvenes contaban con muchas distracciones. Así que se permitieron a sí mismos distraerse alegremente.

Zumurrud el Grande no regresó a Peristán, en cambio. Fue a sentarse a los pies de la tumba de Al-Ghazali para formularle preguntas. Después de tanto protestar contra la filosofía y la religión, decidió escucharle. Tal vez estuviera harto del parloteo y la malicia de los yinn. Tal vez la anarquía carente de objetivos de los yinn, el crear el caos por el caos, le resultaba por fin demasiado vacío y entendía que necesitaba un estandarte bajo el que luchar. Tal vez había *crecido* por fin, no física sino interiormente; y ahora que había crecido, sentía que, si quería respetar una causa, tenía que ser una mayor que él mismo, y él era un gigante, de forma que la causa tendría que ser verdaderamente enorme; y la única causa gigantesca del mercado era la que le estaba intentando vender Al-Ghazali. Después de tanto tiempo, no podemos saber con seguridad lo que tenía en mente. Solamente sabemos que abrazó la causa.

Cuidado con el hombre (o el yinni) de acción que por fin desea progresar por medio del pensamiento. Un poco de pensamiento es algo peligroso.

DUNIA ENAMORADA, UNA VEZ MÁS

Cuando Dunia lo vio por primera vez, Geronimo Manezes estaba flotando de costado en su dormitorio casi a oscuras, con una mascarilla para dormir puesta, en ese estado agotado y profundamente amodorrado que era lo más parecido al sueño que podía conseguir en aquella época, con la luz de la lámpara solitaria que seguía encendida en la mesilla fluyendo hacia él, proyectándole sombras de película de terror sobre la cara alargada y huesuda. De los costados del cuerpo le colgaba una manta que le daba aspecto de asistente de mago, hipnotizado, elevado por los aires y a punto de ser serrado por la mitad por algún prestidigitador con chistera. ¿Dónde he visto esa cara antes?, pensó Dunia, e inmediatamente se contestó a sí misma, a pesar de que el recuerdo tenía más de ochocientos años. Era la cara de su único amor humano verdadero, por mucho que no llevara turbante enrollado en la cabeza y su barba gris estuviera cuidada con menos esmero, más desmañada y agreste de lo que ella recordaba, no la barba de un hombre que ha decidido dejarse barba, sino el vello facial desatendido de un hombre que simplemente ha renunciado a afeitarse. Llevaba más de ocho siglos sin ver aquella cara y, sin embargo, allí estaba, como si fuera ayer, como si él no la hubiera abandonado, como si él no hubiera sido reducido a polvo, un polvo con el que ella había hablado, polvo animado, sí, pero polvo a fin de cuentas, desencarnado, muerto. Como si él la hubiera estado esperando todo aquel tiempo, en la oscuridad, durante más de ochocientos años, esperando que ella lo encontrara y renovara su vetusto amor. El hecho de levitar no desconcertaba para nada a una princesa yinnia. Tenía que ser obra de Zabardast el Hechicero. Zabardast se había colado por las primeras ranuras reabiertas y había lanzado una maldición a Geronimo Manezes: pero ¿por qué? Era un misterio. ¿Había sido malicia al azar o bien Zabardast había intuido de alguna forma la existencia de la Duniazada y había entendido que si alguien los organizaba podían suponer un obstáculo al poder de los yinn oscuros, una resistencia, un contrapoder? Dunia no creía en el azar. Los yinn creen en la naturaleza deliberada del universo y en que en él hasta el azar tiene una meta. Necesitaba dilucidar cuáles eran las motivaciones de Zabardast, y con el tiempo encontraría la respuesta, descubriría el plan que tenía Zabardast de extender la enfermedad doble de la elevación y el aplastamiento, un plan capaz de eliminar de una vez por todas a la humanidad de la superficie de la Tierra. Entretanto, sin embargo, la impresionó la resistencia de Geronimo Manezes al conjuro. Un hombre normal y corriente se habría limitado a elevarse flotando al cielo y allí morirse asfixiado por la falta de oxígeno, congelado por las bajas temperaturas o bien bajo el ataque de las aves celosas de su territorio y enfurecidas por la elevación aérea de una criatura terrestre. Y, sin embargo, ahí estaba Geronimo, después de un tiempo considerable y todavía a una distancia relativamente pequeña del suelo, todavía capaz de ocupar interiores y llevar a cabo sus funciones naturales sin mancharlo todo de manera humillante. Era un individuo admirable, pensó ella. Pero por encima de todo no podía dejar de mirar aquella cara. Una cara que no había pensado que volvería a ver.

Mientras acariciaba su cuerpo, Ibn Rushd solía elogiar a menudo su belleza, hasta el punto de que ella se irritaba y le decía: ¿qué pasa, que mis ideas no te parecen dignas de elogio? Él le respondía que la mente y el cuerpo eran una misma cosa, que la mente era la forma del cuerpo humano, y como tal responsable de todas las acciones del cuerpo, una de las cuales era el pensamiento. Elogiar el cuerpo era elogiar la mente que lo gobernaba. Lo había dicho Aristóteles y él estaba de acuerdo, y por esa razón, le susurró impíamente al oído, le costaba creer que la conciencia sobrevivía al cuerpo, porque la mente pertenecía al cuerpo y no tenía significado alguno sin él. Ella no quería discutir con Aristóteles, de modo que no dijo nada. Platón pensaba distinto, admitió él. Platón pensaba que la mente estaba atrapada en el cuerpo como si fuera un pájaro y que solamente cuando se escapara de aquella jaula podría elevarse y ser libre.

Ella tenía ganas de decirle: yo estoy hecha de humo. Mi mente es humo, mis pensamientos son humo, soy toda humo y nada más que humo. Este cuerpo es una prenda que me he puesto, y que gracias a mis artes mágicas he podido hacer funcionar igual que funciona un cuerpo humano; es tan perfecto desde el punto de vista biológico que puede concebir criaturas y expulsarlas en camadas de tres, cuatro y cinco. Y, sin embargo, no pertenezco a este cuerpo, y si quisiera, podría habitar en otra mujer, o en un antílope, o en un mosquito. Aristóteles se equivocaba, porque llevo viviendo eones enteros y he alterado mi cuerpo cuando he querido, como el que se cansa de una prenda de ropa. La mente y el cuerpo son dos cosas distintas, tenía ganas de decirle, pero sabía que al filósofo le decepcionaba que discreparan de él, de forma que se mordió la lengua.

Ahora ella veía en Geronimo Manezes a Ibn Rushd renacido y tenía ganas de murmurarle: mira, tú también has entrado en un cuerpo nuevo. Has viajado por el tiempo, por ese pasillo oscuro que algunos dicen que el alma recorre para desplazarse entre una vida y la siguiente, desprendiéndose de su antigua conciencia por el camino, despojándose de su yo, hasta quedar reducida a pura esencia, a la pura luz del existir, lista para entrar en otro ser vivo: y nadie puede negar que estás aquí otra vez, has cambiado, pero sigues siendo tú. Imagina que hubieras llegado al mundo con los ojos vendados, a oscuras y flotando en el aire, tal como estás ahora. Ni siquiera sabrías que tienes cuerpo, pero sabrías que eres tú. Tu yo, tu mente, estaría ahí en cuanto cobraras conciencia. Porque son cosas distintas.

Sin embargo, pensó debatiendo consigo misma, tal vez no sea así. Tal vez suceda distinto con los seres humanos, que no pueden cambiar de forma, y el eco de un hombre muerto en otra época que hay en esta figura dormida se pueda atribuir a una simple rareza de la biología y nada más. Tal vez a los humanos de verdad la mente, o el alma, o la conciencia, les fluye por el cuerpo como si fuera sangre, habitando hasta la última célula de su ser físico, y por tanto Aristóteles tiene razón; en los humanos la mente y el cuerpo son una sola cosa indivisible y el yo está con el cuerpo y también perece con él. Se imaginó aquella unión con un estremecimiento. De ser verdad, qué afortunados eran los humanos, quiso decirle a Geronimo, que era Ibn Rushd y al mismo tiempo no lo era:

afortunados y condenados. Cuando los corazones les la-
tían de emoción, también les latía el alma, cuando les iba
el pulso a cien, sus espíritus estaban excitados, cuando se
les llenaban los ojos de lágrimas de felicidad, era su mente la que experimentaba la alegría. Sus mentes tocaban a
la misma gente que sus dedos; y cuando eran los demás
quienes los tocaban a ellos, era como si dos conciencias
distintas se unieran brevemente. La mente le daba sensualidad al cuerpo, permitía al cuerpo degustar el placer
y oler el amor en el dulce aroma del amante; no eran solamente los cuerpos de los humanos los que hacían el amor,
también sus mentes. Y al final el alma, igual de mortal que
el cuerpo, descubría la última gran lección de la vida, que era
la muerte del cuerpo.

Una yinnia podía adoptar forma humana, pero esa
forma no era la yinnia, con lo cual ésta no podía ni pro-
bar sabores ni oler ni sentir con el tacto, y su cuerpo tampoco estaba hecho para el amor porque no era el socio
simbiótico y poseedor de la mente. Cuando el filósofo
tocaba a Dunia íntimamente, era como si alguien la estuviera manoseando mientras iba vestida con muchas capas de gruesas prendas de invierno, de modo que no
sentía más que un lejano susurro, como de mano que acariciaba un abrigo. Pero ella le había profesado un amor
tan fuerte a su filósofo que le había hecho creer que su
cuerpo estaba excitado y en éxtasis. Había engañado a
Ibn Rushd. A los hombres era fácil engañarlos en aquellas
cuestiones porque querían creer que tenían el poder de
excitar. Y ella quería hacerle creer que la excitaba. Pero la
verdad era que podía darle placer físico a un hombre, pero
no podía recibirlo, únicamente imaginarse cómo debía
de ser aquel placer, podía mirar y aprender, y ofrecerle a
su amante los indicios externos, a la vez que intentaba

engañarse también a sí misma y decirse que sí, que ella también estaba experimentando placer, lo cual la convertía en una actriz, una falsaria y una tonta que se tomaba el pelo a sí misma. Y, sin embargo, había amado a un hombre, lo había amado por su mente y se había encarnado para que él la amara también, le había dado hijos y había llevado el recuerdo de su amor a través de más de ocho siglos, y ahora, para su sorpresa y emoción, se lo encontraba otra vez, renacido, con nueva carne y nuevos huesos, ¿y qué problema había con que aquel Geronimo flotante fuera viejo? También Ibn Rushd había sido «viejo». Los seres humanos, que eran velas cortas, no tenían ni idea de qué quería decir aquella palabra. Ella era más vieja que ambos hombres, tanto más vieja que los horrorizaría si envejeciera igual que los humanos.

Se acordaba de los dinosaurios. Era más vieja que la especie humana.

Los yinn casi nunca admitían entre ellos lo mucho que les interesaban los seres humanos, lo fascinante que les resultaba en realidad la especie humana a quienes no formaban parte de ella. Y, sin embargo, antes de que apareciera el hombre, en los tiempos de los primeros organismos unicelulares, los peces, los anfibios, las primeras criaturas andantes, las primeras cosas voladoras, las primeras cosas reptantes y por fin en la era de las bestias de gran tamaño, los yinn casi nunca se aventuraron a salir del País de las Hadas. Las selvas, desiertos y cimas de montañas de la Tierra, aquellas cosas silvestres, no les interesaban. El Peristán revelaba la obsesión de los yinn con los diseños de las cosas que solamente ofrece la civilización. Era un lugar de jardines formales, elegantemente divididos en niveles y con cascadas de agua pulcramente canalizada. Las flores crecían en parterres, los árboles estaban plantados simétricamente para crear avenidas y arboledas agradables a la vista, suministrar sombra relajante y una sensación de elegante amplitud. En el País de las Hadas había pabellones de piedra roja, llenos de cúpulas y paredes de seda en cuyo interior uno podía encontrar gabinetes alfombrados, almohadones en los que apoyarse y prácticos samovares de vino, a los que los yinn se retiraban para entregarse a sus placeres. Estaban hechos de humo y de fuego, pero preferían las cosas bonitas a la ausencia de forma que definía su naturaleza. Y a menudo esto los llevaba a adoptar apariencia humana. Solamente este hecho ya revelaba la enorme —sí— deuda que tenían hacia la pobre y mortal humanidad, que les suministraba un patrón y les ayudaba a imponer un orden físico, hortícola y arquitectónico sobre sus identidades esencialmente caóticas. Solamente en el acto sexual —la principal actividad del País de las Hadas—, los yinn, masculinos y femeninos, abandonaban sus cuerpos para volcarse los unos en los otros en forma de esencias, humo envolviendo al fuego y fuego escupiendo humo, en larga y feroz unión. El resto del tiempo, preferían usar sus «cuerpos», aquellos cascarones en los que encerraban su estado salvaje. Formalizaban estos «cuerpos» en la misma medida que el jardín formalizaba la naturaleza salvaje. Los yinn estaban de acuerdo en que los «cuerpos» eran buenos.

En sus visitas al mundo de los hombres, la princesa Dunia —o para ser más exactos, la princesa que había adoptado el nombre Dunia, *el mundo*— había ido más allá que la mayoría de sus congéneres. Había desarrollado una fascinación tan profunda por los seres humanos que había encontrado la manera de descubrir emociones humanas en sí misma. Era una yinnia capaz de enamorarse.

Que se había enamorado una vez y ahora estaba a punto de volver a hacerlo, con el mismo hombre reencarnado en una época distinta. Y lo que es más: si él se lo hubiera pedido, ella le habría dicho que lo amaba por su mente y no por su cuerpo. Él mismo era la prueba de que mente y cuerpo no eran una sola cosa, sino dos: una mente extraordinaria en un envase francamente ordinario. Nadie podría haber amado realmente a Ibn Rushd por su físico, en el que había, para decirlo toscamente, elementos de gordura y, en la época en que ella lo conoció, también otros signos de la decrepitud de la ancianidad. Ahora se fijó con satisfacción en que aquel hombre dormido, Geronimo Manezes, la reencarnación de su amado, suponía una mejora considerable respecto al original. Tenía un cuerpo fuerte y firme, pese a que también era «viejo». Era la cara de Ibn Rushd puesta en un marco mejor. Sí, ella lo amaría, y quizás esta vez obraría algún encantamiento adicional sobre sí misma y adquiriría sensaciones. Quizás esta vez sería capaz no solamente de dar, sino también de recibir. Pero ¿y si aquel hombre tenía la mente de un idiota? ¿Y si no era la mente de la que se había enamorado? ¿Acaso podría conformarse únicamente con la cara y el cuerpo? Quizás, pensó. Nadie era perfecto, y la reencarnación era un procedimiento inexacto. Quizás podría conformarse con algo menos. El hombre era agradable a la vista. Quizás con eso bastara.

Hubo una cosa que no se le pasó por la cabeza, sin embargo. Geronimo Manezes era de la tribu de la Duniazada, lo cual lo convertía en su descendiente, muy posiblemente en su tátara tátara tátara tátara tátara tátara tátara tátara tátaranieto, tátara más o tátara menos. Técnicamente, las relaciones sexuales con el señor Geronimo serían una unión incestuosa. Pero los yinn no reconocen el tabú del incesto. Tener hijos es algo tan infrecuente en el universo de los yinn que nunca les pareció necesario proscribir a sus descendientes, por decirlo de algún modo. De hecho, casi no tenían descendientes. Pero Dunia sí los tenía, y muchos. Sin embargo, en materia de incesto ella seguía el ejemplo de los camellos. Los camellos estaban encantados de aparearse con sus madres, hijas, hermanos, hermanas, padres, tíos o lo que fuera. Los camellos no observaban normas de decencia y tampoco pensaban nunca en el decoro. Lo único que los motivaba, fueran machos o hembras, era el deseo. Dunia, igual que todo su pueblo, era correligionaria suya. Si quería algo lo cogía. Y para su sorpresa, había descubierto lo que quería allí, en aquella casa estrecha, en aquel sótano estrecho donde aquel hombre dormido flotaba un palmo y medio por encima de su cama.

Ella miró cómo dormía aquel mortal que no había elegido su propio cuerpo, sino que pertenecía a aquel cuerpo y el cuerpo le pertenecía a él, y no se atrevió a despertarlo. Después de su más que embarazosa intrusión en el apartamento de arriba y de la alarma que había manifestado su ocupante, Blue Yasmeen, esta vez se había hecho invisible y había preferido ver antes de ser vista. Se acercó lentamente a la figura acostada. Geronimo dormía con un sueño intranquilo, al borde de la vigilia y balbuceando. A Dunia le iba a hacer falta andarse con cuidado. Necesitaba que él siguiera dormido para poder escuchar su corazón.

Ya se ha hablado aquí brevemente del poder que tienen los yinn para *susurrar*, es decir, para dominar y controlar la voluntad de los seres humanos a base de murmurar palabras mágicas en su pecho. Dunia era una susurradora consumada, pero además poseía un talento menos frecuente: el don de *escuchar*, de acercarse a un hombre dormido, pegarle la oreja al pecho y, descifrando ese idioma secreto que el yo usa únicamente para hablar consigo mismo, descubrir los deseos de su corazón. Se puso entonces a *escuchar* a Geronimo Manezes y oyó primero sus deseos más predecibles: *por favor, quiero bajar otra vez al suelo para que mis pies puedan volver a posarse en terreno sólido*; y por debajo de aquél los deseos más tristes e imposibles de cumplir de la ancianidad: *quiero ser joven otra vez, que me sea devuelta la fuerza de la juventud y la confianza en que la vida es larga*; y más debajo todavía los sueños de los desplazados: *quiero pertenecer una vez más a aquel lugar lejano del que me marché hace tanto tiempo, del que estoy alienado, a aquel lugar que se ha olvidado de mí, donde ahora soy un extranjero a pesar de que fue allí donde empecé mi vida, quiero pertenecer de nuevo a él, caminar por sus calles sabiendo que son mías, sabiendo que mi historia es parte de la historia de esas calles, aunque no lo sea y no lo haya sido durante la mayor parte de mi vida, por favor, por favor, quiero ver jugar otra vez al críquet en la calle y escuchar música frente a la escuela y oír una vez más las rimas de los niños.* A continuación siguió *escuchando* y entonces la oyó, por debajo de todo lo demás, la nota más profunda de la música de su corazón, y supo lo que tenía que hacer.

El señor Geronimo se despertó al amanecer sintiendo el dolor apagado de huesos que ya estaba aprendiendo a entender como su nuevo estado normal, la consecuencia de la lucha involuntaria de su cuerpo contra la gravedad. La gravedad seguía allí; llegado aquel punto, era incapaz de amasar el egocentrismo suficiente como para pensar que se había reducido en su entorno inmediato. La gravedad era la gravedad. Pero su cuerpo, en manos de una fuerza contraria inexplicable y solamente un poquito más poderosa, estaba empujando en sentido opuesto, desplazándolo lentamente hacia arriba, y resultaba agotador. Se consideraba un hombre duro, curtido por el trabajo, el dolor y el tiempo, un hombre que no se desanimaba con facilidad, pero últimamente, cuando se despertaba de su duermevela intranquila, los primeros pensamientos que le pasaban por la cabeza eran *agotado agotado* y *ya no me queda mucho*. Si se moría antes de que su estado remitiera, ¿acaso lo podrían enterrar, o tal vez su cuerpo rechazaría la sepultura, empujaría la tierra a un lado y, elevándose lentamente, emergería de la superficie para quedarse flotando sobre su tumba mientras se descomponía? Y si lo incineraban, ¿se convertiría en una nubecilla de ceniza tercamente aglomerada en el aire y ascendería con solemnidad igual que un enjambre de insectos indolentes, hasta que los vientos la dispersaran o se perdiera entre las nubes? Éstas eran sus preocupaciones matinales. Aquella mañana, sin embargo, notó algo raro que disipó rápidamente su modorra. La habitación estaba a oscuras. No recordaba haber apagado la lámpara de la mesilla de noche. Siempre le había gustado dormir a oscuras, pero en los extraños tiempos que corrían había empezado a dejar una lamparilla encendida. La manta se le caía a menudo mientras dormía y necesitaba estirar un poco el brazo hacia abajo para encontrarla y odiaba buscarla a tientas en la oscuridad. De forma que normalmente había una luz encendida, pero esta mañana se despertó a oscuras. Y a medida que se le acostumbraba la vista a la oscuridad, se dio cuenta de que no estaba solo en la habitación. Una mujer se estaba *materializando* lentamente; el cerebro del señor Geronimo articuló aquella palabra imposible, *ma-*

terializándose en la oscuridad ante sus ojos; una mujer a quien, incluso en las sombras profundas donde se estaba manifestando, pudo reconocer como su mujer muerta.

Durante los años transcurridos desde que el rayo se la arrebatara en la vieja finca de los Bliss, La Incoerenza, Ella Elfenbein no había dejado de aparecerse a su marido en sueños, siempre optimista, siempre preciosa y siempre joven. Y ahora que él era presa del miedo y la melancolía, ella, que se había adentrado antes que él en la gran incoherencia, regresaba para reconfortarlo y tranquilizarlo. En sus horas de vigilia, él nunca había dudado de que después de la vida venía la nada. Si le insistías, te decía que, de hecho, la vida era una mera incursión a la existencia desde el gran mar de la nada del que emergemos brevemente al nacer y al que todos hemos de volver. Cuando soñaba, sin embargo, no quería saber nada de aquella rotundidad doctrinaria. Tenía el sueño intranquilo y volátil, pero aun así ella se le aparecía, con toda su ternura física, cubriéndolo con su cuerpo para envolverlo en calidez, hundiéndole la nariz en el cuello, dejando que él le rodeara la cabeza con el brazo y le apoyara la mano en el pelo. Ella hablaba demasiado, igual que siempre, *eres como una cotorra*, solía decirle él en los viejos tiempos, *Radio Ella*, y alguna vez, riendo pero un poco irritado, le había pedido que intentara quedarse callada aunque fuera sesenta segundos, pero ella no había sido capaz, ni una sola vez. Ella le daba consejos en materia de alimentación sana, le prevenía de que no bebiera demasiado alcohol, se preocupaba porque en su estado excesivamente enclaustrado él no estaba haciendo el ejercicio al que estaba acostumbrado, debatía los últimos avances en cosmética no perjudicial para la piel (en sueños él nunca le preguntaba cómo se mantenía al día en aquellos asuntos), pontificaba sobre política y, por supuesto, tenía mucho que decir sobre paisajismo, hablaba de nada y de todo y luego otra vez de nada, largo y tendido.

Él pensaba en los monólogos de Ella de la misma forma en que los amantes de la música piensan en sus canciones más queridas: habían suministrado acompañamiento musical a su vida. Ya hacía tiempo que sus días estaban sumidos en el silencio, pero sus noches, o al menos algunas de ellas, seguían atiborradas de sus palabras. Ahora, sin embargo, estaba despierto, y había una mujer plantada delante de él, otro episodio imposible a añadir a la imposibilidad en que se había convertido su vida; tal vez ésta fuera una imposibilidad todavía más imposible, pero él podría reconocer el cuerpo de ella donde fuera, hasta a oscuras. Debía de haber caído en una especie de delirio, pensó; tal vez sí que estaba al final de su vida y en el caos de sus últimos momentos le había sido concedida aquella visión.

¿Ella?, preguntó él.

Sí, fue la respuesta. Sí y no.

Él encendió la luz, y aunque no retrocedió espantado sí que se bajó de un salto de la cama, de la posición supina que ocupaba a un palmo y medio por encima de su colchón. Se le cayó la manta. Y mirando a la Dunia transmutada, que ahora era la viva imagen de Ella Elfenbein Manezes, se echó a temblar presa del miedo genuino y también de un placer incipiente e imposible.

No podían dejar de mirarse el uno al otro. Los dos estaban contemplando sendas reencarnaciones, enamorándose de réplicas. No eran originales, sino copias, ecos respectivos de la pérdida del otro. Desde el principio los dos supieron que el otro era una falsificación, y desde el principio los dos estuvieron dispuestos a acallar aquel conocimiento; al menos de momento. Vivimos en la era de las cosas tardías, y ya no nos consideramos causas primeras, sino consecuencias.

—Mi mujer murió —dijo el señor Geronimo—, y los fantasmas no existen, de forma que o bien estoy sufriendo una alucinación o bien esto es una broma cruel.

—Los muertos no caminan, es cierto —le respondió Dunia—, pero lo milagroso sí que existe.

—¿Primero la levitación —dijo él— y ahora la resurrección?

—Respecto a la levitación —contestó Dunia en tono coqueto, ascendiendo hasta ponerse a su altura, y provocándole al señor Geronimo un grito ahogado a la antigua usanza—, puedo pagar con la misma moneda. Y en cuanto a la resurrección, no, no exactamente.

Él había estado intentando aferrarse a su fe en la realidad de lo real, a pensar en su propio estado como algo excepcional y no como señal de una ruptura más amplia. El bebé mágico que salía en televisión, y cuya existencia lo había reconfortado al principio, pronto había empezado a agravar la inquietud que sentía en el alma, y hacía lo que podía por sacársela de la cabeza. Había dejado de escuchar las noticias. Si estaban informando de más manifestaciones surrealistas, no quería enterarse de ellas. La soledad y la singularidad le habían llegado a resultar más deseables que las alternativas. Si conseguía aceptar que él era el único que se había convertido en una aberración, en un fenómeno de la naturaleza, entonces podría definir el resto del mundo conocido, la ciudad, el país y el planeta, basándose en los principios conocidos o al menos creíblemente hipotéticos de la ciencia poseinsteiniana, y por consiguiente podría soñar con regresar a aquel estado perdido y anhelado. Hasta en los sistemas perfectos ocurrían aberraciones. Eran fenómenos que no indicaban necesariamente el fracaso total del sistema. Los fallos técnicos se podían reparar, deshacer, arreglar.

Ahora que tenía delante a Ella regresada de entre los muertos, no le quedaba más remedio que abandonar aquel último jirón de esperanza, porque aquí estaba Ella revelándose como Dunia, princesa de los yinn, que había adoptado la apariencia de su esposa para complacerlo, o al menos eso decía; pero tal vez lo estuviera haciendo para engañarlo, para seducirlo y destruirlo, igual que destruían a los marineros las sirenas, o Circe, o alguna otra hechicera de ficción. Allí tenía a Elladunia, a Duniella, contándole cuentos maravillosos con la hermosa voz de su hermosa esposa sobre la existencia de los yinn, los de la luz y los oscuros, las hadas y los ifrits, y sobre el País de las Hadas, donde el sexo era increíble, y sobre metamorfos y susurradores; y sobre la rotura de los sellos, la abertura de las ranuras de la realidad y el primer agujero de gusano que había aparecido en Queens (ahora había más por todas partes), sobre la venida de los yinn oscuros y las consecuencias de su llegada. Él era un hombre escéptico y ateo y aquellas historias le pusieron el estómago del revés y le llenaron el cerebro de balbuceos. Estoy perdiendo la razón, se dijo. Ya no sabía qué pensar ni cómo pensarlo.

—El mundo de las hadas es real —le dijo ella en tono tranquilizador, *escuchando* la confusión interior de él—, pero eso no quiere decir que Dios exista. En ese sentido yo soy igual de escéptica que tú.

Ella todavía estaba en su habitación, no se movía de allí, flotaba en el aire igual que él y ahora lo invitó a que la tocara. Él le tocó el puño solamente para ver si podía, porque había una parte de su cerebro que seguía convencida de que su mano la traspasaría. Ella llevaba una camiseta negra sin mangas y pantalones militares, como si fuera una fotógrafa en una zona de combate, y el pelo recogido en una coleta alta, y tenía los brazos desnudos delgados y musculosos y la piel olivácea. La gente solía preguntarle a Ella si era libanesa. A continuación el señor Geronimo le tocó los brazos con las yemas de los dedos y sintió la piel cálida y familiar al tacto, la piel de Ella. Ella se le acercó y entonces él ya no pudo resistirse más. Fue consciente de que le estaban cayendo las lágrimas por la cara. La abrazó y ella se dejó abrazar. Él le cogió la cara con las manos y de pronto notó algo insoportablemente fuera de lugar. Su barbilla: un alargamiento inesperado. No eres ella, le dijo, no sé quién o qué eres pero no eres ella. Ella *escuchó* por debajo de sus palabras e hizo un retoque. Prueba ahora, le dijo. Sí, dijo él, y ahuecó la palma de la mano con ternura debajo de su mentón. Sí, ahora está bien.

Al inicio de todos los amores siempre hay un pacto privado que cada uno de los amantes hace con él o con ella misma, un acuerdo para dejar de lado los defectos del otro y concentrarse en las cosas buenas. El amor es la primavera después del invierno. Viene a curar las heridas de la vida, infligidas por el frío indiferente. Cuando nace la calidez en el corazón, las imperfecciones del ser amado son como nada, menos que nada, y no cuesta nada firmar el pacto secreto con uno mismo. La voz de la duda queda acallada. Más tarde, cuando el amor se enfría, ese pacto secreto nos parece una locura, pero de serlo, es una locura necesaria, nacida de la fe que tienen los amantes en la belleza, es decir, en la posibilidad de lo imposible, que es el amor verdadero.

Aquel hombre en la sesentena, separado a la fuerza

de la tierra con la que se había ganado la vida y despojado por un rayo de la única mujer a la que había amado, y aquella princesa del otro mundo, que llevaba en su seno el recuerdo de una pérdida acontecida hacía siglos en un lugar remoto, al otro lado del océano, experimentaban ambos el mismo dolor, esa angustia extraordinaria que provoca el amor perdido o roto. Allí, en un dormitorio situado en un sótano a oscuras de un edificio llamado Bagdad, acordaron consigo y con el otro renovar dos amores destruidos mucho tiempo atrás por la muerte. Ella se atavió con el cuerpo de la amada esposa de él y él decidió no fijarse en el hecho de que la voz de Dunia no era la de Ella, de que sus modales no eran los de su mujer y de que todos esos recuerdos compartidos que unen a una pareja que se ama estaban en su mayoría ausentes de la mente de ella. Ella era magnífica *escuchando*, y se había impuesto la tarea de ser la mujer que él quería que fuera, pero, en primer lugar, *escuchar* requiere tiempo y atención, y en segundo lugar, las princesas yinnias quieren ser amadas por sí mismas, de forma que su deseo de ser amada como Dunia pugnaba con su intento de encarnar a una mujer muerta y hacía que el simulacro fuera menos perfecto de lo que podría haber sido. Y en cuanto a Geronimo Manezes, sí, ella admiraba el físico fuerte y esbelto de aquel anciano, pero el hombre al que ella había amado era todo mente.

—¿Qué sabes de filosofía? —le preguntó ella por fin.

Él le habló de la Dama Filósofa y de su pesimismo nietzscheano y schopenhaueriano. Cuando mencionó que la casa de Alexandra Bliss Fariña se llamaba La Incoerenza, Dunia ahogó una exclamación, acordándose de la batalla de libros que habían librado mucho tiempo atrás Al-Ghazali e Ibn Rushd, *La incoherencia de la filosofía* contra

La incoherencia de la incoherencia. Ahora había una tercera incoherencia. Dunia vio en aquella coincidencia la mano oculta del *kismet*, que era también el karma. El destino asomaba en aquel nombre. En los nombres se ocultan nuestros destinos.

Geronimo Manezes también le contó la fábula que relataba Blue Yasmeen sobre el pesimismo de los unyaza.

—En este momento, y en mi estado actual —dijo, sorprendiéndose a sí mismo al oír que de sus labios salía una versión de uno de los lemas de Alexandra Fariña—, por no hablar del estado del planeta en general, es difícil no tener una visión trágica de la vida.

No era una mala respuesta, pensó Dunia. Era la respuesta de un hombre que pensaba. Era un buen punto de partida.

—Lo entiendo —contestó ella—, pero esa actitud viene de antes de que conocieras a una princesa de las hadas.

El tiempo se detuvo. El señor Geronimo estaba en un lugar electrizado y encantado que era al mismo tiempo su habitación en el sótano y esa misma habitación transformada en el nido de amor con aroma a humo de un yinni, un lugar donde el reloj no avanzaba, la segunda manecilla no se movía y ningún número digital cambiaba. No tenía ni idea de si durante el tiempo sin tiempo que pasaron haciendo el amor habían transcurrido simples minutos o semanas o meses. Desde el día en que había empezado a elevarse del suelo, ya se había visto obligado a dejar de lado la mayoría de lo que creía saber de la naturaleza de las cosas. Ahora se estaba desprendiendo de los pocos fragmentos que le quedaban de sus antiguas convicciones. Después de un largo intervalo, de pronto tenía un cuerpo de mujer que era el de su mujer y al mismo tiempo no lo era. Había pasado tanto tiempo que su recuerdo sensorial de la carne de Ella se había debilitado y, aunque le daba vergüenza admitirlo, sus recuerdos más recientes de Alexandra Fariña se habían mezclado con lo que recordaba de la época en que hacía el amor con su mujer. Y ahora este sentimiento completamente nuevo lo estaba suplantando, se estaba convirtiendo en el recuerdo que él había pactado consigo mismo de la sensación de tener a Ella Elfenbein moviéndose debajo de él como una corriente dulce y cálida; él, que jamás había creído en la reencarnación ni en ninguna de aquellas chorradas, se veía ahora impotente bajo los hechizos de la princesa de las hadas, de manera que se zambulló en el mar del amor, donde todo era verdad si uno lo decía, todo era verdad si la hechicera se lo *susurraba* al oído, y en su confusión pudo incluso aceptar que su esposa siempre había sido una princesa de las hadas, que aun mientras Ella estaba viva, *en mi primera vida*, le susurró la yinnia, *porque ésta es la segunda*, sí, incluso en su primera vida había sido una yinnia disfrazada, de forma que esta princesa de las hadas no era ni una falsificación ni una imitación, siempre había sido ella, aunque no lo hubiera sabido hasta ahora, y si esto era un delirio, pues le parecía bien, era un delirio que él había elegido y que él quería, porque todos queremos amor, amor eterno, amor que regresa de la muerte para renacer, un amor que nos cuide y nos abrace hasta nuestra muerte.

En aquella habitación a oscuras no le llegaba ninguna noticia del caos que se estaba infligiendo sobre la ciudad que había fuera. La ciudad estaba chillando de terror, pero él no podía oírla, los barcos se negaban a aventurarse por las aguas de la bahía, la gente tenía miedo de salir de sus casas para ir a trabajar y el pánico se reflejaba en la economía, las bolsas se desplomaban, los bancos cerraban, los estantes de los supermercados estaban vacíos y ya no se distribuían productos alimenticios frescos; la parálisis del terror tenía atenazada a la ciudad y la catástrofe estaba en el aire. Pero en la oscuridad del estrecho dormitorio del sótano del Bagdad, la televisión estaba apagada y no se oía el chisporroteo de la calamidad.

Solamente existía el acto del amor, y aquel amor físico tenía una sorpresa reservada a ambos.

—Te huele el cuerpo a humo —dijo ella—. Y mírate. Cuando te excitas te desdibujas, te difuminas, los contornos se te convierten en humo. ¿No te lo han dicho nunca tus amantes humanas?

No, mintió él, recordando que Ella le decía exactamente lo mismo, pero escondiendo el recuerdo, intuyendo correctamente que a Dunia no le gustaría saber la verdad. No, dijo él. Nunca me lo han dicho. Aquello le agradó, tal como él había sospechado.

—Es porque nunca habías hecho el amor con una yinnia —le dijo ella—. Eso provoca un nivel distinto de excitación.

Sí, dijo él, así era. Pero ella estaba pensando, cada vez más emocionada, que era la parte yinni de él lo que se estaba revelando, la parte yinni que le había llegado, a través de los siglos, procedente de ella. Era el humo sulfúrico de los yinn lo que aparecía cuando hacían el amor. Y si ella pudiera liberar al yinni que él llevaba dentro, muchas cosas serían posibles.

—Geronimo, Geronimo —le murmuró junto a la oreja difuminada—. Parece que tú también eres un hada.

Y algo inesperado le pasó también a Dunia cuando hicieron el amor: lo disfrutó, no tanto como el sexo incorpóreo del País de las Hadas, aquella unión extática de humo y fuego, pero sí que experimentó (tal como ella había confiado) una clara —¡no, una fuerte!— sensación de placer. Esto le mostró que no solamente se estaba volviendo más humana, sino que tal vez su nuevo amante tuviera más de yinni de lo que ella había sospechado de entrada. Y así fue como su amor imitativo, su amor nacido del recuerdo de otros, aquel posamor de la era tardía, se volvió verdadero, auténtico, algo en sí mismo, durante el cual ella casi dejó de pensar en el filósofo muerto, y la esposa muerta del señor Geronimo, de quien había aceptado convertirse en copia, fue lentamente reemplazada en la fantasía de él por la criatura mágica desconocida que se le había aparecido de forma tan improbable en aquella hora tan necesitada. Tal vez llegara incluso el momento, se permitió pensar Dunia, en que pudiera mostrarse tal como era: ni la criatura flaca de dieciséis años que se había materializado en la puerta de Ibn Rushd, ni tampoco aquella réplica de un amor perdido, sino su yo regio en toda su gloria. Cautivada por aquella esperanza inesperada, empezó a contarle a Geronimo Manezes cosas que no le había contado nunca a Ibn Rushd.

—Alrededor de las fronteras del País de las Hadas —le contó— se eleva la montaña circular de Qâf, donde según las leyendas vivió una vez el dios-pájaro, el Simurg, pariente del Ruj de Simbad. Pero eso es un cuento nada más. Nosotros, los yinn y las yiniri, que no somos legendarios, conocemos a ese pájaro, pero no nos gobierna. Aun así, sí que existe un gobernante en la montaña de Qâf, uno que no tiene pico, plumas ni garras, sino que es un gran emperador de las hadas, Shahpal el hijo de Shahruj, y también su hija, la más poderosa de las yinnias, Aasman Peri, que quiere decir el «hada del cielo», a quien se conoce como la Princesa Centella. Shahpal es el rey del simurg, el pájaro que se le posa en el hombro y le sirve.

»El emperador y los Grandes Ifrits nunca se han llevado bien. El monte Qâf es la ubicación más deseada de todo el País de las Hadas, y a los ifrits les encantaría poseerla, pero la magia eléctrica de la hija del emperador, que es una gran hechicera yinnia, es igual de poderosa que la de Zabardast y Zumurrud Shah, y mantiene alrededor de Qâf una muralla de centellas que protege la montaña circular de la codicia de éstos. Aun así, los ifrits siempre están acechando en busca de una oportunidad, promoviendo rencillas entre los *devs* o espíritus menores que pueblan las laderas bajas de Qâf, intentando convencerlos para que se rebelen contra sus gobernantes. En este momento, el conflicto interminable entre el emperador y los ifrits está aplazado, y, a decir verdad, lleva muchos milenios en punto muerto, porque las tormentas, los terremotos y demás fenómenos que rompieron los sellos tanto tiempo cerrados que separaban el Peristán del mundo de los hombres han permitido que los ifrits hagan sus travesuras aquí, lo cual para ellos presenta el atractivo de lo novedoso, o por lo menos de algo que les fue negado largo tiempo. Llevaban mucho sin poder hacerlo, y están convencidos de que en la Tierra no hay magia capaz de resistírseles, y como son unos matones, les gusta la idea de destruir a un oponente muy inferior. Así que mientras ellos piensan en la conquista, mi padre y yo tenemos un pequeño respiro.

—¿Tú? —le preguntó el señor Geronimo—. ¿Tú eres la princesa de Qâf?

—Es lo que te estaba intentando decir —dijo ella—. La batalla que ha empezado aquí en la Tierra es un reflejo de la batalla que lleva librándose desde siempre en el País de las Hadas.

Ahora que ella había aprendido el truco del placer, lo

buscaba de forma infatigable. Una de las razones de que prefiriera a un amante humano «mayor», le murmuró a Geronimo Manezes, era que a los mayores les resultaba más fácil controlarse. Con los jóvenes la cosa se acababa en un abrir y cerrar de ojos. Él le dijo que se alegraba de que la edad avanzada tuviera alguna ventaja. Pero ella no lo estaba escuchando. Estaba descubriendo los placeres del clímax. Y, principalmente, él estaba perdido en una dulce confusión, sin saber apenas con cuál de sus tres mujeres, dos humanas y otra no, estaba haciendo el amor, y es por eso por lo que ambos tardaron un rato en darse cuenta de lo que le estaba pasando, hasta que en un momento dado, estando él abajo y ella arriba, el señor Geronimo sintió algo inesperado, algo que casi había olvidado, debajo de su cabeza y su espalda.

Almohadas. Sábanas.

La cama recibió su peso, los muelles encajados dentro del colchón suspiraron un poco por debajo de él como si fueran una segunda amante, y a continuación sintió que el peso de ella también se le posaba encima, mientras la ley de la gravedad volvía a imponerse. Cuando entendió lo que le había pasado se echó a llorar, a pesar de que no era un hombre al que le resultara fácil hacerlo. Ella se bajó de encima de él y lo abrazó, pero él fue incapaz de permanecer tumbado. Salió de la cama con cuidado, todavía medio incrédulo, y dejó que sus pies bajaran hasta el suelo del dormitorio. Cuando lo tocaron soltó una exclamación. Luego se puso de pie y a punto estuvo de caerse. Tenía las piernas débiles, los músculos reblandecidos por la falta de uso. Ella se puso de pie a su lado y le rodeó el hombro con el brazo. Por fin recobró el equilibrio, se soltó de ella y se quedó de pie sin ayuda. La habitación y el mundo recobraron su forma familiar y largo tiempo perdida. Sintió el peso de las cosas, de su cuerpo, de sus emociones y de sus esperanzas.

—Parece que tengo que creerte —dijo con asombro—. Que eres quien dices ser, y que el País de las Hadas existe, y que tú eres su hechicera más poderosa, porque has roto la maldición que pesaba sobre mí y me has reunido con la Tierra.

—Y lo más extraordinario —contestó ella— es que, aunque ciertamente soy quien digo ser, no solamente Dunia la madre de la Duniazada, sino también la Princesa Hada del Cielo de la Montaña de Qâf, yo no soy la responsable de lo que ha pasado aquí, salvo por el hecho de que al hacer el amor contigo he contribuido a desatar un poder en ti que ninguno de los dos sospechaba que poseías. Yo no te he devuelto a la Tierra. Lo has hecho tú solo. Y si el espíritu yinni que tienes dentro del cuerpo es capaz de imponerse a la hechicería de Zabardast, entonces los yinn oscuros tienen un enemigo considerable en este mundo además de en el otro, y es hasta posible que ganemos la Guerra de los Mundos y evitemos que acabe, como creen Zumurrud y su banda, con la victoria inevitable de los yinn oscuros y la instauración de su tiranía sobre todos los pueblos de la Tierra.

—Para el carro —dijo él—. Solamente soy un jardinero. Me dedico a cavar con la pala, plantar y quitar malas hierbas. No a ir a la guerra.

—No tienes que ir a ninguna parte, cariño —dijo ella—. Esta guerra está viniendo a ti.

Oliver Oldcastle, el encargado de mantenimiento de La Incoerenza, oyó un chillido de terror procedente del dormitorio de su señora y entendió de inmediato que lo que le había pasado a él también le debía de haber pasado a ella.

—Ahora sí que voy a matar de verdad a ese cabrón de cortador de setos —bramó, y echó a correr descalzo para ayudar a la Dama Filósofa.

Tenía el pelo suelto y alborotado y la camisa por fuera de los pantalones de pana gastados, y su forma de correr agitando los brazos le daba más pinta de Bluto u Obélix torpón y a la carrera que de Marx contemporáneo de melena leonina. Pasó por el cuarto de las botas, con su ligero olor a mierda de caballo imposible de erradicar, galopando por los antiguos suelos de madera que antaño le habrían llenado de astillas los pies retumbantes, bajo las miradas de los hoscos tapices de antepasados imaginarios, esquivando por poco los jarrones de porcelana de Sèvres que temblaban sobre sus mesas de alabastro, corriendo con la cabeza gacha como un toro, sin hacer caso de los susurros de desaprobación de los altaneros anaqueles de libros, hasta entrar en tromba en el ala privada de Alexandra. Al llegar a la puerta de su dormitorio recobró la compostura, se atusó inútilmente el pelo enredado, se tiró de la barba para enderezársela, se metió la camisa por dentro de los pantalones como si fuera un colegial que pedía audiencia con la directora de la escuela y exclamó: «¿Puedo entrar, señora?», con un volumen de voz que revelaba su miedo. No necesitó más respuesta que la estridente respuesta de ella, y los dos se quedaron mirándose, señora y criado, ella con un largo y arcaico camisón y él todo desaliñado, ambos con el mismo horror en las miradas, que lentamente descendieron hasta el suelo y vieron que ni uno solo de su dos pares de pies desnudos, los de él con pelos brotando del tobillo y de los dedos, los de ella diminutos y bien formados, estaba en contacto con el suelo. Dos dedos de aire los separaban de su superficie.

—Es una enfermedad bastarda —vociferó Oldcastle—. Ese retoño superfluo de persona, ese hongo, esa mala hierba, entró en casa de usted trayendo esta plaga infecciosa y nos la ha contagiado.

—¿Qué clase de infección podría producir estos resultados? —dijo ella, llorando.

—Pues esta puñetera clase, señora —exclamó Oldcastle, cerrando los puños con fuerza—. Esta variedad de los cojones, perdón por la palabrota. Ese escarabajo de la corteza al que usted acogió en su lecho privado de flores. Ese moho *Phytophthora* letal asesino de robles. Nos ha hecho enfermar, carajo.

—No me contesta al teléfono —dijo ella, blandiéndole inútilmente el teléfono en la cara.

—A mí sí que me contestará —dijo en tono grandilocuente Oliver Oldcastle—. O si no, le pasaré la podadora por ese culo deforme que tiene. Le cultivaré ese cráneo de cabrón silvestre. A mí sí que me contestará, ya lo creo.

Durante aquellas noches incomprensibles se informó de toda clase de separaciones. La separación de los seres humanos del suelo ya era mala de por sí. Sin embargo, en ciertas partes del mundo aquél no había sido ni el principio ni tampoco el final. En el mundo de la literatura, se estaba produciendo una notable separación entre los escritores y sus temas. Los científicos informaron de la separación entre las causas y los efectos. Se hizo imposible compilar ediciones nuevas de los diccionarios por culpa de la separación entre las palabras y sus significados. Los economistas señalaron la separación creciente entre ricos y pobres. Los tribunales de divorcios experimentaron un brusco aumento de su volumen de trabajo por culpa de la avalancha de separaciones conyugales. Las antiguas amistades se terminaban de repente. La plaga de las separaciones se propagó rápidamente por el mundo.

El despegue del suelo que experimentó un número cada vez mayor de hombres, mujeres y sus mascotas, labradores retriever de color chocolate, conejos, gatos persas, hámsters, hurones y hasta un mono llamado *E. T.*, causó el pánico global. El tejido mismo de la vida humana se estaba empezando a deshacer. En las galerías de la Colección Menil de Houston, Texas, un ladino conservador museístico llamado Christof Pantokrator entendió de repente la naturaleza profética de la obra maestra de René Magritte *Golconda*, en la que una serie de hombres con gabardina y bombín flotaban en el aire sobre un fondo de edificios bajos y cielo sin nubes. Siempre se había creído que los hombres de la pintura estaban cayendo lentamente, como si fueran lluvia bien vestida. Pero Pantokrator percibió que Magritte no había pintado gotas humanas de lluvia.

—¡Son globos humanos! —exclamó—. ¡Se elevan! ¡Se elevan!

A continuación hizo la tontería de publicar su descubrimiento y como resultado hubo que proteger los edificios de la Menil con guardias armados de la población local enardecida por la gran obra del profeta de la antigravedad. Algunos de los guardias empezaron a elevarse, lo cual fue alarmante, y también varios de los manifestantes de intenciones vandálicas.

—Las iglesias y templos están llenos de hombres y mujeres aterrados en busca de la protección del Todopoderoso

—le dijo el polvo de Al-Ghazali al polvo de Ibn Rushd—. Tal como yo esperaba. El miedo empuja a los hombres hacia Dios.

No hubo respuesta.

—¿Qué pasa? —se burló Al-Ghazali—. ¿Por fin te has quedado sin argumentos falsos?

Al final Ibn Rushd contestó con una voz llena de desasosiego masculino.

—Ya es bastante difícil descubrir que la madre de tus hijos es un ser sobrenatural —dijo— para encima tener que soportar la idea de que se está acostando con otro hombre.

Él sabía esto porque se lo había dicho ella. Siendo como era una yinnia, ella había pensado que el filósofo se tomaría como un cumplido el hecho de que ella se hubiera enamorado de su copia, de su eco, de su cara en un cuerpo distinto, lo cual revelaba que a pesar del amor que sentía por los seres humanos había cosas de ellos que no entendía en absoluto.

Al-Ghazali soltó una risa que solamente podía soltar el polvo.

—Estás muerto, idiota —le dijo—. Llevas muerto más de ocho siglos. No es momento de ponerse celoso.

—Ésa es la clase de comentario necio —le soltó Ibn Rushd en tono cortante desde la tumba— que me demuestra que nunca has estado enamorado; de lo cual se deriva que ni siquiera cuando vivías estabas realmente vivo.

—Solamente de Dios —replicó Al-Ghazali—. Él fue y sigue siendo mi único amor, y con él me basta y me sobra.

Cuando Sister Allbee descubrió que sus pies estaban a tres dedos del suelo, se enfadó como no se había enfadado en su vida desde que su padre se escapara con una cantante de Luisiana de voz cavernosa la semana antes de llevar a su hija al nuevo parque Disney de Florida. En aquella ocasión se había dedicado a recorrer todo su apartamento de una segunda planta en las Harlem River Houses destruyendo hasta el último rastro de su infame progenitor, rompiendo fotografías, haciéndole jirones el sombrero y echando toda la ropa que no se había llevado a una hoguera encendida en el patio de la casa, todo bajo la mirada silenciosa de su madre, que agitaba los brazos y abría y cerraba la boca, pero no hizo intento alguno de refrenar la cólera de su hija. Después de aquello, su padre dejó de existir y la joven C. C. Allbee se ganó reputación de chica a la que no había que hacer enfadar nunca.

Su inquilina favorita, Blue Yasmeen, también había despegado, y ahora la encontró llorando desconsoladamente en el pasillo, a cuatro dedos del suelo.

—Siempre lo defendí —berreó—. Siempre que decías algo en su contra, yo daba la cara por él, porque tenía un aire de seductor canoso y me recordaba a mi padre. Luego aparece una mujer en una alfombra voladora y yo me quedo como loca y ahora esto. Yo lo defendí, al tío. ¿Cómo iba a saber que me iba a contagiar su puta enfermedad?

Aquello ya sumaba dos traiciones de figuras paternas por las que estar enfadada, y al cabo de unos minutos Sister Allbec usó su llave maestra para entrar en el apartamento del señor Geronimo con una escopeta cargada en las manos y Blue Yasmeen pisándole los talones y hecha un manojo de nervios.

—Largo de aquí —le vociferó—. Como no estés fuera de aquí al anochecer te sacarán por la mañana con los pies por delante.

—¡Está de pie en el suelo! —gritó Blue Yasmeen—. Él se ha curado, pero nos ha dejado enfermas a las demás. El miedo cambiaba a quienes lo experimentaban, pensó el señor Geronimo mirando el cañón del arma. El miedo era un hombre que huía de su propia sombra. Era una mujer con auriculares que solamente podía oír por ellos su propio terror. El miedo era un solipsista, un narcisista, era ciego a todo lo que no fuera él mismo. El miedo era más fuerte que la ética, más fuerte que el discernimiento, más fuerte que la responsabilidad y que la civilización. El miedo era un animal lanzado a la carrera que pisoteaba niños mientras huía de sí mismo. El miedo era un fanático, un tirano, un cobarde, un enajenado y una puta. El miedo era una bala que le apuntaba al corazón.

—Soy inocente —dijo—, pero tu escopeta es un argumento excelente.

—Tú has extendido la plaga —dijo Sister Allbee—. ¡Paciente Cero! ¡María Tifoidea! Habría que envolver tu cadáver en plástico y enterrarlo a un kilómetro bajo tierra para que no puedas seguir arruinando vidas.

El miedo también tenía agarrada por el cuello a Blue Yasmeen.

—Mi padre me traicionó muriéndose y abandonándome en el mundo, cuando sabía lo mucho que yo lo necesitaba. Tú me has traicionado arrancándome el suelo de debajo de los pies. Él era mi padre, o sea que lo sigo queriendo. Pero tú... Tú tienes que irte.

La princesa de las hadas había desaparecido. Al oír girar la llave en la cerradura se había puesto de lado y había desaparecido por una ranura en el aire. Tal vez ella lo ayudaría y tal vez no. El señor Geronimo había oído hablar muchas veces de lo caprichosos y poco de fiar que eran los yinn. Tal vez ella simplemente lo hubiera usado para aplacar su hambre de sexo, porque se decía que en aquella materia los yinn eran insaciables, y ahora que había acabado con él ya no la volvería a ver más. La princesa lo había hecho descender a la Tierra y aquélla era su recompensa, y todo lo demás, lo de que él tenía poderes de yinn, era una tontería. Tal vez ahora estaba solo, a punto de quedarse sin casa y afrontando la verdad indiscutible de una escopeta en manos de una mujer enfurecida por el miedo.

—Ya me voy —dijo él.

—Una hora —dijo Sister.

Y en la ciudad de Londres, lejos del dormitorio del señor Geronimo, una multitud enardecida se había congregado delante de la casa del compositor Hugo Casterbridge en Well Walk, en el boscoso distrito de Hampstead. A él le sorprendió verla, porque últimamente se había convertido en un puro hazmerreír, y el furor público parecía una respuesta inapropiada a su nueva reputación. Ridiculizar a Casterbridge se había vuelto práctica habitual desde aquella desacertada aparición en televisión en la que había amenazado al mundo con las plagas que enviaría a la humanidad un dios en el que no creía; la clásica idiotez de artista, dijo todo el mundo; se tendría que haber quedado en su casa, tocar teclas, percutir, tintinear, tañer y mantener la boca cerrada. Casterbridge era un hombre apuntalado por una inmensa, sólida y hasta ahora impermeable fe en sí mismo, pero lo agobiaba la facilidad con que su antigua eminencia había sido borrada por lo que él consideraba el nuevo filisteísmo. Al parecer no había lugar para la idea de que la esfera metafórica pudiera ser lo bastante potente como para afectar al mundo real. De forma que ahora era un simple objeto de mofa: el ateo que creía en el castigo divino.

Muy bien. Pues se quedaría en su casa, con su extraña música schoenbergiana que muy pocos entendían y todavía menos disfrutaban. Pensaría en la combinatoriedad inversional hexacordal y en las presentaciones de series multidimensionales, cavilaría sobre las propiedades del conjunto referencial y dejaría que el pútrido mundo se fuera al carajo. De todos modos, cada vez se estaba volviendo más ermitaño. El timbre de su mansión de Well Walk se había roto y él no veía razón para arreglarlo. El grupo de posateos que había reunido durante una breve temporada se había deshecho bajo el calor de la deshonra pública, y, sin embargo, él, silencioso, huraño y rechinando los dientes, se mantuvo en sus trece. Estaba acostumbrado a que nadie le entendiera. Y estaba por ver quién reiría el último.

Pero al parecer había un predicador nuevo en la ciudad. La ciudad se estaba saliendo de madre, había incendios en las viviendas de protección oficial de los distritos pobres del norte, saqueos en las calles comerciales de las zonas conservadoras del sur del río y motines multitudinarios en las grandes plazas que no sabían qué exigir. Y de las llamas emergió el incendiario con turbante en cuestión, un hombrecillo con barba y cejas de color azafrán estilo Sam Bigotes, envuelto en un fuerte olor a humo, que un buen día apareció de la nada como si hubiera salido de una ranura en el cielo, Yusuf Ifrit se llamaba, y de pronto estaba en todas partes, era un *líder*, un *portavoz*, formaba parte de varias comisiones del gobierno, se decía que le iban a conceder el título de caballero, está claro que se está extendiendo una plaga, bramaba, y si no nos defendemos de ella no hay duda de que nos contagiaremos todos, ya nos está contagiando, la impureza de la enfermedad ya contamina la sangre de muchos de nuestros hijos más débiles, pero estamos dispuestos a defendernos, combatiremos la plaga en su misma raíz. La plaga tenía muchas raíces, decía Yusuf; la contagiaban los libros, las películas, el baile y la pintura, pero era la música lo que él más temía y odiaba, porque la música se infiltraba por debajo de la mente pensante para adueñarse del corazón; y de todos los músicos, odiaba al peor de todos, la plaga encarnada en forma de cacofonía, el mal transmutado en sonido. De modo que al compositor Casterbridge lo visitó un policía. Me temo que va a tener que mudarse usted, señor, hasta que la situación se tranquilice, no podemos garantizar su seguridad en este lugar, y también tiene que pensar en sus vecinos, señor, en la refriega pueden salir heridos espectadores inocentes, y él se enfureció al oír aquello; a ver si lo he entendido bien, dijo, a ver si me está quedando totalmente claro lo que me está diciendo, lo que me está diciendo es que si *yo* resulto herido en esta supuesta *refriega* de la que me habla, si el que sale herido soy *yo*, entonces yo no soy un puto espectador inocente, ¿es eso lo que está diciendo? No hace falta usar ese vocabulario, señor, no se lo tolero, necesita usted aceptar la realidad de la situación, no pienso poner en peligro a mis agentes por culpa de la intransigencia egocéntrica de usted.

Váyase, contestó él, ésta es mi casa. Éste es mi castillo. Me defenderé con cañones y aceite hirviendo.

¿Está usted amenazando con usar la violencia, señor?

Estoy usando una puta figura retórica.

Luego, un misterio. La multitud enardecida que se estaba congregando, la retórica del odio, la agresividad disfrazada de autodefensa, los sujetos amenazantes que afirmaban estar bajo amenaza, el cuchillo que fingía estar en peligro de ser acuchillado, el puño que acusaba a la barbilla de atacarlo, nada de todo aquello era nuevo, se trataba de la estridente y malévola hipocresía de los tiempos que corrían. Ni siquiera el predicador salido de la nada resultaba demasiado desconcertante. Aquellos religiosos impíos aparecían todo el tiempo, surgían de una especie de partenogénesis social, de una serie de operaciones arribistas que convertían a don nadies en autoridades. No se podía hacer nada al respecto. Y luego, la noche del misterio, corrió la voz de que se había visto a una mujer en compañía del compositor, una silueta femenina en la ventana de su sala de estar, una mujer desconocida que por lo visto había aparecido de la nada para desaparecer poco después, dejando al compositor solo en la ventana; a continuación éste procedió a abrirla, desafiando a la turba reunida, con su música dolorosamente disonante repiqueteando a su alrededor como si fuera un sistema de alarma, y extendió los brazos como un crucificado. ¿Y qué estaba haciendo? ¿Estaba invitando a la muerte a entrar en su casa? ¿Y por qué de pronto la multitud guardó silencio como si les hubiera comido la lengua un gato gigante e invisible, por qué dejó de moverse? Parecía un retablo en cera de sí misma. ¿Y de dónde venían aquellas nubes? En Londres hacía una noche tranquila y despejada, pero en Hampstead no; de pronto la noche de Hampstead se llenó de truenos, y después de relámpagos, buuum, pafff, y la turba tuvo bastante con el primer impacto, el primer rayo rompió el hechizo y los congregados echaron a correr gritando despavoridos, alejándose por Well Walk y adentrándose en el Heath, y gracias a Dios no murió nadie, salvo un idiota que decidió que el mejor lugar para cobijarse de los rayos era debajo de un árbol y acabó frito.

Al día siguiente la turba no regresó, ni tampoco al siguiente, ni al siguiente.

Menuda coincidencia, señor, una tormenta localizada con tanta precisión, casi como si la hubiera provocado usted, ¿no estará usted interesado en la meteorología, verdad, señor? ¿No tendrá usted en su desván algún artefacto capaz de alterar el clima, verdad que no? ¿Nos permitiría que echáramos un vistazo?

Está usted en su casa, inspector.

En el camino de vuelta de Hugo Casterbridge al señor Geronimo, volando no hacia el oeste, sino hacia el este, porque los yinn se mueven tan deprisa que no necesitan coger la ruta más corta, Dunia sobrevoló ruinas, histeria y caos. Las montañas habían empezado a hundirse, las nieves a fundirse y el nivel de los océanos a ascender, y los yinn oscuros estaban por todas partes: Zumurrud el Grande, Rubí Resplandeciente, Ra'im Bebesangre y el viejo aliado de Zumurrud que ahora era más bien su rival por la supremacía de los yinn, el hechicero-yinni Zabardast. Los embalses de agua se convertían en orina y un tirano con cara de bebé, después de que Zabardast le *susurrara* al oído, ordenó que todos su súbditos tuvieran el mismo peinado ridículo que él. Los seres humanos no sabían cómo reaccionar a la irrupción de lo paranormal en sus vidas, pensó Dunia; la mayoría se limitaba a venirse abajo, o bien se hacía el peinado del tirano con cara de bebé y lloraba de amor por él, o bien, víctimas del hechizo de Zumurrud, se postraban ante dioses falsos que les pedían que asesinaran a los seguidores de otros dioses falsos, y esto último también estaba pasando, los seguidores de Estos dioses destruían las estatuas de Aquellos dioses, los devotos de Aquellos dioses castraban, dilapidaban, colgaban y cortaban por la mitad a los devotos de Estos dioses. La cordura humana era algo endeble y frágil en el mejor de los casos, pensó ella. Odio, estupidez, devoción y codicia: los cuatro jinetes del nuevo apocalipsis. Aun así, ella amaba a aquellos desgraciados y quería salvarlos de los yinn oscuros que alimentaban, regaban y hacían manifiesta su oscuridad interior. Amar a un ser humano era amarlos a todos. Amar a dos era quedar enganchada para siempre, atrapada sin esperanza en las redes del amor.

¿Adónde has ido?, le dijo él. Has desaparecido cuando más te necesitaba.

He ido a ver a alguien que también me necesitaba. He tenido que enseñarle de qué era capaz.

Otro hombre.

Otro hombre.

Y cuando has estado con él, ¿también tenías el cuerpo de Ella? ¿Estás haciendo que mi mujer folle con hombres que no conoce de nada? ¿Es eso?

No es eso.

Como ya tengo los pies en el suelo, ya has acabado conmigo, ha sido una especie de terapia yinni, es eso, ¿verdad?

No es eso.

¿Qué aspecto tienes en realidad? Enséñame cómo eres en realidad. Ella está muerta. Muerta. Era una optimista encantadora y creía en la otra vida, pero esto es distinto, este zombi de mi querida mujer que tú habitas. Para. Para, por favor. Me han echado de este apartamento. Me estoy volviendo loco.

Yo sé adónde necesitas ir.

Es muy peligroso para los seres humanos entrar en el Peristán. Muy pocos lo han hecho. Hasta la Guerra de los Mundos solamente un hombre, que nosotros sepamos, se quedó allí durante algún tiempo, se casó con una princesa de las hadas y cuando volvió al mundo de los hombres descubrió que habían pasado dieciocho años, aunque él creía haberse ausentado un periodo mucho más corto. Un día en el mundo de los yinn equivale a un mes de tiempo humano. Pero ése no es el único peligro. Contemplar la belleza de una princesa yinnia bajo su aspecto verdadero y no velado comporta quedar deslumbrado más allá de la capacidad que tienen muchos ojos para ver, muchas mentes para entender o muchos corazones para soportar. Un hombre normal puede quedarse ciego, volverse loco o morir porque el corazón le estalla de amor. En los viejos tiempos, hacía mil años, unos cuantos aventureros consiguieron entrar en el mundo de los yinn, la mayoría con la ayuda de yinn bien o mal intencionados. Repetimos: solamente un hombre regresó sano y salvo, el héroe Hamza, y siempre se ha sospechado que tal vez tuviera sangre yinni. Así pues, cuando Dunia la yinnia, alias Aasman Peri la Princesa Centella de la Montaña de Qâf, le sugirió al señor Geronimo que regresara con ella al reino de su padre, las mentes más recelosas habrían podido llegar a la conclusión de que lo estaba llevando a su perdición, igual que hacían las sirenas que cantaban en las rocas de las inmediaciones de Positano, o igual que Lilith, el monstruo nocturno que fue la esposa de Adán antes de Eva, o que la bella dama sin piedad de John Keats.

Vente conmigo, dijo ella. Me revelaré a ti cuando estés listo para verme.

Luego,

justo cuando los habitantes de la ciudad estaban descubriendo el verdadero significado de verse desamparados, por mucho que siempre se hubieran creído a sí mismos expertos en desamparo, porque a la ciudad que odiaban y amaban siempre se le había dado mal proteger a sus habitantes de las tormentas de la vida y les había inculcado cierto orgullo feroz y agridulce por los hábitos que les permitían sobrevivir a pesar de todo, a pesar del problema de no tener dinero suficiente y del problema de no tener espacio suficiente y del problema del sálvese quien pueda y esas cosas;

justo cuando se estaban viendo obligados a afrontar el hecho de que la ciudad, o bien alguna fuerza dentro de la ciudad, o bien alguna fuerza que había llegado a la ciudad procedente del exterior de la ciudad, podía estar a punto de expulsarlos para siempre de su territorio, y encima no horizontalmente, sino verticalmente, en dirección al cielo, al aire helado y a la ausencia asesina de aire que había por encima del aire;

justo cuando empezaban a imaginarse sus propios cuerpos sin vida flotando más allá del sistema solar, de tal forma que las inteligencias extraterrestres que hubiera allí fuera se encontrarían con seres humanos muertos antes que con seres humanos vivos y se preguntarían qué estupidez o qué horror había empujado a aquellas entidades al espacio sin llevar ni siquiera ropa protectora;

justo cuando los gritos y el llanto de los ciudadanos comenzaban a hacerse oír por encima de los ruidos del tráfico que seguía atiborrando las calles, porque la plaga de la elevación había brotado en muchos barrios, y los individuos que creían en aquellas cosas habían empezado a gritar por las calles aterradas que el Rapto había empezado, tal como explicaba san Pablo en la primera Epístola a los Tesalonicenses: el día en que los vivos y los muertos ascenderían a las nubes y se encontrarían con el Señor en los aires; era el final de los tiempos, gritaban, y justo cuando la gente empezaba a despegar flotando de la metrópolis, e incluso a los escépticos más empedernidos ya les costaba discrepar;

justo cuando estaba pasando todo esto, Oliver Oldcastle y la Dama Filósofa llegaron al Bagdad, él con mirada asesina y ella con terror en los ojos, después de acceder como buenamente habían podido a la ciudad sin ayuda de coche, autobús o tren, recorriendo, según le dijo Oldcastle a Alexandra, más o menos la misma distancia que había recorrido Filípides para ir desde la batalla de Maratón hasta Atenas, al final de la cual, por cierto, había caído muerto, y también ellos estaban agotados, al borde del colapso, e irracionalmente convencidos de que un enfrentamiento con Geronimo Manezes lo podría resolver todo, que si lo asustaban lo bastante o lo seducían lo bastante, él sería capaz de invertir lo que había puesto en marcha;

pues en aquel preciso momento una luz enorme irradió hacia fuera y hacia arriba desde el dormitorio del sótano en donde la más grande de las princesas yinnias se estaba revelando en toda su gloria por vez primera en el mundo humano, y la revelación abrió el Portal Real que daba acceso al País de las Hadas, y el señor Geronimo y la Princesa Centella desaparecieron por él, y a continuación el portal se cerró y la luz se apagó y la ciudad quedó abandonada a su suerte, con C. C. Allbee y Blue Yasmeen flotando como globos en la escalera del Bagdad, y el encargado Oldcastle con su enorme cólera y la señora de La Incoerenza —que había abandonado su propiedad por primera vez en muchos años— plantados impotentes en medio de la calle, ya a un palmo y medio del suelo, sin esperanza alguna de curación.

Había demasiada luz, y cuando ésta se atenuó lo bastante como para permitirle ver algo, el señor Geronimo, consternado, descubrió que era un niño en una calle familiar pero largo tiempo olvidada, jugando al críquet en compañía de un grupo de niños cantarines, convertido una vez más en Raffy-Rónimus, y de manera tan repentina como inexplicable apareció allí guiñándole el ojo y con pinta genuina de Sandra de Bandra una niña en cuya mirada encantada y maliciosa vio a la princesa yinnia. Y también estaban allí viéndolo jugar su madre, Magda Manezes, y el Padre Jerry en persona, cogidos de la mano y felices, un gesto y una felicidad que casi nunca habían mostrado en vida. Y era un atardecer cálido, aunque no demasiado caluroso, y las sombras de los chicos que jugaban al críquet se alargaban, mostrando en sus siluetas las imágenes de los hombres que tal vez serían al crecer. Al ver aquello, el corazón se le llenó de algo que tal vez fuera felicidad, pero que se le derramó de los ojos en forma de pena. Lloró desconsoladamente y la tristeza de las cosas le hizo temblar el cuerpo entero; *hay lágrimas en las cosas*, había dicho en tiempos remotos el piadoso Eneas por boca de Virgilio, *y las cosas mortales afectan a la mente.* Ahora tenía los pies en el suelo, pero ¿dónde estaba aquel suelo: en el País de las Hadas, en Bombay o en una ilusión? No era más que otra forma de ir a la deriva o de estar en las garras de la princesa yinnia. Mientras contemplaba el sueño de una vieja escena callejera, aquel holograma mágico, sucumbió a todas las cosas tristes que le habían pasado en la vida: deseó no haberse alejado nunca del lugar en donde había nacido, deseó que sus pies hubieran permanecido plantados en aquel suelo amado, deseó haber podido ser feliz toda su vida en aquellas calles de la infancia, y haber llegado a viejo allí, y haber conocido hasta el último adoquín, hasta la última historia de los vendedores callejeros de nueces de areca, hasta al último niño que vendía novelas pirateadas en los semáforos, hasta el último coche de un rico aparcado desconsideradamente en la acera, hasta la última chica de la glorieta convertida en abuela y rememorando los besos furtivos que se habían dado de noche en el patio de la iglesia, deseó tener unas raíces que se extendieran por debajo de hasta el último palmo de su territorio perdido, de su amado hogar perdido, y haber sido parte de algo, haber podido ser él mismo, tomar el camino que no había tomado, haber vivido una vida *en contexto* y no ese viaje vacío del emigrante que había sido su destino. Ah, pero entonces no habría conocido a su mujer, se dijo a sí mismo, y eso lo entristeció todavía más, cómo soportar la idea de que, de haberse mantenido pegado a la línea del pasado, tal vez nunca habría vivido su único episodio de felicidad, pero tal vez él pudiera incluirla en su sueño de una vida en la India, tal vez ella también lo habría amado allí, habría caminado por aquella misma calle y lo habría encontrado allí y lo habría amado igual, por mucho que él fuera la persona en la que nunca se había convertido, tal vez ella también habría amado a aquella persona, a Raphael Hieronymus Manezes, aquel niño perdido, el niño al que el adulto había perdido.

Creí que te gustaría, le dijo la niña con ojos de yinnia, desconcertada. *Escuché* tu corazón y *oí* tu tristeza por lo que habías dejado atrás y pensé en hacerte este regalo de bienvenida.

Llévatelo, dijo él con la voz estrangulada por el llanto.

Bombay se esfumó y apareció el Peristán, o mejor dicho el monte Qâf, la montaña circular que rodea el mundo de las hadas. El señor Geronimo se encontró en un patio de mármol blanco del palacio curvo de la Princesa Centella, rodeado de sus muros rojos y bajo sus cúpulas de mármol, con sus suaves tapices meciéndose bajo la brisa y la cortina de centellas que lo protegía colgando del cielo como una aurora. Él no quería estar allí. Su cólera reemplazó a su pena. Se recordó a sí mismo que hasta hacía un centenar de días no había tenido interés alguno en lo paranormal ni en lo fabuloso. Quimeras o ángeles, cielo o infierno, metamorfosis o transfiguraciones, todo eso se podía ir al carajo, había pensado siempre. La solidez del suelo bajo sus pies, la tierra bajo sus uñas, el oficio de cultivar, los bulbos y las raíces, las semillas y los brotes, aquél había sido su mundo. Y luego, de pronto, la levitación, la llegada de un universo absurdo, la extrañeza y el cataclismo. Y tan misteriosamente como se había elevado, había descendido, y ahora lo único que quería era volver a su vida de antes. No quería saber qué significaba todo aquello. No quería ser parte de aquel lugar, de la *cosa* —no sabía ni cómo llamarla— en la que existía todo aquello; quería recrear a su alrededor el mundo real, por mucho que el mundo real fuera una ilusión y aquel continuo de irracionalidad fuera la verdad; quería que regresara la ficción de lo real. Caminar, hacer *footing*, correr y saltar, cavar y plantar. Ser una criatura de la Tierra en vez de una criatura diabólica de los poderes aéreos. Aquél era su único deseo. Y, sin embargo, estaba en el País de las Hadas. Y tenía delante a una diosa de humo que ya estaba claro que no era su mujer exhumada de la tumba por obra y gracia de sus recuerdos. El entendimiento le falló. No le quedaban lágrimas que derramar.

¿Por qué me has traído aquí?, le preguntó. ¿No podías simplemente dejarme en paz?

Ella se transformó en un torbellino blanco con una potente luz en el centro. A continuación volvió a encarnarse, ya no en la flaca Dunia, el amor de Ibn Rushd, sino en Aasman Peri, la espléndida Hada del Cielo, con la frente adornada por una guirnalda triunfal de centellas chisporroteantes, engalanada con joyas y oro, ataviada con volutas de humo y respaldada por una comitiva de doncellas en formación de media luna, esperando sus órdenes. No le pidas explicaciones a una princesa yinnia, le contestó ella, porque le había llegado el turno de enojarse; tal vez te he traído aquí para que seas mi esclavo, para que me sirvas el vino o me unjas los pies, o tal vez incluso, si me da la gana, para que seas mi almuerzo, estofado en una bandeja con unas cuantas berzas mustias; si decido flexionar el dedo pequeño contra ti estas damas te cocinarán, no pienses que no lo harán. ¡Primero te niegas a elogiar la belleza de una princesa y luego le pides explicaciones! Las razones son desvaríos humanos. Nosotros solamente tenemos deseos y nuestra voluntad.

Devuélveme a mi vida normal, le dijo él. No soy un tipo fantasioso y los castillos en el aire no son mi lugar; tengo una empresa de jardinería que llevar.

Como eres mi tátara tátara tátara tátara tátara tátara tátara tataranieto, tátara más o tátara menos, le dijo ella, te perdono. Pero en primer lugar, cuida tus modales, sobre todo si entra en la sala mi padre, puede que él sea menos generoso que yo. Y, en segundo lugar, no seas tonto. Tu vida normal ya no existe.

¿Qué has dicho? ¿Que soy tu qué?

Ella tenía mucho que enseñarle. Él no se imaginaba la suerte que tenía. Ella era la Hermosa Hada del Cielo, capaz de ser quien le viniera en gana en los dos mundos, y lo había elegido a él porque su cara era el eco de un gran hombre al que había amado en el pasado. El señor Geronimo no entendía que estaba plantado en el monte Qâf como si fuera la cosa más normal del mundo, cuando en realidad el mero hecho de poner un pie en el Peristán llevaría a la locura a muchos hombres mortales. No se conocía a sí mismo, ni tampoco al gran espíritu yinni que llevaba en la sangre gracias a ella. Debería estarle agradecido por aquel don y en cambio le ponía cara de asco. Pero ¿qué edad tienes, a todo esto?, le preguntó él.

Cuidado, le dijo ella, o te mando un rayo que te licúe el corazón para que se te derrame por debajo de la ropa y te llene de mejunje esos estúpidos zapatos humanos.

Ella chasqueó los dedos y el Padre Jerry se materializó a su lado y se puso a echarle bronca a Geronimo Manezes igual que había hecho siempre. Te lo dije, le dijo al señor Geronimo blandiendo un dedo en gesto acusador. Yo fui el primero que te lo contó y no me creíste. La Duniazada, la descendencia de Averroes. Ahora resulta que tenía más razón que un santo. ¿No tienes nada que decirme?

No eres real, dijo el señor Geronimo. Vete.

Yo estaba pensando más bien en una disculpa, pero en fin, dijo el Padre Jerry, y se esfumó en medio de una nubecilla de humo.

Los sellos que separan los dos mundos se han roto y los yinn oscuros cabalgan libres, dijo ella. Tu mundo está en peligro, y como mis hijos están por todas partes, yo lo protejo. Los estoy reuniendo, y cuando estemos todos juntos presentaremos batalla.

Yo no soy un soldado, le dijo él. No soy un héroe. Soy jardinero.

Lástima, dijo ella en tono un poco burlón, porque ahora mismo lo que necesitamos son héroes.

Era su primera riña de enamorados, y quién sabe cómo habría terminado, porque acababa de destruir los últimos vestigios de las ilusiones que los habían unido: ella dejó de ser el avatar de su esposa perdida, y quedó claro también que él no estaba a la altura del gran pensador aristotélico, el padre de su clan. Ella era humo hecho carne, y él era un terrón que se desintegraba. Tal vez ella se habría deshecho de él en aquel mismo momento, pero justo entonces la calamidad llegó también al monte Qâf, trayendo consigo una fase nueva de la Guerra de los Mundos.

De un aposento lejano se elevó un grito, seguido de un eco de chillidos cada más fuertes que fueron pasando de boca en boca como besos oscuros, hasta que pudo distinguirse la figura del jefe de espías de la casa real, Omar el Ayyar, cruzando a la carrera el gran patio curvo donde estaban el señor Geronimo y la princesa yinnia, para decirle a ésta, con voz rota de horror, que su padre, el emperador de las hadas, el poderoso Shahpal hijo de Shahruj, había sido envenenado. Era también el rey de los simurg, y el ave sagrada de Qâf, el Simurg, montaba guardia junto a él en el mástil de su cama, sumido en su propia forma enigmática de tristeza; pero después de un reinado que había durado muchos miles de años, Shahpal se encontraba ahora de camino a tierras a las que muy pocos yinn habían viajado nunca, unas tierras gobernadas por un rey todavía más poderoso que él, que aguardaba al emperador de las montañas en las puertas de sus propios reinos gemelos, con dos perros gigantes de cuatro ojos a su lado: Yama, el señor de la muerte, el guardián del cielo y del infierno.

Al desplomarse, fue como si hubiera caído la montaña entera, y, de hecho, corrió la voz de que habían aparecido grietas en el círculo perfecto de Qâf, de que se habían partido los árboles por la mitad, de que habían caído aves del cielo, de que los *devs* inferiores de las laderas inferiores habían sentido el temblor y de que hasta sus súbditos más desleales estaban sobrecogidos, hasta los *devs* más dispuestos a dejarse seducir por las malas artes de los yinn oscuros, los ifrits, los sospechosos principales e inmediatos de aquel caso de envenenamiento. Porque la pregunta que se hacían todos ahora era: ¿cómo se puede envenenar a un rey de los yinn, si los yinn son criaturas de fuego sin humo, y cómo se envenena al fuego? ¿Acaso hay extintores mágicos que se puedan usar sobre él, agentes antiincendiarios creados por las artes oscuras y capaces de matarlo, o bien hechizos mágicos que absorban todo el aire de sus inmediaciones para que el fuego no pueda arder? Todo el mundo daba palos de ciego mientras el rey agonizaba, porque todas las explicaciones parecían absurdas, las respuestas satisfactorias no aparecían por ningún lado. Entre los yinn no hay médicos porque su raza no conoce la enfermedad y las muertes son extremadamente infrecuentes. La frase «Solamente un yinni puede matar a otro yinni» es un lugar común entre los yinn, de forma que cuando el rey Shahpal se abrazó a sí mismo y gritó «veneno», lo primero que pensaron todos era que tenían a un traidor en sus filas.

Omar el Ayyar —*ayyar* significa espía— era de origen humilde y llevaba mucho tiempo al servicio de la familia real. Era un tipo apuesto, de labios carnosos y ojos grandes, un poco afeminado de hecho, y en tiempos remotos le habían encomendado la tarea de residir en los harenes de los príncipes terrenales y allanar el camino para que su amo yinni pudiera visitar a las damas de noche, mientras los príncipes tenían la atención puesta en otra parte. En una ocasión, el príncipe de O. apareció inesperadamente mientras el rey Shahpal estaba retozando con las aburridas esposas de O., para quienes un amante yinni suponía un cambio bienvenido y de lo más animado. Por desgracia, Omar entendió mal la orden de su amo: en vez de «Pies en polvorosa ahora mismo» oyó «Pásame la cabeza ahora mismo», así que, ay, cortó la real cabeza del príncipe de O. Después de aquello, al Ayyar se lo conoció en Peristán como Omar Sordo como Tapia, y tardó dos años, ocho meses y veintiocho días en rehacerse de aquella equivocación. Desde entonces había ascendido a lo más alto, y tanto Shahpal como su hija el Hada del Cielo, conocida como Dunia, confiaban en él más que en nadie, hasta el punto de que había llegado a ser el jefe no oficial de los servicios de inteligencia de Qâf. Pero también había sido el primero en encontrar al monarca desplomado, de forma que el frío dedo de la sospecha recayó como es natural en su frente. Cuando llegó corriendo para hablar con la princesa no solamente traía la noticia, también estaba huyendo de una multitud furiosa de sirvientes de palacio con una caja china en las manos.

Ella era la princesa de Qâf y su heredera obvia, así que no tuvo problema para acallar la cólera desencaminada de su enardecido pueblo; levantó la palma de la mano y sus súbditos se quedaron paralizados como niños jugando al escondite inglés; a continuación agitó la mano y se dispersaron como cuervos; todo quedó muy claro, la fe que ella tenía en Omar Ya No Sordo como Tapia era total. ¿Y qué traía en las manos? Tal vez una respuesta; en cualquier caso estaba intentando decirle algo. Tu padre es un hombre fuerte, le dijo Omar, todavía no está muerto, está luchando con todo su poder y tal vez su magia pueda vencer a la magia oscura que lo está atacando. Dunia entendió todo esto a la perfección, pero lo que la cogió desprevenida y más le costó de aceptar fue que al llegar a sus oídos la terrible noticia, *veneno, el rey, tu padre*, no reaccionó haciendo gala de serenidad mayestática, tal como la habían criado, ni tampoco se desplomó llorando en brazos de sus doncellas, que estaban apiñadas detrás de ella cacareando ansiosas, sino que se volvió hacia él, hacia Geronimo Manezes, el jardinero ingrato, el ser humano, en busca de su abrazo. Y en cuanto a él, mientras abrazaba a la entidad femenina más encantadora que había visto nunca, sintiéndose al mismo tiempo atraído por aquella princesa de las hadas y desleal a su mujer muerta, al mismo tiempo embriagado por el País de las Hadas y menos ubicado todavía que cuando sus pies se habían despegado del suelo de su ciudad en su mundo, sumido en una perplejidad existencial, como si le estuvieran pidiendo que hablara un idioma sin conocer ni sus palabras ni su sintaxis, ya no tenía ni idea de qué era lo correcto y qué no lo era, y, sin embargo, allí estaba ella, con la cabeza tristemente apoyada en su pecho, y eso, no podía negarlo, le resultaba reconfortante. Y detrás de ella y más allá de ella vio una cucaracha que se escurría por debajo de un diván y una mariposa que revoloteaba en el aire, y se le ocurrió que *aquello eran recuerdos*, que él ya había visto aquella misma cucaracha y aquella mariposa en particular, en otra parte, en su país perdido, y que la capacidad del Peristán para leerle la mente y dar vida a sus recuerdos más profundos amenazaba con hacerle enloquecer. Deja de mirarte a ti mismo, se dijo; usa tus ojos para mirar afuera y deja que tu mundo interior se encargue de sí mismo.

Tienes delante un rey envenenado, un espía aterrado, una princesa afligida y aturdida y una caja china.

¿Qué hay en la caja?, le preguntó al espía.

Se le ha caído de las manos cuando se ha desplomado, dijo Omar. Creo que el veneno está dentro.

¿Qué clase de veneno?, dijo Geronimo.

Verbal, dijo Omar. A un rey de las hadas solamente se lo puede asesinar por medio de las palabras más horribles y poderosas.

Abre la caja, dijo Dunia.

DENTRO DE LA CAJA CHINA,

Como pieles de cebolla rectangulares, había muchas otras cajas, que se perdían por el centro del interior en regresión abisal. La capa más externa, la caja que contenía las demás cajas, parecía estar viva, y el señor Geronimo se preguntó con un pequeño estremecimiento de asco si tal vez ella y todo lo que contenía estaban hechos a base de piel viva, tal vez humana. Le resultaba impensable tocar aquella cosa maldita, pero la princesa la manipuló con facilidad, haciendo gala de su sobrada familiaridad con aquella clase de pieles de cebolla repetitivas. Las seis superficies de la caja china estaban intrincadamente decoradas —al señor Geronimo le vino a la mente la palabra *tatuadas*— con imágenes de paisajes montañosos y pabellones ornamentados junto a arroyos susurrantes.

En aquellas cajas, ahora que había sido restablecido el contacto entre los dos mundos, los espías del emperador le mandaban a éste crónicas detalladas y diversas del mundo de abajo, de la realidad humana, que a Shahpal le resultaba infinitamente fascinante. Los siglos de separación habían provocado en el monarca de Qâf una profunda exasperación que a menudo le dificultaba el hecho mismo de salir de la cama, y hasta las rameras yinnias que le administraban sus servicios lo encontraban sexualmente perezoso, algo escandaloso en el mundo de los yinn, donde el sexo constituye el único e incesante entretenimiento. Shahpal se acordaba de la historia de cómo la deidad hindú Indra había reaccionado al aburrimiento del paraíso inventando el teatro y representando obras para solaz de su desocupado panteón de dioses, y llegó a coquetear brevemente con la idea de llevar también el arte dramático al Peristán, pero acabó abandonándola porque todo el mundo al que preguntó se mofó de la ocurrencia de mirar a gente imaginaria haciendo cosas imaginarias que no terminaran en actos sexuales, aunque algunos de sus encuestados admitieron que la representación podía resultar útil para animar sus vidas sexuales de fuego y humo. A los yinn, concluyó Shahpal, no les interesaba la ficción, eran unos obsesos de la realidad, por tediosas que pudieran ser sus realistas vidas. El fuego quemaba el papel. En el País de las Hadas no había libros.

Últimamente los ifrits o yinn oscuros se habían retirado de la supuesta Línea de Control que separaba Qâf de su territorio salvaje y estaban entregados a un ataque al mundo de los humanos que angustiaba a Shahpal, que era un amante de la Tierra, un terráfilo. El consiguiente cese casi completo de las hostilidades en las fronteras de Qâf, aunque proporcionaba un respiro que se agradecía, también había reducido la cantidad de incidentes y había intensificado el tedio de las jornadas. Shahpal envidiaba la libertad de la que gozaba su hija, la Princesa Centella, que, una vez instaladas sus barreras protectoras, podía ausentarse de Qâf durante largos periodos para explorar los placeres del mundo de abajo y batallar a los yinn oscuros mientras estaba allí. El rey, en cambio, tenía que quedarse en su trono. Así eran las cosas. La corona era una cárcel. Un palacio que no necesitaba barrotes en las ventanas para confinar a sus habitantes dentro de sus muros.

Seguimos contando esta historia tal como nos ha llegado a través de sus muchas versiones, de boca en boca, tanto la historia de la caja envenenada como de los relatos que ésta contenía y en los cuales estaba escondido el veneno. Porque eso mismo son los relatos: experiencias contadas de nuevo por muchas lenguas a las que a menudo les damos un nombre único, Homero, Valmiki, Vyasa, Sherezade. Nosotros, por nuestra parte, nos llamamos a nosotros mismos simplemente «nosotros». «Nosotros» somos la criatura que se cuenta historias a sí misma para entender qué clase de criatura es. Y a medida que nos van llegando, los relatos se van desprendiendo de su época y de su escenario, van perdiendo la particularidad de sus inicios, y a cambio ganan la pureza de las esencias, de ser ellas mismas sin más. Y por extensión, o bien por esa razón, tal como suele decirse, aunque no sepamos cuál es o fue la razón, esos relatos se convierten en lo que conocemos, en lo que entendemos y en lo que somos, o tal vez deberíamos decir en lo que nos convertimos o en lo que tal vez podamos llegar a ser.

Con el cuidado del artificiero que desactiva una bomba, Omar el Ayyar desprendió la capa exterior de la caja, y ¡puf!, la piel de cebolla se desmaterializó y al instante empezó un relato, liberado de su finísima capa de espacio encajonado: un murmullo que se elevó hasta convertirse en una voz femenina meliflua, una de las muchas voces que la caja china contenía y ponía a disposición del mensajero. Aquella voz ronca, suave y relajante, hizo que el señor Geronimo se acordara de Blue Yasmeen y del Bagdad de Manhattan donde vivía, el hogar que habían tenido que abandonar. Una ola de melancolía le cayó encima y luego se retiró. El relato le echó su anzuelo, que se le enganchó en la oreja sin lóbulo, y captó su atención.

«La mañana después de las elecciones generales, oh, Ilustre Rey, a un tal señor Airagaira de la lejana ciudad de B. lo despertó, igual que al resto de la población, un estruendo de sirenas seguido de un mensaje emitido por el equipo de megafonía de una furgoneta blanca en la que ondeaban banderas. Todo estaba a punto de cambiar, bramaba el megáfono, porque era lo que la gente había exigido. La gente estaba harta de corrupción y mala gestión y por encima de todo estaba harta de la familia que llevaba tanto tiempo con el control absoluto del poder que había llegado a ser como esos parientes que todo el mundo odia y desea fervientemente que se marchen a su casa. Ahora la familia se había ido, dijo el megáfono, y por fin el país podría crecer libre de los odiados Parientes Nacionales. Igual que todo el mundo, le dijo el megáfono, tenía que abandonar de inmediato su trabajo actual, un trabajo que de hecho le gustaba —era editor de novelas juveniles en una importante editorial de la ciudad— para presentarse en uno de los nuevos centros de reparto de tareas que se habían establecido de la noche a la mañana, donde le informarían de cuál era su nuevo empleo, y pasaría a formar parte de la nueva y grandiosa empresa nacional, la construcción de la máquina del futuro.

»Se vistió a toda prisa y bajó las escaleras para explicarle al funcionario del megáfono que no poseía ni la aptitud mecánica ni los conocimientos de ingeniería necesarios para aquella tarea, puesto que era una persona *de humanidades y no de ciencias*, y además, a él le parecía bien que las cosas se quedaran como estaban, había decidido su camino en la vida y había elegido la satisfacción profesional por encima de la acumulación de riqueza. En calidad de soltero confirmado de edad avanzada, tenía recursos de sobra para sus necesidades, y además desempeñaba un trabajo valioso: estimular, entretener y dar forma a las mentes de los jóvenes. El funcionario del megáfono se encogió de hombros, indiferente.

»—¿A mí qué me importa eso? —le dijo en tono seco y descortés—. Harás lo que te pida la nueva nación, a menos que quieras que se te considere un elemento antinacional. En nuestra tabla periódica ya no hay sitio para esa clase de elementos. Son, como dicen los franceses (aunque yo no hablo francés porque me parece ajeno a nuestras tradiciones y por tanto un conocimiento innecesario), *hors de classification*. Los camiones están por llegar. Si insistes en plantear objeciones, cuéntaselas al funcionario de transporte.

»Sus colegas de la editorial decían del señor Airagaira, no siempre en tono elogioso, que era aún más inocente que la mayoría de los niños, a menudo astutos y cínicos, y que por tanto no entendía la amargura decepcionada de un mundo infantil que había perdido la inocencia mucho tiempo atrás. Amable, confundido y con gafas, esperó ahora la llegada de los camiones. Si René Magritte hubiera pintado a Stan Laurel en tonos marrones claros, el resultado se habría parecido al señor Airagaira, sonriendo con su expresión vaga y bobalicona a la multitud que se congregaba y observando con ojos miopes y desconcertados a los alguaciles que iban guiando a la gente a sus corrales, tipos con marcas de color naranja en la frente y palos largos en las manos. Por fin llegó el convoy de camiones, tomando la curva del viejo paseo marítimo como manchones de tinta cayendo de una vieja pintura, y cuando el señor Airagaira por fin se encontró cara a cara con el funcionario de transporte, un joven fortachón y de pelo tupido, visiblemente orgulloso de sus brazos musculosos y su fornido pecho, estaba convencido de que el malentendido se aclararía enseguida. Se puso a hablar, pero el funcionario de transporte lo interrumpió y le preguntó cómo se llamaba. Él se lo dijo y el funcionario consultó un fajo de documentos que tenía en una tablilla sujetapapeles.

»—Aquí está —dijo, enseñándole un papel al señor Airagaira—. La empresa para la que trabaja lo ha despedido.

»El señor Airagaira negó con la cabeza.

»—Eso es imposible —explicó en tono razonable—. Para empezar, en la oficina me tienen en alta estima, y en segundo lugar, en caso de que eso fuera cierto, primero me habrían remitido advertencias de palabra y por escrito y por fin una carta de despido. Ésa es la forma correcta de hacer las cosas, y ese procedimiento no se ha seguido, y además, repito, tengo motivos de sobra para pensar que en el trabajo se me valora mucho y que lo que me espera no es el despido, sino un ascenso.

»El funcionario de transporte le señaló la firma que había al pie de la página.

»—¿Reconoce esto?

»El señor Airagaira se quedó horrorizado al reconocer la caligrafía inconfundible de su jefe.

»—Pues entonces no se hable más —dijo el funcionario de transporte—. Si lo han despedido, es que debe de haber hecho algo muy malo. Puede hacerse usted el inocente, pero tiene la culpa escrita en la cara, y esta firma que usted mismo ha verificado es la prueba. Suba al camión.

»El señor Airagaira se permitió una sola frase de disconformidad:

»—Nunca habría creído —dijo— que algo así pudiera pasar aquí, en mi amada ciudad de B.

»—La ciudad ha cambiado de nombre —dijo el funcionario de transporte—. Ahora se la conocerá otra vez por su nombre de la Antigüedad, que es el que los dioses le pusieron hace mucho tiempo: Liberación.

»Mi Ilustre Rey: el señor Airagaira no había oído jamás aquel nombre, y no tenía ni idea de que los dioses de la Antigüedad hubieran estado involucrados en el nombre de la ciudad, cuando la ciudad ni siquiera existía, puesto que era una de las más recientes del país, no una metrópolis antigua como la norteña D., sino una aglomeración urbana moderna; pero no protestó más, y se subió dócilmente a uno de los camiones junto con el resto de la gente y fue transportado a una de las fábricas del norte donde se estaba construyendo la máquina del futuro. En las semanas y meses siguientes creció su perplejidad. En su nuevo lugar de trabajo, entre los ecos intimidantes de las turbinas y el crepitar entrecortado de los martillos neumáticos, entre las silenciosas y enigmáticas cintas transportadoras por las que avanzaban lentamente las tuercas, los pernos, las juntas y los engranajes, pasando por los sucesivos puntos de control de calidad en dirección a destinos desconocidos, vio con sorpresa que se había reclutado para la gran obra a trabajadores todavía menos cualificados que él; que había niños pequeños pegando con cola artilugios de madera y de papel y que de alguna forma estos artilugios también se estaban incorporando a la inmensidad del conjunto; que había cocineros preparando tortitas que después se adherían a los costados de la máquina, igual que se hacía con la bosta de vaca en las paredes de las casas de barro. El señor Airagaira se preguntó qué clase de máquina sería aquella que estaba obligado a construir el país entero, donde los marinos tenían que encajar sus barcas y los labriegos sus arados, y mientras lo trasladaban de un sitio a otro por las obras gigantescas de construcción de la máquina vio a hoteleros construyendo sus hoteles en el seno de la máquina, y también vio en ella cámaras de cine y telares, y, sin embargo, ni los hoteles tenían clientes ni las cámaras tenían película ni los telares telas. El misterio fue creciendo a medida que se expandía la máquina; llegaron a demolerse vecindarios enteros para hacerle sitio, hasta que a Airagaira Sahib le empezó a parecer que la máquina y el país se habían vuelto sinónimos, porque había dejado de haber sitio en el país para nada que no fuera la máquina.

»En aquella época se impuso también el racionamiento de la comida y del agua, a los hospitales se les terminaron las medicinas y a las tiendas las mercancías, la máquina lo era todo y estaba en todas partes, y todo el mundo iba a sus puestos de trabajo designados y hacía el trabajo que le mandaban, atornillar, perforar, remachar y dar martillazos, y luego cada cual se volvía a su casa por la noche, demasiado cansado hasta para hablar. La tasa de natalidad empezó a caer porque el sexo implicaba demasiado esfuerzo, pero tanto la radio como la televisión y los megáfonos presentaron aquello como un beneficio para la nación. El señor Airagaira se dio cuenta de que quienes dirigían el proceso de construcción, quienes impartían órdenes e indicaciones y ladridos, parecían estar todos furiosos todo el tiempo, y carecían de tolerancia, particularmente hacia la gente como él, la gente que hasta entonces había llevado sus vidas en silencio y había estado satisfecha con que los demás hicieran lo mismo. A esta clase de gente se los tachaba ahora de débiles y al mismo tiempo de peligrosos, inútiles y al mismo tiempo subversivos, necesitados de una mano que los disciplinara con firmeza, y que nadie se engañara, decían los megáfonos, aquella mano se usaría donde y cuando hiciera falta, y qué extraño era, pensó el señor Airagaira, que quienes se hallaban en lo alto de aquella nueva organización estuvieran más furiosos que quienes estaban debajo.

»Un día, oh, Ilustre Rey, el señor Airagaira presenció una escena terrible. Vio a hombres y mujeres transportando materiales de construcción en unas bandejas metálicas sobre sus cabezas, lo cual era normal, y, sin embargo, había algo raro en la forma de aquellas mujeres y hombres; parecían —y le costó encontrar la palabra adecuada— aplastados, como si estuvieran soportando la carga de algo mucho más pesado que los materiales de construcción que llevaban, como si la gravedad misma hubiera aumentado en sus inmediaciones y estuvieran siendo literalmente oprimidos contra el suelo. ¿Acaso esto era posible?, les preguntó a sus vecinos de la cinta transportadora de control de calidad a la que había sido asignado; ¿era posible que los estuvieran torturando? Y todo el mundo le contestó que no con la boca, pero que sí con la mirada; no, menuda ocurrencia, éste es un país libre, le dijeron con la lengua, pero al mismo tiempo sus miradas decían: no seas tonto, decir estas cosas en voz alta es peligrosísimo. Al día siguiente la gente aplastada había desaparecido y las bandejas de materiales de construcción las llevaban portadores distintos, y si el señor Airagaira vio la más pequeña compresión en aquellas personas se lo guardó para sí mismo y pasó a comunicarse únicamente con la mirada con sus compañeros de trabajo, que también le respondían con miradas. Pero mantener la boca cerrada cuando necesitas sacarte algo de dentro sienta mal al estómago, de modo que el señor Airagaira se fue a casa con náuseas y a punto estuvo de vomitar violentamente en el camión de transporte, lo cual habría sido, para usar una de las nuevas palabras en vigor, desaconsejable.

»Aquella noche, el señor Airagaira debió de ser visitado, o hasta poseído, por un yinni, porque al llegar la mañana siguiente a la cadena de producción parecía una persona distinta, y alrededor de las orejas le crepitaba una especie de electricidad. En vez de ir a su puesto de trabajo, se acercó dando zancadas a un miembro del equipo de capataces, el mandamás con más rango que había a la vista, y se dirigió a él en voz bien alta, llamando la atención de muchos de sus compañeros de trabajo.

»—Perdone, señor, pero tengo una pregunta importante que hacerle acerca de la máquina.

»—Nada de preguntas —dijo el capataz—. Vuelve a la tarea que te han asignado.

»—La pregunta es la siguiente —continuó Airagaira, que había abandonado su tono amable, confundido y miope en beneficio de aquella nueva voz estentórea y hasta megafónica—. ¿Qué produce la máquina del futuro?

»Ahora había mucha gente escuchando. Un murmullo de aprobación se elevó de entre sus filas: *sí, ¿qué produce?* El mandamás entornó los ojos y un grupo de capataces con palos rodeó al señor Airagaira.

»—Es obvio —le contestó el mandamás—. Produce el futuro.

»—El futuro no es un producto —gritó el señor Airagaira—. Es más bien un misterio. ¿Qué fabrica la máquina en realidad?

»Los capataces de los palos ya estaban lo bastante cerca del señor Airagaira como para prenderlo, pero ahora se estaba congregando una multitud de trabajadores, y estaba claro que los capataces no sabían cómo proceder. Miraron al mandamás en busca de instrucciones.

»—¿Qué fabrica? —gritó el mandamás—. ¡Fabrica gloria! ¡La gloria es el producto! Gloria, honor y orgullo. La gloria es el futuro, pero tú acabas de demostrar que en ese futuro no hay sitio para ti. Llevaos a este terrorista. No pienso permitir que infecte a este sector con su mente enferma. Una mente así transmite la peste.

»La multitud mostró su descontento mientras los capataces intentaban agarrar al señor Airagaira, pero entonces los presentes se pusieron a gritar, porque la electricidad que había estado crepitando alrededor de las orejas del antiguo editor de novelas juveniles empezó a fluirle ahora por las piernas y los brazos, hasta llegarle a las yemas de los dedos, y de pronto le brotaron de las manos varias descargas de electricidad de alto voltaje, que mataron al instante al mandamás, hicieron que los capataces huyeran despavoridos e impactaron en la máquina del futuro con tanta violencia que un sector considerable de aquel mastodonte colosal experimentó una sacudida y explotó.»

La caja empezó a moverse en las manos de la princesa. Una capa rectangular de piel de cebolla se desprendió y se esfumó en medio de una nubecilla de humo, igual que había pasado con la primera capa, y entonces se puso a hablar otra voz, una elegante voz de barítono.

—Esta mención a la peste —dijo la caja china— me recuerda a otra historia que tal vez os interese oír.

Pero antes de que la historia pudiera avanzar, Dunia dio un respingo y dejó escapar un pequeño chillido. Soltó la caja y levantó los brazos para taparse los oídos con las manos. Omar también gritó y se cubrió a toda prisa los oídos con las manos, y fue el señor Geronimo quien atrapó la caja antes de que se estrellara en el suelo y se quedó mirando con preocupación a los dos peristaníes.

—¿Qué ha sido eso? —dijo Dunia, pero Geronimo Manezes no había oído nada—. Ha sonado parecido a un silbato —le dijo ella—. Los yinn podemos oír frecuencias más altas que los perros y obviamente que los seres humanos. Pero ha sido un simple ruido.

—Los ruidos pueden contener maldiciones ocultas —dijo Omar—. Hay que cerrar la caja, princesa. Puede ser venenosa para vos y para mí, además de para vuestro padre.

—No —dijo ella, con expresión desacostumbradamente lúgubre—. Que continúe. Si no entiendo la maldición no podré encontrar la contramaldición y el rey morirá.

El señor Geronimo dejó la caja sobre una mesilla de madera de nogal que tenía incrustado un tablero de ajedrez de marfil y la caja siguió con su relato. «Corría una época de plagas —dijo la caja con su nueva voz masculina—, y en la aldea de I., a un hombre llamado Juan le echaron la culpa de propagar una plaga de silencio. Juan Callado, un hombre bajito de antebrazos poderosos, trabajaba de herrero en I., un villorrio pintoresco como el que más, perdido entre campos verdes e idílicos, lomas, muros de piedra seca, techumbres de paja y vecinos fisgones. Después de casarse con una maestra del lugar, una muchacha más culta y de modales más refinados que su marido, todo el mundo se enteró de que una noche se había tomado unas copas y se había puesto a gritar a su mujer, usando las palabras más feas que se habían oído nunca en la aldea e incrementando así tanto el vocabulario como la tristeza de su mujer. Esta situación se prolongó muchos años. De día era un trabajador diligente en su fragua de fuego y humo, buen compañero de su mujer y sus amigos, pero al oscurecer le salía el monstruo de dentro. Y entonces, una noche cuando su hijo Jack ya tenía dieciséis años y era más alto que su padre, el chico le plantó cara a Juan y le ordenó que se callara. Algunos aldeanos decían que el chico le había dado un puñetazo en la cara a su padre, porque éste tuvo una mejilla hinchada durante varios días, pero otros achacaron la hinchazón a un simple dolor de muelas.

»Fuera cual fuera la causa, todo el mundo se mostró de acuerdo en dos cosas: la primera, que el padre no le había devuelto el golpe a su hijo, y la segunda, que a partir de aquel momento, aunque siempre había sido parco en palabras salvo durante sus torrentes nocturnos de palabrotas, al herrero se le secó al parecer del todo la voz y dejó de hablar. También paró de beber, o al menos redujo su hábito a unos niveles controlables. Y mientras Juan Callado se convertía en la mejor versión de sí mismo, según la gente, en un hombre gentil, generoso, distinguido y amable, también se hizo obvio que su problema había sido el lenguaje en sí, que el lenguaje lo había envenenado y había dañado su humanidad intrínsecamente noble, y que después de dejar las palabras, igual que otra gente deja de fumar o de masturbarse, por fin pudo ser lo que siempre debería haber sido: un hombre bueno.

»Sus vecinos, al reparar en el cambio, empezaron a experimentar también con la renuncia a las palabras, y, en efecto, cuanto menos hablaban más alegres y afables se volvían. La idea de que el lenguaje era una infección de la que la especie humana necesitaba recuperarse, de que el habla era el origen de toda disensión, fechoría y degeneración del carácter, de que no era, como muchos habían dicho, el fundamento de la libertad, sino más bien el semillero de la violencia, se propagó rápidamente por las casitas de I., y pronto a los niños se les prohibió que cantaran canciones en el patio de la escuela y a los ancianos se les pidió que no rememoraran sus antiguas hazañas sentados en sus bancos de costumbre bajo el árbol de la plaza del pueblo. En el antes armonioso villorrio surgió una brecha cada vez mayor, promovida, según los nuevos adeptos del silencio, por la nueva y joven maestra Yvonne, que se dedicaba a colgar por todas partes carteles donde afirmaba que la verdadera enfermedad no era el habla, sino el silencio. "Tal vez penséis que estáis decidiendo libremente —escribió—. Pero pronto no podréis hablar ni aunque queráis, mientras que los hablantes sí que podemos decidir si conversamos o mantenemos la boca cerrada." Al principio la gente se enfadó con la maestra, una muchacha guapa y parlanchina que tenía el molesto hábito de ladear la cabeza a la izquierda cuando hablaba, y los más belicosos pidieron que se cerrara la escuela, pero luego descubrieron que ella tenía razón. Ya no podían emitir ningún sonido, ni aunque quisieran, ni para avisar a un ser querido de que se apartara de delante de un camión. De forma que la ira de la aldea se olvidó de la maestra Yvonne y pasó a concentrarse en Juan Callado, cuya decisión había impuesto a la comunidad un mutismo del que ya no podía escapar. Mudos e incapaces de articular palabra, los aldeanos se congregaron delante de la herrería, y solamente los refrenaron el miedo a la inmensa fuerza física del herrero y las herraduras al rojo vivo.»

...Y llegado este punto Omar el Ayyar dijo, caray, pero si es la historia del compositor Casterbridge y del predicador Yusuf Ifrit, que se acusan el uno al otro de ser la plaga. Quizás sea una nueva modalidad de enfermedad, una enfermedad que impide a los seres humanos saber cuándo están enfermos y cuándo están sanos...

...Pero la princesa yinnia había encontrado su propia

historia escondida dentro de aquellas otras. Estaba pensando en su abatido padre, en las tribulaciones que estaban pasando, unas tribulaciones peores que las del herrero y su mujer o las del compositor y el predicador, y por puro accidente los pensamientos le afloraron de los labios. Él nunca me ha querido, dijo; yo siempre he adorado a mi padre a sabiendas de que lo que él quería era un hijo. A mí lo que me gustaba era la filosofía, y de haber seguido mi vocación me habría montado una vida entre libros, felizmente perdida en el laberinto del lenguaje y de las ideas, pero él necesitaba a un guerrero, de forma que me hice guerrera por él: la Princesa Centella, cuyas defensas protegían Qâf de las tinieblas. Los yinn oscuros no me daban miedo. Cuando éramos jóvenes yo jugaba con todos esos tipos, con Zumurrud y Zabardast y Rubí Resplandeciente y Ra'im antes de que empezara a beber sangre. En los callejones del País de las Hadas jugábamos al kabadi y a las siete tejas, y ni uno de ellos podía vencerme porque yo estaba ocupada convirtiéndome en superchicochica, la hija cuyo padre quería un hijo. Cuando nos sentábamos a comer, la decepción le ardía en los ojos y cuajaba la leche. Cuando le dije que estaba estudiando el arte de las centellas gruñó, dejando claro que habría preferido un espadachín a una bruja. Cuando aprendí a blandir la espada, él se quejó de que ahora que era viejo necesitaba a su lado a un estadista que negociara la compleja vida política del Peristán. Cuando me hice erudita en las leyes de los yinn, se quejó de no tener un hijo que saliera de caza con él. Al final la decepción que yo le causaba se convirtió en mi desilusión, y nos distanciamos. Aun así, aunque jamás quise admitirlo, él era la única persona en cualquiera de los dos mundos a quien yo quería complacer. Durante un tiempo me fui de casa y fundé en el otro mundo la dinastía que se convertiría en mi destino. Después, cuando volví a Qâf y las puertas entre los mundos quedaron selladas y pasaron los siglos de los humanos, él se distanció todavía más de mí, y sus sentimientos fueron más allá de la simple desaprobación para llegar a la desconfianza: ya no sabes quién es tu gente, me dijo, y cuando estás aquí en el Peristán solamente anhelas el mundo que has perdido, donde tienes a tus hijos humanos. Esas palabras, *hijos humanos*, rezumaban desagrado, y cuanto más soportaba yo la carga de sus críticas, más ardientemente deseaba reunirme con aquella familia humana que Ibn Rushd había bautizado como la Duniazada.

Soy yo, se lamentó Dunia, quien ha pasado largas eras trabajando duro para construir una máquina carente de propósito, o con un propósito tan inverosímil, como la gloria, que todo intento de alcanzarlo está condenado al fracaso, y mi máquina es mi vida, y el objetivo que ninguna máquina puede alcanzar jamás es la gloria de obtener el amor de mi padre. Soy yo, no un herrero ni una maestra ni un filósofo, quien ha sido incapaz de ver la diferencia entre la enfermedad y la salud, entre la pestilencia y la cura. De tan infeliz que era, me he convencido a mí misma de que el desprecio que me mostraba mi padre era el estado natural de las cosas, el estado saludable, y que mi naturaleza femenina era la plaga. Pero he aquí la verdad: es él quien está enfermo y yo quien estoy bien. ¿Qué veneno tiene en el cuerpo? Tal vez el veneno sea él mismo.

Para entonces ya estaba sollozando, y el jardinero Geronimo la estaba abrazando, ofreciéndole el nimio consuelo humano que podía darle a su amante no humana, atrapado él mismo en una profunda confusión existencial. Qué significaba el hecho de elevarse por el aire y volver a bajar al cabo de poco, sin que su voluntad tuviera nada que ver, el hecho de que la Tierra lo hubiera rechazado y luego lo hubiera vuelto a aceptar misteriosamente, y el hecho de encontrarse ahora en un mundo que no tenía sentido para él, ya que el sentido era algo que los seres humanos construían a partir de la familiaridad, de los fragmentos que poseían de lo conocido, como un puzle al que le faltaban muchas piezas. El sentido era el marco que ponían los seres humanos alrededor del caos de la existencia para otorgarle sentido; y ahora estaba en un momento que ningún marco podía contener, abrazando a una entidad sobrenatural que durante unos días se había hecho pasar por su difunta mujer, provocando que él se aferrara a ella tan desesperadamente como ahora ella se aferraba a él, atraída por Geronimo por su parecido con un filósofo muerto en tiempos remotos, ambos confiando en que un sustituto de otro mundo pudiera, con su abrazo, permitirles creer que el mundo era bueno, este mundo o aquél o simplemente cualquier mundo en el que dos seres vivos se abrazaran entre sí y pronunciaran las palabras mágicas:

Te quiero, dijo el señor Geronimo.

Yo también te quiero, contestó la Princesa Centella.

... Y en el seno de la aflicción que le causaba su padre, aquel hombre imposible de complacer, aquel rey que llevaba la corona de los simurg y que estaba tan obcecado con su reino que su propia hija tenía que llamarlo Majestad, aquel rey que había olvidado cómo amar, afloraron los recuerdos de los primeros amores de ella, o al menos de los primeros muchachos que la habían amado, y que todavía no eran, por entonces, los temidos yinn oscuros y enemigos mortales de su padre. En aquella época, Zabardast tenía esa dulce solemnidad de los niños magos cuando sacan con expresión completamente seria conejos inverosímiles —conejos-quimera demenciales y conejos-grifo que jamás habían existido en la naturaleza— de alguno de los sombreros ridículos y absurdos de su amplia colección. Zabardast con su parloteo incesante, sus chistes y su sonrisa fácil era el que más le gustaba. Zumurrud Shah, que siempre fue la antítesis musculosa de Zabardast, balbuceante y sin labia, continuamente de mal humor por culpa de su propia dificultad para expresarse, era el más hermoso de los dos, de eso no había duda, un gigante mudo, hermoso y poseedor de una especie de inocencia huraña, si eso era lo que a una le gustaba.

Los dos estaban locos por ella, claro, lo cual resultaba menos problemático en el mundo de los yinn de lo que habría resultado en la Tierra, gracias al desprecio que los yinn sentían hacia la monogamia; aun así, competían por sus favores; Zumurrud le traía joyas gigantes de los tesoros secretos de los gigantes (venía de la dinastía más adinerada de los yinn, los constructores de palacios y acueductos, de las pérgolas y jardines escalonados que convertían el Peristán en lo que era), mientras que Zabardast, el técnico en magia, el artista de lo oculto, tenía también temperamento de payaso y la hacía reír, y ella seguramente había tenido relaciones sexuales con los dos, no se acordaba, pero si las había tenido no le habían causado una gran impresión, de forma que empezó a perder interés en aquellos inadecuados pretendientes del País de las Hadas y se volvió hacia las más trágicas figuras de los hombres. Cuando abandonó a los yinn y rompió su triángulo de pasiones, abandonándolos a su suerte, tanto Zumurrud como Zabardast empezaron a cambiar. Zabardast fue adoptando gradualmente una personalidad fría y oscura. Él era el que más la había amado de los dos, y por tanto fue quien sufrió más al perderla. Para sorpresa de ella, en su naturaleza se infiltró un elemento vengativo, un elemento de amargura y frustración. Zumurrud, en cambio, pasó página, olvidándose del amor para centrarse en cosas de hombres. A medida que le crecía la barba fue perdiendo interés en las mujeres y las joyas y se obsesionó con el poder. Se convirtió en el líder y Zabardast en el seguidor, a pesar de que Zabardast continuó siendo el pensador de más peso, en parte porque le habría resultado difícil ser el de menos. De forma que siguieron siendo amigos hasta que se volvieron a enemistar durante la Guerra de los Mundos.

Zumurrud, Zabardast y Aasman Peri la Princesa Centella: ¿cuánto tiempo había durado su flirteo? A los yinn se les da mal calcular la duración de las cosas. En el mundo de los yinn, el tiempo, más que transcurrir, permanece. Son los seres humanos los prisioneros de los relojes, de tan dolorosamente cortas que son sus vidas. Los seres humanos son sombras de nubes que pasan a toda velocidad y se las lleva el viento, razón por la cual al principio Zabardast y Zumurrud se mostraron completamente escépticos cuando Dunia adoptó el nombre de Dunia y junto con el nombre se hizo con un amante humano, que encima ni siquiera era joven: el filósofo Ibn Rushd. Fueron los dos juntos a hablar con ella, una última vez, por su bien:

—Si lo que te excita es el intelecto —dijo Zabardast—, tengo que recordarte que en todo el Peristán no hay mayor erudito en las artes de la hechicería que yo.

—¿Y la hechicería es una rama de la ética? —replicó ella—. ¿Acaso están los trucos mágicos relacionados con la razón?

—El bien y el mal y el interés por la razón son enfermedades humanas, como lo son las pulgas para los perros —dijo Zabardast—. Los yinn obran como les place y no se preocupan por las banalidades del bien y del mal. Y el universo es irracional, tal como saben todos los yinn.

Ella le dio la espalda entonces y para siempre, y la amargura que ya había estado creciendo dentro de él lo inundó por completo.

—Tu humano, tu filósofo, tu tonto sabio —le dijo Zumurrud en tono de burla—, sabes que morirá muy pronto, ¿no? En cambio, yo viviré, no eternamente, pero lo que más se le parece.

—Lo dices como si eso fuera bueno —le contestó ella—, pero para mí un año de Ibn Rushd vale más que una eternidad tuya.

Después de aquello se convirtieron en sus enemigos, y por culpa de la humillación de haber sido rechazados por un humano que, como una cachipolla, viviría únicamente un día antes de desaparecer para siempre, se volvieron también enemigos de la especie humana.

... Y mientras ella rememoraba su juventud, el señor Geronimo encontró dentro de la historia de los flirteos juveniles de Dunia el recuerdo de su único amor verdadero, Ella Elfenbein, su hermosa cotorra, amable por los cuatro costados, orgullosa de su cuerpo y más enamorada de su padre, Bento, que de él, o eso pensaba Geronimo en ocasiones. Ella llamaba por teléfono a Bento Elfenbein cinco veces por hora todos los días hasta el día de su muerte, y en todas las llamadas usaba las palabras *te quiero* a modo de saludo y de despedida. Después de morir Bento, y no hasta entonces, empezó a hacer lo mismo cuando llamaba a Geronimo, lo eres todo para mí, le decía, pero solamente después. Era ridículo estar celoso del amor de una hija por su brillante, disoluto y ligeramente corrupto padre, con su sonrisa de demonio feliz estilo Joker que siempre está buscando la forma de ser más listo que Batman, pero Geronimo admitía para sus adentros que a veces no lo había podido evitar, de hecho ni siquiera ahora conseguía evitarlo del todo; ella incluso se las había apañado para morirse igual que Bento, había encontrado un rayo igual que el suyo.

¿Y qué estoy haciendo ahora?, se preguntó. Tengo en brazos a una criatura sobrenatural que es la reina hada de las centellas, la poseedora y encarnación del mismo poder que asesinó a mi amada, y le estoy murmurando palabras de amor al oído, como si me estuviera permitiendo a mí mismo amar lo que mató a mi mujer, susurrar *te quiero* a modo de saludo y de despedida a la reina de lo que destruyó a Ella. ¿Y qué dice eso de mí, qué significa, qué soy? Sus orejas, por cierto, tienen tan poco lóbulo como las mías. Una criatura arcana salida de una fantasía que dice que es mi antepasada lejana... A ver si espabilas, se dijo a sí mismo, estás perdido en una ilusión, puede que tengas otra vez los pies en el suelo, pero la cabeza la tienes muy muy en las nubes. Pero aun mientras se reprendía a sí mismo, sintió que Ella se alejaba, sintió que se escurría hacia la nada, mientras que el cuerpo cálido que tenía en sus brazos se volvía más sólido y real, por mucho que él supiera que estaba hecho de humo.

Se dio cuenta de que no se encontraba bien. El corazón le latía desbocado en el pecho y el aire enrarecido del monte Qâf lo tenía mareado, le causaba algo parecido a ese dolor de cabeza que provocan las alturas. Sus pensamientos se dirigieron hacia su antiguo oficio, que cada vez más le parecía una identidad perdida, y hacia La Incoerenza y lo hermosa que era hasta que llegó la tormenta; se acordó de cuando cavaba, arrancaba malas hierbas, plantaba semillas y recortaba los setos, se acordó de la lucha contra los erizos que se le comían los rododendros, de la victoria contra los parásitos de los árboles, de la construcción del laberinto, piedra a piedra, de la gruesa capa de sudor que le había cubierto la frente, del agradable dolor de sus músculos, de los días de trabajo gratificante bajo el sol, la lluvia y la escarcha, en verano y en invierno, calor y más calor, nieve y más nieve, de las mil y una hectáreas, del río crecido y de la colina donde su mujer estaba enterrada bajo la hierba rizada por la brisa. Quería que el reloj retrocediera hasta aquella época de inocencia, antes de que los rayos y la extrañeza rompieran el mundo, y entendió que lo que padecía era nostalgia por su hogar. Añoraba su hogar, perdido tanto en el espacio como en el tiempo. También se había distanciado de su hogar, y eso había que arreglarlo. Había dejado a Blue Yasmeen y a Sister Allbee, a Oliver Oldcastle y a la Dama Filósofa, flotando en una escalera del Bagdad de Manhattan, en animación suspendida, y aquella imagen necesitaba ponerse una vez más en movimiento. Dos de aquellas personas le importaban y las otras dos eran sus enemigas, pero las cuatro merecían una cura, merecían ser desextrañizadas, igual que la ciudad entera, el país y todo el mundo de los hombres. Aquel País de las Hadas, con sus palacios en curva defendidos por barreras de relámpagos, aquella fábula poblada por yinn enamorados, reyes agonizantes y cajas mágicas que desgranaban sus historias en las manos arteras de los espías, aquellas cosas no eran para él. Él era un morador del mundo inferior y ya se había cansado de las alturas encantadas.

En cuanto a nosotros, que estamos mirándolo también, viéndolo desde la lejanía, suspendido en su retablo inmóvil de tres figuras, perdido en sus fantasías, también nos cuesta verlo con claridad entre las torres coronadas de nubes y los hermosos palacios. *Nosotros también lo necesitamos de regreso en la Tierra, a él y a su nueva amada, por muy hada que sea. Su historia de amor, y por breve que fuera, ésta fue su historia de amor, solamente tiene sentido para nosotros aquí abajo. Allí arriba es todo aire, todo es insustancial como un sueño. Su verdadera historia de amor, la que tiene sentido y peso para nosotros, transcurre en el seno de una guerra. Porque en aquel tiempo pasado también nuestros lugares del futuro se volvieron extraños, y nosotros, los que venimos y reflexionamos mucho después, sabemos que no podríamos ser quienes somos ni llevar las vidas que llevamos si aquellos dos no hubieran descendido de vuelta a la Tierra para arreglar las cosas, o al menos arreglarlas en la medida en que se podían arreglar, si es que nuestra época está arreglada, tal como decimos, y no está simplemente mal de una forma distinta.*

Y para entonces la caja china ya estaba soltando capas de forma frenética, y a medida que caían iban empezando relatos distintos, pero ninguno terminaba porque la caja siempre encontraba uno nuevo antes de que concluyera el anterior; hasta que dio la impresión de que la digresión era el verdadero principio del universo, de que el único tema verdadero era que el tema siempre estaba cambiando, ¿y cómo se podía vivir en una situación tan loca, donde nada permanecía igual durante cinco minutos y ninguna narración llegaba jamás a su conclusión? No podía existir el sentido en un entorno así, solamente el absurdo, el sinsentido, que era la única clase de sentido al que alguien podía aferrarse. Así pues, en un momento dado se oía la historia de la ciudad cuya población dejó de creer en el dinero y se empezó a creer en Dios y en la nación porque eran historias que tenían sentido, mientras que era obvio que aquellos pedazos de papel y de plástico carecían de valor; y un momento más tarde, dentro de aquella historia comenzaba (pero no terminaba) la historia del señor X., que un buen día se despertó y se puso, sin razón alguna, a hablar un idioma que no entendía nadie, y ese idioma le empezó a cambiar el carácter; siempre había sido un tipo taciturno, pero a medida que sus palabras se iban volviendo más incomprensibles, más locuaz se volvía él, gesticulando y riendo sin parar, de forma que a la gente le caía mucho mejor que cuando podía seguir lo que estaba diciendo: y justo cuando más interesante se ponía aquella historia, se desprendía otra capa y la historia volvía a cambiar.

... Y en nuestro recuerdo podemos ver cómo se reanima el retablo, cómo una explosión de color hecha de loros sale del balcón que hay al final del patio de mármol del palacio, cómo el aroma de azucenas blancas de la brisa hace ondear la ropa de la princesa y de algún lugar lejano llega el dulce lamento de una flauta de madera. La vemos apartarse bruscamente del señor Geronimo, señalando la caja china que se sigue devanando en la mesa, y por fin caer al suelo tapándose los oídos con las manos, y vemos caer también a Omar el Espía, presa de fuertes espasmos por todo el cuerpo, mientras que Geronimo Manezes no oye nada ni siente nada, solamente ve al yinni y a la yinnia sacudidos por las convulsiones en el suelo de palacio, y es entonces, según nuestras historias, cuando muestra la entereza de la que el futuro depende, nuestro futuro pero también el suyo, porque entonces coge la caja china, se va corriendo con ella

hasta el balcón que domina las laderas de Qâf y arroja con todas sus fuerzas el objeto letal al aire vacío de las alturas.

Al cabo de un momento, Dunia y Omar se recuperaron y se levantaron del suelo. Gracias, le dijo ella al señor Geronimo. Nos has salvado la vida y estamos en deuda contigo.

Los yinn suelen ser bastante formales en estas situaciones. Es su forma de ser. Siempre que le haces un servicio a un yinni o a una yinnia, ellos te lo devuelven. En estas cuestiones, y hasta con sus amantes, los yinn siempre tienen una conducta escrupulosamente correcta. Es posible que Dunia y Omar incluso le hicieran una reverencia a Geronimo Manezes, porque ése habría sido el gesto ritual apropiado, pero no hay constancia de ello. Si se la hicieron, él, que era el típico tipo fuerte y silencioso, se habría sentido avergonzado ante semejante despliegue.

Ahora ya sé cuál es el hechizo, dijo ella. Vamos deprisa con mi padre para deshacerlo.

Y nada más salir las palabras de sus labios oyeron el estruendo.

En el último momento de su vida, el señor de Qâf abrió los ojos y en pleno delirio final exigió ver un libro que no se había escrito nunca; a continuación se puso de inmediato a recitar su contenido invisible, como si lo estuviera leyendo en voz alta. Era un relato de la pugna póstuma entre los filósofos Al-Ghazali e Ibn Rushd, recomenzada después de sus muertes por las acciones restauradoras del yinni Zumurrud y de la hija del propio Shahpal, la Princesa Aasman Peri, alias Hada del Cielo, Dunia y Princesa

Centella. El poderoso gigante Zumurrud, que había despertado a Al-Ghazali en su tumba, estaba muy lejos del alcance de su enemigo Shahpal, pero el conocimiento de que también su hija había trasteado en asuntos de vida y muerte, adquirido por medio de las palabras que habían emanado mágicamente de su propia boca, provocó que el viejo monarca soltara en sus momentos terminales un rugido de desaprobación tan magnífico que los tapices de su alcoba se cayeron de las paredes y por el suelo de mármol surgió una grieta que avanzó cual serpiente sinuosa desde el lado de su cama hasta los pies de la princesa, haciéndole saber a ésta que había llegado el final. Ella voló hasta su padre siguiendo el recorrido de la grieta tan deprisa como pudo, dejando muy atrás a Geronimo Manezes, y para cuando llegó a los aposentos reales ya estaba gritando el contraencantamiento a pleno pulmón al oído de su padre, pero ya era demasiado tarde.

El señor del monte Qâf había abandonado el Peristán para siempre. El Simurg se elevó de su lugar en el mástil de la cama del rey y estalló en llamas. Los cortesanos que había en la cámara mortuoria, ninguno de los cuales había visto morir nunca a un yinni, ya no digamos la defunción de su rey, prorrumpieron en lamentaciones, y como es natural hubo mucha rasgadura de vestiduras y mesadura de cabellos, pero a pesar de su concentración meticulosa en plañir y golpearse el pecho, no dejaron escapar la oportunidad para mencionar a su nueva reina que lo que había roto finalmente el corazón de Shahpal había sido descubrir la fechoría de su hija. Ella había invocado a un espíritu de la tumba, una violación enorme de los límites de lo que les está permitido a los yinn, y aunque su acción demostraba que era una yinnia dotada de un poder formidable y fuera de lo común, también resultaba profundamente pecaminosa, y el conocimiento de su terrible pecado había sido la última gota que había acabado con la vida de Shahpal. De forma que la muerte del rey era en cierto sentido culpa de ella, la informaron obsequiosamente los cortesanos, al mismo tiempo que, por supuesto, le hacían reverencias y genuflexiones y tocaban el suelo con las frentes y le rendían todos los honores que se le deparaba a un nuevo monarca; sí, murmuraron, y la prueba de que ella era la responsable era aquella grieta en el suelo que había avanzado a toda velocidad y sin pausa hasta sus pies culpables.

Omar el Ayyar la defendió y señaló que la princesa había arriesgado su propia vida para descubrir la naturaleza del conjuro venenoso incrustado en la caja china y luego había corrido a la alcoba del rey para salvarle la vida, y por supuesto todo el mundo admitió que sí, que aquello había sido heroico, pero lo dijeron con miradas furtivas, y sus posturas incómodas delataban su falta de convicción, porque a fin de cuentas el rey había muerto, de modo que la princesa había fracasado, aquello era lo único que contaba: había fracasado también en aquello. Y mientras la noticia de la muerte del rey partía de su lecho de muerte en forma de murmullos, rumbo a las avenidas y desfiladeros de Qâf, y era difundida por todas las laderas del reino montañoso, el rumor de la culpa de Dunia viajó adjunto a la noticia, y aunque por supuesto aquel rumor no hizo que nadie cuestionara para nada el derecho de Dunia a la sucesión, aun así los cuchicheos la salpicaron, como si fueran barro vocal, y aquel barro ya no se fue, porque el barro nunca se va; y a medida que se congregaba frente a las murallas de palacio una multitud de súbditos que habían amado a su rey casi tanto como ella, la princesa oyó con su poderoso oído de yinnia el ruido, mezclado con los sollozos fúnebres de su gente, de un número pequeño pero significativo, hay que admitirlo con pesar, de abucheos.

La princesa se mostró tranquila. Nunca perdía el coraje ni lloraba. Se guardó para ella sus sentimientos en relación con los últimos momentos de su padre y no se los mostró a nadie. Se dirigió al pueblo de Qâf desde un balcón de palacio. Recogió las cenizas del Simurg en las palmas ahuecadas de sus manos y mientras soplaba para echarlas a volar sobre la multitud, éstas se reunieron adoptando la forma de la poderosa ave y regresaron con un estallido a su magnífica y graznante vida. Con el ave mágica posada en el hombro y la corona de los simurg sobre la cabeza, exigió respeto y acalló los susurros. A continuación hizo su juramento. La muerte había entrado en el Peristán y sería respondida con la muerte. Zumurrud Shah y sus secuaces, Zabardast, Ra'im Bebesangre y Diamante Resplandeciente, serían desterrados para siempre de los dos mundos. De esa forma se acabaría la Guerra de los Mundos y regresaría la paz tanto arriba como abajo.

Ella juró esto. Y luego gritó.

Geronimo Manezes sintió el grito como un martillazo en la cabeza y se desmayó al instante. Hacía muchos milenios que nadie oía en ninguno de ambos mundos el grito del Hada del Cielo. Fue tan fuerte que su sonido inundó por completo el mundo de los yinn y penetró también en el mundo inferior, donde Zumurrud y sus tres secuaces lo oyeron y entendieron que era una declaración de guerra. La muerte había entrado en el mundo de los yinn y antes de que acabara la guerra morirían más yinn.

Dunia regresó junto al lecho de su padre y se quedó allí mucho rato, incapaz de marcharse. Se sentó en el suelo a su lado y habló. Geronimo Manezes, que ya había recobrado el conocimiento pero seguía oyendo un pitido incesante en los oídos, se sentó con los ojos cerrados en una silla tapizada en brocado que había un poco más allá, soportando el peor dolor de cabeza de su vida, todavía agitado y grogui, y volvió a perder el conocimiento, sumiéndose en un sueño profundo lleno de pesadillas de muerte y truenos. Mientras él dormía, la hija del rey muerto se dedicó a contarle a su padre todos sus pensamientos secretos, los que él nunca había tenido tiempo de escuchar mientras estaba vivo, y a ella le dio la impresión de que por primera vez contaba con la atención de su padre. Los cortesanos se habían esfumado, Omar el Ayyar montaba guardia en la puerta de la cámara mortuoria y el señor Geronimo dormía. Dunia habló y habló, con palabras de amor, rabia y remordimiento, y cuando terminó de abrir su corazón le contó al rey muerto su plan de venganza, y el rey muerto no la intentó disuadir, no solamente porque estaba muerto, sino también porque los yinn son así, no creen en poner la otra mejilla: si alguien los perjudica, ellos se desquitan.

Zumurrud, Zabardast y sus seguidores sabían que Dunia iba a venir a por ellos, de hecho ya se esperaban su ataque desde antes del grito, pero eso no la disuadió para nada de entonarlo. La habían infravalorado por ser mujer, ella lo sabía, y ahora les iba a echar un buen rapapolvo, mucho más de lo que se esperaban. Le prometió a su padre una y otra vez que iba a vengar su muerte, hasta que por fin él la creyó y en aquel mismo momento su cuerpo hizo lo que hacen los cuerpos de los yinn en las contadísimas ocasiones en que mueren, perder su forma corpórea y convertirse en una llamarada que se eleva y se apaga. Después la cama quedó vacía, pero ella pudo ver la huella de su cuerpo en la sábana sobre la que había estado acostado y vio también sus viejas pantuflas favoritas en el suelo al lado de la cama, tiradas allí con aire expectante, como si su dueño pudiera regresar a la habitación en cualquier momento y ponérselas.

(En los días siguientes, Dunia le contó al señor Geronimo que su padre se le aparecía a menudo durante esos periodos de hiato que son el equivalente en los yinn al sueño, y que durante aquellas apariciones mostraba curiosidad por ella, se interesaba por todo lo que estaba haciendo, se mostraba cálido a su manera y cariñoso en sus abrazos; en resumen, que su relación con él después de muerto era una mejora considerable respecto al estado de las cosas mientras vivía. Todavía está conmigo, le dijo a Geronimo Manezes, y esta versión de él es mejor que la de antes.)

Cuando ella volvió a ponerse de pie, había vuelto a cambiar; ya no era una princesa ni una hija, sino una reina oscura colérica y terrible, de ojos dorados y con una estela de nubes de humo manándole de la cabeza en vez de cabello. Geronimo Manezes se despertó en su sillón y entendió que aquél era el destino que la vida siempre le tenía reservado: la incertidumbre existencial, la perplejidad del cambio, quedarse adormilado en una realidad y despertarse en otra distinta. La ilusión del regreso de Ella Elfenbein lo había exasperado a la vez que lo había puesto eufórico, y no le había costado nada incurrir en la fe en dicho regreso, pero su transporte al Peristán había socavado fatídicamente aquella fe y ahora la imagen de la reina de Qâf revelada en toda su belleza furiosa acabó también con el fantasma de Ella. Y también en Dunia, el Hada del Cielo y Reina Centella, se había operado un cambio interior. Había visto a Ibn Rushd renacido en Geronimo, pero la verdad era que por fin estaba dejando atrás al viejo filósofo, reconociendo que aquel amor de antaño se había convertido en polvo y que su reencarnación, aunque agradable, no podía reavivar las antiguas llamas, ni siquiera de forma momentánea. Se había aferrado brevemente a él, pero ahora tenía trabajo por hacer y sabía cómo iba a abordarlo.

Sí, le dijo a Geronimo Manezes, no como una amante podía dirigirse a su amante, sino como una matriarca imperiosa, una abuela a la que le brotan pelos de un lunar en la barbilla, por ejemplo, se podía dirigir a un joven miembro de su dinastía. Empecemos por ti.

Él era un niño con pantalones cortos moviendo nerviosamente los pies ante su abuela y contestándole con un balbuceo avergonzado. No te oigo, le dijo ella. Habla más fuerte.

Tengo hambre, dijo él. ¿Sería posible comer antes, por favor?

DONDE EMPIEZAN A CAMBIAR LAS TORNAS

Una pequeña aclaración sobre nosotros. Cuando miramos atrás, nos cuesta imaginarnos en la piel de nuestros antepasados, para quienes la llegada en mitad de su vida cotidiana de las fuerzas implacables de los metamorfos, el descenso de los avatares de la transformación, representó un trastorno brutal del tejido de la realidad; en nuestra época, en cambio, toda esa actividad es la norma habitual. Nuestro control del genoma humano nos otorga unos poderes camaleónicos que nuestros antepasados desconocían. Si queremos cambiar de sexo, pues bueno, lo hacemos directamente con un simple proceso de manipulación genética. Si corremos peligro de perder los nervios, podemos usar los paneles sensibles que tenemos incrustados en los antebrazos para ajustar nuestros niveles de serotonina y nos animamos al instante. Tampoco tenemos un color de piel fijo desde el nacimiento. Adoptamos el tono que más nos gusta. Si en calidad de fans apasionados del fútbol decidimos adoptar la pigmentación de nuestro equipo favorito, la albiceleste o los rojinegros, pues *presto!* Coloreamos nuestros cuerpos a rayas azules y blancas o con la dramática combinación de rojo y negro. Una artista brasileña pidió hace mucho tiempo a sus compatriotas que le pusieran nombre a sus colores de piel, a continuación produjo tubos de pintura basados en todos aquellos tonos y a cada pigmento le puso el nombre que eligió el poseedor del color: negrata enorme, bombilla, etcétera. Hoy en día no tendría tubos suficientes para todas las variaciones de color; y en general creemos y aceptamos que esto es algo excelente. Ésta es una historia de nuestro pasado, de un tiempo tan remoto que a veces no tenemos claro si lo deberíamos llamar Historia o mitología. Algunos lo llamamos cuento de hadas. Pero en una cosa estamos todos de acuerdo: contar una historia del pasado comporta también contar una historia del presente. Volver a contar una fantasía, un relato de cosas imaginarias, equivale a volver a contar un relato sobre lo existente. Si esto no fuera cierto, entonces hacerlo carecería de sentido, y en nuestras vidas cotidianas intentamos en la medida de lo posible evitar lo que carece de sentido.

Ésta es la pregunta que nos hacemos a nosotros mismos mientras exploramos y narramos nuestra historia: ¿cómo hemos llegado desde allí hasta aquí?

Una pequeña aclaración también sobre el tema de los rayos. En tanto que forma de fuego celestial, históricamente el rayo se ha considerado el arma de las deidades masculinas más poderosas: Indra, Zeus, Thor. Una de las pocas deidades femeninas que blandieron esta poderosa arma fue la diosa yoruba, Oya, una gran hechicera que, cuando estaba de mal humor, y lo estaba a menudo, era capaz de desatar tanto los torbellinos como el fuego celestial; se la consideraba además la diosa de los cambios, a quien se invocaba en las épocas de las grandes alteraciones, de las metamorfosis que experimentaba el mundo de un estado a otro. También era una diosa de los ríos. El nombre en yoruba del río Níger es Odo-Oya.

Es posible, y a nosotros nos parece probable, que el relato de Oya tenga su origen en una intervención anterior en los asuntos humanos —tal vez hace varios milenios— de la yinnia Hada del Cielo, a quien en la presente narración se conoce principalmente por su nombre tardío Dunia. Se cree que en aquellos tiempos remotos Oya tenía un marido, Shango el Rey de las Tormentas, pero que éste desapareció. Si es cierto que Dunia tuvo alguna vez un marido, y que éste murió en alguna batalla anterior de los yinn de la que no hay constancia, eso podría explicar su atracción por el también viudo Geronimo. Es una hipótesis.

En cuanto al poder que al parecer Dunia tenía no solamente sobre el fuego, sino también sobre las aguas, es posible que existiera, pero no forma parte de la narración que nos ocupa y tampoco tenemos información al respecto. En cambio, sí que quedará claro en el resto del relato por qué ella tuvo su parte de responsabilidad en todo lo que le sucedió a la gente de la Tierra durante la Era de la Extrañeza, la tiranía de los yinn y la Guerra de los Mundos.

Cuando las tradiciones africanas llegaron al Nuevo Mundo a bordo de los barcos llenos de esclavos, Oya también viajó con ellas. En los ritos brasileños de candomblé se convirtió en Yansa. En la santería sincrética caribeña, su imagen se fusionó con la de la madona negra cristiana, la Virgen de la Candelaria.

Sin embargo, Dunia, igual que cualquier yinnia, no tenía nada de virgen. Era la fecunda matriarca de la Duniazada. Y como bien sabemos hoy en día, también sus descendientes tenían en sus manos el don de las centellas, aunque casi ninguno de ellos lo supo hasta que empezó la Extrañeza y aquellas cosas se volvieron concebibles. En la batalla contra los yinn oscuros, esas centellas se convirtieron en un arma crucial. Y así fue como los bichos raros eléctricos, el mismo grupo que había sido acusado durante la tremenda paranoia reinante en aquella época de estar detrás de los trastornos conocidos como la Extrañeza, se acabaron convirtiendo en el célebre y finalmente legendario frente de la resistencia a la banda de los yinn oscuros de Zumurrud que llegó para colonizar, y hasta esclavizar, a los pueblos de la Tierra.

Y otra aclaración brevísima sobre el proyecto de Zumurrud. La conquista era una experiencia completamente nueva para los yinn, a quienes el imperialismo no les sale de forma natural. Los yinn son entrometidos, le gusta interferir, elevar a éste y hundir a aquél, saquear tal cueva del tesoro o poner palos mágicos en las ruedas de tal hombre rico. Les gusta hacer travesuras, sembrar el caos y la anarquía. Tradicionalmente carecen de dotes organizativas. Pero no se puede montar un reinado de terror solamente a base de terror. Las tiranías más eficaces se caracterizan por su excelente capacidad organizativa. La eficacia nunca había sido el fuerte de Zumurrud el Grande; lo suyo era asustar a la gente. A Zabardast el yinni hechicero, por su parte, se le daba de maravilla la logística. Pero no era perfecto, ni tampoco lo eran sus secuaces inferiores, de modo que el nuevo plan de acción estaba (por fortuna) lleno de agujeros.

Antes de regresar al mundo inferior, Dunia abrió las puertas secretas de la cabeza del señor Geronimo que llevaban a la naturaleza yinni oculta en su interior. Si has podido curarte de la plaga de la ingravidez y volver a posarte en el suelo sin saber quién eras, le dijo, imagínate lo que vas a ser capaz de hacer ahora. A continuación le puso los labios en las sienes, primero en la izquierda y después en la derecha, y le *susurró*: «Abríos». Pareció entonces que se abriera el universo, y que una serie de dimensiones espaciales de cuya existencia él nunca había oído hablar pasaran a ser visibles y practicables, como si las fronteras de lo posible se hubieran ampliado y se hubieran vuelto viables muchas cosas que antes no lo eran.

El señor Geronimo se sintió igual que debe de sentirse un niño cuando aprende a dominar el lenguaje, cuando empieza a formar y articular sus primeras palabras y frases. El don del lenguaje, cuando llega, le permite a uno no únicamente expresar pensamientos, sino también formarlos, es decir, posibilita el acto en sí de pensar, y fue así como el lenguaje que Dunia acababa de abrir para él y en él puso a su alcance modos de expresión que hasta entonces jamás había sido capaz de extraer de la nube de ignorancia de su conciencia, donde habían estado escondidos. Vio lo fácil que era ejercer influencia sobre el mundo natural, mover objetos, cambiar su dirección, acelerarlos o bien detener su movimiento. Si parpadeaba tres veces rápidamente, se le desplegaban en la imaginación los extraordinarios sistemas de comunicación de los yinn, tan complejos como los circuitos sinápticos del cerebro humano y tan fáciles de manejar como un megáfono. Para viajar casi al instante entre dos lugares cualesquiera, solamente tenía que dar una palmada, y para materializar objetos —platos llenos de comida, armas, vehículos a motor o cigarrillos— le bastaba con arrugar un poco la nariz. Empezó a entender el tiempo de una forma nueva, y en este sentido su yo humano, urgente, transitorio y pendiente de la arena que caía por el cuello del reloj, no concordaba con su nueva identidad yinni, a quien le resultaba bastante indiferente el tiempo y consideraba la cronología una simple enfermedad de las mentes diminutas. Entendía las leyes de la transformación, tanto las del mundo exterior como las suyas propias. Sentía crecer dentro de sí el amor a todas las cosas brillantes, las estrellas, los metales preciosos y las gemas de todo tipo. Empezó a entender el atractivo de los pantalones de harén. Y era consciente de que únicamente estaba en la frontera de la realidad yinni, y que a medida que pasaran los días presenciaría prodigios para cuya comprensión y articulación todavía no tenía recursos lingüísticos.

—El universo tiene diez dimensiones —dijo con voz grave.

Dunia sonrió igual que sonríe una madre ante un niño que aprende deprisa.

—Es una forma de verlo —contestó.

Para Dunia, en cambio, la existencia se estaba estrechando. Los yinn tienen mentes multipistas y son multitarea por antonomasia, pero ahora toda la conciencia de Dunia estaba concentrada en una meta única: aniquilar a todos los que habían destruido a su padre. Y fue por culpa de la muerte de su padre que sucumbió a una versión extrema de la herejía antinómica, concediéndose a sí misma poderes de gracia y exculpación que normalmente estaban reservados a las deidades y afirmando que nada de lo que ordenara hacer a su tribu en la guerra contra los yinn oscuros se podía considerar malo o inmoral, puesto que ella le había otorgado su bendición. Geronimo Manezes, a quien había nombrado lugarteniente suyo en el conflicto, se vio cada vez más obligado a ser su espíritu admonitorio, el grillo en su hombro que cuestionaba sus certidumbres imprudentes, y a preocuparse por el absolutismo que se estaba adueñando de ella mientras, movida por un dolor indecible, desataba su fuerza inmensa.

—Venga —le ordenó al señor Geronimo—. Está a punto de empezar la reunión.

Continúa habiendo bastante controversia entre los eruditos en la materia acerca del número total de yinn (masculinos) y yinnias (femeninas) del Peristán. En un bando del debate están las eminencias que siguen sosteniendo, en primer lugar, que el número de yinn y yinnias es constante; en segundo lugar, que la especie es estéril y no puede reproducirse, y en tercer lugar, que tanto sus individuos masculinos como los femeninos disfrutan de la bendición de la inmortalidad. Al otro lado de la sala de debates se encuentran quienes, como nosotros, aceptamos la información que nos ha llegado sobre la capacidad de las yinnias como la Princesa Centella no solamente de reproducirse, sino de hacerlo en grandes cantidades, y también sobre la mortalidad (aunque únicamente en circunstancias extremas) de los yinn. La historia de la Guerra de los Mundos es la mejor prueba de que disponemos en este sentido; tal como se verá, y tal como se verá muy pronto. En consecuencia, no podemos aceptar que la cifra total de yinn y yinnias permanezca fija e inmutable todo el tiempo.

Los tradicionalistas insisten en que la cifra en sí tiene que ser la cifra de la magia, es decir, mil y uno; mil y un yinn de sexo masculino y otros mil y uno de sexo femenino. Así debería ser, razonan, y por tanto así tiene que ser. Nosotros, por nuestra parte, aceptamos que la población no es grande, y que las cifras que proponen los tradicionalistas probablemente se acerquen a la verdad, pero estamos dispuestos a admitir que no hay manera posible de conocer la población exacta de los yinn en un momento determinado de la Historia, y que fijar las cifras arbitrariamente tomando como base alguna teoría de lo que es apropiado es poco más que una simple superstición. Y en cualquier caso, además de los yinn, en el País de las Hadas existían, y es probable que sigan existiendo, formas más bajas de vida, la más numerosa los *devs*, aunque también existían los *bhoots*. En la Guerra de los Mundos se obligó tanto a los *bhoots* como a los *devs* a servir en el mundo inferior y a desfilar en los ejércitos de los cuatro Grandes Ifrits.

En cuanto a las yiniri: la histórica reunión de yinnias que convocó la ahora huérfana Princesa Centella en el Gran Salón de Qâf incluyó a casi todos los espíritus femeninos que existían, de modo que consta como la mayor reunión de ese tipo que se conoce. La noticia de la horrenda muerte del Rey del Monte Qâf se había propagado rápidamente por todo el País de las Hadas, generando escándalo y compasión en el seno de casi todas sus mujeres, así que cuando la huérfana Princesa Centella les mandó su mensaje hubo muy pocas que no acudieran a la convocatoria.

Cuando Dunia se dirigió a las congregadas y convocó un boicot sexual inmediato y completo para castigar a los yinn oscuros por el asesinato de Shahpal y obligarlos a finalizar su improcedente campaña de conquistas en la tierra inferior, sin embargo, la compasión que había suscitado su pérdida entre las asistentes no bastó para impedir que muchas de las yinnias reunidas expresaran su escandalizada desaprobación. Su amiga de la infancia Sila,

Princesa del Llano, articuló la sensación de horror imperante:

—Cariño, si no podemos follar al menos una docena de veces al día —exclamó—, más nos vale hacernos monjas. Tú siempre has sido un ratón de biblioteca —añadió—, y con franqueza, te pareces un poco demasiado a las humanas; yo te quiero, cielo, pero es verdad, o sea que quizás puedas renunciar al sexo con mayor facilidad que las demás y sentarte a leer un libro, pero para nosotras, cariño, para la mayoría de nosotras, es nuestra vida.

Hubo un murmullo amotinado de asentimiento. Otra princesa, Layla de la Noche, sacó a colación el rumor de que si los yinn y las yinnias dejaban de tener relaciones sexuales durante el periodo de tiempo que fuera, el mundo yinni entero se vendría abajo y todos sus habitantes morirían.

—No hay humo sin fuego y no hay fuego sin humo —dijo, citando el antiguo proverbio yinni—, o sea, que si los dos no están unidos, la llama morirá.

Y en aquel momento su prima Vetala, la Princesa de la Llama, soltó un aullido aterrador y aterrado. Pero Dunia no aceptó un no por respuesta:

—Zumurrud y su banda han perdido la cabeza y han traicionado todas las normas de la conducta correcta, no solamente entre los yinn y los seres humanos, sino también entre unos yinn y otros —contestó—. Ya han matado a mi padre. ¿Qué os hace pensar que están a salvo vuestros reinos, vuestros padres, maridos e hijos y hasta vosotras mismas?

Y al oír esto las reinas y princesas congregadas, las del Llano, el Agua, la Nube, los Jardines, la Noche y la Llama, dejaron de quejarse de que iban calientes y prestaron atención, y lo mismo hicieron sus séquitos.

Sin embargo, tal como ahora sabemos, la estrategia de rechazo sexual a los yinn oscuros por parte de la población femenina entera del País de las Hadas, diseñada para meter en vereda a Zumurrud el Grande y sus seguidores, resultó extrañamente contraproducente; es decir, extrañamente para las yinnias que la ejercieron, que se contuvieron y practicaron la templanza, a pesar de que les resultó igual de difícil que a cualquier adicto, y sufrieron abstinencia, irritabilidad, temblores e insomnio, porque la unión del humo y el fuego era un requisito ontológico para ambos géneros de los yinn.

—Si esto dura mucho —le dijo a Dunia la desesperada Sila—, todo el País de las Hadas se nos caerá encima.

Hoy en día vemos estos acontecimientos desde la perspectiva de algo que nos ha costado mucho aprender, que es que la práctica de la violencia extrema, conocida habitualmente con el término demasiado amplio y a menudo inexacto *terrorismo*, siempre resultó especialmente atractiva para los individuos masculinos que eran o bien vírgenes o bien incapaces de encontrar pareja sexual. Esa frustración desquiciante, y el daño al ego masculino que la acompañaba, encontraba su salida en forma de cólera y ataques. Cuando a los hombres jóvenes solitarios y desesperados se les suministraban parejas sexuales que les daban amor, o al menos deseo, o como mínimo buena disposición, perdían todo interés por los cinturones bomba, el suicidio y las vírgenes del paraíso y preferían seguir con vida. En ausencia del pasatiempo favorito de todos los yinn, los hombres de la especie humana volvían sus pensamientos hacia los clímax orgásmicos. Y la muerte, que estaba a su alcance en todas partes, constituía a menudo una meta alternativa al sexo que no podían conseguir.

Así sucedía con los seres humanos. Los yinn oscuros,

sin embargo, no se plantearon inmolarse. Su respuesta al boicot sexual no fue rendirse a los deseos de sus antiguas parejas yinnias, sino un aumento de la actividad violenta de naturaleza no sexual. Ra'im Bebesangre y Rubí Resplandeciente, inflamados por la imposibilidad del placer físico, se embarcaron en el mundo inferior en una oleada salvaje de sometimiento por la fuerza, haciendo gala de un frenesí desmedido que al principio alarmó incluso a Zumurrud y a Zabardast; luego, al cabo de un tiempo, la misma furia ciega apareció en los ojos de los dos yinn superiores, y la especie humana acabó pagando el precio del castigo que las yinnias habían infligido a los Grandes Ifrits. La guerra entró en una nueva fase. Era hora de que Dunia y Geronimo Manezes regresaran a la Tierra.

La Reina Centella obligó al señor Gerónimo a hacer un juramento solemne, reflejo del que había hecho ella.

—Ahora que te he abierto los ojos a tu verdadera naturaleza y te he dado poder sobre ella, has de prometer que lucharás a mi lado hasta que lo que tenemos que hacer esté hecho, o bien sucumbamos en el intento. —A Dunia le ardían los ojos. Su voluntad era demasiado fuerte para resistirse.

—Sí —dijo él—. Lo juro.

Ella le besó la mejilla para mostrarle su aprobación.

—Hay un muchacho al que tienes que conocer —le dijo a continuación—. Jimmy Kapoor, que también se hace llamar Héroe Natraj. Un muchacho valiente; y primo tuyo. Y hablando de primos, tienes otra que es una mala chica.

Ya no podía usar su nombre, Teresa Saca. Había matado a un hombre y eso había agotado todo el crédito que el nombre tenía. Lo había cortado por la mitad como si fuera de plástico y lo había tirado a la basura, lo había escupido como si fuera un chicle. A la mierda su nombre. Estaba en plena fuga y ahora usaba muchos nombres distintos, nombres sacados de tarjetas de débito robadas y carnés de identidad falsos comprados a estafadores en las esquinas, los nombres que ponía en los registros emborronados de los moteles de mala muerte donde pasaba una noche. No se le daba bien aquello, aquella vida de delincuente. Necesitaba empresas de servicios. En sus buenos tiempos, un día sin balneario o sin yoga shala era un día perdido. Pero aquellos tiempos se habían terminado, y ahora se veía obligada a vivir de su ingenio, vaya pedazo de mierda, y ni siquiera había acabado la universidad. Por suerte para ella, todo era un desastre, las fuerzas del orden estaban de capa caída y el caos reinante le permitía colarse por los resquicios. Al menos de momento. O quizás sucedía que se habían olvidado de ella. La atención de la gente estaba en otra parte y ella era una preocupación del pasado.

De forma que Teresa o Mercedes o Silvia o Patrizia, o el nombre que fuera que usara aquella noche, estaba sentada sola en un bar de deportes de Pigeon Forge, Tennessee, rechazando los coqueteos de los hombres musculosos con peinados militares, bebiendo chupitos de tequila y contemplando las matanzas escolares más recientes en los televisores de pantalla plana y alta definición. Dios, murmuró con voz enturbiada por el alcohol, corren tiempos de asesinatos, ¿y sabes qué?, a mí me da igual. El mundo es un matadero y tú das la impresión de que también te has puesto a ello, Dios, como sea que te llames, tienes más alias que yo misma. Sí, tú, Dios, estoy hablando contigo. Tú que te llamas así en este país y asá en el de al lado, siempre te ha molado lo de matar, te parece bien que maten a la gente por colgar algo en Facebook, o por no estar circuncidada, o por follarse al tío que no debe. Y yo no tengo problema con eso porque, ¿sabes qué, Dios? Yo también soy una asesina. La menda. Yo también he hecho de las mías.

En aquella época en que las sospechas recaían sobre los supervivientes de rayos, algunos de éstos se reunían de vez en cuando para lamentarse de su destino. Los buscaba para escuchar sus historias, por si acaso alguno resultaba ser como ella: amo de la electricidad y no solamente su víctima. Cuando eres un bicho raro es agradable saber que no eres el único. Pero aquí, en el Centro de Ocio de las Montañas Humeantes, la reunión de supervivientes no era más que un puñado de llorones. Se acurrucaban en un cuartito que había detrás del bar, un local mal iluminado situado en una callecita apartada de la avenida donde antaño los turistas habían hecho las cosas que les gustaba hacer a los turistas: comer comida para turistas y conducir autos de choque para turistas, posar para fotos turísticas con una imagen de Dolly Parton y hacer de mineros en una mina para turistas de oro turístico. Para quienes tenían gustos más siniestros, hasta había existido una atracción llamada Museo del Titanic donde se podía ver el violín que había pertenecido al líder de la orquesta de a bordo, Wallace Hartley, y disfrutar del homenaje a los ciento treinta y tres niños que se habían hundido con el barco, los «héroes más pequeños». Pero todo aquello ya estaba cerrado ahora que el mundo había cambiado, ahora que el mundo entero era el *Titanic* y toda su población se estaba hundiendo. El bar de deportes seguía abierto porque en los tiempos difíciles los hombres beben, eso no cambia, la única diferencia era que las pantallas emitían partidos antiguos, todas las ligas famosas designadas con iniciales habían cerrado el quiosco, la MLB, la NBA, la NFL, ya no quedaba ni una. Sus fantasmas se movían por las pantallas gigantes entre los partes de noticias esporádicos que conseguían llegar a la red durante unos segundos gracias a los valientes periodistas que sabían enlazarlos con los satélites.

Había dos tipos de supervivientes de rayos. El primero tenía mucho que contar. Había uno a quien le habían caído encima cuatro rayos, y otro que tenía el récord con siete impactos. Muchos decían sentirse confusos, tenían dolores de cabeza y ataques de pánico. Sudaban demasiado, no podían dormir o bien se les empezaba a encoger misteriosamente una pierna. Lloraban cuando no había razón para llorar, se chocaban con las puertas o tropezaban con los muebles. Se acordaban de que el rayo los había arrancado literalmente de sus zapatos y de que la ropa que llevaban puesta les había reventado, dejándolos desnudos y aturdidos. La ausencia de marcas de quemaduras comportaba que la gente los acusara de protestar demasiado o durante demasiado tiempo. Hablaban con reverencia de los rayos caídos de la nada. Muchos de ellos decían que el suyo había sido una experiencia religiosa. Que habían presenciado de primera mano la obra del diablo.

El segundo tipo era el callado. Eran los supervivientes que se sentaban a solas en los rincones, encerrados en sus mundos secretos. Los rayos los habían mandado a un lugar lejano y ahora no podían o bien no querían compartir sus misterios. Cuando Teresa o Mercedes, o como se llamara ahora, intentaba hablar con ellos, parecían aterrados y se apartaban o contestaban con una hostilidad repentina y extrema, enseñando los dientes y las uñas a su interrogadora.

Esto a ella no le servía de nada. Era gente débil y rota. Se marchó de la reunión y se puso a darle al tequila, y cuando ya se estaba acabando la botella una voz le habló dentro de su cabeza, haciendo que se planteara dejar de beber chupitos. Era una voz de mujer, tranquila y pausada, y la oyó con mucha claridad a pesar de que no había nadie charlando con ella. Soy tu madre, le dijo la voz, y antes de que ella pudiera abrir la boca para decir: no, no eres ella porque mi madre no me llama nunca, ni siquiera para mi puto cumpleaños, a menos que le coja un cáncer, y en ese caso lo más seguro es que me mande un puto mensaje de texto para pedirme que la ayude con los gastos médicos. Antes de que pudiera decir nada de aquello, la voz le dijo: no, esa madre no, tu madre de hace novecientos años, más o menos, la madre que te puso en el cuerpo la magia, para que ahora le des un buen uso. Qué tequila tan bueno, dijo ella en voz alta y en tono de admiración, pero la supuesta madre que le hablaba en la cabeza se mostró impertérrita: me manifestaré ante ti cuando estés lista, le dijo, pero si eso ayuda a establecer mi credibilidad, puedo decirte el nombre y el número de tu tarjeta robada y la ubicación y el número de la combinación de la patética caja fuerte donde has almacenado tus supuestos objetos de valor. Si quieres, también te puedo contar lo que dijo tu padre cuando le dijiste que querías estudiar literatura inglesa: ¿de qué te va a servir eso?, te dijo; hazte asistente jurídica o secretaria. O quizás quieras que te recuerde cómo robaste aquel viejo descapotable rojo de segunda mano cuando tenías diecisiete años y lo condujiste a toda velocidad en dirección oeste y sur desde Aventura a Flamingo y te daba igual si te matabas. No tienes secretos para mí, pero por suerte yo te quiero como a una hija sin importarme lo que hayas hecho, ni siquiera que mataras a aquel caballero, nada de todo eso importa ya, porque ahora estamos en guerra y yo te quiero como soldado y ya me has demostrado que lo que quiero que hagas se te da bien.

¿Quieres decir que no te importa si mato a gente?, dijo Teresa Saca sin hablar. ¿Qué estoy haciendo?, se preguntó a sí misma. Estoy hablando con una voz dentro de mi cabeza. ¿Ahora oigo voces? ¿Quién soy? ¿Juana de Arco? Vi la serie de la tele. La quemaron.

No, le dijo la voz de su cabeza: no eres ninguna santa, y yo tampoco.

¿Quieres que mate a gente?, volvió a preguntar, en silencio, dentro de su cabeza, consciente de que aquello iba más allá de la simple borrachera, aquello era de locos.

A gente no, le dijo la voz. Vamos a por caza mayor.

Cuando el señor Geronimo se encontró plantado una vez más en la entrada del Bagdad, iba armado con la revelación de que hasta aquel día no había sabido nada, no solamente del mundo, sino tampoco de sí mismo y del lugar que ocupaba en él. Ahora, en cambio, sabía algo: no todo, pero sí lo bastante para empezar. Tenía que comenzar de nuevo y sabía dónde quería hacerlo, así que le había pedido a Dunia que lo devolviera allí para intentar realizar su primera cura. Ella lo dejó allí y se fue a hacer sus cosas, pero ahora él tenía acceso al sistema de comunicaciones de los yinn y podía ubicarla con exactitud en cualquier momento gracias a aquel extraordinario sistema de posicionamiento interno, de forma que su ausencia física era un mero detalle. El señor Geronimo llamó al timbre y esperó. Luego se acordó de que seguía teniendo la llave. Todavía funcionaba, y giró en la cerradura como si no hubiera pasado nada, como si él no hubiera sido expulsado de aquel lugar por haber llevado allí una enfermedad aterradora.

¿Cuánto tiempo había pasado en el Peristán? ¿Un día, un día y medio? Sin embargo, aquí en el mundo inferior habían pasado dieciocho meses, o tal vez más. Muchas cosas cambian en dieciocho meses en la Tierra, y más durante esta era de la aceleración que empezó con el cambio de milenio y todavía continúa. Ahora contamos todas nuestras historias más deprisa, somos adictos a la aceleración, hemos olvidado los placeres de la lentitud de antaño, de holgazanear, de rebuscar, de las novelas en tres volúmenes, de las películas de cuatro horas, de las series dramáticas de trece episodios, los placeres de la duración y del merodear. Haz lo que tengas que hacer, cuenta tu historia, vive tu vida, márchate deprisa, plis plas. Plantado en la puerta del Bagdad, le dio la impresión de estar viendo cómo le pasaba ante los ojos a toda velocidad un año y medio de su ciudad: los gritos de terror a medida que se multiplicaban las elevaciones, acompañadas de su contrario, los aplastamientos, la gente chafada en el suelo por culpa de un aumento localizado de la fuerza gravitatoria, igual que en la historia de la caja china, pensó el señor Geronimo. Estaban también los ataques en picado que realizaban los Grandes Ifrits a lomos de sus urnas voladoras contra grupos al azar de ciudadanos, al tiempo que ofrecían recompensas, grandes cofres llenos de joyas, a todo el que pudiera delatar a cualquier hombre o mujer sin lóbulos. Se había declarado la ley marcial y los servicios de emergencia estaban haciendo un trabajo asombroso: los equipos de bomberos con sus escaleras atendían a la gente que flotaba y la policía mantenía cierta apariencia de orden en las calles, con la ayuda de la Guardia Nacional.

Las bandas de fanáticos religiosos se habían dedicado a rondar la ciudad en busca de gente a la que echar la culpa. Algunas de aquellas cuadrillas habían puesto en su punto de mira a la alcaldesa, a cuya hija adoptiva, Tormenta, la milagrosa árbitra de la honradez, tachaban injuriosamente de semilla del diablo. Una multitud de fieles, para quienes la hostilidad parecía ser la compinche necesaria de la fidelidad, como Hardy de Laurel, se congregó en torno a la residencia de la alcaldesa —convergiendo en ella desde tres direcciones distintas, la terminal de *ferrys*, East End Avenue y la FDR—, y de forma asombrosa consiguió tomar el histórico edificio y prenderle fuego. El éxito del ataque a la Gracie Mansion fue noticia incluso en los tiempos de desorden que corrían, puesto que los asaltantes que iban en primera línea, al salirles al paso los policías con sus pesadas armas de asalto, no cayeron ni siquiera tras recibir múltiples disparos, en la cabeza y en el torso, o eso decía la historia, y a pesar del deterioro de las comunicaciones fue una historia que se propagó deprisa. Un detalle inusual presente en algunas versiones añadía que varios vehículos habían sufrido ataques, entre ellos la furgoneta de un pescadero, y que cuando la turba abrió sus portezuelas traseras y los pescados en hielo —bonitos del norte, salmones rojos, salmones plateados, salmones rosados, abadejos, merluzas, lenguados y pescadillas— tuvieron ocasión de mirar con sus ojos vidriosos a los manifestantes ensangrentados, varios de los pescados, a pesar de estar muertos, se echaron a reír a carcajadas. Al señor Geronimo la historia de los fanáticos parásitos le recordó inmediatamente al cuento popular que contaba Blue Yasmeen sobre un pez que se reía, y volvió a entender que muchas cosas que antes se consideraban fantásticas ahora eran normales y corrientes.

Él no había sabido que existían los yinn parásitos hasta que Dunia le *susurró* y le abrió los ojos a la realidad de su herencia yinni. El señor de los yinn parásitos era uno de los Grandes Ifrits, Rubí Resplandeciente, maestro en el arte de ocupar cuerpos temporalmente y luego salir de ellos dejándolos vivos, tal como había demostrado con su sensacional posesión del titán de las finanzas Daniel Aroni, y todos los parásitos de rango inferior eran soldados rasos que servían a las órdenes del General Rubí. Pero aunque Rubí Resplandeciente era capaz de operar sin un ser vivo que ocupar, sus seguidores parásitos eran menos poderosos y también más torpes. Mientras se encontraran en la Tierra, necesitaban huéspedes —perros, serpientes, murciélagos vampiros, seres humanos—, y cada vez que abandonaban sus moradas temporales las destruían.

Estaba claro que la banda de Zumurrud estaba librando la guerra por muchos frentes, pensó el señor Geronimo. No resultaría fácil derrotarlos.

La alcaldesa y su hijita Tormenta habían huido sanas y salvas del edificio en llamas. Nuevamente, las historias que circulaban sobre su escapatoria se decantaban por una explicación sobrenatural. De acuerdo con esta versión (y no nos ha llegado ninguna otra más plausible), la madre desconocida del bebé de la tormenta era una yinnia que, como no quería criar a su hija ilegítima y medio humana, la había abandonado en la puerta de la alcaldesa; sin embargo, había seguido vigilando de lejos a su criatura, y al ver amenazada su vida, había entrado en la mansión en llamas, había levantado un escudo protector alrededor de Rosa Fast y de la Niña Tormenta y les había abierto un camino seguro para que salieran de la casa. *Faute de mieux,* ésta es la versión que tenemos.

¡Qué traicionera es la Historia! Verdades a medias, ignorancia, engaños, pistas falsas, errores y mentiras, y sepultada en medio de todo esto, la verdad, de tal modo que resulta fácil perder la fe en ella, y resulta fácil decir: la verdad es una quimera, en realidad no existe, todo es relativo, lo que un hombre cree de corazón para otro es un cuento de hadas; y, sin embargo, nosotros insistimos, insistimos de forma enfática, en que la verdad es una idea demasiado importante para dejarla en manos de los mercaderes de relatividad. La verdad existe, y en aquella época los poderes mágicos de la Niña Tormenta ofrecían la prueba visible de ello. En honor a tan ilustre niña, nos negamos a permitir que la verdad se convierta en la «verdad». Puede que no sepamos qué es, pero existe. No podemos estar seguros de cómo Rosa Fast y Tormenta escaparon de la mansión consistorial en llamas, pero podemos aceptar nuestra parte de desconocimiento y aferrarnos con fuerza a lo que sí sabemos: que se escaparon. Y a partir de entonces, la alcaldesa, aceptando la recomendación de los servicios de seguridad, se mudó a unas instalaciones secretas y gobernó la ciudad desde una ubicación no divulgada. Se desconoce su ubicación, pero se conoce su gobierno heroico. Comandó la lucha contra el caos infligido por los Grandes Ifrits; retransmitió comunicados a la ciudadanía para asegurarles que se estaba haciendo todo lo posible para ayudarlos y que pronto se haría más. Se convirtió en la cara y la voz de la resistencia y dirigió secretamente el pulso de la ciudad. Esto sí se sabe, y lo que no se sabe no lo invalida. Éste es el método científico. Hablar abiertamente de los límites del propio conocimiento aumenta la confianza del público en lo que uno dice saber.

La ciudad era una zona de guerra y la guerra había alcanzado el Bagdad. Grafitis, pintadas, inscripciones obscenas, materia fecal, un lugar destrozado por fuera y por dentro. Ventanas entabladas y otras que se habían quedado hacía tiempo sin cristales. Nada más entrar en el vestíbulo a oscuras sintió un objeto metálico presionándole contra el costado de la cabeza y oyó una voz aguda y tensa que lo amenazaba de muerte: esta casa está *ocupá*, *joputa*, ábrete la camisa; él tenía que enseñar que no llevaba un cinturón de granadas, que no era un tipo cargado con una bomba al que le habían ordenado entrar y poner el edificio en la estratosfera; ¿quién te ha mandao venir aquí, *joputa*, de *ande* vienes? Resultaba interesante, pensó, que él pudiera moverse a su ritmo relajado de costumbre y al mismo tiempo ralentizar todo lo que lo rodeaba, podía estirar la voz del hombre de la pistola, dándole ese tono grave de la cámara lenta, y ahora los tipos duros del vestíbulo a oscuras eran como estatuas, y él pudo estirar el brazo hasta el cañón de la pistola y pellizcarla un poco y cerrarle la abertura como si fuera un juguete de plastilina; era casi divertido. Podía hacer *así* y todas las armas en posesión de los ocupantes del edificio se convertían en zanahorias y en pepinos. Ah, y podía hacer *así* y ahora estaban todos desnudos. A continuación les permitió acelerarse de nuevo —o desacelerarse a sí mismo— y tuvo la satisfacción de presenciar una transformación más: de pandilleros a niños aterrorizados, qué coño es esto, nos piramos de aquí. Mientras retrocedían asustados tapándose las partes pudendas, él les formuló una pregunta: ¿os suenan de algo los nombres de Sister Allbee y Blue Yasmeen? Y el mismo tipo que le había apuntado con una pistola a la cabeza le traspasó el corazón de una puñalada: son las tías que flotaban, ¿no? Las globos. Se quitó las manos de las partes íntimas e hizo un gesto de expansión: patapum, colega. Fue un asco. ¿Qué quieres decir?, le preguntó el señor Geronimo, aunque lo había entendido perfectamente. Como una puta piñata, dijo el hombre desnudo. Pum. Una cosa rayante. No era así como tenía que ser aquella parte de la historia. Se suponía que él tenía que volver a casa del País de las Hadas con superpoderes y rescatar a Yasmeen y a Sister. Se suponía que tenía que usar las habilidades que acababa de aprender a controlar para devolverlas suavemente al suelo, oír sus quejas, admitir su propia culpa, pedir perdón, abrazarlas, devolverles sus vidas cotidianas, salvarlas de la locura y celebrar su salvación, como amigos. Se suponía que era ahora cuando tenía que empezar a regresar el sentido común y que era él, entre otros, quien tenía que traerlo. La locura que había descendido sobre el mundo ya había prevalecido demasiado tiempo. Era hora de que regresara la cordura y era allí donde él había querido que arrancara el proceso. El hecho de que estuvieran muertas —¿se habían muerto de hambre o bien las había matado a tiros por puro deporte algún loco, quizás aquellos mismos chavales desnudos al sobrevenirles la locura, y habían dejado sus cadáveres flotando en el hueco de la escalera, llenándose de los gases de la muerte, hasta la explosión, hasta que sus entrañas se convirtieron en lluvia pegajosa?— no encajaba en absoluto.

Registró la casa, que estaba al borde de la ruina. Había sangre en las paredes. Tal vez parte de ella viniera de la explosión de los cuerpos de Sister y Yasmeen. En una habitación chisporroteaba un cable desnudo, capaz de iniciar un incendio en cualquier momento. Casi todas las sillas estaban rotas y varios apartamentos tenían colchones rajados por los suelos. El suyo había sido copiosamente saqueado. Ya no tenía más posesiones que la ropa que llevaba puesta. Al salir a la calle tampoco esperaba encontrar su furgoneta donde la había dejado, así que no le sorprendió ver que había desaparecido. Nada de todo esto le importaba. Salió del Bagdad presa de una fuerza nueva, una cólera que le permitía entender la furia llameante que se había adueñado de Dunia después del asesinato de su padre. La guerra acababa de convertirse en un asunto personal.

La expresión «a muerte» se le formó en la mente y se dio cuenta, sorprendido, de que lo pensaba en serio.

No vio por ningún lado a la Dama Filósofa ni a Oliver Oldcastle. Tal vez siguieran con vida. Tal vez habían conseguido regresar a casa. Tenía que ir de inmediato a La Incoerenza. Antes de nada. No le hacía falta la furgoneta verde. Tenía una forma nueva de desplazarse.

Todavía estaba empezando a entender lentamente en qué se había convertido su vida. Su elevación la había tenido bien clara. La había afrontado y la había aceptado. El descenso había sido involuntario, tan inesperado como la elevación y, por lo que él entendía, consecuencia de la apertura dentro de sí de una identidad secreta que jamás había sospechado. Pero quizás su descenso también tuviera una dimensión humana, quizás tuviera que ver con su superación de lo que a menudo él había considerado un defecto, su defecto. Durante sus horas de flotación solitaria, había afrontado los elementos más oscuros de su vida, el dolor de verse separado de su vida de antaño, la agonía del camino rechazado y del camino que lo había rechazado a él. Al aceptar su grave herida y mostrársela a sí mismo, se había vuelto más fuerte que su enfermedad. Se había ganado su atracción gravitatoria y había bajado al suelo. Así pues, el Paciente Cero se había convertido no solamente en origen de la enfermedad, sino también de la cura.

Tenía la sensación de haber entrado en otra piel. O de que él, que era otro, se había convertido en el nuevo ocupante de su cuerpo, que era otro para él. Se había olvidado por completo de su edad y ante su imaginación se desplegaba un campo enorme de posibilidades, lleno de flores blancas, cada una de ellas capaz de obrar un milagro. El asfódelo blanco era la flor del más allá, y, sin embargo, él nunca se había sentido tan vivo. También cayó en la cuenta de que la maldición de la elevación tenía algo en común con su condición presente: que sus efectos trascendían de forma localizada las leyes de la naturaleza. Por ejemplo, su capacidad para moverse muy deprisa mientras el mundo parecía quedarse congelado, un poder sobre el movimiento relativo que todavía no había empezado a entender pero que resultaba sorprendentemente fácil de usar. Se recordó a sí mismo que para conducir un coche no hacía falta conocer los secretos del motor de combustión interna. Entendía que aquella clase de hechicería localizada era la esencia de los yinn. Él seguía siendo de carne y hueso, y eso lo ralentizaba un poco —no podía moverse con la rapidez de la Princesa Centella ni mucho menos—, pero ella había liberado en su cuerpo los secretos del humo y del fuego, y éstos lo transportaban bastante deprisa.

Así pues, al cabo de un breve momento de espacio borroso y tiempo alterado, se plantó una vez más en los jardines destruidos de La Incoerenza, y el jardinero que tenía dentro supo que había al menos una pequeña victoria que sí estaba a su alcance. Si había una historia de los yinn que todo el mundo conocía, era la del yinni de la lámpara que le construyó a Aladino un palacio con hermosos jardines para que viviera en compañía de su amada, la hermosa princesa Badrulbudur, y aunque lo más seguro era que la historia fuera un apócrifo escrito en Francia, lo cierto era que cualquier yinni que se preciara podía levantar un palacio ajardinado decente en menos tiempo del que se tarda en chasquear los dedos o dar una palmada. El señor Geronimo cerró los ojos y ante él apareció el campo de asfódelos blancos. Cuando se agachó para oler su aroma encantado, le aparecieron delante también todos los terrenos de La Incoerenza en miniatura, perfectos hasta el último detalle, tal y como habían estado antes de la gran tormenta, y se vio a sí mismo como un gigante que se agachaba para insuflarle el aliento de la vida renovada, mientras a su alrededor se mecían suavemente las flores blancas, también gigantescas en comparación con la casa y los jardines diminutos.

Cuando volvió a abrir los ojos, el encantamiento había funcionado. La Incoerenza había sido devuelta a su gloria de antaño, sin rastro del barro y los detritos que el río había depositado en ella; la mierda indestructible del pasado había desaparecido, los enormes árboles desarraigados volvían a levantarse como si sus raíces nunca hubieran arañado el aire, rebozadas de barro negro, y toda su obra de muchos años estaba reconstruida: las espirales de piedra, el jardín soterrado, el reloj de sol analemático, el bosque de rododendros, el laberinto minoico y los recovecos secretos escondidos entre los setos; oyó entonces una fuerte exclamación de felicidad procedente de la arboleda dorada, y así supo que la Dama Filósofa seguía con vida y que estaba descubriendo que el pesimismo no era la única forma de mirar el mundo, que las cosas podían cambiar a mejor y también a peor, y que los milagros existían.

Habían estado viviendo como pájaros, Alexandra y su Oldcastle, al principio revoloteando en habitaciones vacías, pero luego, a medida que seguían elevándose, obligados a marcharse de la casa y flotar a cubierto del follaje.

Pero eran pájaros con dinero: Alexandra Fariña había continuado la costumbre de su padre de guardar cantidades absurdas de dinero en metálico en la caja fuerte de detrás de la pintura florentina, y aquel dinero era lo que les había permitido sobrevivir a ella y a su encargado de mantenimiento. El dinero en metálico había suministrado algo de seguridad, a pesar de que habían entrado a robar en la casa, y se habían llevado mucho, tal vez los mismos encargados de seguridad, pero al menos durante aquellos meses sin ley no se habían producido actos de violencia física ni sexual, el perímetro había estado más o menos protegido y solamente había sido traspasado de forma esporádica, y a fin de cuentas solamente les habían robado, no los habían violado ni matado. El dinero en metálico había servido para que los servicios de emergencia los visitaran con regularidad para traerles comida fresca y bebida, así como todos los suministros que necesitaran. Ya se habían elevado hasta una altura de cuatro metros, y todo lo que necesitaban lo guardaban en una elaborada red de cajas y cestas colgadas de las ramas más gruesas de la arboleda, construida por trabajadores locales y pagada, por supuesto, en metálico. La arboleda les permitía hacer sus funciones naturales sin testigos y sin pasar vergüenza, y en algunos momentos de forma casi agradable.

Pero la tristeza creció, y a medida que pasaban los meses Alexandra Bliss Fariña se sorprendió a sí misma deseando que todo acabara, que el final llegara pronto y a ser posible sin dolor. Todavía no había usado su reserva en metálico para adquirir las sustancias que podían hacer realidad su deseo, pero se lo planteaba a menudo. Pero en vez de la muerte, de pronto habían llegado el señor Geronimo y la restauración milagrosa del mundo perdido, la marcha atrás del tiempo y la esperanza —una esperanza perdida y redescubierta contra todo pronóstico, como un anillo de piedras preciosas que se pasa dieciocho meses extraviado hasta que aparece en un cajón— de que quizás todo pudiera volver a ser como era. Esperanza. Ella lo llamó con esperanza improbable en la voz. *Estamos aquí. Por aquí. Aquí.* Y luego, en tono casi de súplica, temiendo una respuesta negativa que reventara aquel diminuto globo de optimismo: *¿Puedes bajarnos?*

Y sí que podía: podía cerrar los ojos e imaginarse sus figuras diminutas descendiendo a los jardines restaurados de la propiedad reparada, y al cabo de un momento allí estaba ella, corriendo hacia él, abrazándole, y Oliver Oldcastle, el mismo que antaño lo había amenazado de muerte, ahora se descubrió la cabeza y la inclinó para demostrar su gratitud, y no protestó para nada cuando la Dama Filósofa cubrió de besos la cara del señor Geronimo. Muy agradecido, murmuró Oldcastle. Ni puñetera idea de cómo lo has hecho, pero aun así. Muy agradecido.

Todo esto, todo esto, exclamó Alexandra, dando vueltas y más vueltas sobre sí misma. Haces milagros, Geronimo Manezes, no hay otra palabra.

Si se hubiera rendido a su parte yinni, el señor Geronimo le habría hecho el amor allí mismo, sobre la hierba mágicamente renovada y con Oliver Oldcastle mirando, y sí, el deseo estaba en él, pero había jurado dedicarse a una causa, estaba al servicio de la nueva Reina de la Montaña, la yinnia Dunia, y su parte humana insistía en que recordara el juramento; antes de que la vida, la vida de él y la vida de los humanos pudiera renovarse como era debido, había que plantar el estandarte triunfante de la reina en el campo de batalla.

Tengo que irme, dijo entonces, y el mohín decepcionado de Alexandra Bliss Fariña fue el perfecto contrario de la huraña sonrisa de satisfacción de Oliver Oldcastle.

En el país lejano de A. vivía una vez un rey amable al que sus súbditos conocían como el Padre de la Nación. Movido por sus inclinaciones progresistas, aquel rey ayudó al país a entrar en la era moderna, introdujo las elecciones libres, defendió los derechos de las mujeres y construyó una universidad. Como no era un rey rico, lo que hacía para conseguir fondos era permitir que usaran la mitad de su palacio como hotel, donde a menudo él tomaba el té con los huéspedes. Se ganó la estima de la juventud de su país y de Occidente permitiendo la manufactura y la venta legales de hachís, al que sometía a control de calidad y otorgaba distintos sellos gubernamentales de aprobación, de oro, plata y bronce, indicando grados distintos de pureza y de precio. Fueron buenos años, los años del rey, aunque tal vez un poco inocentes, pero por desgracia el monarca tenía mala salud; le dolía la espalda y tenía mala vista. Viajó a Italia para operarse y mientras estaba fuera su antiguo primer ministro practicó otra clase de cirugía: extirpó al rey del Estado y se quedó con el reino. Durante las tres décadas siguientes, mientras el rey vivía en el exilio, contentándose, como era su costumbre, con sus plácidos pasatiempos: el ajedrez, el golf y la jardinería, en su antiguo reino se desataba el caos. El primer ministro no duró mucho, y a continuación vino una época de luchas entre facciones tribales, que hizo que al menos uno de los poderosos vecinos de A. considerara que el país estaba listo para ser conquistado.

De forma que hubo una invasión extranjera. Se trataba de una equivocación que los extranjeros no paraban de cometer —intentar conquistar la tierra de A.—, y siempre acababan marchándose con el rabo entre las piernas o bien muertos en el campo de batalla para solaz de los perros salvajes carroñeros, que no eran nada melindrosos con lo que comían y estaban dispuestos a digerir incluso aquel tipo de comida extranjera apestosa. Pero cuando la invasión extranjera fue repelida, lo que vino en su lugar fue todavía peor, una banda de asesinos ignorantes que se hacían llamar los Empollones, como si la simple palabra pudiera otorgarles estatus de verdaderos académicos. Lo que sí habían estudiado a fondo los Empollones era el arte de prohibir cosas, y en muy poco tiempo ya habían prohibido la pintura, la escultura, la música, el teatro, el cine, el periodismo, el hachís, votar, las elecciones, el individualismo, la discrepancia, el placer, la felicidad, las mesas de billar, las caras bien afeitadas (en los hombres), las caras de las mujeres, los cuerpos de las mujeres, la educación de las mujeres, los deportes femeninos y los derechos de la mujer. Les habría gustado prohibir a las mujeres directamente, pero hasta ellos se daban cuenta de que no era del todo factible, de forma que se contentaban con hacer las vidas de las mujeres tan desagradables como fuera posible. Cuando Zumurrud el Grande visitó la tierra de A. en los primeros días de la Guerra de los Mundos vio de inmediato que era un lugar ideal para montar una base de operaciones. Hay un dato interesante y poco conocido, que Zumurrud el Grande era muy aficionado a la edad de oro de la ciencia ficción, y en caso de tener amigos, podría haber discutido con ellos la obra de maestros del género como Simak, Blish, Henderson, Van Vogt, Pohl y Kornbluth, Lem, Bester, Zelazny, Clarke y L. Sprague de Camp. Entre sus favoritos se contaba la novela clásica de la década de los cincuenta de Isaac Asimov, *Fundación*, así que decidió bautizar su operación en A. en honor a la novela. La Fundación que montó y pasó a dirigir —originalmente con la ayuda de Zabardast el Hechicero y en solitario tras pelearse con él— no tardó en asentarse en A. por medio del simple procedimiento de comprar a los nuevos gobernantes del país.

—He comprado el país —se jactó ante sus seguidores—. Ahora es nuestro.

No le había resultado difícil. Las cuevas subterráneas donde Zumurrud el Grande guardaba sus joyas eran célebres en el acervo popular de los yinn. Tal vez, y esto nos parece probable, al menos una de aquellas cavernas estuviera situada en la severa y montañosa región fronteriza oriental de A., muy por debajo de las montañas, detrás de pórticos de piedra que la protegían de las miradas de los humanos. Cuando Zumurrud se presentó ante los líderes de los Empollones, éstos se quedaron sobrecogidos por su tamaño gigante y mortalmente espantados por la presencia de un yinni nacido del fuego, pero también enloquecieron de deseo por los cuencos de oro llenos de diamantes y esmeraldas que les traía, despreocupadamente, como si no fueran nada, un cuenco en cada mano inmensa. De los cuencos caían diamantes más grandes que el Kohinoor, que rodaban por el suelo e iban a detenerse a los pies temblorosos de los Empollones.

—Podéis quedaros tantas baratijas de éstas como queráis —dijo Zumurrud con su voz de gigante—, y podéis hacer lo que queráis con esta tierra dejada de la mano de Dios, podéis prohibir el viento, a mí me da igual, podéis prohibir que caiga lluvia de las nubes o que brille el sol, adelante. Pero a partir de ahora la Fundación es vuestra dueña, Empollones, así que más os vale empollar la manera de hacerme feliz. Si no, pasarán cosas malas como ésta. —Chasqueó los dedos y uno de los empollones, un tipo flaco y encorvado con los dientes podridos y una profunda aversión a la música de baile, quedó transformado al instante en un montón de cenizas humeantes—. Es una demostración nada más —murmuró Zumurrud el Grande dejándoles los cuencos de joyas.

Y eso fue todo.

Mientras Dunia y el señor Geronimo estaban de viaje en el País de las Hadas, el grupo de Zumurrud hizo varias de aquellas «demostraciones» aunque a una escala mayor, destinadas a acobardar a la especie humana, amansarla y meterla en vereda. Decimos «el grupo de Zumurrud» porque, tal como ya se ha mencionado, el Gran Ifrit hacía gala de una considerable indolencia natural y prefería dejar que otros hicieran el trabajo sucio mientras él permanecía reclinado bajo una enramada, bebiendo, comiendo uvas, mirando pornografía por la tele y servido por su séquito personal de yinnias. Se había traído del mundo superior a un pequeño ejército de yinn menores y básicamente se dedicaba a señalarles adónde quería que fueran y allá iban ellos, asesinando a individuos prominentes, hundiendo barcos, provocando la caída de aviones comerciales, interfiriendo en las operaciones informáticas de los mercados de valores, lanzando sobre alguna gente la maldición de la elevación y sobre otra la del aplastamiento, y usando las joyas que él tenía en grandes cantidades para sobornar a gobiernos y llevar a otros países a su esfera de influencia. Sin embargo, es casi seguro que el número total de yinn oscuros propiamente dichos que descendieron al mundo inferior nunca rebasó los cien individuos, a los que hay que añadir la especie inferior de los yinn parásitos. Así pues, tal vez llegara a haber doscientos o trescientos conquistadores, en un planeta de siete mil millones de almas. En el punto álgido del Imperio británico en la India no hubo en todo aquel país enorme más de veinte mil británicos, que gobernaban con éxito a más de trescientos millones de indios, pero ni siquiera esta impresionante hazaña es nada comparada con el ascenso de los yinn oscuros. Los Grandes Ifrits tenían más que claro que los yinn eran superiores a la especie humana en cualquier sentido, y que los seres humanos, a pesar de todas sus pretensiones de civilización y progreso, eran poco más que primitivos con arcos y flechas, y que lo mejor que podía pasarles a aquellos desdichados era pasar un milenio o dos sometidos a una especie superior y aprendiendo de ella. Ésta, llegó a decir Zabardast, era la carga que habían asumido los yinn oscuros, un deber que estaban decididos a cumplir.

El desprecio que mostraban los Grandes Ifrits hacia sus súbditos únicamente creció a la vista de lo fácil que les resultaba reclutar a seres humanos para que los ayudaran a mantener su nuevo imperio.

—Codicia y miedo —les dijo Zumurrud a sus tres colíderes, reunidos, como era su costumbre, sobre una nube oscura que daba vueltas a la Tierra a la altura del ecuador, desde la que vigilaban y juzgaban a los simples mortales que tenían debajo—, miedo y codicia, ésas son las herramientas con que se puede controlar a esos insectos con una facilidad que casi da risa.

Su comentario hizo soltar la carcajada a Zabardast el Hechicero, porque todo el mundo sabía que Zumurrud no poseía nada que se pareciera ni remotamente al sentido del humor. Zumurrud se lo quedó mirando con abierta hostilidad. La distancia entre los dos ifrits más poderosos seguía creciendo a diario. Habían hecho más o menos las paces, habían firmado una tregua y vuelto a unir sus fuerzas, pero entre ellos seguían retumbando los problemas. Se conocían desde hacía demasiado tiempo y su amistad estaba aproximándose a su fin.

Los relámpagos crepitaban en el corazón de la nube. Ra'im Bebesangre y Rubí Resplandeciente hicieron lo que pudieron para cambiar de tema.

—¿Qué pasa con la religión? —preguntó Bebesangre—. ¿Qué tenemos que hacer con ella? Allá abajo se están multiplicando los creyentes todavía más deprisa que antes.

A Rubí Resplandeciente, el autoproclamado Poseedor de Almas, nunca le habían interesado para nada ni dioses ni paraísos. El País de las Hadas ya era paraíso suficiente, y no había razón para suponer la existencia de un jardín superior ni más perfumado. Haciendo gala de un gusto por las prohibiciones casi digno de los Empollones, dijo:

—Tenemos que prohibirla de inmediato. Es un circo.

Aquel comentario hizo que tanto Zumurrud el Grande como Zabardast el Hechicero se pusieran a bullir de rabia. Sus contornos crepitaron como un centenar de huevos friéndose en una sartén, y Rubí Resplandeciente y Ra'im Bebesangre entendieron que algo había cambiado en los dos ifrits superiores.

—¿Qué os pasa a vosotros dos? —les preguntó Bebesangre—. ¿Desde cuándo os habéis apuntado a la brigada de la estampita?

—No seas memo —le dijo Zabardast en tono artero—. Estamos en proceso de instituir un reinado de terror en la Tierra, y para esos salvajes solamente hay una palabra que lo justifique: la palabra del dios de turno. En nombre de una entidad divina podemos hacer lo que nos venga en gana y la mayoría de esos idiotas de ahí abajo se lo tragarán como si fuera aceite de ricino.

—Entonces es una estrategia, una simple treta —dijo Rubí Resplandeciente—. Eso lo puedo entender.

Pero ahora Zumurrud el Grande se incorporó, encolerizado, y la ira del enorme gigante asustó un poco incluso a sus compañeros yinn.

—Se han acabado las blasfemias —dijo—. Temed la palabra de Dios o también vosotros seréis contados entre sus enemigos.

Aquello fue un *shock* para los otros tres.

—Has cambiado de canción —dijo Bebesangre, negándose a mostrarse impresionado—. ¿Ésta quién te la ha enseñado?

—Te has pasado la vida entera de juerga, matando, apostando, follando y durmiendo la mona —añadió Rubí Resplandeciente—, o sea que ir de santo te sienta igual de mal que esa corona de oro, que, por cierto, te viene pequeña, porque fue forjada para una cabeza humana que, si lo recuerdas, separaste de su cuerpo de forma bastante innecesaria.

—He estado estudiando filosofía —masculló el gigante, ruborizándose, considerablemente avergonzado—. Nunca es tarde para aprender.

La transformación del escéptico gigante Zumurrud en soldado de un poder superior fue el último logro del filósofo muerto de Tus. Al-Ghazali era polvo y el yinni era fuego, pero aun en la tumba al pensador le quedaba algún as en la manga. O para decirlo de otro modo: cuando un ser que toda su vida se ha definido por sus acciones por fin abre su mente a las palabras, no cuesta nada conseguir que acepte cualquier palabra que le quieras vender. Y era Zumurrud quien había acudido a él, dispuesto a aceptar lo que el hombre muerto tuviera que decirle.

—Todo ser que comienza tiene una razón para comenzar —dijo Al-Ghazali—, y el mundo es un ser que comienza; por consiguiente, tiene una razón inicial.

—Eso no se aplica a los yinn —dijo Zumurrud—. A nosotros no nos hace falta una razón.

—Tenéis madres y padres —dijo Al-Ghazali—. Por tanto, tuvisteis un comienzo. Por tanto, también sois seres que empezaron. Por tanto, necesitáis una razón. Es una cuestión de lenguaje. Cuando el lenguaje insiste, únicamente podemos seguirlo.

—El lenguaje —repitió Zumurrud, despacio.

—Todo se reduce a palabras —dijo Al-Ghazali.

—¿Y qué pasa con Dios? —le preguntó Zumurrud, genuinamente desconcertado, en su siguiente encuentro—. ¿Él no tuvo también un comienzo? En caso de que no, ¿de dónde salió? Y en caso de que sí, ¿qué o quién fue *su* razón? ¿Acaso Dios no debería tener un Dios, y así sucesivamente hasta el infinito?

—No eres tan tonto como pareces —admitió Al-Ghazali—, pero tienes que entender que tu confusión surge nuevamente de un problema lingüístico. El término *comienzo* implica la existencia del tiempo lineal. Tanto los seres humanos como los yinn vivimos en ese tiempo, tenemos nacimientos, vidas y muertes, inicios, partes intermedias y finales. Dios, sin embargo, vive en un tipo distinto de tiempo.

—¿Hay más de un tipo?

—Nosotros vivimos en lo que se puede llamar tiempo-devenir. Nacemos, nos convertimos en nosotros mismos y luego, cuando el Destructor de Mundos viene a visitarnos, dejamos de ser, y no queda más que polvo. Polvo parlante, en mi caso, pero polvo a fin de cuentas. El tiempo de Dios, sin embargo, es eterno: es simplemente tiempo-ser. Para Él, pasado, presente y futuro existen de forma conjunta, de modo que las mismas palabras *pasado, presente* y *futuro* carecen de significado. El tiempo eterno carece de principio y de fin. No avanza. Nada se mueve. Nada comienza. Nada termina. Dios, en su tiempo, no acaba convertido en polvo, ni tampoco tiene una parte intermedia lozana y luminosa, ni empieza berreando. Simplemente *es*.

—Simplemente es —repitió Zumurrud, dubitativo.

—Sí —confirmó Al-Ghazali.

—Así que Dios es una especie de viajero temporal —propuso Zumurrud—. Que se traslada de su tipo de tiempo al nuestro, y al hacerlo se vuelve infinitamente poderoso.

—Si quieres... —aceptó Al-Ghazali—. Pero no *se vuelve*. Simplemente *es*. Has de tener cuidado con cómo usas las palabras.

—Vale —dijo Zumurrud, nuevamente confuso.

—Piensa en ello —lo apremió Al-Ghazali.

—A este Dios que simplemente es —dijo Zumurrud en una tercera ocasión, después de haberlo pensado— no le gusta que le discutan, ¿verdad?

—Dios es *esencial*, es decir, esencia pura, y como tal, también es *indiscutible* —le dijo Al-Ghazali—. La segunda proposición sigue inevitablemente a la primera. Negar su esencia equivale a llamarlo *no esencial*, lo cual implicaría discutir con él, que es por definición *indiscutible*. Por tanto, es evidente que discutir con su indiscutibilidad supone un mal uso del lenguaje, y como te he dicho, hay que tener cuidado con qué palabras uno usa y cómo las usa. El lenguaje indebido le puede explotar a uno en la cara.

—Como un explosivo —dijo Zumurrud.

—Peor —dijo Al-Ghazali—. Por eso no hay que tolerar las palabras indebidas.

—Me da la sensación —caviló Zumurrud— de que a esos desgraciados mortales del mundo inferior todavía les confunde el lenguaje más que a mí.

—Enséñales pues —dijo Al-Ghazali—. Enséñales la lengua de la divinidad que simplemente-es. La instrucción será intensa, severa y hasta posiblemente temible. Acuérdate de lo que te dije del miedo. El miedo es el destino del hombre. El hombre nace con miedo, miedo a la oscuridad, a lo que no sabe, a los desconocidos, al fracaso y a las mujeres. Y el miedo lleva a la fe, no a modo de cura del miedo, sino de aceptación de que el miedo a Dios es la condición natural y adecuada del destino humano. Enséñales a temer el uso indebido de las palabras. No hay crimen que al Todopoderoso le resulte más imperdonable.

—Puedo hacerlo —dijo Zumurrud el Grande—. Muy pronto estarán hablando a mi manera.

—A la *tuya* no —lo corrigió Al-Ghazali, aunque sin severidad; cuando uno trataba con un Gran Ifrit había que hacer ciertas concesiones a su egolatría.

—Entiendo —dijo Zumurrud el Grande—. Descansa. No hace falta decir más.

Ahí terminó la lección. Pero tal como Al-Ghazali descubriría pronto, mandar al más poderoso de los yinn oscuros por el camino de la violencia extrema podía tener resultados alarmantes para quien lo mandaba. El estudiante no tardó en superar al maestro.

Dunia despertó por última vez a Ibn Rushd en su tumba. He venido a despedirme, le dijo. Es la última vez que vengo a verte. ¿Qué ha ocupado mi lugar en tus afectos?, preguntó él, en tono cargado de sarcasmo. Un montón de polvo conoce sus limitaciones. Ella le habló de la guerra. El enemigo es fuerte, le dijo. El enemigo es estúpido, contestó él. Hay sitio para la esperanza. Los tiranos carecen de originalidad y no aprenden nada del legado de sus predecesores. Se mostrarán brutales y asfixiarán y engendrarán odio y destruirán lo que los hombres aman, y al final será eso lo que los derrote. En última instancia, todas las batallas importantes son conflictos entre el odio y el amor, y tenemos que aferrarnos a la idea de que el amor es más fuerte que el odio.

Pues no sé si voy a ser capaz, porque ahora mismo también estoy llena de odio. Miro el mundo de los yinn y veo en él a mi padre muerto, sí, pero también veo su superficialidad: su obsesión por las baratijas relucientes, su amoralidad, su desprecio generalizado hacia los seres humanos, que debo llamar por su nombre verdadero: racismo. Veo la malicia narcisista de los ifrits y sé que también hay un poco de todo eso en mí, siempre hay algo de oscuridad junto con la luz. Ahora mismo no veo ninguna luz en los yinn oscuros, pero siento la oscuridad de mi interior. Es el lugar del que viene el odio. Así pues, me cuestiono a mí misma y también cuestiono mi mundo, pero también sé que no es hora de ponerse a debatir. Es la guerra. Y en tiempos de guerra no hay que hacer preguntas, sino ponerse manos a la obra. De forma que debemos terminar también nuestras discusiones y ponernos a hacer lo que hay que hacer.

Es un discurso triste, dijo él. Recapacita. En estos momentos necesitas mi consejo.

Adiós, contestó ella.

Me estás abandonando.

Tú me abandonaste a mí una vez.

O sea que ésta es tu venganza. Dejarme consciente e impotente en mi tumba para el resto de la eternidad.

No, dijo ella en tono amable. Venganza no. Solamente despedida. Duerme.

Héroe Natraj bailando la danza de la destrucción. Encuentra a tu yinni interior, le había dicho aquella chica tan *sexy*, aquella chati flaca y bajita que era su tátara tátara tátara tatarabuela con algunos tátaras más. Su casa había quedado destruida y su madre no había durado mucho más, su madre, que hasta aquel momento de su vida había sido la única mujer a la que había amado de verdad. El *shock* de la noche del gigante y de la casa en llamas había acabado con ella. La enterró y se quedó sin más sitio al que ir que el sofá de su primo Normal, echándola más de menos con cada minuto que pasaba. Su primo, al que odiaba más con cada puto minuto que pasaba. En cuanto controle a mi duende interior, Normal, lo mismo serás el primer boquete que abra. Tú espera; espera y verás.

El mundo entero se estaba yendo al carajo y él, Jimmy Kapoor, como el tipo rarito que era, se pasaba las noches pateándose los cementerios con un relámpago grabado en el *matha* igual que Harry P. Usaba principalmente el de Saint Michael, situado al amparo de los brazos extendidos de la Brooklyn-Queens Expressway —o, tal como él se lo imaginaba en realidad, de la V de victoria y de que os jodan de la BQE—, con todas sus lápidas rematadas por ángeles femeninos que contemplaban a los fiambres con sus caras tristes. Era una persona distinta desde que su abuelita le había susurrado en el cuerpo, primero en las sienes y después en el corazón, créetelo, colega, me puso los labios en el pecho e hizo su conjuro rollo Hogwarts. Pam, la cabeza se le abrió igual que en la peli aquella de Kubrick, llevándolo a un sitio completamente molón, y ahora veía cosas con las que no había soñado jamás, la red entera del conocimiento y los poderes de los yinn. Era alucinante, joder, estaba literalmente alucinando, pero, guau, lo interesante era que no se había vuelto majara. Y adivina por qué. Pues porque se le había despertado dentro su duende interior y ahora podía aguantar esas cosas. Aquélla debía de ser la sensación a la que se refería la gente cuando decía: me siento una persona distinta, o me siento un hombre nuevo.

O sea, que ahora él era otra persona que no tenía otro nombre más que el suyo. Porque la otra persona era él.

Primero habían venido el agujero de gusano y el gigante que había fingido ser su personaje de cómic para comerle la cabeza, pero después la abuelita *sexy* le había manipulado la mente *literalmente*, y alucina, ahora el superhéroe era él. El rey de la danza mágica. *Pasándoselo de puta madre.*

Y sí, le estaba cogiendo el truco. Podía moverse a toda pastilla, ralentizar el mundo entero y acelerarse a sí mismo, molaba cantidad. Podía convertir una cosa en otra. Un puñado de piedrecitas, *voilà*, ahora eran joyas. Apretaba con la mano una rama caída y la convertía en un lingote de oro; quién te necesita, Normal, y a ti y a tu miserable sofá, ahora soy rico. Pero luego escuchó la voz de Dunia en su cabeza, como si le oyera los pensamientos: si no te concentras en la lucha no te darás cuenta y estarás muerto. Él se acordaba de su madre y eso le daba la rabia que necesitaba. Aquello le infundía la cólera. Dunia le dijo que estaba reuniendo un ejército. Distintos Jimmys de ciudades distintas. Él miró en su nuevo cerebro y vio cómo se extendía la red. Estiraba el brazo, la energía le fluía por él y ¡pum! Un rayo y un ángel de cara triste menos. No se lo podía creer. Era su sueño.

Alguien había dejado calabazas en aquel lugar de descanso eterno, pues bueno, lo estaban pidiendo a gritos, colega, lo siento. Pum. Sopa de calabaza.

A medida que lo fue dominando, sin embargo, no fueron los rayos los que lo cautivaron. Fueron las metamorfosis. Vale, les había volado la cabeza a unos cuantos ángeles de piedra, era divertido, estaba ejerciendo su derecho garantizado por la Segunda Enmienda a llevar armas, aunque probablemente los Padres Fundadores no se habían planteado los brazos como armas; pero enseguida descubrió que se le daba mejor el rollo de las transformaciones. No tenían por qué ser joyas, aquélla era la clave. No tenía por qué convertir piedrecitas en rubíes. Tenía que admitir que había probado sus poderes con seres vivos. Pájaros. Gatos callejeros. Chuchos pulgosos. Ratas. Bueno, a nadie le importaba que convirtieras ratas en cagadas de rata o en salchichas de rata; en cambio, los pájaros, gatos y perros, había gente a quien sí le importaban aquellas entidades, empezando por su difunta madre, que había criado pájaros, así que perdón, gente; perdón, mamá.

Lo mejor llegó cuando descubrió que podía convertir a sus sujetos en, por ejemplo, *sonidos*. Uau. Podía convertir a un pájaro en un canto de pájaro, un simple canto flotando en el aire; podía convertir a un gato en maullido.

En cuanto le cogió el tranquillo se puso juguetón: apuntó a una lápida y la convirtió en una especie de sollozo que flotaba en ese espacio; estaba descubriendo en sí mismo una especie de vena enferma, tal vez dentro de todo contable había un superhéroe enfermo intentando salir, y eh, pensó, ¿qué pasa con los *colores*? ¿Puedo convertir cucarachas o banderas o hamburguesas con queso en simples colores flotando en el espacio y luego, sí, *disipándose*? Necesitaba practicar con animales más grandes. ¿No hay ovejas por aquí? Nadie iba a echar de menos a unas cuantas ovejas, ¿verdad? Tal vez las metamorfosis fueran reversibles, en cuyo caso, eh, ninguna oveja ha salido perjudicada por este superpoder. Pero las ovejas estaban en las granjas del norte del estado, a menos que las granjas hubieran sido destruidas y los animales estuvieran ahora deambulando desperdigados por ahí; ¿a quién podía pedirle que lo llevara adonde necesitaba ir? Asia tenía coche, lo más seguro era que supiera incluso dónde conseguir gasolina, la preciosa Asia, pronunciado Á-si-a, no Asha, porque era una *signorina* italiana, no una morena, y encima bailarina, no de *striptease*, carajo, ella era pura clase: *de ballet*. Seguramente tenía una cola de hombres de un kilómetro de largo esperándola con latas llenas de gasolina en las dos manos. Ojalá él tuviera el superpoder megaútil de camelarse a las chicas.

Resultó que a fin de cuentas sí que poseía aquel talento. Hizo la llamada, encontró unas cuantas palabras y le contó a la señorita bailarina lo que le había pasado, todo, lo de la abuelita *sexy*, lo del susurro, pum, los efectos especiales rollo odisea del espacio de Stanley Kubrick, todo, vamos, y ella no se lo creyó al cien por cien, pero sí lo bastante como para quedar con él en el cementerio y, colega, él se lo enseñó. Tenerla allí para hacerle la demostración fue, en serio, *flipante*. Las transformaciones en sonido y en color y los rayos.

Y en el mismo Saint Michael, después de hacerle la demostración, ella bailó para él. *¿Y sabes qué?* No solamente tenía a una chófer que lo llevara Hudson arriba en busca de ovejas. Ahora tenía una *novia*, una novia. Ya lo creo.

Y la cosa siguió así durante un año y medio más o menos. Durante los largos meses de redescubrimiento de sí mismo, de aprender a caminar como un yinni antes de poder correr como un yinni y hasta volar, durante el tiempo que duró la segunda infancia acelerada que también había experimentado Geronimo Manezes, Jimmy Kapoor se dio cuenta de que una parte de él había estado esperando aquello, de que había gente, entre la que él se contaba, que ansiaba que el mundo de los sueños y la imaginación se volviera parte de sus vidas cotidianas, que esperaba confiadamente ser capaz de convertirse en algo prodigioso, sacudirse de encima el polvo de la banalidad y elevarse, renacida, a su verdadera naturaleza milagrosa. En secreto, él siempre había sabido que su creación, Héroe Natraj, no estaba a la altura de aquella tarea, que no lo sacaría de la rutina de la nada, lo cual aumentó el placer que le produjo descubrir que podía salir a la luz, no por medio de la ficción, sino como sí mismo, como él mismo convertido en ficción, pensó, o mejor todavía: en algo real pero por fin, y contra todo pronóstico, extraordinario. Tal vez fue por eso que se adaptó con tanta facilidad y naturalidad a su recién revelada identidad yinni. Su existencia dentro de él era algo que siempre había conocido, pero sin confiar en ese conocimiento; al menos hasta que Dunia le había *susurrado* al corazón.

Estaba esperando la orden de la Princesa Centella. En ocasiones, para variar, se iba al sur, a los cementerios de

Calvary o Mount Zion, y allí hacía estallar también las cabezas de los leones de piedra y realizaba transformaciones nuevas: ahora podía convertir objetos sólidos en *olores*; cogía un banco, por ejemplo, y lo convertía en pedo, en la acumulación de todos los pedos que se habían tirado todos los vejestorios hombres y vejestorios mujeres que se habían sentado en aquel banco a rememorar a todos los demás vejestorios, ya difuntos, Macvejestorios que ya no se tirarían más pedos.

Pensó en su colección de tebeos antiguos, desaparecidos en el incendio de su antiguo hogar, y se acordó del Superman de la vida real de aquellos viejos cómics de la DC, el señor Charles Atlas, con sus calzoncillos de piel de leopardo y la técnica de Tensión Dinámica que lo convertía en el «hombre más perfectamente desarrollado del mundo». Ahora ya no había chicas riéndose de él detrás de su espalda. Ya no era el Jimmy de antaño, el alfeñique de Jimmy, con sus cuarenta y pocos kilos de peso. Ahora era un verdadero hombretón, como diría el señor Atlas. El Hombretón-yo, con la alta Á-si-a del brazo. Ahora ya nadie le tiraba tierra a los ojos.

Y por fin apareció Dunia, entre las lápidas de Saint Michael, buscándolo: ya no era princesa, sino reina. En la medianoche del cementerio le dio el pésame por la muerte de su madre. Ella también había perdido a su padre. ¿Estás listo?, le preguntó. Vaya si estaba listo.

Ella le murmuró en el oído y le dio a unos cuantos malos que matar.

Los yinn parásitos, tal como se manifestaron en la Tierra durante la Guerra de los Mundos, eran criaturas poco impresionantes, poseedores de una capacidad bastante limitada para pensar. Cuando sus señores yinn los mandaban a algún sitio, ellos iban en la dirección señalada y causaban el caos estipulado, como en el ataque a la residencia de la alcaldesa. A continuación se dedicaban a buscar cuerpos que habitar, porque sin anfitriones humanos no podían sobrevivir en el mundo inferior. En cuanto se prendían a un hombre o una mujer, le chupaban toda la vida al cuerpo hasta convertirlo en una simple carcasa vacía, y después tenían muy poco tiempo para encontrar a un anfitrión nuevo. Hoy en día hay quien dice que no se debe incluir a estas criaturas entre los yinn verdaderos porque apenas tenían consciencia, eran una casta de esclavos, o bien una forma inferior de vida. Este argumento tiene mucho sentido, pero aun así nuestra tradición les otorga un sitio en la taxonomía de los yinn, aunque solamente sea porque, tal como nos ha llegado la historia, fueron los primeros yinn que murieron a manos de un ser humano; o para ser más exactos, de un híbrido, humano en su mayor parte pero con una poderosa veta yinni liberada por la reina de las hadas.

Algunas imágenes que nos han llegado de los conflictos del pasado, tanto estáticas como en movimiento, ahora nos resultan pornográficas. Las guardamos en recipientes sellados dentro de salas de acceso restringido para que allí las estudien los académicos genuinos: historiadores, estudiosos de las tecnologías difuntas (la fotografía, el cine) y psicólogos. No vemos necesidad de causar aflicción exhibiendo esos objetos ante el público.

A lo largo de estas páginas tampoco nos hemos detenido indebidamente, ni lo vamos a hacer, en los detalles de las muertes violentas. Nos enorgullecemos de haber evolucionado desde aquellos tiempos remotos; y aquella violencia, que durante tanto tiempo pendió sobre la humanidad como la maldición de un yinni, es agua pasada. A veces, como cualquier adicto, todavía la sentimos en las venas, percibimos su aroma en nuestras narices; algunos hasta llegamos a cerrar los puños, a retraer el labio inferior para soltar gruñidos agresivos e incluso, durante un breve instante, a levantar la voz. Pero resistimos, volvemos a poner los labios como estaban y bajamos la voz. No sucumbimos. Somos conscientes, sin embargo, de que cualquier crónica del pasado, y en particular de la Era de la Extrañeza y de la Guerra de los Dos Mundos, estaría trágicamente incompleta si soslayara por completo las desagradables cuestiones de las heridas y las muertes.

Los yinn parásitos iban y venían de ciudad en ciudad, de país en país, de continente en continente. Tenían más de un lugar y una población que asustar, y utilizaban los sistemas de transporte a alta velocidad de los yinn para desplazarse de un lado a otro —los agujeros de gusano, las alteraciones temporales que lo aceleraban a uno y ralentizaban a los demás y a veces hasta las urnas voladoras—. En los recipientes sellados dentro de salas de acceso restringido conservamos imágenes inquietantes de yinn parásitos caníbales comiéndose las caras de la gente en Miami, Florida; de yinn parásitos verdugos matando a mujeres a pedradas en lugares desérticos; de yinn parásitos terroristas suicidas haciendo explotar los cuerpos de sus anfitriones en bases militares y luego poseyendo inmediatamente al soldado más cercano para asesinar a más compañeros en lo que por entonces se denominaba ataques internos, que es lo que eran, aunque no en el sentido convencional del término; y de yinn parásitos paramilitares enloquecidos, usando tanques para abatir aviones de pasajeros en Europa del Este. Pero con estas imágenes hay suficiente. No hace falta confeccionar un catálogo exhaustivo de horrores.

Baste con decir que cazaban en manadas, como perros salvajes, y que eran más bestiales que ninguna criatura de cuatro patas. Y la misión de cazar a aquellos cazadores se la asignó la recién coronada Reina Centella a Jimmy Kapoor.

A los hombres y mujeres ocupados por los yinn parásitos ya no se los podía salvar, estaban muertos en el mismo momento en que les entraba el parásito en el cuerpo. Pero ¿cómo se podía atacar al parásito en sí, que carecía de cuerpo hasta que ocupaba (es decir, mataba) a una persona viva, de tal modo que ya no pudiera hacerlo más? Fue Jimmy Kapoor quien resolvió este problema: si los objetos sólidos se podían convertir en colores, olores o sonidos, quizás se pudiera invertir la técnica y solidificar entidades de vapor. Así empezó la Operación Medusa, bautizada con ese nombre porque los parásitos etéreos, cuando Jimmy los convertía en permanencias visibles, parecían monstruos de piedra que la gente llamaba de forma imprecisa *gorgonas*, porque claro, según los griegos antiguos, la gorgona Medusa era quien petrificaba, no quien se convertía en piedra; era su mirada la que petrificaba a los hombres. (Lo mismo pasa con el doctor Frankenstein y su monstruo. Es el gólem sin nombre, el hombre artificial, el que ha llegado a ser conocido por el nombre de su creador.)

Quizás también resultaba inexacto llamar «monstruos» a aquellas criaturas petrificadas. Eran formas complejas, sinuosas, no antropomorfas, que se retorcían alterando su apariencia, a veces formando haces de pinchos y otras extrayendo de sí mismos «brazos» articulados y rematados por hojas afiladas. Podían tener muchas facetas, como los cristales, o bien ser fluidos como fuentes. Jimmy combatía con ellos allí donde los encontraba, allí donde el sistema de información de los yinn al que ahora tenía acceso lo mandaba en pos de aquellos demonios menores, a orillas del Tíber, en Roma, o en las alturas metálicas resplandecientes de un rascacielos de Manhattan, y los dejaba en el mismo sitio donde los había transformado, de manera que sus cuerpos muertos pasaron a decorar las ciudades del mundo como si fueran obras de arte, escultóricas y, sí, hay que decirlo, hermosas. Sobre esto hubo controversia entre los hombres y las mujeres ya entonces, en el punto álgido de la guerra. La belleza de las gorgonas otorgaba cierto respiro, incluso en aquellos tiempos convulsos, y el vínculo entre arte y guerra, el hecho de que al morir los yinn parásitos dejaran de ser criaturas letales para metamorfosearse en objetos estéticamente agradables a la vista, producía una especie de alivio sorprendente. La creación de sólidos a partir de algo evanescente se convirtió en una de las nuevas artes bélicas, y de todas ellas, era la que más derecho tenía a ser incluida en el catálogo de las artes, un arte elevado, en el que la belleza y el significado se combinaban de formas reveladoras.

Su perseguidor y némesis, sin embargo, no se consideraba artista. No era más que Jimmy Natraj, dios de la destrucción, bailando su danza de la destrucción.

Zumurrud el Grande declaró que su Fundación no era más que el primer paso hacia la creación del sultanato global de los yinn, cuya autoridad mundial procedió a proclamar, así como su propia unción, por su propia mano, en calidad de primer sultán. Sin embargo, los otros tres Grandes Ifrits expresaron de inmediato su rechazo al liderazgo que se estaba arrogando, de forma que se vio obligado a retractarse un poco. Como no podía dar rienda suelta a su enfado con los otros tres miembros del cuadrunvirato gobernante, Zumurrud se embarcó en una salvaje oleada internacional de decapitaciones, crucifixiones y lapidaciones que crearon ya desde los primeros días del sultanato una corriente de odio que no tardaría en desencadenar la contrarrevolución. Su alianza con los brutales e incultos Empollones de A. le otorgaba algo vagamente parecido a un programa de gobierno, de forma que se puso a prohibir cosas con entusiasmo, igual que hacían ellos: la poesía, las bicicletas, el papel higiénico, los fuegos artificiales, las historias de amor, los partidos políticos, las patatas fritas, las gafas, las endodoncias, las enciclopedias, los condones y el chocolate, y a quemar vivos en la estaca a todos los que pusieran alguna objeción, o bien cortarlos por la mitad, o bien, a medida que se iba entusiasmando con la tarea, a colgarlos y descuartizarlos, que había sido el tradicional y excelente castigo por alta traición imperante en Inglaterra desde el siglo XIII. Estaba dispuesto (les contó a los otros Grandes Ifrits) a aprender las mejores lecciones de las antiguas potencias imperiales, y anunció la inclusión de aquellos castigos medievales en el código legal del nuevo sultanato, con efectos inmediatos y devastadores.

Su medida más idiosincrática, sin embargo, fue declarar su implacable enemistad a todas los tipos de recipientes que pudieran cerrarse, a todos los frascos con tapas a rosca, botellas con corcho, baúles con cerradura, ollas a presión, cajas fuertes, ataúdes y latas de té. Sus colegas ifrits Rubí Resplandeciente y Ra'im Bebesangre no recordaban haber estado encarcelados, así que reaccionaron a estas declaraciones encogiéndose de hombros con gesto despectivo; sin embargo, les dijo él, cuando te has pasado una eternidad atrapado en cristal acabas odiando tu prisión.

—Como quieras —le dijo Rubí Resplandeciente—,

pero perder el tiempo con cosas pequeñas no es precisamente señal de grandeza.

Zumurrud hizo caso omiso de este desaire. Los hombres lo habían encarcelado. Ahora le tocaba a él. El odio que tenía dentro como resultado de sus años de encierro era imposible de mitigar, ni siquiera por medio de todas las prohibiciones y ejecuciones del mundo. A veces pensaba que tenía tantas ganas de gobernar a la especie humana como de presidir su brutal extinción.

En esta última cuestión al menos, Zabardast, que también había conocido la prisión, estaba completamente de acuerdo con Zumurrud: había llegado la hora de la venganza.

Y la venganza de los yinn arde con un fuego inextinguible.

La sed de sangre de Zumurrud no tardó en preocupar a lo que quedaba de Al-Ghazali. El polvo del filósofo, cuando el gran yinni le informó de la exhaustividad con la que estaba satisfaciendo su exigencia de meter miedo a la humanidad para que ese miedo la empujara a la divinidad, se vio obligado a plantearse la diferencia entre la teoría académica y la práctica sanguinaria, y llegó a la conclusión de que en cierto sentido Zumurrud, aunque innegablemente diligente, tal vez hubiera ido *demasiado lejos*. Cuando Zumurrud oyó esto, entendió que el filósofo había dejado de resultarle útil. Él ya estaba de vuelta de cualquier cosa que le pudiera enseñar aquel viejo fiambre idiota.

—Mi deber hacia ti ha acabado —dijo a Al-Ghazali—. Te devuelvo al silencio de la tumba.

Zabardast, que siempre había sido el más moderado de los dos yinn oscuros superiores, el más introvertido y más comedido al hablar —aunque en realidad no era menos implacable, tal vez lo fuera incluso más, gracias a su inteligencia superior—, propuso que el nuevo sultanato se dividiera en cuatro, igual que los cuerpos que Zumurrud descuartizaba. A fin de cuentas, era demasiado grande para tener un gobierno central, y la Fundación que había instaurado Zumurrud en la tierra remota de A. no era precisamente una gran metrópolis que resultara adecuada como capital. Ya estaba sucediendo, señaló, que la mayor parte de la actividad de Zumurrud tenía lugar en lo que se podía denominar en líneas generales «Oriente», mientras que él había hecho sus mejores trabajos, había cometido más travesuras y engendrado más miedo en el Poderoso Occidente. Aquello dejaba África y Sudamérica para Ra'im Bebesangre y Rubí Resplandeciente. En cuanto al resto del mundo, Australasia, la Polinesia y los territorios de los pingüinos y los osos polares, probablemente podían dejarlos en paz de momento.

Era un acuerdo que no contentaba a nadie, ni siquiera al que lo había propuesto (porque Zabardast planeaba en secreto conquistar el mundo entero), pero los cuatro Grandes Ifrits lo aceptaron brevemente: es decir, hasta que empezaron las rencillas. Rubí Resplandeciente estaba particularmente insatisfecho con la parte que le había tocado. Los yinn están más contentos en las tierras en que mejor se conocen sus historias, más o menos cómodos en los territorios a los que sus historias han llegado en las maletas de los inmigrantes, y francamente incómodos en zonas desconocidas para ellos, en las que también se los conoce menos.

—¿Sudamérica? —se quejó Rubí Resplandeciente—. ¿Qué saben ahí de magia?

Sus guerras de conquista brotaron como flores negras por todo el planeta, y muchas de ellas eran guerras por poderes, libradas por hombres controlados por los yinn en todos los sentidos en los que se puede controlar a un hombre, por medio de la posesión, el encantamiento, el soborno, el miedo o la fe. Los yinn oscuros estaban sentados indolentemente en sus nubes, envueltos en unas nieblas de invisibilidad tan espesas que durante mucho tiempo ni siquiera Dunia pudo distinguir dónde se encontraban sus enemigos más poderosos. Estaban sentados allí arriba, contemplando como sus cachorros mataban y morían, y a veces mandaban bajar a los yinn menores para que se unieran a la destrucción. Sin embargo, los tradicionales defectos de los yinn —su deslealtad, su falta de interés, su talante caprichoso, su egoísmo y su egolatría— tardaron muy poco en salir a la superficie. Cada uno de los cuatro se convenció enseguida de que él, y solamente él, debía ser reconocido como el más grande entre los grandes, y lo que había empezado como simples riñas degeneró a toda velocidad y cambió la naturaleza del conflicto que se estaba librando en el mundo inferior. Fue entonces cuando la especie humana se convirtió en el lienzo sobre el que los yinn oscuros pintaron el odio que se tenían entre ellos, la materia en bruto con la que cada miembro del cuarteto quiso forjar la saga de su propia supremacía absoluta.

Desde nuestra perspectiva nos decimos a nosotros mismos que la locura que desencadenaron los yinn entre nuestros antepasados era también la locura que acechaba dentro de todos los corazones humanos. Podemos echar la culpa a los yinn, y se la echamos. Pero, si somos sinceros, también tenemos que culpar a los defectos de la humanidad.

Resulta doloroso registrar el hecho de que a los yinn oscuros les reportaba un placer especial contemplar ataques a mujeres. Antes de la separación de los dos mundos, en la mayor parte del nuestro las mujeres solían considerarse entidades inferiores y secundarias, esclavas y amas de casa, merecedoras de respeto como madres, pero por lo demás objeto de desprecio; y aunque esas actitudes habían cambiado a mejor, al menos en algunas zonas del planeta, los yinn oscuros conservaban la creencia, propia de los tiempos del oscurantismo, de que las mujeres existían para apoyar a los hombres y para que éstos las usaran. Además, la frustración que les producía el boicot sexual impuesto por la población de yinnias del mundo superior los había enfurecido, de forma que ahora observaban sin poner objeción alguna cómo sus apoderados se volvían más y más violentos y no solamente violaban a mujeres, sino que las mataban después, a aquellas nuevas mujeres, muchas de las cuales rechazaban su condición de seres inferiores, y a las que había que volver a poner en su sitio. Y a aquella guerra contra el género femenino la reina Dunia mandó a otro de sus soldados, y las tornas de la batalla empezaron a cambiar.

Teresa Saca ya tenía su nombre de superheroína. No era Madame Magneto ni ninguna de aquellas bobadas de la prensa sensacionalista, eso eran cosas de tebeo. En su cabeza, la voz de Dunia le decía: *Soy tu madre.* Pues yo también seré madre, se dijo a sí misma, seré Madre, la feroz mamá de la misma muerte. La otra Madre Teresa, la que era más santa, también se había dedicado al negocio de la muerte, pero a Teresa Saca le interesaba más la modalidad de la muerte súbita que los centros para enfermos terminales; no quería ayudar a la gente a tener muertes plácidas, prefería un martillazo de alto voltaje que cortara la vida en seco. Era el ángel vengador de Dunia, la vengadora, o eso se decía a sí misma, de todas las mujeres desdeñadas, tratadas injustamente y víctimas de abusos de la Historia entera.

La exención moral era un estado poco familiar, el hecho de tener permiso para matar, para destruir sin sentirse culpable por la destrucción; había algo en aquello que iba en contra de la naturaleza humana. Cuando mató a Seth Oldville estaba llena de furia, pero aquello no lo disculpaba, ella lo entendía, la furia era una razón, no una excusa. Puede que él fuera un gilipollas, pero su muerte seguía siendo un asesinato. El criminal era culpable del crimen, y en aquel caso el culpable era ella, y tal vez hubiera que hacer justicia, pero no me importa, añadió en silencio, primero tendrán que cogerme. Y ahora de pronto su antepasada yinnia le había *susurrado*, había liberado a su guerrera interior y le había encomendado que ayudara a salvar el mundo. Era como esas películas en que sacan a alguien del corredor de la muerte y le dan la oportunidad de redimirse, y si muere pues da igual, porque de todas maneras lo iban a freír. Pues muy bien, pensó, pero cuando muera me voy a llevar a un montón de cabrones por delante.

Cada vez que cerraba los ojos se le revelaba el sistema de posicionamiento de los yinn, y su señora Dunia le mandaba las coordenadas necesarias. Si se ponía de lado y se inclinaba un poco, podía meterse por una ranura del aire que daba a la dimensión que se usaba para viajar, y entonces viajaba adonde fuera que la red de transporte la mandara. Al salir del túnel que iba entre dimensiones apenas sabía en qué país estaba; sí, la información que Dunia le implantaba en la mente le indicaba cómo se llamaba el país en cuestión, A. o P. o I., pero aquella sopa de letras no le decía gran cosa. Una de las características de su nueva realidad, de aquella nueva forma de desplazarse y de la realidad alternativa que se había creado, era esta pérdida de conexión con el mundo material; podría estar en cualquier parte, en cualquier espacio yermo y parduzco, en cualquier parque verde y frondoso, en cualquier montaña, cualquier valle, cualquier ciudad, cualquier calle y cualquier Tierra. Al cabo de un tiempo, entendió que no importaba, que cualquier país en el que estuviera era el mismo país, el país de los ataques a las mujeres, y que ella era la asesina que acudía a vengarlas. Delante tenía a un «hombre» poseído por un yinni: poseído, encantado, sobornado con joyas, no importaba. Sus actos lo condenaban, y allí estaba el rayo de sus dedos para ejecutar la sentencia. No, no hacía falta introspección moral. Teresa no era ni juez ni jurado. Era la verdugo. *Llámame Madre*, les decía a sus víctimas. Y eran las últimas palabras que oían en la Tierra.

Flotando por los corredores imposibles que se abrían entre el tiempo y el espacio, aquellos túneles cavados por entre las nubes magallánicas en espiral de la inexistencia, poseída por la soledad melancólica de la asesina errante, Teresa Saca rememoraba su juventud, su desesperación, las noches en que había pisado a fondo el acelerador al volante de su primer coche (su primer coche verdaderamente suyo, no el descapotable rojo robado en su primera escapada salvaje), un descapotable antiguo, de color azul eléctrico, alejándose tan deprisa como podía por carreteras rurales y a través de los pantanos, sin importarle realmente si se mataba. Por entonces era una persona autodestructiva, ya fuera con drogas o con hombres poco recomendables, pero en la escuela había aprendido la única lección que valía la pena aprender: *la belleza es una moneda*, y en cuanto le asomaron los pechos se planchó la melena negra y puso rumbo a la gran ciudad para gastársela, la única moneda que tenía, y eh, no le había ido tan mal, bastaba con mirarla ahora: era una asesina de masas con superpoderes, toda una trayectoria profesional para una chica salida de la nada.

Aquella chica ya no importaba, en cualquier caso. El pasado se había desprendido de ella como una piel de serpiente. Descubrió que se le daba bien aquello: aparecer de repente, el horror y la sorpresa en la cara de la víctima, el rayo que le atravesaba como una lanza luminosa el pecho, o a veces, solamente para divertirse, los genitales o el ojo, todo funcionaba igual de bien. Y luego el regreso a la nada, en dirección al siguiente violador, al siguiente maltratador, a la siguiente criatura subhumana, al siguiente pedazo de lodo primordial, a la siguiente criatura que mereciera morir y a quien ella estaría encantada de matar, a quien mataría sin remordimientos. Y con cada uno de sus actos se hacía más fuerte, sentía la fuerza que la llenaba, y se hacía —y esto le parecía bueno— menos humana. Más yinnia que mujer de carne y hueso. Pronto sería igual que Dunia. Pronto podría mirar a la reina de Qâf a los ojos y obligarla a bajar la mirada. Pronto sería *invencible*.

Era una guerra extraña, caótica, caprichosa, tal como son los yinn. Hoy estaba aquí, mañana había desaparecido y al siguiente regresaba. Era una guerra colosal que lo consumía todo y de pronto se volvía distante y ausente. Un día emergía un monstruo del mar y al día siguiente no pasaba nada y al séptimo día caía lluvia ácida del cielo. Había caos y miedo y ataques por parte de gigantes sobrenaturales que bajaban de sus guaridas en las nubes, seguidos de periodos de inactividad perezosa durante los cuales seguían reinando el caos y el miedo. Había parásitos y explosiones y posesiones y la rabia estaba en todas partes. La rabia de los yinn formaba parte de quienes eran, amplificada, en el caso de Zumurrud y Zabardast, por su larga cautividad, y encontraba una rabia equivalente en muchos corazones humanos, como una campana que resonaba en un campanario gótico y era respondida por su eco en el fondo de un pozo, y tal vez esto fuera la guerra ahora: este descenso al caos furioso y arbitrario, una guerra en la que los conquistadores batallaban con igual fiereza los unos contra los otros que contra la desdichada Tierra. Y como era una guerra que carecía de forma, costaba de librar y todavía más de ganar. ¿Acaso Dunia tenía la habilidad necesaria para ganar una guerra así? ¿O bien se requería una crueldad mayor, una crueldad que Dunia no poseía, pero de la que ella, Teresa Saca, se estaba volviendo más y más capaz con cada rayo que lanzaba al corazón de un hombre culpable? Llegaría el momento en que no bastaría con defender la Tierra. Habría que atacar el mundo superior.

Soy demasiado viejo para formar parte de un ejército, pensó el señor Geronimo en los túneles de las nubes. ¿Cuántos somos en la desarrapada brigada de jardineros, contables y asesinas de Dunia? ¿A cuántos miembros de su estirpe ha *susurrado* la reina de las hadas y ha reclutado para hacer frente a los enemigos más temibles de todos los mundos conocidos, y qué posibilidades reales tenemos contra el salvajismo desatado de los yinn oscuros? ¿Puede Dunia, con toda su cólera, hacer caer a los cuatro y a todos sus esbirros? ¿O bien el destino del mundo es rendirse a la oscuridad que desciende encontrando una oscuridad equivalente dentro de nosotros mismos? *No, no si puedo evitarlo*, le contestó una voz interior. De forma que él era un soldado en aquella guerra, a pesar de todas sus dudas. De los dolores y achaques de su cuerpo demasiado usado. Daba igual. Ya no era fácil saber cómo reconocer una guerra justa, pero en ésta, el más extraño de los conflictos, él estaba preparado para desempeñar su papel.

—Y además —dijo para sí—, tampoco es que me hayan destinado al frente de batalla. Soy más equipo médico que vanguardia. Soy el MASH.

Devolver al suelo a quienes se elevaban y elevar a quienes sufrían la maldición del aplastamiento. Ésa era la tarea que le habían asignado: arreglar los problemas gravitatorios. El sistema de posicionamiento global de su mente localizaba a las víctimas, las más necesitadas de las cuales emitían un parpadeo luminoso en su retina. Vaya manera de ver el mundo, pensó. Las plagas de la elevación y el aplastamiento estaban por todas partes, dispersas por el mundo por obra de Zabardast el Hechicero, y el terror arbitrario de su llegada excedía el ámbito de una plaga «normal»; así pues, su destino estaba en todas partes. Por ejemplo, en un *ferry* que se aproximaba a los tugurios de apuestas de Macao, una multitud acobardada se apartó de él con temor reverencial cuando surgió de la nada para salvar a un viajero de cuyos gritos de dolor nadie había estado haciendo ni caso: el señor Geronimo se agachó sobre él, susurrando, y el hombre se incorporó, se levantó de entre los muertos, o los casi muertos, y a continuación el señor Geronimo se puso de lado y desapareció, abandonando a su suerte a su Lázaro chino, cuyos compañeros de trayecto siguieron mirando al pobre hombre como si tuviera una enfermedad contagiosa; quizás aquella misma noche se gastaría todos sus ahorros en las mesas de apuestas solamente para celebrar que seguía con vida, pero eso era otra historia, y además el señor Geronimo ya estaba en la ladera de una montaña del Pir Panjal, pescando a un trabajador de los túneles del tren que flotaba por los aires, y luego en otro lugar, y en otro, y en otro.

A veces llegaba demasiado tarde y alguno de los elevados, ya demasiado arriba, se estaba muriendo de hipotermia o respirando con dificultad en el aire enrarecido de las alturas andinas, o bien una víctima del aplastamiento había quedado aplastado del todo en una galería de arte de Mayfair, con los huesos rotos y prensados, el cuerpo convertido en un acordeón reventado que empapaba de sangre la ropa planchada y el sombrero encima de todo el mejunje, como si fuera una instalación artística. Pero a menudo, si se adentraba a toda velocidad por los agujeros de gusano, aparecía a tiempo, levantaba a los caídos y hacía bajar a los elevados. En algunos lugares, la enfermedad se había propagado con rapidez y había multitudes enteras flotando aterradas sobre las farolas, y él los hacía bajar a todos suavemente con un simple gesto de la mano; y luego, ¡oh!, el agradecimiento, que rayaba en la adoración. Lo entendía. A él también le había pasado. La cercanía a la catástrofe liberaba la capacidad humana de amar. La expresión de la cara de Alexandra Bliss Fariña después de que él restaurara la gloria de La Incoerenza y los bajara a ella y a Oliver Oldcastle de regreso al suelo: a qué hombre no le habría gustado que una mujer hermosa lo mirara así.

Por mucho que al lado de aquella mujer estuviera su peludo encargado de mantenimiento, mirándolo con la misma cara de adoración.

El pequeño milagro del señor Geronimo había disipado por completo el pesimismo de toda una vida de la Dama Filósofa, su magia lo había evaporado igual que el calor del sol evapora las nubes. La nueva Alexandra veía a Geronimo Manezes como una especie de salvador, capaz de rescatarla no solamente a ella, sino también al resto del incoherente planeta. Era a su cama adonde él se retiraba al final de aquellas jornadas largas y extrañas —¿qué era ya una «jornada»?, se preguntaba—, de los viajes en agujero de gusano por el espacio y las zonas temporales, de los centenares largos de llegadas y partidas ininterrumpidas a lo largo del día, que lo desconectaban de cualquier noción real de la continuidad de la vida, y cuando el agotamiento lo vencía, esa fatiga hasta el tuétano de quien carece de raíces, él volvía con ella. Eran momentos robados, oasis en medio del desierto de la guerra, y cada uno de ellos le prometía al otro momentos más largos en el futuro, los momentos de ensueño en lugares de ensueño que eran sus sueños de paz. ¿Ganaremos?, le pregunta ella, arrebujada bajo su brazo, dejándose acariciar la cabeza. Ganaremos, ¿verdad?

Sí, le decía él. Ganaremos, porque la alternativa es perder, y eso es impensable. Ganaremos.

Ahora dormía mal, fatigado en exceso, resintiéndose de su edad avanzada, y durante aquellas noches de duermevela se preguntaba por la promesa. Dunia se había marchado, él no sabía adónde, pero sí por qué: se había ido a cazar a las presas mayores, a los cuatro grandes enemigos que se había encomendado a sí misma destruir. Las cadenas de mensajes e instrucciones de su reina continuaban llegándole a diario a la zona yinni recién inaugurada en su cerebro. Ella seguía dirigiendo la operación, eso estaba claro, pero ahora era un general oculto, que se movía demasiado deprisa y por distancias demasiado grandes para que sus tropas la vieran en persona. ¿Acaso podíamos ganar realmente «nosotros»?, se preguntaba él. ¿Acaso éramos suficientes, o en realidad había más seducidos por la oscuridad de los yinn? ¿Era la «victoria» lo que la gente realmente quería, o bien la palabra misma resultaba triunfalista e incorrecta? ¿Tal vez la gente prefería la idea de pactar con los nuevos amos? Y el derrocamiento de los yinn oscuros, ¿supondría la libertad, o bien marcaría únicamente el ascenso de un nuevo superpoder, la Reina Centella, que había venido a dominar en lugar del Gigante y el Hechicero? Estos pensamientos efervescentes le minaban las energías, pero la mujer que tenía acostada al lado se las devolvía. Sí, ganaríamos «nosotros». «Nosotros» se lo debíamos a nuestros seres queridos. Se lo debíamos a la idea misma del amor, que podía morir si los yinn oscuros gobernaban el mundo.

Después de tanto tiempo estancado dentro del señor Geronimo, ahora el amor lo estaba inundando. Había despertado con la potente embriaguez que había sentido por Dunia, una emoción probablemente condenada al fracaso de entrada, puesto que era una mera cuestión de ecos donde cada uno veía en el otro un avatar de su antiguo amor... Pero eso daba la impresión de haber sido hacía mucho tiempo, ella ya se había alejado de él para ir en pos de la corona y la guerra. El amor en sí había permanecido dentro de él, sin embargo; lo sentía chapoteándole por dentro, una marea gigantesca que le subía y le bajaba por el corazón, y allí estaba Alexandra Bliss Fariña, dispuesta a zambullirse en aquellas aguas, *ahoguémonos juntos en amor, cariño,* y sí, pensó él, tal vez todavía le estuviera permitido un último gran amor, y allí estaba ella, lista para él, y sí, por qué no, él también se zambulliría. Llegaba siempre tan cansado a la cama que no había demasiado amor físico, y en cualquier caso su ritmo actual ya solamente era una noche de cada cuatro o cinco, pero ella era muy comprensiva. Él era su guerrero al que amar y al que esperar, y aceptaba lo poco de él que podía darle de momento y se dedicaba a esperar el resto.

Y cuando él partía otra vez de viaje, al otro lado de la puerta de su dormitorio estaba Oliver Oldcastle, no el Oliver resentido de los viejos tiempos, sino el nuevo Oldcastle, agradecido y obsequioso, con ojos húmedos de spaniel, la gorra en la mano y una sonrisa de dientes asquerosamente amarillos pegada a su cara habitualmente lúgubre, como si se la hubieran atado allí con un cordel. ¿Hay algo que pueda hacer por usted, señor, necesita algo? Solamente tiene que decirlo. No se me da muy bien pelear, pero si hace falta, estoy a su disposición.

Aquellas zalemas serviles ponían de los nervios al señor Geronimo. Creo que me caías mejor en los viejos tiempos, le dijo al encargado de mantenimiento, cuando amenazabas con matarme.

LA REINA DE LAS HADAS

En la cuna de la civilización, entre el Tigris y el Éufrates, allí donde antaño se encontraba la tierra de Nod, que quiere decir «Sin rumbo», al este del Edén, Omar el Ayyar le enseñó a Dunia, su reina, los primeros indicios de las disensiones que estaban surgiendo en el cuerpo del monstruo de cuatro cabezas que se había propuesto dominar la Tierra. En esa época, ella se desplazaba por el mundo en forma de sombra luminosa que uno veía como una luz difusa en el margen del campo de visión, y con ella, inseparable, iba su espía favorito, los dos buscando por cielo y tierra a los cuatro Grandes Ifrits. Los tipos han aprendido a esconderse mejor que cuando jugábamos juntos en los viejos tiempos, le dijo a Omar. Entonces podía ver a través de sus mecanismos de camuflaje hasta sin intentarlo. Pero tal vez en los viejos tiempos habían querido en secreto que ella los encontrara.

Si nos ha llegado relativamente poca información sobre el jefe de los espías de Qâf, Omar el Ayyar, muy probablemente se deba al prejuicio que todavía reinaba entre los yinn hacia la homosexualidad masculina, el travestismo y las prácticas parecidas. Las yinnias o yiniri del Peristán no tenían al parecer ninguna objeción a la actividad lésbica, pero entre los yinn de sexo masculino campaban a sus anchas las intolerancias de antaño. Las bien conocidas hazañas profesionales de Omar, sus tácticas para obtener información disfrazado de eunuco en los harenes o bien con ropa de mujer, le habían granjeado reputación de gran espía, pero también lo habían convertido en un marginado entre los suyos. Él habría dicho que de todas formas siempre había sido un marginado. Sus atuendos eran deliberadamente ostentosos, cargados de chales de brocado que le colgaban de los hombros con abandono meticuloso y de sombreros extravagantes; sus modales eran decadentes y frágiles, y él se las daba de esteta y de dandi y fingía que le importaba un pimiento lo que pensaran sus coetáneos. Se dedicó también a reunir espíritus afines dentro del servicio de inteligencia de Qâf, lo cual tuvo el resultado no buscado de hacer que mucha gente del País de las Hadas desarrollara una desconfianza profunda hacia su equipo de brillantes mariposas, que también eran los fisgones más eficaces de todo el mundo superior. Sin embargo, Dunia siempre había confiado plenamente en él. En el conflicto final contra los Grandes Ifrits también ella llegó a sentirse una marginada, empeñada en vengar al padre al que nunca había conseguido complacer a base de asesinar a otros miembros de su propia raza. Mientras Dunia daba caza al cuarteto oscuro, Omar el Ayyar estuvo en todo momento a su lado, y ella llegó a pensar que en muchos sentidos eran espíritus afines. Lo mucho que a ella le gustaba la especie humana, así como su amor a un único hombre y a sus descendientes, eran cosas que la apartaban también de su pueblo. Era consciente de no poseer las características que habían hecho que su padre fuera un rey tan amado y admirado por todo el mundo. Ella era directa, sincera y enérgica, mientras que su padre había sido un hombre indirecto, distraído y encantador. La insistencia de Dunia en ir a la huelga sexual había empeorado las cosas. Se imaginaba un momento en un futuro no muy lejano en que las mujeres del Peristán dejarían de mostrarse comprensivas con ella y manifestarían su indiferencia colectiva hacia la guerra que estaba librando contra los Grandes Ifrits. ¿Qué les importaba a ellas el mundo inferior, a fin de cuentas? ¿Y por qué la reina estaba tan ofuscada con él? Si aquella guerra duraba mucho, podía perderla. Era esencial encontrar cuanto antes a los cuatro yinn oscuros. Se le estaba acabando el tiempo.

¿Por qué estaba tan ofuscada con aquello? Había una respuesta a esa pregunta, una respuesta que llevaba consigo a todas partes y que no había revelado nunca, ni siquiera a Omar el Ayyar, el supremo recolector y custodio de secretos, y era la siguiente: *ella se sabía responsable en parte de lo que estaba pasando.* Durante los largos siglos de calma en que las ranuras entre los mundos habían estado obstruidas y los mundos superior e inferior habían perdido el contacto entre sí y se habían dedicado cada uno a lo suyo, mucha gente en los valles y lagos del País de las Hadas había pensado que las cosas estaban bien así, que el mundo inferior era un desastre y estaba lleno de broncas, mientras que en sus aromáticos jardines ellos conocían algo muy parecido al éxtasis eterno. En el reino montañoso de Qâf, sin embargo, las cosas se veían un poco distintas. Para empezar, los Grandes Ifrits tenían los ojos puestos en el reino, así que resultaba necesario permanecer alerta y no bajar la guardia. Además, la (por entonces) Princesa Centella echaba de menos la Tierra y a los muchos herederos desperdigados que tenía por ella. Durante la época de la separación, había soñado a menudo con reunir a la Duniazada, liberar sus poderes y construir un mundo mejor con su ayuda. De forma que había buscado en los mundos que había entre los mundos, los estratos entre estratos, en busca de sus portales en ruinas para intentar reabrirlos. Había hecho de arqueóloga del pasado sepultado, desenterrando los senderos perdidos, rotos y obstruidos, siempre con la esperanza de encontrar la manera de pasar al otro lado. Y sí, sabía que había otras fuerzas más oscuras en el País de las Hadas entregadas a la misma tarea, y no podía negar que era consciente de los riesgos que amenazaban al mundo inferior si se reabrían los caminos, pero aun así lo intentaba, tal como haría cualquier madre; intentaba reunirse con su progenie dispersa, lo único que le quedaba del hombre al que una vez había amado. En el mundo inferior, las búsquedas que llevaban a cabo los yinn de vías de entrada a su patio de juegos perdido se manifestaban, o eso creemos hoy en día, en forma de tormentas. Los cielos mismos se agrietaban bajo los puños ansiosos de los yinn. Y sí, al final se abrieron y después vino lo que vino.

Y así fueron las cosas. A diferencia de la mayoría de su especie, Dunia era capaz de tener reacciones humanas: responsabilidad, culpa, remordimientos. Igual que toda su especie, era capaz de replegar pensamientos no deseados en lugares profundos y nubosos donde, la mayor parte del tiempo, permanecían olvidados, como imágenes neblinosas, vagas virutas de humo. Había intentado esconder allí a Ibn Rushd y había fracasado. Después él regresó en forma de Geronimo Manezes, y por un momento ella volvió a sentir aquella vieja emoción humana perdida: el amor. ¡Oh, cuánto se parecía a su amado! La cara, aquella cara adorada. Los genes que habían viajado por los siglos para aflorarle a la piel. Podría haberlo amado de habérselo permitido a sí misma, y sí, todavía le tenía cierto cariño, no podía negarlo, a pesar de que él estaba en brazos de su Dama Filósofa, a quien ella podría freír con un solo golpe de su muñeca letal. Pero no lo haría. Porque a fin de cuentas el señor Geronimo no era más que una ilusión del pasado, y ahora aquel amor ilusorio había sido reemplazado en su corazón por el odio genuino.

Era hora de encontrar a sus antiguos compañeros de juegos y destruirlos. ¿Dónde estaban? ¿Cómo encontrarlos?

Mira al suelo, no a los cielos, le dijo Omar el Ayyar. Se los percibe por sus efectos.

Y allí, en la cuna de la vida, posados en la cumbre de las ruinas del gran zigurat de Ur, la «casa cuyos cimientos causaban el terror», vieron a los ejércitos encantados volverse los unos contra los otros, como si los sumerios y los acadios de la Antigüedad, integrados simbióticamente durante tanto tiempo en una única cultura plural, hubieran perdido la cabeza y hubieran empezado a matar a sus vecinos por las calles. Sus contendientes ondeaban banderas negras enfrentadas a otras banderas negras. Todos gritaban cosas relacionadas con la religión, llamándose los unos a los otros infieles, herejes o sucios ateos, y parecía que las interjecciones religiosas permitían a los guerreros insuflarle una rabia añadida a los mandobles descendentes de sus espadas; pero Omar vio lo que estaba pasando en realidad, entendió que el Gran Ifrit Rubí Resplandeciente había abandonado su reducto sudamericano y había venido para enfrentarse con Zumurrud el Grande en el territorio reservado para el uso de la Fundación desértica de Zumurrud. Rubí Resplandeciente, el Poseedor de Almas: su ejército embrujado desfilaba en formación contra los regimientos mercenarios que Zumurrud había comprado con joyas, drogas y putas. Y fueron los hombres poseídos de Rubí Resplandeciente los que se impusieron. El salvajismo en estado puro de su asalto aterró a los mercenarios de Zumurrud, que no habían cobrado las bastantes joyas como para que les mereciera la pena enfrentarse a aquellos asesinos dementes del infierno, en trance y con los ojos en blanco. Los mercenarios dejaron caer las armas y huyeron a la carrera, dejando el campo de batalla a los hombres de Rubí Resplandeciente. ¿Dónde está Zumurrud?, le preguntó Dunia a Omar. ¿Está aquí? Lo más seguro es que ese cabrón perezoso esté dormido en alguna montaña mientras sus criaturas reciben una buena tunda. Siempre ha pecado de exceso de confianza.

En aquel momento apareció un agujero de gusano en el cielo, con los bordes humeantes, y de él emergió un triunfal Rubí Resplandeciente montado sobre una urna voladora. A la mierda las latitudes de los latinos, gritó. La cuna de la civilización es mía. Voy a plantar mi estandarte en el mismo Jardín del Edén y todos los hombres temerán mi nombre.

No te metas, le dijo Dunia a Omar el Ayyar. Tú no tienes madera de guerrero.

Llegado este punto debemos vencer una vez más nuestro tradicional rechazo cultural a los actos de violencia extrema para hacer la crónica de uno de los muy escasos asesinatos perpetrados jamás en el seno de la tribu de los yinn, y, que sepamos nosotros, el primero llevado jamás a cabo por una reina yinnia. Elevándose colérica del zigurat y ascendiendo al cielo sobre una alfombra de fucilazos, plenamente revelada en toda su terrible majestad, Dunia cogió a Rubí Resplandeciente por sorpresa, hizo trizas su urna con un relámpago y lo mandó dando tumbos al suelo. Pero hace falta más que una mala caída para matar a un Gran Ifrit, de modo que Rubí volvió a levantarse para dar batalla, jadeando un poco, pero por lo demás ileso. Ella fue volando hacia él, arrojándole lanzas de electricidad hasta obligarlo a deshacerse de su apariencia humana y a plantarse en la tierra en forma de pilar de fuego; a continuación se envolvió a sí misma en torno a él, convirtiéndose en humo espeso y asfixiante, negándole al fuego el aire que necesitaba, estrangulándolo con enormes lazos de humo, sofocándolo con humo, enfrentando la esencia de su feminidad a la profunda naturaleza masculina de él, estrujándolo con humo y dejando que manoteara, se retorciera, chisporroteara y titilara, hasta morir. Cuando él hubo desaparecido y ella adoptó forma humana de nuevo, no quedaba nada de Rubí Resplandeciente, ni siquiera un montoncito de ceniza. Hasta aquella lucha a muerte, Dunia no había estado segura de su fuerza, pero ahora sí que lo estuvo. Quedaban tres Grandes Ifrits, que ahora tenían más razones que ella para tener miedo del combate que se avecinaba.

Tras la muerte de Rubí Resplandeciente, su ejército quedó liberado de sus conjuros de posesión y los soldados se quedaron allí confusos, parpadeando y rascándose la cabeza, sin saber dónde estaban ni por qué. Los mercenarios se habían dispersado y ni siquiera a los que presenciaron la repentina perplejidad de sus enemigos les quedaron ganas de pelea, de modo que la batalla terminó con una escena absurdamente cómica. Al mundo de los yinn, sin embargo, no le hacía ninguna gracia lo sucedido, y la hazaña de Dunia fue recibida con escándalo. La noticia de lo sucedido se propagó casi de inmediato por la red de comunicaciones interna de los yinn y el horror se extendió por el País de las Hadas. Durante varios días a Dunia no le importó. A menudo sucedía en tiempos de guerra que la población civil era timorata y las imágenes de muerte y destrucción les hacían añorar la paz. Las noticias y rumores solían centrarse en aquellas imágenes, y por tanto socavaban el trabajo necesario de quienes luchaban en el frente. No perdió el tiempo haciendo frente a las críticas. Tenía una guerra que librar.

Mandó a Omar el Ayyar al Peristán a que averiguara lo que pudiera y a su vuelta él le dijo: creo que deberías ir para allá. Así pues, presa de la frustración, abandonó el mundo inferior y regresó a los plácidos jardines del otro lado. Al llegar, entendió que al matar a un Gran Ifrit había perdido la simpatía de su pueblo, y ni siquiera el recuerdo de su difunto padre bastaba para recuperarla. Rubí Resplandeciente, alto, esbelto, coqueto, un yinni arlequín y *playboy*, guapo de cara y con un encanto personal considerable a pesar de su lengua larga y serrada, había sido muy popular entre las mujeres del Peristán, y su asesinato acabó con la solidaridad antiguerra de éstas y puso fin al boicot sexual. La mayoría de los yinn de sexo masculino estaban en la guerra, por supuesto, lo cual no mejoró precisamente el estado de ánimo de aquellas mujeres hambrientas de amor. Pero uno de los grandes sí que había regresado y ahora había un revuelo en el palacio de los baños, porque había venido a entretenerse con todas las mujeres del País de las Hadas que tuvieran ganas de retozar con él. Los gritos de placer que emanaban de la enorme casa de baños le indicaron a Dunia lo que necesitaba saber: se encontraba allí un metamorfo, complaciendo a las damas bajo sus muchas formas: dragón, unicornio y hasta gran felino. El órgano sexual del león, y el de otros muchos grandes felinos, está erizado de púas orientadas hacia atrás, de modo que al retirarse raspa las paredes de la vagina de la leona de una forma que puede resultar agradable o no. En el palacio de los baños había yinnias hambrientas de sexo dispuestas a probarlo todo, incluso aquello. Costaba saber si los gritos que salían de allí expresaban dolor, placer o alguna interesante combinación de ambos. A Dunia no le importaba. La cantidad de concentración y excitación de las yinnias le indicaba que la entidad metamórfica del interior debía de ser un gran portento. Uno de los Grandes Ifrits había vuelto de visita a casa. Ra'im Bebesangre, se dijo a sí misma; Ra'im culo fofo, tan difícil de besar, tu lujuria te ha puesto a mi alcance.

El dios ficticio griego Proteo era una poderosa entidad metamórfica marina, que cambiaba de forma con tanta fluidez como el agua misma. A Bebesangre le gustaba transformarse en monstruos marinos, y es posible que Proteo y él fueran la misma cosa, que Proteo fuera simplemente el nombre que le daban los griegos de la Antigüedad. Ahora Dunia entró discretamente en la gran casa de baños del Peristán y allí, en la enorme piscina sin fondo de agua salada, encontró al príncipe ifrit, ahora una anguila larga y escurridiza, ahora un monstruo innominado pinchudo y de ojos saltones de las fosas oceánicas más profundas; a su alrededor estaban las mujeres del País de las Hadas, soltando chillidos de placer expectante. Dunia tenía que moverse deprisa. Mientras se zambullía por debajo de la superficie del agua para agarrar por el sexo a Ra'im Bebesangre —porque daba igual a qué bestia marina fantástica estuviera remedando en aquel momento, siempre se aseguraría de retener el equipamiento necesario para hacer el amor a las mujeres del País de las Hadas—, habló con él con el lenguaje privado y sin voz de los yinn. Nunca me ha gustado el puto pescado, le dijo, pero a ti, hombre-pez, te ha llegado la hora.

Esto era lo que ella sabía de los metamorfos: que te eludían, se convertían en agua y se te escurrían entre los dedos, a menos que fueras lo bastante rápido como para agarrarlos de las pelotas y no soltarlos. Luego tenías que seguir agarrado a ellos hasta que hubieran intentado todo lo que se les ocurriera; y si al final de todo seguías allí, con sus pelotas en el puño, por fin eran tuyos.

Más fácil decirlo que hacerlo.

Aquél no era un metamorfo normal y corriente, era Ra'im Bebesangre, el Gran Ifrit. Era un tiburón que amenazaba con devorarla con sus enormes dientes serrados y una serpiente que se enroscaba en torno a ella para aplastarla con sus anillos. Era algas que la ataban y una ballena que intentaba tragársela y una raya venenosa capaz de herirla de muerte con su cola. Ella se aferró a él y eludió sus trampas. Ella era una nube negra de la que emergía una mano que le agarraba el miembro viril. La velocidad de Dunia, sus giros y sus fintas, resultaban cegadores. No solamente igualaba los movimientos de él, sino que los rebasaba. Era invencible. Las transformaciones de Ra'im se multiplicaron y se aceleraron. Ella estuvo a la altura de todas. Y por fin el metamorfo quedó agotado, exhalando sus últimos suspiros mientras su adversaria se elevaba por encima del agua y la abrasaba con sus manos eléctricas y él quedaba atrapado en ella: convulso, frito y vencido. Su cuerpo quedó flotando en el agua como los restos de un naufragio.

Hay pescado para cenar, dijo Dunia, y dejó que él se hundiera bajo la superficie.

Al salir del palacio de los baños, la esperaba una multitud hostil. Hubo abucheos y gritos de *qué vergüenza*.

Ah, la confusión y el miedo de las yinnias del Peristán al ver a una de las suyas, nada menos que la Reina del Monte Qâf, convertida en asesina, en verdugo de los príncipes oscuros. Habían huido de los baños al empezar el combate y ahora veían el palacio roto y asolado, con los arcos dorados caídos, su bóveda de cristal hecha añicos, convertido en un reflejo de todas las estructuras del mundo inferior destruidas por la guerra; y sí, sabían que aquellas ruinas se podían reconstruir en un tris, que un simple conjuro mágico les devolvería el lugar inmaculado e intacto, aquél no era el problema. El problema era que no había magia capaz de traer de vuelta a Ra'im Bebesangre de entre los muertos. Y Rubí Resplandeciente tampoco existía ya. Éstas eran verdades irreversibles. Las mujeres del País de las Hadas le dieron la espalda a la reina Dunia y ella entendió que ya no tenía lugar entre sus filas. No importaba. Era hora de regresar al mundo inferior y poner fin a la guerra.

En medio de la contienda había tenido tiempo de hacer una pequeña buena obra. El tonto del *signor* Giacomo Donizetti de Nueva York, exseductor de casadas descontentas y después víctima de un endiablado aunque merecido encantamiento tipo «ojo por ojo» que lo obligaba a adorar a todas las mujeres sin excepción, y en la actualidad desdichado y sin rumbo, no resultaba útil a Dunia como guerrero, pero tal vez pudiera curarlo. A fin de cuentas, ella era la madre de todo su rebaño, no solamente de sus descendientes valiosos, sino también de los inútiles, y algo bueno veía en aquella oveja descarriada de la Duniazada, algo oculto detrás de toda la lascivia y el cinismo, y lo compadecía por aquel encantamiento que le había endilgado algún yinni malvado de poca monta. Romper el hechizo resultó fácil, y Giacomo volvió a ser inmune a las recepcionistas de la consulta del médico y a las vagabundas cargadas de bolsas, pero siguió siendo un alma perdida hasta que ella *escuchó* su corazón y le *susurró* lo que tenía que hacer. Poco después, Giacomo abrió un restaurante nuevo.

Era un momento descabellado para abrir un restaurante de alto nivel, incluso para alguien que antaño se había contado entre los príncipes de la vida nocturna de la ciudad. Desde aquella época había llovido mucho, y en plena guerra la gente apenas salía, y cuando lo hacía era para conseguir algo rápido, algo que no requiriera inversión alguna de tiempo ni de dinero ni por parte del vendedor ni del comprador. En plena devastación de la que había sido antaño la capital gastronómica del mundo aterrizó Giacomo Donizetti, con su elegancia de pavo real restaurada y un establecimiento de madera barnizada repleto de metal bruñido y cristal reluciente. El restaurante resplandecía como un nuevo sol, y aunque apenas tenía clientes, el extraordinario personal de cocina de Donizetti, seleccionado de entre todos los grandes chefs, reposteros y sumilleres que se habían quedado sin trabajo en América, producía a diario un menú igual de deslumbrante que el mobiliario, de forma que el restaurante vacío, con sus mesas perfectamente puestas y sus camareros todavía más inmaculados, se convirtió en un faro de esperanza, en una estatua de la Libertad hecha no de cobre, sino de comida y de vino. Más tarde, al regresar la paz al mundo, también trajo la fortuna a Giacomo Donizetti, convertido en algo parecido a un símbolo de la resistencia, un emblema de los viejos rasgos de desafío y optimismo que habían caracterizado a la ciudad; durante la guerra, sin embargo, la gente se quedó pasmada ante la locura de magnitud épica que suponía abrir un local así: una cantina radiante y opulenta a la que no le faltaba nada, salvo clientes.

Había bautizado el restaurante a la manera veneciana, Ca' Giacomo, y su cocina también era veneciana e incluía exquisiteces como el *baccalà Mantecato*, o bacalao cremoso, *bisato su l'ara*, que era anguila asada con hojas de laurel, y *caparossoli in cassopipa*, o almejas con perejil. También arroz con guisantes, *risi e bisi*, y pato relleno, *anatra ripiena*, y de postre un carrito con crema frita y *torta Nicolotta* y también *torta sabbiosa*. ¿Cómo lo hacía Donizetti?, se preguntaba la gente. ¿Dónde encontraba los productos frescos, y de dónde sacaba el dinero? Él respondía a aquellas preguntas con una máscara veneciana de indiferencia y un encogimiento de hombros. *¿Quieres comer? Pues no preguntes. ¿No te gusta? Pues vete a comer a otra parte.*

A su patrona no le faltaban recursos. Zumurrud el Grande no era el único que tenía cuevas enteras llenas de piedras preciosas más grandes que huevos de dragón. Y una reina yinnia te puede llenar el congelador de carne y de pescado con solamente chasquear los dedos.

Él intentó varias veces darle las gracias a Dunia, pero ella le quitó importancia al asunto con un gesto de la mano. A mí también me va bien, dijo. Da igual dónde haya estado y a quién haya matado, siempre puedo venir aquí por la noche y comer con el personal de cocina. Y me da igual si soy tu única clienta. Es mi dinero el que estoy perdiendo. *Fegato, seppie.* Bizcochos *baicoli* venecianos. Un vaso de buen vino Amarone. Sí. A mí también me curan esas cosas.

En la calma inesperada que siguió a las muertes de Rubí Resplandeciente y Ra'im Bebesangre, el ambiente de la ciudad empezó a cambiar, aunque nadie se atrevía todavía a usar la palabra *mejorar*. Sin embargo, a medida que crecía la resistencia; y a medida que las hordas de yinn parásitos desaparecían de las calles de la ciudad, muchos de ellos petrificados aquí y allí a modo de indicios del cambio de tornas del conflicto; y a medida que disminuía el número, la frecuencia y la ferocidad de los fenómenos extraños, la gente empezó a aventurarse de nuevo a salir a las calles y los parques. Como el primer azafrán de la primavera, se vio a un tipo corriendo por el paseo a orillas del Hudson, no escapando de ningún monstruo, sino por *deporte*. El renacimiento de la idea del placer ya parecía en sí mismo el advenimiento de una nueva estación, aunque todo el mundo sabía que mientras siguieran sueltos los malvados Zabardast y Zumurrud —el planeta entero había llegado a conocer aquellos nombres— el peligro no habría pasado. Las emisoras de radio libres empezaron a emitir de forma intermitente y todas se hacían la misma pregunta: *¿Dónde están los ZZ Top?*

A medida que el calendario avanzaba hacia el milésimo día de la Era de la Extrañeza, la alcaldesa Rosa Fast tomó una decisión arriesgada y regresó a su despacho con la pequeña Tormenta a su lado. También la acompañaba su recién nombrado nuevo jefe de seguridad, Jinendra Kapoor, conquistador y pacificador de los yinn parásitos.

A juzgar por lo que te hemos visto hacer, le dijo la alcaldesa Fast a Jimmy, estás hecho al menos en parte de la misma pasta que ellos. Pero cuando uno está combatiendo a monstruos, no va mal tener también a un monstruo al lado.

No pienso entrar en el despacho, le dijo él. Ya he estado en demasiados despachos a lo largo de mi vida y no pienso pisar otro.

Pues te llamaré cuando te necesite, le dijo ella, y le puso un aparatito en la mano. Esto funciona a una frecuencia de máxima seguridad. Todavía no han podido interceptarla. Suena y vibra, y por el borde se le encienden esas lucecitas rojas.

Cuando el comisario Gordon quería llamar a Batman, dijo Jimmy Kapoor, proyectaba la Bat-señal. Esto, en cambio, es como esperar a que esté lista la hamburguesa que has pedido en Madison Square.

Es lo que hay, dijo ella.

¿Y por qué me mira así la niña?

Quiere ver si puedo confiar en ti.

¿Y puede usted?

Si no pudiera, le dijo la alcaldesa Fast, ahora mismo tendrías la cara cubierta de las llagas de tu deslealtad. Así que supongo que sí. Vamos a trabajar.

El secuestro de Hugo Casterbridge en Hampstead Heath, cerca de su domicilio, fue un giro nuevo en la espiral oscura de la guerra. El compositor salió a su habitual paseo matinal acompañado de su terrier tibetano *Wolfgango* (en la partitura original de *Las bodas de Fígaro*, el nombre de Mozart había sido absurdamente italianizado, para muy cacareado regocijo de Casterbridge). Poco después, varios transeúntes recordaban haber visto a Casterbridge blandiendo su bastón en dirección al tráfico de la East Heath Road para cruzar hasta el Heath. Se lo había visto por última vez caminando en dirección nordeste por Lime Avenue hacia el Estanque Santuario de Aves. Aquella misma mañana encontraron a *Wolfgango* ladrando incesantemente al cielo y montando guardia junto al bastón de caza abandonado, como si fuera la espada caída de un soldado. De Hugo Casterbridge, sin embargo, no se encontró —brevemente— ni rastro.

Es llegado este punto, ya cerca del final de la crónica del conflicto, cuando nos vemos obligados a abandonar Londres tan de golpe como lo abandonó Casterbridge para regresar a Lucena, España, el punto de partida de todo, el lugar donde la yinnia Dunia se había presentado un día en la puerta del filósofo andaluz de cuya mente se había enamorado, y donde le había dado a Ibn Rushd los hijos a cuyos descendientes ahora acababa de despertarles sus naturalezas yinni dormidas para que la ayudaran en su lucha. En la actualidad, Lucena conservaba gran parte de su encanto de tiempos antiguos, aunque en el viejo barrio judío de Santiago no quedaba rastro de la residencia de Ibn Rushd. La necrópolis judía había sobrevivido, igual que el castillo y el viejo palacio de Medinaceli, pero es a una parte menos folclórica de la ciudad adonde tenemos que dirigir nuestra mirada. En los siglos transcurridos desde la época de Ibn Rushd, los empresarios de Lucena habían entrado con entusiasmo considerable en el negocio de los muebles, de modo que a veces parecía que el pueblo se componía en su totalidad de fábricas de cosas para sentarse, acostarse o guardar la ropa dentro, y delante de una de aquellas fábricas, sus dueños, una pareja de hermanos apellidados Huertas, habían construido la silla más grande del mundo, de más de veinticinco metros de alto; fue en aquella silla donde se sentó tranquilamente el Gran Ifrit Zabardast, frío como un reptil, gigantesco pero no tan enorme como su examigo Zumurrud el Grande, llevando en la mano la figura indefensa de Hugo Casterbridge de una forma que a los cinéfilos del público que se estaba congregando les recordó irresistiblemente a Fay Wray forcejeando en la poderosa mano de Kong.

Y sentado en aquella silla le lanzó el siguiente desafío a su adversaria: *Aasman Peri, Reina Hada del Cielo del Monte Qâf, o como sea que te hagas llamar ahora, Dunia de este mundo inferior degenerado, tú que demuestras estar más enamorada de este orbe patético y de los roedores mestizos que tienes en él que de tu propia gente, oh, hija trivial de un padre mucho más excelso, mírame ahora. Yo maté a tu padre. Y ahora me comeré a tus hijos.*

A continuación le preguntó a Hugo Casterbridge si quería decir unas palabras de despedida. El compositor respondió: es terrible cuando uno está hablando metafóricamente y la metáfora se convierte en verdad literal. Cuando dije que los dioses inventados por los hombres se habían levantado para destruirnos, lo estaba diciendo sobre todo en sentido figurado. Resulta inesperado, y casi gratificante, descubrir que mis palabras eran más exactas de lo que yo creía.

Yo no soy un dios, dijo Zabardast el Hechicero. A Dios no te lo puedes imaginar. Apenas puedes imaginarme a mí, y, sin embargo, estoy a punto de comerte vivo.

Está claro que nunca me habría imaginado a un dios caníbal, dijo Casterbridge. Me resulta... decepcionante.

Basta, dijo Zabardast, y abriendo mucho la boca enorme se comió de un bocado la cabeza de Casterbridge. A continuación se comió los brazos, las piernas y el torso. La multitud reunida se echó a gritar y huyó.

Por fin Zabardast levantó la voz y bramó: *¿Dónde estás?*, vociferó con la boca llena, de modo que al hablar le caían trozos de Casterbridge de los labios. *¿Dónde te es-*

condes, Dunia? ¿No te importa que me acabe de comer a tu hijo?

Ella no dijo nada y tampoco salió a la luz.

Luego pasó algo completamente inesperado. Zabardast el Hechicero se llevó las manos a los oídos y se puso a chillar descontroladamente. La multitud dejó de correr y se volvió para mirar. Nadie oía nada, aunque los perros de Lucena habían empezado a ladrar nerviosamente. En su silla gigante, el Gran Ifrit se retorcía de agonía y chillaba como si una flecha al rojo le estuviera atravesando los tímpanos y clavándosele en el cerebro, y de pronto perdió el control de su forma humana, estalló en una bola de fuego, calcinando por completo la gran silla de Lucena, y al final su fuego se apagó y dejó de existir.

Algo empezó a hervir en el cielo: al cabo de un momento se abrió un agujero de gusano y Dunia y Omar descendieron de las alturas.

Cuando por fin averigüé cómo funcionaba el conjuro envenenado, cómo usar las artes oscuras y comprimir las fórmulas mágicas capaces de matar, cómo afilar sus dardos y arrojarlos a su objetivo, le murmuró Dunia a Omar, ya era demasiado tarde para salvar a mi padre. Pero aún estaba a tiempo de matar a su asesino y vengar su muerte.

Conquistar regiones de la Tierra y proclamar en ellas un reino era una cosa, pero gobernarlo era otra muy distinta. Por díscolos, distraídos, vanidosos y crueles que fueran, temidos pero también odiados, los yinn oscuros no tardaron en descubrir —antes incluso de que llegara el milésimo día— que su visión de colonizar la Tierra y esclavizar a su población era un plan a medio hacer, que no poseían ni la eficiencia ni el talento culinario para cocinarlo como era debido. El único talento poderoso que tenían era el de la fuerza. Y no bastaba.

Aun en aquellos tiempos violentos y amorales, no había tiranía que se impusiera absolutamente; no había resistencia que fuera aplastada del todo. Y ahora que habían dejado de existir tres de los cuatro Grandes Ifrits, su gran proyecto empezó a venirse abajo a toda velocidad.

Volvemos a decirlo: han pasado más de mil años desde que ocurrió todo esto, muchos detalles del hundimiento del proyecto imperial de los yinn oscuros se han perdido, o bien son tan imprecisos que sería inapropiado incluirlos aquí. Podemos afirmar con cierta seguridad que la recuperación fue rápida, indicativa tanto de la capacidad de resistencia de la sociedad humana como de la superficialidad del control que tenían los yinn sobre sus «conquistas». Hay académicos que comparan este periodo con la última fase del dominio del emperador mogol Aurangzeb sobre la India. El último de los seis Grandes Mogoles extendió el control del imperio hasta la punta más meridional de la India, cierto, pero su conquista fue más o menos ilusoria, porque nada más regresar sus ejércitos a la capital del norte, las tierras «conquistadas» del sur reafirmaron su independencia. Pese a que no todo el mundo aceptaría esta analogía, lo que está claro es que después de la caída de Rubí Resplandeciente, de Ra'im Bebesangre y de Zabardast el Hechicero, sus encantamientos respectivos se vinieron abajo por todo el mundo, los hombres y las mujeres recobraron el juicio, en todas partes se restauró el orden y la civilización, las economías empezaron a funcionar, los cultivos a cosecharse y los engranajes de las fábricas a girar. Volvía a haber trabajo y el dinero recuperó su valor.

Muchos, incluyendo al autor de estas páginas, sitúan

en esta época el inicio de la denominada «muerte de los dioses». Otros prefieren asignarle orígenes posteriores. A nosotros, sin embargo, nos parece evidente que el uso de la religión para justificar la represión, el horror, la tiranía y hasta la barbarie, un fenómeno que sin duda es anterior a la Guerra de los Mundos, pero que ciertamente supuso un aspecto importante de este conflicto, condujo finalmente a que la especie humana perdiera toda ilusión en la idea de la fe. Ahora ya hace tanto tiempo que nadie se traga las fantasías de aquellos vetustos y obsoletos sistemas de creencias que éstos ya parecen un asunto meramente académico; a fin de cuentas, hace al menos quinientos años que los lugares de culto que sobrevivieron a la Disolución adoptaron funciones nuevas, como por ejemplo hoteles, casinos, bloques de pisos, estaciones terminales de transporte, palacios de exposiciones y centros comerciales. Pensamos, sin embargo, que sigue valiendo la pena insistir en la cuestión.

Regresamos a nuestro relato para analizar la conducta de la figura que era de forma ostensible, y en su propia opinión, el más poderoso de todos los yinn: el único Gran Ifrit que sobrevivía, el príncipe más alto de los yinn oscuros, Zumurrud el Grande.

De todas sus cuevas de joyas ésta era la mejor, y a ella solía acudir Zumurrud en busca de consuelo. Para quitarse de encima su dolor y su pena y levantarse los ánimos, necesitaba estar a solas con lo que le producía el mayor placer del mundo: las esmeraldas. La cueva estaba situada en las entrañas de las afiladas y abruptas montañas de A., una verdadera ciudad subterránea de esmeraldas sin más ciudadanos que él: la Verde Sésamo, más hermosa para él que ninguna mujer. Ábrete, le ordenó, y ella se abrió para él. Ciérrate, y se cerró tras de él. Y allí se quedó descansando, envuelto en una manta de piedras verdes en el corazón de una montaña, llorando a sus hermanos, a quienes había amado y odiado al mismo tiempo. Costaba creer que a los tres los hubiera derrotado y destruido una yinnia. Y, sin embargo, era cierto, igual que lo era el hecho de que uno de los más temibles guerreros terrestres que la Reina Centella había desatado contra su propia gente era una mujer, una tal Teresa Saca, cuyos rayos podían llegar a ser equiparables a los de la mismísima reina de Qâf. Había veces en que la vida resultaba incomprensible. En aquellas ocasiones, las joyas verdes le hablaban de amor y limpiaban su mente de confusión. Venid a mí, preciosas, las llamó, cogió en brazos un montón enorme de ellas y se las apretó contra el pecho.

¿Cómo era posible que de repente las cosas estuvieran yendo tan mal? Durante más de novecientos días no había habido ni un solo obstáculo en el camino de su gran plan, y ahora, en cambio, se le amontonaban las calamidades. De una buena parte de la creciente debacle culpaba a los demás yinn oscuros. Habían demostrado ser poco de fiar, incluso traicioncros, y habían pagado por ello. Hasta el modo en que había muerto Zabardast había sido una especie de traición, puesto que el hechicero yinni se había enterado de que él, Zumurrud, tenía planeado usar como escarmiento a una de las criaturas de la Reina Centella, un tal Airagaira, que había sido reducido y capturado con grandes dificultades después de atacar la Máquina de Gloria que Zumurrud había mandado construir a las afueras de la ciudad de B. Zumurrud había neutralizado el poder eléctrico de aquel tal Airagaira, que no tenía lóbulos, atándolo a un pararrayos que automáticamente absorbió sus centellas y las desvió inofensivamente al suelo. Atado de esta forma a una estaca junto a la máquina a la que él mismo había agredido, tenía que servir de ejemplo del fracaso de la resistencia. Pero entonces Zabardast había eclipsado aquel plan con su autocomplaciente y exhibicionista acto de canibalismo saturnino, y solamente había que ver cómo había terminado. No se podía confiar en nadie, ni siquiera en los aliados más antiguos.

Presa de una especie de estupor furioso, Zumurrud el Grande se dedicó a dar vueltas en su lecho de esmeraldas, y al moverse a un lado y al otro se le iban cayendo las piedras de encima. Al cabo de un momento tocó algo con el pie que no era piedra, y estiró el brazo para cogerlo. Era un botellín, y no precisamente la clase de lujoso frasco de metales preciosos tachonado de gemas que uno podía esperar encontrar escondido en la cueva del tesoro de un yinni, sino un botellín barato, soso, rectangular, hecho de grueso vidrio azul y sin el tapón de corcho. Lo cogió y lo miró con cara de asco. Era su vieja prisión. Una vez lo había atraído a su interior un simple mortal y él había permanecido siglos cautivo, hasta que lo había liberado Al-Ghazali, el sabio de Tus. Después él había guardado el botellín allí, en el corazón mismo de su tesoro, sepultado bajo las piedras preciosas, para no olvidarse de la historia de su encierro y su humillación, que era la fuente de su furia. Sin embargo, ahora que lo tenía en la mano, entendió por qué el botellín había regresado a él en aquel preciso momento.

Prisión, le dijo al botellín, emerges de las sombras para dar respuesta a la pregunta que no he formulado. Maldición de mi pasado, ahora serás la maldición del futuro de otra.

Chasqueó los dedos. El botellín volvió a quedar cerrado, con el tapón de corcho bien ajustado y listo para ser usado.

La Incoerenza sigue en pie después de mil años, convertida en agradable centro de peregrinaje y reverencia secular, con la casa restaurada y bien cuidada y los jardines meticulosamente atendidos en memoria del gran jardinero que los creó siglos atrás; es un lugar digno de visita, igual que todos los grandes campos de batalla del mundo: Maratón, Kurukshetra, Gettysburg o el Somme. Y, sin embargo, la batalla que se libró allí, la última de la Guerra de los Mundos, no se pareció a ninguna otra que se hubiera librado sobre la Tierra. En ella no participaron ejércitos, sino que fue una lucha a muerte entre entidades sobrenaturales, y tan poderosas que se ha dicho de ellas que contenían ejércitos enteros en sus interiores respectivos. Había una sola figura titánica por bando, las dos sobrehumanas e implacables, una masculina y una femenina, una de fuego y la otra de humo. Y no fueron los únicos presentes. El más grande de los yinn oscuros se trajo consigo a media docena de sus secuaces para que lo secundaran, mientras que Dunia la Reina Centella convocó también a sus soldados de confianza: a Omar el Espía y los terrestres Teresa Saca, Jimmy Kapoor y Geronimo Manezes. Observando desde el margen del campo de batalla, consciente de que el destino de todos ellos y de la Tierra misma dependía del resultado, estaba la propietaria de la finca, la Dama Filósofa Alexandra Bliss Fariña, cuyo tradicional pesimismo estaba a punto de verse permanentemente validado, o bien revocado, dependiendo del resultado de la refriega; la acompañaban su hirsuto encargado de mantenimiento, Oliver Oldcastle, y la alcaldesa, Rosa Fast, que había sido alertada por su jefe de seguridad, Jimmy alias Héroe Natraj. (La pequeña Tormenta no estaba presente, porque se había considerado, y con razón, que llevarla allí habría sido demasiado peligroso para ella.) Todo el mundo que acudió a La Incoerenza aquella noche, la llamada Noche Mil y Una, ha pasado a los libros de Historia; y cada vez que se pronuncian sus nombres hoy en día, es con ese tono reverencial que se reserva a quienes han participado en los episodios más excelsos de la Historia humana. Y, sin embargo, ninguno de los combatientes principales era humano.

La cosa se organizó tal como se solían organizar los duelos en tiempos antiguos. Zumurrud el Grande lanzó un desafío a toda velocidad por la red de comunicaciones de los yinn, y el desafío fue aceptado. La ubicación la eligió Zumurrud con sorna manifiesta. *Ese lugar donde el niño bonito que te recuerda a tu amante muerto se entretiene ahora con la mujer que le gusta más que tú. Primero te aplastaré mientras él mira y después ya decidiré qué hacer con él, cuando el mundo entero sea mío.* El lanzamiento y devolución de insultos formaba parte de las convenciones del desafío a combate singular, pero Dunia mantuvo la dignidad y aceptó la hora y el lugar. Te está dando la ventaja de jugar en campo propio, le dijo Omar el Ayyar. Es su exceso de confianza el que habla. Y eso lo hace vulnerable. Lo sé, dijo ella. Y por fin llegó la hora.

En La Incoerenza, un lugar de belleza enorme, dedicado por su creador Sanford Bliss a la idea de que el mundo no tenía sentido, Dunia y Zumurrud por fin se vieron las caras para decidir qué clase de sentido tendría el mundo a partir de entonces. El sol ya se había puesto y la luz de la luna caía nerviosamente sobre el enorme río que discurría a los pies de la finca. Las urnas voladoras sobre las cuales habían llegado Zumurrud y su séquito flotaban sobre el reloj de sol de los jardines como abejas gigantes y ansiosas. El agujero de gusano por el que habían venido bullía en las alturas. El señor Geronimo, Jimmy Kapoor y Teresa Saca patrullaban los márgenes del jardín, por si los secuaces del Gran Ifrit emprendían algún ataque deshonroso. Los dos combatientes principales se movían en círculos sobre la hierba, urdiendo sus primeros movimientos. Las nubes recorrían el cielo, y en cuanto la luna quedó tapada y una oscuridad fantasmal envolvió a los contendientes, llenándoles las narices de olor a muerte, Zumurrud el Grande atacó. Era él quien había invocado al viento, cuya ferocidad arreció ahora. Las figuras que estaban en la periferia se vieron obligadas a ponerse a resguardo por miedo a salir volando, porque aquél era un viento del infierno, destinado a aniquilar la forma humana de Dunia y barrer su esencia de humo hasta los mismos confines de la Tierra. Pero ella no era tan fácil de derrotar y se mantuvo firme. Luego la lluvia se unió al viento, y aquella lluvia mágica venía de ella, una lluvia tan intensa que dio la impresión de que el mismo río se había levantado de su lecho y se estaba desplomando sobre ellos, una lluvia cuyo propósito era extinguir el fuego del que estaba hecho el ifrit. Pero tampoco aquello funcionó. Ninguno de los dos combatientes era tan fácil de abatir. Sus escudos les bastaban y les sobraban para rechazar aquellos ataques.

A través del aullido del viento y del estruendo de la lluvia, el señor Geronimo oyó una voz femenina que le gritaba improperios al séquito del yinni, *¿qué os parecería que vuestro mundo fuera devastado igual que vosotros habéis arrasado el nuestro?*, preguntaba la voz una y otra vez, intercalando la pregunta con abundantes palabrotas. El señor Geronimo se dio cuenta de que la mujer que gritaba era Teresa Saca, a quien Dunia había convocado para que peleara a su lado. A Geronimo Manezes le parecía bastante trastornada. Tampoco estaba claro si su ira iba dirigida únicamente al Gran Ifrit y a sus seguidores. Era una rabia que parecía extenderse como una plaga, infectando todo lo que tocaba, y tal vez, pensó el señor Geronimo, parte de aquella ira fuera dirigida también a Dunia. Era un chillido lleno de odio que, de haberse dirigido a cualquier grupo humano, pringando a todos sus integrantes con la misma brocha, se habría considerado nada menos que prejuicios raciales. Mientras escuchaba a Teresa Saca chillar en medio de la furia de los elementos, igualando su fragor, con la electricidad crepitándole alrededor del cuerpo, le dio la impresión de que estaba llena de odio contra todas las criaturas que descendían del mundo superior, y por consiguiente también contra la yinnia que tenía dentro. Su odio al otro también era un odio a sí misma. Era una aliada peligrosa.

Entretanto, como si fuera el entrenador de un púgil en pleno combate por el título, el señor Geronimo empezó a preocuparse por la estrategia que había adoptado Dunia para el combate. Parecía contentarse con responder en vez de tomar la iniciativa, lo cual a él le parecía una equivocación. Intentó decírselo, sin usar palabras, pero ella ya no estaba *escuchando* a nadie, todos sus esfuerzos se empleaban en la batalla. Zumurrud cambió ahora de forma para dejar salir al peor monstruo que llevaba dentro: la criatura de dientes de hierro con un millar de cabezas y un millar de lenguas conocida como la Bestia Flagrante. Con aquel millar de lenguas no solamente podía ladrar como un perro, rugir como un tigre, gruñir como un oso, aullar como un dragón y tratar de clavarle a su adversaria muchos aguijones triples de serpiente; también era capaz de lanzar literalmente cientos de maldiciones, hechizos y encantamientos a Dunia al mismo tiempo: hechizos de parálisis, hechizos debilitadores y hechizos mortales. Y tampoco le faltaban lenguas para arrojar toda clase de insultos, insultos en muchos idiomas, tanto humanos como de los yinn, que revelaron en Zumurrud un nivel de degradación moral que escandalizó a todos quienes lo estaban oyendo.

Y mientras miraba cómo Zumurrud bajo la forma de la Bestia Flagrante lanzaba a Dunia centenares de acometidas distintas, y la veía a ella girar y dar vueltas sobre sí misma y rechazar ataques y defenderse como una gran valkiria, o diosa del Olimpo o del Kailash, y mientras se preguntaba cómo podría ella resistir una ofensiva tan feroz, y mientras escuchaba los gritos de Teresa Saca, *¿qué os parecería si os pasara a vosotros?*, el señor Geronimo experimentó una especie de visión interior o epifanía. Las puertas de la percepción se abrieron y vio que todo lo malvado y monstruoso que había en los yinn era un reflejo de la parte malvada y monstruosa de los seres humanos; que también la naturaleza humana contenía la misma irracionalidad irresponsable, obstinada, malévola y cruel, y que la batalla contra los yinn era una representación de la batalla en el corazón humano, lo cual significaba que los yinn no solamente eran realidades, sino también en cierto sentido abstracciones, y que su descenso al mundo inferior servía para mostrarle a este mundo lo que había que erradicar en su seno, que era la sinrazón en sí, la sinrazón que era el nombre de los yinn oscuros que la gente tenía dentro, y en cuanto el señor Geronimo entendió esto, entendió también que Teresa Saca se odiara a sí misma, y supo, igual que lo sabía ella, que había que expurgar la parte yinni que tenían dentro, que había que derrotar no solamente al yinni, sino también a la persona irracional, a fin de que pudiera inaugurarse una era de la razón.

Nosotros atendimos a estos pensamientos. Y después de mil años, les seguimos haciendo caso. A fin de cuentas, estamos hablando del Señor Geronimo Jardinero. Ahora todos sabemos lo que él entendió aquella noche, la Noche Mil y Una, en la que Dunia, la Reina Centella Aasman Peri, que quiere decir Hada del Cielo, luchó contra Zumurrud el Grande.

Ella se estaba cansando. Zumurrud se dio cuenta. Era el momento que había estado esperando, igual que el torero espera ver la aceptación de la derrota en la mirada del toro. Fue entonces cuando abandonó el avatar de la Bestia, recuperó su forma verdadera, sacó el botellín de un pliegue de su camisa roja, le quitó el tapón de corcho y gritó con todas sus fuerzas:

¡Yinnia, tonta de remate,
métete en este petate!
Y de dentro ya no salgas,
no te escapes de mis garras.

Lo dijo en el idioma secreto de los yinn, en el que se escriben los hechizos yinn más poderosos, y que exige un gasto inmenso de poder por parte de quien los formula. Los humanos que estaban presenciando la escena no entendieron las palabras, pero sí que vieron sus efectos, vieron que Dunia trastabillaba y se desplomaba, vieron cómo era arrastrada por la hierba con los pies por delante en dirección al botellín, que ahora esperaba a recibirla como la misma boca del diablo.

¿Qué ha dicho?, le gritó la Dama Filósofa a Omar el Ayyar, pero Omar estaba mirando con los ojos como platos cómo Dunia era arrastrada hacia la botella. Dímelo, le gritó Alexandra, y Omar se lo dijo con expresión ausente, repitiendo las palabras mágicas en voz baja y ofreciendo una traducción aproximada. Luego Zumurrud siguió hablando en tono triunfal:

Yinnia, reina de los cielos,
aquí se acaba tu duelo.
De aquí dentro ya no salgas,
no te escapes de mis garras.

¿Qué?, preguntó Alexandra en tono imperioso, y Omar se lo dijo. Se acabó, le explicó. Ha perdido.

Luego Dunia soltó un grito. Era el mismo grito de poder que el señor Geronimo le había oído al morir su padre. El grito derribó limpiamente tanto a los humanos como a los yinn y rompió el control que tenía Zumurrud sobre el encantamiento. El ifrit retrocedió tambaleándose y tapándose los oídos y el botellín azul salió trazando espirales por el aire hasta aterrizar en la mano derecha de Dunia, el tapón en la izquierda. Ahora ella se incorporó y le dio la vuelta al hechizo.

Ven a mí, ifrit soberano,
ven bien dócil a mi mano.
De aquí dentro ya no salgas,
no te escapes de mis garras.

¿Qué ha dicho?, gritó Alexandra, y Omar se lo repitió. Ahora era Zumurrud quien se veía arrastrado hacia el botellín, de cabeza, con la barba extendida hacia delante como si una mano invisible se la hubiera agarrado y estuviera tirando de ella, y de su propietario, hacia la prisión que era el botellín azul. Y Dunia soltó un grito más, con sus últimas fuerzas:

Ifrit que siembras la pena
ven a manos de tu dueña.
De aquí dentro ya no salgas,
no te escapes de mis garras.

Dunia se dio cuenta de inmediato, todo el mundo se dio cuenta, de que se había pasado. Las fuerzas le fallaron. Se desmayó de inmediato. El hechizo se rompió. Zumurrud empezó a incorporarse en toda su magnificencia de gigante. Y el botellín,
para sorpresa de todos,
decidió trazar una espiral casi perezosa en el aire,
y fue a descansar en la mano extendida de Alexandra Bliss Fariña, la Dama Filósofa,
y el tapón a su mano izquierda,
y para asombro de todos, y alegría de sus aliados, ella repitió palabra por palabra el primer hechizo de captura que había lanzado la Reina Centella, y Zumurrud volvió a desplomarse, tan agotado ahora como agotada había dejado a Dunia, y se vio nuevamente arrastrado hacia delante, y todo su cuerpo enorme y exhausto se estrujó hasta caber dentro del frasquito azul; a continuación Alexandra le puso el tapón de corcho y el ifrit quedó atrapado, el combate terminó y sus lacayos huyeron. Los encontrarían más tarde y se encargarían de ellos, pero de momento los dejaron irse.

El señor Geronimo, Omar el Ayyar y Jimmy Kapoor

se agolparon alrededor de Alexandra, preguntándole: *¿Cómo? ¿Cómo es posible? ¿Cómo puede ser? ¿Cómo, cómo, cómo?*

Siempre se me han dado bien los idiomas, dijo ella, atolondrada, entre risitas, como si estuviera coqueteando con una panda de jovenzuelos en una fiesta veraniega al aire libre. Preguntadle a cualquiera en Harvard, dijo con vocecilla aguda. Los aprendía enseguida, como quien coge piedrecitas en la playa.

Luego se desmayó también, y el señor Geronimo la cogió en brazos, y Jimmy Kapoor agarró el botellín antes de que se estrellara en el suelo.

Y así se habría terminado todo si no fuera porque Geronimo Manezes se fijó en que faltaba alguien; *¿dónde está Teresa Saca?*, preguntó levantando la voz, y entonces vieron que se había montado en la última de las urnas voladoras, la de Zumurrud, y estaba subiendo a lomos de ella por el cielo, rumbo al agujero de gusano que unía el mundo superior con el inferior, y si hubieran podido verle la cara habrían visto que una espantosa marea roja le entelaba los ojos.

Si vuestro mundo fuera arrasado igual que habéis destruido el nuestro, recordó el señor Geronimo que había dicho.

Se ha ido a atacar el País de las Hadas, dijo en voz alta, y a destruirlo si puede.

Las batallas dejan atrás muchas clases de víctimas, y las invisibles, las heridas mentales, son tan numerosas como las víctimas mortales y las heridas físicas. Al rememorar estos eventos recordamos a Teresa Saca Cuartos como uno de los héroes de aquella guerra, y atribuimos a la electricidad de sus dedos muchas victorias contra los ejércitos de los yinn; pero también la recordamos como una trágica víctima del conflicto, y es que su mente quedó rota no solamente por las calamidades que había visto a su alrededor, sino también por la violencia con que la Reina Centella le había encomendado que respondiera a los desastres de la guerra. Al final la cólera, por muy profundamente justificada que esté, termina destruyendo a los coléricos. Igual que lo que amamos nos hace renacer, lo que odiamos nos degrada y acaba con nosotros. Al final de la batalla culminante de la Guerra de los Mundos, con Zumurrud el Grande ya encarcelado en su botella, que Jimmy Kapoor aferraba con fuerza, y mientras Dunia emergía lentamente de la inconsciencia, fue Teresa quien se vino abajo y puso rumbo al agujero del cielo.

Tuvo que saber que se trataba de una misión suicida. ¿Qué se esperaba? ¿Acaso pensaba que entraría sin hallar resistencia en el mundo superior y que aquellos jardines aromáticos, aquellas torres coronadas de nubes y aquellos hermosos palacios se disolverían ante su cólera sin dejar rastro alguno? ¿Que todo lo que había sido sólido se desvanecería por completo ante su furia vengadora? ¿Y que luego regresaría a la Tierra convertida en una heroína todavía mayor por haber provocado la ruina del mundo de las hadas?

No lo sabemos, y quizás no deberíamos especular. Limitémonos a recordar con dolor la locura de Teresa Saca y la inevitabilidad de su final. Porque, como es obvio, no llegó a entrar en el Peristán. La urna gigante no era un vehículo fácil de controlar, costaba tanto de cabalgar como un semental sin domar y únicamente obedecía a su amo yinni caído. Mientras el señor Geronimo y los demás la veían ascender como un cohete por los aires —el viento había amainado, la lluvia había cesado y la luna llena iluminaba su ascenso, o eso cuenta la historia— vieron que cada vez le costaba más no caer de su montura. Y mientras se acercaba a los bordes tormentosos del agujero de gusano, la ranura entre los mundos, el aire se llenó de turbulencias y luego las turbulencias arreciaron todavía más, y ella perdió el control de su corcel encantado, y quienes estaban debajo vieron horrorizados cómo se resbalaba primero a un lado y luego al otro y por fin caía. Para aterrizar como un pájaro de alas rotas en la hierba empapada de La Incoerenza.

EPÍLOGO

A veces nos preocupa la idea del heroísmo, sobre todo después de tanto tiempo. Si a los protagonistas de esta crónica les hubieran preguntado a quiénes consideraban los héroes de un millar de años atrás, ¿a quiénes habrían elegido? ¿A Carlomagno? ¿Al autor o autores de *Las mil y una noches*? ¿A Lady Murasaki? Un milenio es mucho tiempo para que sobreviva una reputación. Al escribir esta crónica (repetimos), somos muy conscientes de que gran parte de su contenido ha degenerado de narración de los hechos a pura leyenda, especulación o ficción. Y, sin embargo, eso no nos ha detenido, porque las figuras de nuestra historia son de las pocas a quienes todavía se suele aplicar la idea del heroísmo, un milenio después de que vivieran y murieran, por mucho que sepamos que la crónica de sus hazañas presenta lagunas enormes, que sin duda hubo otros muchos individuos que plantaron cara al ataque de los yinn oscuros con tanto valor como los que hemos nombrado; que los nombres a los que mostramos tanta reverencia han sido elegidos al azar por las crónicas incompletas, y que tal vez otros que nos resultan desconocidos habrían sido más merecedores de nuestra admiración si la Historia se hubiera molestado en recordarlos.

Y, sin embargo, hemos de decirlo: éstos son nuestros

héroes, porque al ganar la Guerra de los Mundos pusieron en marcha el proceso por el cual fue posible nuestra nueva era, que consideramos mejor que las anteriores. Aquél fue el momento crucial en que la puerta del pasado, donde estaba lo que éramos antaño, se cerró de una vez por todas, y la puerta del presente, que llevaría a esto en lo que nos hemos convertido, se abrió como la losa que cierra una cueva del tesoro, tal vez la misma cueva de Sésamo.

De modo que lloramos a Teresa Saca Cuartos, a pesar de todos sus defectos, porque tuvo lo que había que tener cuando hacía falta, fue todo lo ostentosamente dura y valiente que tenía que ser, y alrededor de su recuerdo sopla una suave brisa de encanto temerario. Y celebramos a Tormenta Fast, el bebé de la verdad, que se convirtió al crecer en la más temida y justa de los jueces, ante cuyo tribunal no se podían pronunciar falsedades. En cuanto a Jimmy Kapoor..., en fin, todo el mundo conoce su nombre, es uno de los pocos cuya popularidad ha sobrevivido un milenio entero, porque al final no solamente consiguió su Bat-señal, la imagen del dios danzante de muchos brazos proyectada en el cielo que clavaba el puñal del miedo en el corazón de los maleantes, sino porque mucho después de envejecer, encanecer y abandonar este mundo se convirtió en héroe de una miríada de entretenimientos, un héroe multiplataforma de las pantallas y los juegos, de las canciones y las danzas, e incluso de esa forma vetusta y obstinadamente persistente: los libros de tapa dura. Aquel novelista gráfico fracasado se convirtió en héroe de una de las series más largas de novelas gráficas que han existido, y también de muchas novelas hechas de palabras, de un corpus que hoy en día contamos entre los grandes clásicos, el mito del que derivan nuestros placeres actuales, nuestra *Ilíada*, digamos, para usar una comparación antigua, o nuestra *Odisea*. La gente que visita hoy en día la biblioteca mira con admiración estas reliquias igual que un día nuestros antepasados debieron de mirar una Biblia de Gutenberg o la primera edición de la Obra Completa de Shakespeare. Héroe Natraj, alias Jimmy Kapoor, es una de nuestras leyendas genuinas, y solamente un hombre de la Era de la Extrañeza es tenido en más alta estima que él.

La figura de Geronimo Manezes, el Señor Geronimo Jardinero, ha llegado a representar para nosotros por encima de todo al hombre que se despegó del mundo y luego regresó a él para rescatar a muchos de sus contemporáneos que sufrían las maldiciones gemelas de la elevación o del aplastamiento, de la aterradora y potencialmente letal separación de nuestra enigmática Tierra o bien del apego opresivamente excesivo a ella. Estamos felices de que él y su Dama Filósofa, Alexandra Bliss Fariña, encontraran un final feliz en los brazos del otro, vigilados por la mirada protectora de Oliver Oldcastle; paseamos con ellos por los terrenos de La Incoerenza, nos sentamos en silencio a su lado mientras ellos se cogen de la mano al ponerse el sol y contemplamos con ellos cómo el gran río fluye en ambas direcciones bajo una luna gibosa, agachamos la cabeza cuando ellos la agachan en la colina de la finca, frente a la tumba de la mujer del señor Geronimo, pidiéndole permiso en silencio para amarse y recibiéndolo también en silencio; y flotamos sobre la mesa en la que la pareja, sentados cada uno a un lado, escribió el libro —en su idioma, a pesar de que Alexandra había sugerido que sonaría mejor en esperanto— que se ha convertido en nuestro texto más admirado de la Antigüedad, *En coherencia*, la reivindicación de un mundo gobernado por la razón, la tolerancia, la magnanimidad, el conocimiento y la contención.

Ése es el mundo en el que vivimos ahora, en el que hemos refutado la afirmación que le hizo Al-Ghazali a Zumurrud el Grande. Al final el miedo no empujó a la gente a los brazos de Dios. El miedo fue vencido, y gracias a su derrota los hombres y las mujeres pudieron dejar atrás a Dios, igual que los niños y las niñas dejan atrás sus juguetes de infancia, o que los jóvenes y las jóvenes dejan atrás la casa de sus padres para construirse nuevos hogares, en otra parte, bajo el sol. Hace siglos que ésta es nuestra gran fortuna: habitar el mundo posible que anhelaban el señor Geronimo y la señorita Alexandra, un mundo pacífico y civilizado, de trabajo duro y respeto a la tierra. El mundo de un jardinero, en el que todos hemos de cultivar nuestro jardín, entendiendo que hacerlo no supone una derrota, como lo era para el pobre Cándido de Voltaire, sino la victoria de lo mejor de nuestra naturaleza sobre nuestra oscuridad interior.

Sabemos —o mejor dicho, «sabemos», porque no podemos estar seguros de que la historia sea cierta— que este estado feliz de las cosas no habría sido posible sin el enorme sacrificio de Dunia la Reina Centella al final de la historia que hemos contado aquí. Cuando recobró el sentido después de su duelo con Zumurrud, comprendió que tenía que hacer dos cosas. Primero cogió el botellín azul que tenía Jimmy Kapoor. Estas botellas tienen magia propia, dijo. Las puedes esconder, pero siempre deciden aparecer de nuevo. Esta vez, esta botella no debe aparecer nunca más sobre la faz de la Tierra, de forma que la voy a esconder en un lugar imposible. Y se ausentó durante el resto de la noche y cuando regresó solamente dijo: ya está. Desde aquel día han pasado mil años y el botellín no ha vuelto a salir a la luz. Puede que esté bajo las raíces del monte Everest o bajo el lecho de la fosa de las Marianas o en las entrañas del núcleo de la Luna. Pero Zumurrud el Grande no ha vuelto a molestarnos.

Cuando regresó, aquella última mañana, después de esconder el botellín azul en el corazón de las tinieblas o en el fuego del sol, les dijo lo siguiente a sus aliados reunidos en La Incoerenza: está claro que los dos mundos tienen que volver a estar separados. Cada vez que uno se infiltra en el otro, llega el caos. Y solamente hay una manera de cerrar las ranuras tan herméticamente que queden selladas, si no para siempre, al menos para algo parecido a la eternidad.

Recordemos que las yinnias están hechas de humo sin fuego. Si eligen abandonar su forma femenina, pueden moverse entre los dos mundos en forma de humo, atravesar cualquier puerta de cualquier recinto, cualquier abertura y resquicio y llenar los espacios en los que entran tan completamente como el humo llena una habitación; y luego, si quieren, pueden solidificarse una vez más, adquiriendo la naturaleza de los espacios que han llenado, convirtiéndose en ladrillos entre los ladrillos, en piedra entre las piedras, y entonces esos espacios dejan de ser espacios, como si nunca hubieran existido, y de modo que dejen de existir. Pero una yinnia, cuando se dispersa tanto, cuando se desperdiga así, cuando muta y se transforma de forma tan múltiple... aunque sea una reina yinnia... pierde su fuerza, o algo todavía peor que la fuerza, pierde la voluntad, la *consciencia*, que le permitiría juntarse otra vez a sí misma y recuperar su forma unitaria.

O sea que te morirías, le dijo Geronimo Manezes. Es lo que estás diciendo. Para salvarnos de los yinn, tendrías que sacrificar tu vida.

No exactamente, dijo ella.

¿O sea que seguirías estando viva?, preguntó él.

Tampoco eso exactamente, contestó ella. Pero lo exige la razón, o sea que es necesario.

Y entonces, sin una palabra de despedida, sin sentimentalismos ni discusiones, los abandonó. Estaba allí y al cabo de un momento ya no estaba. Y ya no volvieron a verla nunca.

En cuanto a lo que hizo, lo que fue de ella, si realmente se usó a sí misma para cerrar los pasadizos entre los mundos o no, solamente podemos especular. Desde entonces hasta ahora, sin embargo, no se ha visto en este mundo inferior, la Tierra, nuestro hogar, ni a un solo miembro del mundo superior, del Peristán, el País de las Hadas.

Corría el milésimo primer día. Y aquella misma noche el señor Geronimo y su Alexandra estaban solos en su dormitorio y, mientras hacían el amor, los dos tuvieron la sensación de estar flotando en el aire. Pero no era así.

Y de este modo terminó la Era de la Extrañeza, que duró dos años, ocho meses y veintiocho noches.

Nos enorgullece decir que nos hemos vuelto gente razonable. Somos conscientes de que durante muchísimo tiempo el conflicto fue el argumento definitorio de nuestra especie, pero hemos descubierto que ese argumento se puede cambiar. Las diferencias que hay entre nosotros, las diferencias de raza, lugar, lengua y costumbres, ya no nos dividen. Nos interesan y nos estimulan. Somos un solo pueblo. Y en líneas generales estamos satisfechos con lo que somos. Podríamos incluso decir que somos felices. Vivimos —y ahora hablaremos brevemente de nosotros en concreto y no del «nosotros» general— en la gran ciudad, y cantamos sus alabanzas. ¡Fluid, ríos, igual que nosotros fluimos entre vosotros, mezclaos, corrientes de agua, igual que nosotros nos mezclamos con las corrientes humanas de otras partes y también con las cercanas! Aquí estamos frente a vuestras aguas, entre las gaviotas y las multitudes, y nos alegramos. Hombres y mujeres de nuestra ciudad, vuestros atuendos nos complacen, ajustados, incoloros y bonitos; gran ciudad, con tus comidas, tus olores y tu veloz sensualidad, con tus encuentros casuales iniciados, ferozmente consumados y terminados, te aceptamos; y también aceptamos los significados que se apiñan en las calles, codeándose con otros significados, una fricción que engendra significados nuevos al margen de la intención de los significantes que los engendraron; y las fábricas, las escuelas, los lugares de ocio y de mala reputación, metrópolis nuestra, ¡prospera, prospera! Tú nos das placer y somos tuyos, y así es como vamos juntos, entre los ríos, rumbo a un final más allá del cual no hay principio, y más allá todavía, nada, a la ciudad resplandeciente bajo el sol del amanecer.

Pero algo se cernió sobre nosotros cuando los mundos quedaron aislados herméticamente el uno del otro. A medida que los días se convertían en semanas, meses y años, a medida que se sucedían las décadas, algo que antes nos pasaba a todos todas las noches, a todos y cada uno de nosotros, dejó de pasarnos. Dejamos de soñar. Puede que esta vez las ranuras y agujeros quedaran tan bien cerrados que nada podía filtrarse por ellos, ni siquiera las gotas de magia de las hadas, el rocío del paraíso, que de acuerdo con la leyenda caía sobre nuestros ojos dormidos y nos concedía nuestras fantasías nocturnas. Ahora cuando dormíamos no había más que oscuridad. La mente se quedaba a oscuras, de forma que el gran teatro de la noche podía iniciar sus funciones imprevisibles pero no salía nada a escena. Cada vez menos de nosotros, a medida que se sucedían las generaciones, conservó la capacidad de soñar, hasta que hoy en día nos encontramos en una época en que los sueños son algo con lo que soñaríamos si pudiéramos soñar. Leemos acerca de vosotros en los libros antiguos, oh, sueños, pero las fábricas de sueños ya cerraron. Es el precio que pagamos por la paz, la prosperidad, la tolerancia, la comprensión, la sabiduría, la bondad y la verdad: lo que teníamos de salvaje y dormía desatado ha sido domesticado, y nuestra oscuridad interior, que animaba el teatro de la noche, se ha visto apaciguada.

Estamos felices. Encontramos placer en todas las cosas. Los automóviles, la electrónica, los bailes, las montañas, todas esas cosas nos dan gran alegría. Caminamos cogidos de la mano hacia el embalse y los pájaros vuelan en círculos en las alturas y todo ello, los pájaros, el embalse y la mano que coge a la otra mano, todo nos da alegría.

Pero las noches pasan en silencio. Pueden pasar mil y una noches, pero pasan en silencio, como un ejército de fantasmas cuyos pasos no hacen ruido, desfilando invisibles por la oscuridad, sin ser vistos ni oídos, mientras nosotros vivimos, envejecemos y morimos.

La mayoría estamos contentos. Vivimos bien. Pero a veces desearíamos que regresaran los sueños. A veces, como no nos hemos librado por completo de la perversidad, echamos de menos las pesadillas.

ÍNDICE